纪念中国科普作家协会成立四十周年

蒲公英的情怀

汤寿根科学散文集

汤寿根　著

中国科学技术出版社

·北　京·

图书在版编目（ＣＩＰ）数据

蒲公英的情怀：汤寿根科学散文集 / 汤寿根著 . --
北京：中国科学技术出版社，2022.12
　　ISBN 978-7-5046-9770-7

　　Ⅰ.①蒲… Ⅱ.①汤… Ⅲ.①散文集 – 中国 – 当代
Ⅳ.① I267

中国版本图书馆 CIP 数据核字 (2022) 第 142236 号

策划编辑	王卫英	
责任编辑	王卫英	
封面设计	汤承锋	
正文设计	汤承锋	
责任校对	张晓莉	
责任印制	徐　飞	

出　　版	中国科学技术出版社	
发　　行	中国科学技术出版社有限公司发行部	
地　　址	北京市海淀区中关村南大街 16 号	
邮　　编	100081	
发行电话	010-62173865	
传　　真	010-62173081	
网　　址	http://www.cspbooks.com.cn	

开　　本	710mm × 1000mm　1/16	
字　　数	387 千字	
印　　张	27.25	
版　　次	2022 年 12 月第 1 版	
印　　次	2022 年 12 月第 1 次印刷	
印　　刷	涿州市京南印刷厂	
书　　号	ISBN 978-7-5046-9770-7 / I · 65	
定　　价	98.00 元	

关于科学散文的美学思考

■ 散文的含义

散文是指以文字为创作、审美对象，与诗歌、小说、戏剧并行的一种文学艺术体裁。它是最自由的文体，不讲究韵律、排比，没有任何的束缚及限制。

散文是中国最早出现的行文体例，其历史可以追溯到甲骨文时代。殷商时代有了文字，也就有了记史的散文。到了周朝，各诸侯国的史官进一步以朴素的语言、简洁的文字记录列国间的史实，如《春秋》。后来，为顺应时代的需求，产生了描述现实的历史文学，有了《左传》《国语》《战国策》等历史著作。春秋战国之交是社会大变革的时代，各种学术流派纷纷著书立说，争论不休，形成百家争鸣的局面。代表不同阶级或阶层的思想家的著作，促进了说理散文的发展。这些思想派别有儒家、墨家、道家、法家等。记载他们言论的书，流传的有《论语》《孟子》《墨子》《庄子》《韩非子》等。先秦诸子的说理散文无论在思想上，还是在艺术风格上，都对后世散文的发展产生了显而易见的影响。

《吕氏春秋》是秦丞相吕不韦门客的集体创作。它包括八览、六论、十二纪，兼有儒、道、墨、法、农、兵诸家学说。书中保留了大量先秦时代的文献和轶事。它是一种系统化的、集合许多单篇的说理文，层层深入，最见条理。和诸子散文一样，它往往以寓言故事为比喻，因而文章富于形象性。

六朝（吴、东晋、宋、齐、梁、陈）以来，为区别于韵文、骈文，而把凡是不押韵、不重排偶的散体文章，概称"散文"。现代散文，按其内容和形式的不同，又可分为杂文、小品、随笔、游记等。它是一种以记叙或抒情为主，取材广泛、笔法灵活、篇幅短小、情文并茂的文学样式。

散文在我国是"集诸美于一身"的语言艺术文学体裁的典范，具有很高的审美价值。在长期流传过程中，它浇灌了各个时代的文学园地，也熏陶了历代文人，至今仍使人们受益。

▍散文的类别

散文形散而神不散，有一个明确的主旨贯穿全文，根据内容和性质的不同，主要可分为抒情、写景、哲理、叙事等几类。

抒情散文 注重表现作者的思想感受，抒发作者的思想感情的散文。这类散文有对具体事物的记叙和描绘，但通常没有贯穿全篇的情节，其突出的特点是强烈的抒情性。它或直抒胸臆，或触景生情，洋溢着浓烈的诗情画意，即使描写的是自然风物，也赋予了深刻的人文内涵。优秀的抒情散文，感情真挚、语言生动，还常常运用象征和比拟的手法，把思想寓于形象之中，具有强烈的艺术感染力。例如：茅盾的《白杨礼赞》、魏巍的《依依惜别的深情》、朱自清的《荷塘月色》、冰心的《樱花赞》。

写景散文 以描绘景物为主的散文。这类文章多是在描绘景物的同时抒发感情，或借景抒情，或寓情于景，抓住景物的特征，按照空间的变换顺序，运用移步换景的方法，把观察到的景物变化作为全文的脉络。生动的景物描绘，不但可以交代背景、渲染气氛，而且可以烘托人物的思想感情，更好地表现主题。例如：刘白羽的《长江三峡》。

哲理散文 是感悟的参透、思想的火花、理念的凝聚、睿智的结晶。它纵贯古今，横亘中外；包容大千世界，穿透人生社会；寄寓于人生百态家长里短，闪现出思维领域万千景观。高明的作者，善于抓住哲理闪光的瞬间，形诸笔墨，写就内涵丰厚、耐人寻味的美文。这类美文，自然能令人在潜移默化中受到启迪和熏陶、洗礼和升华。

哲理散文以种种现象来参悟生命的真谛，揭示万物之间永恒相似的品性。因其深邃和透辟的表述，让读者穿越现象深入本质、直追灵魂，从而具有震撼性的审美效果。分析哲理散文体现的思维方式，可以体悟其蕴藏的深厚文化底蕴和文化积淀。

1.哲理散文的象征思维：哲理散文因为超越日常经验的意义和自身的自然物理性质，构成了本体的象征表达。它摒弃的是浅薄，达到的是一种与人的情性相通、生命交感、灵气往来的境界。读者从象征中获得理性的醒悟和精神的畅快，由心灵的平静转到灵魂的震颤，超越一般情感反应而居于精神的顶端。

2.哲理散文的联想思维：由于哲理散文是立体的、综合的思维体系，经过联想，文章拥有更丰富的内涵，不至于显得单薄，并把自然、社会、人生多个角度进行了融合。

3. 哲理散文的情感思维：哲理散文在本质意义上是思想表达对情感的一种依赖。"外师造化，中得心源"，由于作者在对生活的感悟过程中有情感参与，理解的结果有情感及想象的融入，所以哲理散文中的思想，就不是一般干巴巴的议论，而是寓含了生活情感的思想，是蘸满了审美情感液汁的思想。从哲理散文的字里行间读解到心智的深邃，理解生命的本义。这就是哲理散文艺术美之所在。

叙事散文 以写人记事为主的散文。这类散文对人和事的叙述和描绘较为具体、突出，同时表现作者的认识和感受，也带有浓厚的抒情成分，字里行间充满饱满的感情。叙事散文侧重于从叙述人物和事件的发展变化过程中反映事物的本质，具有时间、地点、人物、事件等因素，从一个角度选取题材，表现作者的思想感情。例如：鲁迅的《藤野先生》、吴伯箫的《记一辆纺车》。根据该类散文内容的侧重点不同，又可将它区分为记事散文和记人散文。

记事的散文以事件发展为线索，偏重对事件的叙述。它可以是一个有头有尾的故事，如许地山的《落花生》；也可以是几个片断的剪辑，如鲁迅的《从百草园到三味书屋》。在叙事中倾注作者真挚的感情，这是与小说叙事最显著的区别。记人的散文，全篇以人物为中心。它往往抓住人物的性格特征作粗线条勾勒，偏重表现人物的基本气质、性格和精神面貌，如鲁迅的《藤野先生》。人物形象的真实性是它与小说的区别。

▌散文的审美特征

形散而神不散 "形散"主要是说散文取材十分广泛自由，不受时间和空间的限制；表现手法不拘一格：可以叙述事件的发展，可以描写人物的形象，可以托物抒情，可以发表议论，而且作者可以根据内容需要自由调整、随意变化。"神不散"主要是从散文的立意方面说的，即散文所要表达的主题必须明确而集中，无论散文的内容多么广泛、表现手法多么灵活，无不为更好地表达主题服务。

为了做到形散而神不散，在选材上应注意材料与中心思想的内在联系，在结构上借助一定的线索把材料贯穿成一个有机整体。散文中常见的线索有：（1）以含有深刻意义或象征意义的事物为线索；（2）以作品中的"我"为线索，由于写的都是"我"的所见所闻所思所感，侃侃而谈，自由畅达，使读者觉得更加真实可信、亲切感人。

意境深邃　散文的意境深邃，体现在注重表现作者的生活感受，抒情性强，情感真挚。作者借助想象与联想，由此及彼、由浅入深、由实而虚地依次写来，可以融情于景、寄情于事、寓情于物、托物言志，表达作者的真情实感，实现物我的统一，展现出更深远的思想，使读者领会更深的道理。

语言优美凝练　所谓优美，是指散文的语言清新明丽、生动活泼，富于音乐感。行文如涓涓流水，叮咚有声；如娓娓而谈，情真意切。所谓凝练，是说散文的语言简洁质朴，自然流畅，寥寥数语就可以描绘出生动的形象，勾勒出动人的场景，显示出深远的意境。散文力求写景如在眼前、写情沁人心脾。

散文素有"美文"之称，它除了有精神的见解、优美的意境，还有清新隽永、质朴无华的文采。经常读一些好的散文，不仅可以丰富知识、开阔眼界，培养高尚的思想情操，还可以从中学习选材立意、谋篇布局和遣词造句的技巧，提高自己的语言表达能力。

散文的一大特色是语言美。优美的散文语言具有自然美、含蓄美、音乐美的审美价值。关于散文的语言美，许多作者有不少独到精辟的见解。秦牧说："文采，同样产生艺术魅力和文笔情趣。丰富的词汇，生动的口语，铿锵的音节，适当的偶句，色彩鲜明的描绘，精彩的叠句……这些东西的配合，都会增加文笔的情趣。"佘树森说："散文的语言，似乎比小说多几分浓密和雕饰，而又比诗歌多几分清淡和自然。它简洁而又潇洒，朴素而又优美，自然中透着情韵。可以说，它的美，恰恰就在这浓与淡、雕饰与自然之间。""简洁"并不是简境，而是简笔；笔既简，而境不简，是一种高度准确的概括力。杜牧在《阿房宫赋》的开头写道："六王毕，四海一。蜀山兀，阿房出。"仅仅十二字，就写出了六国王朝的覆灭。秦始皇统一了天下，把蜀山的树木砍光了，山顶上光秃秃的，就在这里，修建起阿房宫。短短十二个字，写出了这么丰富的历史内容，时空跨度又很大，真可谓"言简意繁"了。"潇洒"对人来说，是一种气质，一种风度；对散文来说，是语句变化多姿的行文风格。短句，促而严；长句，舒而缓；偶句，匀称凝重；奇句，流美洒脱。这些句式的错落而谐调的配置，自然便构成散文语言特有的简洁而潇洒的美。

散文语言的朴素美，并不排斥华丽美，两者是相对成立的。在散文作品里，我们往往看到朴素和华丽两副笔墨并用。该浓墨重彩的地方，尽意渲染，如天边锦缎般的晚霞；该朴素的地方，轻描淡写，似清澈小溪涓涓流淌。朴素有如美女的"淡扫蛾眉"，华丽亦非丽词艳句的堆砌，而是精巧的艺术加工，不着斧凿的痕迹。但不论是朴素还是华丽，若不附属于真挚感情和崇高思想的美，就易于像无根的浮萍，变得苍白无力，流于玩弄技巧的文字游戏。

像生活的海洋一样，语言的海洋也是辽阔无边的。行文潇洒，不拘一格，鲜活的文气，新颖的语言，巧妙的比喻，迷人的情韵，精彩的叠句，智慧的警语，优美的排比，隽永的格言，风趣的谚语，机智的幽默，含蓄的寓意，多种多样艺术技巧的自如运用，使散文创作越发清新隽永，光彩照人。

杰出的散文家的语言又各具不同的语言风格：鲁迅的散文语言精练深邃，茅盾的散文语言细腻深刻，郭沫若的散文语言气势磅礴，巴金的散文语言朴素优美，朱自清的散文语言清新隽永，冰心的散文语言委婉明丽。一些散文大家的语言，又常常因内容而异。如鲁迅的《纪念刘和珍君》的语言，锋利如匕首；《好的故事》的语言，绚丽如云锦；《风筝》的语言，凝重如深潭。

散文的写作技巧

灵感 散文往往通过生活中偶发的、片断的事物和现象，去反映其复杂的背景和深广的内涵，做到"一粒沙里见世界，半瓣花上说人情"。灵感看似偶然，实则必然，迁思妙得，得自长期积累。灵感来自对复杂问题的深思熟虑，是情绪最充沛时的突发奇想，是思想最活跃时的突发联想。散文不是贵在触发吗？由此及彼是触发，既是触发，也是联想。深厚的积累，有助于触发的深化。

构思 构思是作者对一篇作品的整个认识过程，从其对外界事物的最初感受到成篇的全过程。即使进入下笔阶段，也仍然在思考，再探索，再继续认识所要描写的对象，深入发掘其底蕴和内涵。这是一种复杂的、艰辛的、严肃的精神活动，是对作者人格、修养、功力的考验。由于事物间的联系是深邃而微妙的，作者要善于由表及里，从纷繁错综的联系里，发现其独特而奥妙的联系点，才能够从"引心"到"会心"，由"迎意"到"立意"。

构思的奥妙，不同的作者有不同的构思方法。秦牧的构思方法，有人叫作"滚雪球"。他写散文，起初的感受只是一点点，如一片小雪花，随着题材的增加、体会的深入、联想的开展，感觉也一步步膨胀起来，就像滚雪球一样。这里可贵的是最初的感觉，照秦牧的话说，它是事物的"尖端"部分，最富有"特征"的部分，一旦被作者抓住，就像一粒饱满的种子，落到肥沃的土壤里。作者用思想、感情的阳光雨露惠泽它，使它萌发、成长，并结出丰富的果实。这是一个核心，越滚越大，最终形成统一的构思。他的名篇《土地》《社稷坛抒情》就是很好的例子。

徐迟的构思方法，叫"抓一刹那"。这"一刹那"他认为是事物的"精华"部分，最有"光彩"的部分。抓住这"一刹那"，就抓住了头绪，抓住了中心，零散杂乱的材料才得以集中，才有了归宿。如他的《在湍流的涡旋中》的创作，正反两方面的教训都可以说明这个问题。

总之，一篇散文的谋篇、构思，不同的作者有不同的方法，因人而异，不可强求一律，更不能照猫画虎，每人应有每人的独特方法，但讲究构思，则对每一个作者而言，都是极重要的。

联想　一篇优秀的散文，几乎难以离开联想。所谓联想，是指对事物由此及彼、由表及里的想象活动，是由一事物过渡到另一事物的心理过程。当人们由当前事物回忆起有关的另一事物，或者由想起的一件事物又波及另一件事物时，都离不开联想。在这种联想活动中，事物的特征和本质，更容易鲜明和突出，作者的思想认识也能不断提高和深化。一个作者的知识积累，储藏愈厚实，则对生活的感受愈敏锐，易于触类旁通，浮想联翩，文思泉涌。联想，在心理活动中占有重要地位。回忆常以联想的形式出现，联想还有助于举一反三的推理过程。特别是在散文创作及其他样式的文艺创作中，联想有着增强作品艺术魅力的功效。

散文的联想，总是同精细的观察、细微的描述相结合。散文的画面，首先力求真实、具体，使人读之如身临其境，同时也要做到含蓄、深邃，使人读之能临境生情。作者给读者的想象空间愈大，则诗意的芬芳愈浓，这就离不开丰富而活跃的联想。联想，实质上是观察的深化，是此时此地的观察与彼时彼地观察的融会贯通。没有这种融会贯通，便没有感受的加深、思想的升华、诗意的结晶。如果说，精细的观察为作者采集了丰富的矿石，那活跃的联想则是对这些矿石的冶炼和加工。联想不是凭着个人的闪念所得漫无边际地胡思乱想。倘若没有广博的学识，没有一定的生活积累，不掌握事物的内在联系，没有创作的激情，没有思想、形式和内容的广大空间，联想的翅膀是飞不起来的。

文采 散文笔调的魅力，固然来自作者的真知、真见、真性、真情，但要将其化作文学和谐的色彩、自然的节奏、隽永的韵味，还必须依靠驾驭文字的娴熟，笔墨的高度净化。

文采，不在于文字的花哨和刻意雕饰，而在于表情达意，朴实真挚。如果只是堆砌辞藻，就像爱美而又不善于打扮的女人一样，以为涂脂抹粉，越浓越好，花花绿绿，越艳越好，其实俗不可耐。散文作者，要有特别敏锐的眼光和洞察力，能看到和发现别人所没有看到的事物，还需有异常严密而深厚的文字功夫。创作时，不能心浮气躁，要静下心来，挖空心思找到准确的词句，并把它们排列得能用很少的文字表达较多的意思。这就是古人所说的"言简意赅"。要使语言能表现出一幅生动的画面,简洁地描绘出人物的音容笑貌和主要特征,让读者一下子就牢牢记住被描写人物的动作、步态和语气。

科学散文的含义与沿革

以散文作为载体传播科技知识的文章,称之为"科学散文"。

这种古老的文学体裁,有如行云流水,原无定形,可以随兴之所至,各出心裁;可以海阔天空、舒卷自如,不受时空的约束,议论与抒情、叙事交融,兼跨形象思维与逻辑思维两个领域,对时代的适应性很强。

例如,巴金的《鸟的天堂》,茅以升的《没有不能造的桥》。这两篇文章,对"自然保护"和"造桥技术",都做了比较全面和通俗的讲解。

由于散文的结构自由灵活、创作手法多样,最适用于表现科学内容。文学散文的文体特点与写作要领,可以说都适用于科学散文。科学散文不同于文学散文的是:创作的题材是科学技术,其内容是普及科技知识、弘扬科学精神、传播科学思想与方法。

我国科学散文的滥觞,可以上溯 100 年。1914 年,在美国康奈尔大学的中国留学生们忧心国事,抱定"科学救国"的理想,以任鸿隽为首,连同胡明复、赵元任、周仁等 9 人,发起创办《科学》(Science)月刊,以"提倡科学,鼓吹实业,审定名词,传播知识"为宗旨。同年,在美国的绮色佳小镇成立了中国科学社,任鸿隽任会长。这是中国现代科学的第一个民间社团和科学杂志社。

　　《科学》月刊的创刊号于 1915 年 1 月在上海发行。办刊方针是"求真、致用两方面当同时并重"。当时发表的文章可归纳为科学通论、各科知识、科学史与科学家、科教事业发展、科学新闻与知识小品 6 大类。《科学》杂志历年来曾经发表过不少"科学散文"（或接近于散文性质的文章），如：任鸿隽的《科学精神论》，戴芳澜的《说蝗》，竺可桢的《利害与是非》《航空与天气》，胡明复的《近世科学的宇宙观》，秉志的《生命的途径》，胡焕庸的《气候变更说》等，富于时代的精神；现代许多科普作品都采用了散文体裁，而且还具有相当高的文学价值，特别是老一辈科学作家的作品，如茅以升的《没有不能造的桥》、华罗庚的《大哉，数学之为用》、梁思成的《千篇一律与千变万化》、方宗熙的《生命进行曲》、张景中的《数学传奇》、甘本祓的《茫茫宇宙觅知音》和《谁是电波报春人》等。国外的科普名著：法布尔的《昆虫记》、蕾切尔·卡逊的《寂静的春天》也都是用散文写成的。散文中有些类别如小品、游记、考察记、传记文学、报告文学等都已经和科普结合起来，形成了各具特色的新品种，甚至科学故事与童话，一般也应用了散文体裁。

　　在 21 世纪，"自然科学、技术科学和人文科学、社会科学交叉融合，将成为强大的潮流"（周光召）。科学精神、科学思想、科学方法的弘扬和传播，提高人们的综合素质，将日益为人们所关注。随着各学科的交叉融合，各学科之间的联系正日益密切，文理不再分科将是发展的必然趋势。文中有理、理中有文将是未来学科的特点。在科普创作领域，文学艺术与科学技术的相互渗透也已成为时代的潮流，特别是随着信息技术的发展、纯科学知识型的普及，几乎所有问题在强大的互联网搜索引擎帮助下都能找到答案。"知识"在网上是共享的。可以想象,科学散文类的作品将会成为科普创作的主要品种。这是因为,科学散文具有其自身的审美特征。

■ 科学散文的审美特征

求真寻美 科学是"求真",这毋庸置疑。但是,社会、人生和自然并不总是美好的,也会充满社会矛盾、人生坎坷和自然灾难。科普作者要善于从美好的世界与不和谐的社会中寻找"美"和鼓舞人们为和平正义、自由平等而奋进的题材,创作出使人愉悦、惊喜、引发激情的具有审美价值的作品。

"美"可以从大自然、社会、生活中寻找,可以从欢乐和悲壮中寻找,可以从微观毫末或浩瀚世界中寻找,也可以从明快和朦胧中寻找;有时还要从下面、背面、上面,或通过仰面去寻找。东晋大书法家王羲之在《兰亭序》里写道:"仰观宇宙之大,俯察品类之盛,所以游目骋怀,足以极视听之娱,信可乐也。"

先哲梁启超说:"艺术(可以引申为'美')和科学有一共同因素——自然,两者的关键都是'观察自然'。它们有共同要求:(1)要肯观察,会观察;热心与冷脑相结合是创造第一流艺术品的主要条件,也是科学成立的主要条件;(2)要有'同中观异'的分析精神,要从寻常人不会注意的地方,找出各人情感特色。这种分析精神,不又是科学成立的主要成分吗?(3)要善于把握事物的整体与生命,而且要深刻;(4)要有精密的科学头脑。"

科学散文是"真与美融合"的作品,同艺术与科学一样,需要深刻地观察自然、社会和人生。

我国著名的科学散文作家甘本祓的著作可以作为阐明"真与美融合""深刻地观察自然、社会和人生"的佐证。难能可贵的是，他不仅在30多年前就创作出了《茫茫宇宙觅知音》《谁是电波报春人》那些脍炙人口的科学散文经典，而且封笔20多年、重归神州科苑之后，在他撰写的新作（例如《航母来了》《硅谷启示录》）中都洋溢着散文诗般的语言。对于他的作品，近来有诸多评述。《科普时报》总编辑、中国科普作家协会副理事长尹传红说："在我看来，其诠释之有力，无愧于史家；分析之精密，不亚于哲人；思考之深入，犹胜于政要。"中国科普作家协会荣誉理事陈芳烈说："他使科学知识的传播如春风细雨一般，悄然浸润每个读者的心扉。"中国科普作家协会荣誉理事王直华说："他用真挚的人文情怀，让读者心扉开放；再以科学的理性光芒，把人们的心田照亮。"

笔者在为他的近作《硅谷启示录》所作的序中有这样一段评述：甘本祓不仅在本书中，而且包括他所有的科普作品里，都在普及科技知识的同时，告诉读者如何对待人生、世界，甚至宇宙。正因为这样，才让我于20多年前，对他的作品产生了深刻印象。我曾把这种科普创作观归纳为一副对联"解读自然奥秘；探究人生真谛"。他的作品堪称科学性、思想性、艺术性"三性完美与统一"的范例。

形神和谐 启智启美 这是科学散文作家杨文丰的科学散文美学观。

现代科学美学大师彭加勒赋予科学美以雅致、和谐、对称、平衡、秩序、统一、简单、对照、适应、奇异、思维、经济等含义；中国科学院院士、诺贝尔物理学奖获得者杨振宁认为"科学美是和谐、优雅、一致、简单、整齐"。

杨文丰认为："科学美体现了自然事物的对称、简洁、简明和本质规律；科学美以真为基础，体现了自然和社会的规律、客观事物的位置乃至本质；科学美反映了和谐的自然律；科学美是真与美的统一。""'形神和谐，启智启美'既是散文创作的美学准则，也体现了科学散文的情与理、形与神在美学层面的统一。"

科学性与文学性珠联璧合　科学散文善于在事物多样性中寻求高层次的和谐与统一；善于综合运用形象思维和逻辑思维来处理尚未认识的事物；善于以丰富的想象力，融入心灵的感受和人文的求索，将科学性与文学性珠联璧合。

杨文丰认为，科学美文的写作重点并不是普及科学知识，而是在写科学知识的同时还表达科学美、科学哲理、人生哲理和科学伦理等。在科学美文里，科学知识只是船，而船上还有人、有思想和空气等美好的东西，而科学美也只占科学散文美的一部分。如果说科学散文美是一座花园的话，那么文学美和哲理美只是这座花园中的两类花朵。当科学散文完成后——成了科学散文家的心灵雕像之后，科学美便变成作品的有机部分了。作家要在科学发展的今天，不忘为自己保留一个不受污染的"心中明月"，存留和保护自然的诗性和纯美。不然，人类便只能沦为自己亲手创造的传统自然美学的"掘墓人"。要求"科技真"，更要保留"情感真"，从而把一个科学化、艺术化、哲理化的自然呈现在读者面前。

科学精神与人文沉思相融合　在对自然的关照中，既要以科学精神解析、描述、理解自然，同时也要挖掘其中蕴含的哲理，并对自然的诗性、人文性、科学性加以感悟。这就是以科学家的目光观察自然、以文学家的心灵描绘自然、以思想者的思考认识自然，并力求将文化的因素、人文的精神和生命的体验融贯其间；这就是立足于文学解读之上的深层发掘，是结合了文学和科学后，对于自然之"美"的解释，更是对于所谓自然之"道"的终极领悟和思索。

将科学视线与理性思维相结合，将自然美、科学美、哲理美相结合，努力把自然界的种种现象同人类的生命智慧、生存哲理和生产实践结合起来，抓住人与自然的关系这一核心问题，进行深入的思考。例如，以自然的"美"反衬出人类的自私和贪婪，反思自身。工业革命以来，人类的思维和手段，多是"攻击型"的，所有举措的矛头皆指向大自然……有多少作为是"和善型"的呢？又有多少作为是忌讳后果的呢？要对自然进行所谓"和善型"的开发，就需要科技伦理的监督和制约。泰戈尔说："上帝等待着人在智慧中重新获得童年。"人类需要秉承科学精神的"真"，带着敬畏和"善"，重新认识自然的"美"，方能使人类重新回归那智慧的童年。

科学散文把文学的手法和思维融入科学作品中，既有科学事实，又给人以文学美和哲理美的享受，并给人以文化批判的启迪。这种以科学知识作为平台，写作的逻辑重点在于挖掘自然科学知识中的思想内涵、人文内涵，进而上升到理性层面、文化层面的思考，对现代人类社会进行认真反思，着力于文化批判的作品，乃是科学与文学结合的高境界。美国女作家蕾切尔·卡逊的《寂静的春天》是很好的例子。

科学小品的特点

科学小品是一种以科学为题材的小品文，是"短小精悍、结构灵活的科学散文"。

科学小品与科学散文的区别在于它的短小精悍，"详者为散文，略者为小品"。笔者认为，其性质、功能与科学散文类同。从科普创作体裁的分类，同属科学文艺。这种文学体裁，在西方多称之为随笔；东方多称之为小品，并包括部分杂文在内。

科学小品的沿革

科学小品是新文化运动以来进步的小品文中，具有鲜明特色的一类科普文体。这种知识性散文在我国源远流长，如古代郦道元的《水经注》、沈括的《梦溪笔谈》、王象晋的《群芳谱》等，可识为这种文体的滥觞。我国第一批现代科学小品，最早出现在1934年陈望道创办的《太白》杂志上。我国科学小品在中华民族抗日救亡的时刻，以独创的清新、鲜明的面目登上中国文坛，向大众普及科学知识，破除封建迷信，起到了发扬蹈厉的作用，中国文坛涌现了一批作家，如戴文赛、周建人、高士其、朱洗、顾均正、贾祖璋、董纯才等。

我国科学小品第二次繁荣时期是在中华人民共和国成立后"向科学进军"的时期。国家的工作重点转向技术革命和社会主义建设。其时，出现了一批著名科学家如竺可桢、茅以升、华罗庚等撰写科学小品的盛况，同时也涌现了一批写科学小品的新作家。10年"文化大革命"浩劫中，以《燕山夜话》为代表的科学小品文遭到了覆灭的命运。

1978年"全国科学大会"召开后，"科学的春天"终于回归祖国大地，科学小品如同生命力旺盛的芳草，"野火烧不尽，春风吹又生"，迎来了第三次繁荣时期。虽然在20世纪80年代后期到90

年代初期，由于当时的历史背景，大众受"全民经商"浪潮的影响，科学小品的创作一度陷于低潮，但不久就进入了缓和的复苏时期，走向正常。由此可见，科学小品的兴衰，始终和祖国现代化建设的命运紧密相连，是战斗的匕首、建设的瓦刀。

源远流长和短小精悍是科学小品不同于科学散文的特色。

■ 科学小品的审美特征

小中见大 科学小品反映事物，既能望远，也能显微。不但能尺幅千里、小中见大，寸镜万菌、小中见细，而且还能快中出新、雅俗共赏。在工作与生活都很繁忙的今天，可以有较多的人来写、更多的人来读。一篇千字文，在乘车的时间、午休的间隙，就能让读者漫游大千世界，获得阅读的美感与愉悦。

鼎味调和 科学小品是科学性、艺术性、思想性的结晶，是主观思想感情与客观自然规律的交融。把引人入胜的诗情画意、耐人寻味的哲理遐思，渗透到有趣的科学知识之中，诗、哲、知三位一体。科学小品不是正餐，是饭前"小吃"。如果这茶点色香味俱全，就能引起人们进一步求知的欲望。

科学小品是非驴非马、似鹿似驼的边缘文章，很适合于各门学科相互渗透。因此，应该继承我国民族文化中这种"四不像"特产之传统，在新的科学文化历史条件下，进一步发扬光大。

博采精练 采百花酿蜜，挖江沙淘金。科学小品要精练，前提也是博采。平时结合自己工作、学习、生活，广泛收集古今中外、文史科哲，乃至琴棋书画等各种知识材料，方能做到行云流水、谈天说地、旁征博引。

　　黎先耀是著名的科学小品理论与作品双丰收的作家。笔者读过《黎先耀文集》后，最喜欢、最感动的一篇是《观音水仙》，说的是产自浙江普陀的一种野生水仙，而从这种水仙引申出一位被当地群众誉为"不肯去观音"的青年女教师。她的父亲在日本发了财，但她不愿离开她的故土、不肯舍弃她的学生，依然在普陀山区过着清淡的生活。黎先生案头曾经用清水珠玑供养着洁净芬芳的"观音水仙"就是这位女教师赠送的，象征着这位平凡妇女的纯洁心灵。这篇科学小品文，题文和谐，仿佛在字里行间也让读者看见了、闻到了这"观音水仙"素雅的身姿和清新的幽香。

　　让我用今年年初写的一首七律，作为前言的后缀吧！

老叟耄耋尚无恙，

似水年华又一春，

书生老去科梦在，

奋力创新报亲恩。

撰写于 2019 年 5 月 26 日

参考文献：[1] 杨文丰 . 蝴蝶为什么这样美 [M]. 北京：中国人民大学出版社，2012.

[2] 章道义，陶世龙，郭正谊 . 科普创作概论 [M]. 北京：北京大学出版社，1983.

[3] 黎先耀 . 缪斯之恋 [M]. 上海：文汇出版社，2004.

[4] 吴全德 . 美学原理 [M]. 北京：北京大学出版社，2003.

目录 | CONTENTS

蒲公英的情怀
汤寿根科学散文集

写景

哲理

叙 事

蒲公英的情怀

汤寿根科学散文集

抒情

故乡的小河

　　我思念故乡的小河／还有小河边吱吱歌唱的水车／哦！妈妈／如果有一朵浪花在向您微笑／那就是我！／那就是我！！／那就是我！！！

　　我思念故乡的小路／还有小路上赶集的牛车／哦！妈妈／如果有一支竹笛在悠悠响起／那就是我！／那就是我！！／那就是我！！！

　　这是一首深情的、略带忧伤的歌曲。每当我动情地唱起它时，总会引起亲友们的乡愁，甚至眼泪。

　　是啊，故乡的小河是萦绕在我们心头的情结。它伴随着我们成长，流过了我们的童年、少年、青年，流进了我们的梦里……

　　童年时：当明月向河面洒下一片粼粼波光时，我常常静静地坐在水桥上。蛙儿们敲响大大小小的木鱼；萤火虫点起忽明忽灭的小灯；蝼蛄们却奏着单调的没完没了的长笛；阵阵微风送来了夜的清芳。

　　少年时：每天清晨，我背着书包行走在河边小路上；小河披着轻纱、睁着明眸，脉脉地送我去上学。

故乡的小河

假日里，我学会了用缝衣针在烛火上弯鱼钩、用手捕捉活蝇（这可是个技术活）做鱼饵，随着哥哥去钓鱼。我们倚在小桥的石栏上，垂线钓鳑鲏（一种有着彩虹般条纹的小鱼）。透过清澈的河水，可以清楚地看着鱼儿是怎样咬钩、上钩的，无须竹竿和浮标。

青年时：我和心仪的姑娘在碧波荡漾的小河里划船。三三两两的小鱼儿在清清的河水中悠悠游动，不时被桨声惊扰，划出一道道银色的闪光；螃蟹在水边泥洞里探出尖尖的细腿；偶尔，一条水蛇昂起头，扭动着身躯游过。累了，我俩就钻进岸边的竹林里，依偎着坐在厚厚的落叶上；清新的柔风掠过竹梢，婆娑的竹子轻轻地絮语着。多么宁静幸福的时光啊！

故乡的小河是我风雨人生中的一条心河、炎凉人间里的一脉温情。

转眼沧桑，我在坎坷崎岖的仕途上，已庸庸碌碌地度过了五十个春秋。如今，我心仪的那位姑娘已成为我的老伴。我们怀念着故乡的小河，想重温年少时的美好感觉。退休后，终于有了一些闲暇的时间。当我们初次回到阔别多年的故乡上海市嘉定区时，令人惊叹伤心的是：那条见证了我俩甜蜜回忆的清澈的小河，竟变成了一条死寂的臭水沟。它翻冒着白沫，再

河滩上花花绿绿的垃圾替代了姹紫嫣红的草树

也听不到生命的交响；它散发着腥味，再也闻不到自然的芬芳；河滩上撒满了花花绿绿的垃圾，替代了姹紫嫣红的草树。昔日的"小桥、流水、人家"，哪里去了？旧时的"竹涛、清风、浓荫"，哪里去了？让远方归来的游子，访古寻幽的情思荡然无存！

我们穿行在故乡的大街小巷，寻觅着岁月的足迹。只见到，苍老的小街、苍老的房舍、苍老的人们（听说，年轻人走了，干部们搬了）。老人们敞开着家门，朝街坐在木椅上，呆呆地凝望着路过的行人。他们虽不愁衣食，却忍受孤独。只见到，不少乡镇工厂，从后墙开口的管道里流出的汩汩污水，潺潺地流进小河；几位工人站在发黑的河水里，使劲倒腾着什么，翻起阵阵腥臭的污泥；一位居民正从家门口的井里吊水。我问："这水有气味吗？"他摇摇头。

好不容易看到一个新建的社区，大门里排列着整洁的五层板楼，老大妈们坐在楼侧空地上交谈着。突然吹来了一阵腥风。原来，社区的后面是故乡小河的支流，它载着垃圾和枯烂的水浮莲，正缓缓流过。我忍不住走过去，轻轻地问："大妈，你们闻到了腥味吗？房后的小河已经严重污染了！"她们茫然地抬起头来，微笑无语。看来她们已经习惯了、冷漠了。

可是，故乡的父老兄弟们，你们可知道，家乡已经被垃圾和污水包围了。它们所产生的毒物正日夜不停地渗入到地下水、散发到大气中、进入了你们喂养的家禽家畜的脂肪里。其中，就有一个叫作"二噁英"的恶魔，已经露出了狰狞的面目，悄悄地侵袭着你们的机体。

"二噁英"是一种无色无味的剧毒物质。它的毒性非常大，是氰化物的 130 倍、砒霜的 900 倍；万分之一甚至亿分之一克的二噁英就会给健康带来严重的危害；即使在很微量的情况下，也会引起皮肤痤疮、头痛、耳聋、忧郁、失眠等症状，长期摄取便可引起癌变、畸变等致命的顽疾。

"二噁英"除具有强烈的致癌毒性以外，还具有生殖毒性和遗传毒性，可以使胎儿畸形，直接危害子孙后代的健康和生活。它经过皮肤、黏膜、呼吸道、消化道进入体内，能够溶解在脂肪里，所以非常容易在人体或动物体内积累，甚至 10 多年还分解、排泄不了。

"二噁英"常常以微小的颗粒存在于大气、土壤和水中，主要的污染源头是化工冶金工业、垃圾焚烧、造纸，以及生产除草剂、杀虫剂等产业。日常生活所用的塑料制品，大都含有氯，燃烧这些物品时便会释放出二噁英，悬浮于空气中。

乡亲们哪！你们正置身于危险之中，千万不要掉以轻心。

眼前的景象让我俩痛心。在日益重视环境友好的今天，故乡却失去了往日的秀丽。这不能不让人们深思。

这是不是工业文明发展和快速城市化过程中，城乡接合部必然要承受的后果？必然要付出的代价？在改革开放的大潮中，是否总会有这样的"被遗忘的角落"？我们热切地期盼，故乡政府切实贯彻落实科学发展观和"五个统筹"，让这个过程短一些，代价少一些！

于是，我俩向有关部门发出了呼吁。

终于，盼来了回音，这也是福音：

　　"汤老您好！非常感谢您对家乡的关爱，作为您的老乡，我也深感痛惜。政府已察觉环境恶化所产生的严重后果，为此在'十一五'规划中制定了改善环境、保护生态的 2010 年预期奋斗目标：……生活垃圾无害化处理率达到 95%；城镇污水处理率达到 80%；环境空气质量优良率达到 90% 以上……在 2007 年，一期污水处理厂竣工投入试运行，二期扩建工程顺利实施。……相信经过我们的不懈努力，必能还我'小桥、流水、人家''竹涛、清风、浓荫'的迷人景象。"

　　感谢家乡的政府！我俩将虔诚地期待着！！

撰写于 2006 年春

女人之歌

在河北省群山环抱的绿野之中，有一座秀丽的小城——涉县。它是女娲的故乡。相传，上古时候，女娲娘娘为了躲避洪水的侵袭，便迁移到现今涉县境内的古中皇山上。她看到世界上洪荒遍野，毫无生机，便于正月初一创造出鸡，初二创造狗，初三创造猪，初四创造羊，初五创造牛，初六创造马，初七这一天，女娲用清漳河的绿水和着中皇山的黄土，仿照自己的样子造出了一个个小泥人，然后用嘴一吹，泥人便成了活蹦乱跳的真人。她造了一批又一批，觉得太慢，于是用一根藤条，沾满泥浆，挥舞起来，一点一滴的泥浆洒在地上，都变成了人。为了让人类永远延续下去，她制订了嫁娶之礼，自己充当媒人，让人们懂得"造人"的方法，凭自己的力量传宗接代。据说，清漳河的水和中皇山的土都是有灵性的，具有点化生命的神奇力量，所以女娲娘娘选中了这方水土。

当地百姓为了感恩娘娘创世造人，能工巧匠们在涉县城西北 10 公里的凤凰山上，修建了一座美轮美奂的宫殿——娲皇古迹。殿高 23 米，飞檐重叠、圆

柱林立，上临危岩、下没深壑，背靠悬崖，以9条铁索将殿体悬挂于8个"拴马鼻"上，素有"倚崖凿险，杰构凌虚，金碧灿然，望若霞蔚"之誉。当游客满楼时，楼体摇晃，铁索喃喃作响，故得"活楼、吊庙"之称。

农历三月二十八日是女娲娘娘生辰。是日，八方民众来此朝拜，此习俗已有千年之久。有司致祭为证：

> 弟子虔诚，诚惶诚恐，焚香叩拜，娲皇圣母。抟土造人，炼石补天，造簧通姻，断鳌立极，御灾除患，福国佑民，万民感戴，始祖娲皇。曲峻五庄，主事管委，代表善信，谒拜圣母，朝山进香，感念恩德，以表心虔。祈求娲皇，庇佑恩泽，国泰民安，风调雨顺，善男信女，平安顺利，子孙兴旺，财源广进。悃愊一篇，恭呈表颂，圣寿无疆。

泱泱中华，处处沐浴着女性的呵护！在华夏民族的传统文化里是很尊敬女性的。"用黄土造人，并炼五色石补天……治平洪水，杀死猛兽，使人民得以安居"的是一位女神——女娲氏；"掌管海上航运、保佑海员平安"的是一位女神——妈祖；中国佛教里幻化为女性的"观音"是救苦救难、送子送福的女菩萨。

古代诗人曾写下了许多歌颂女性的脍炙人口的诗词。唐代诗人孟郊的《游子吟》就是一例。"慈母手中线，游子身上衣……"，当读到"谁言寸草心，报得三春晖"时，忆及慈母恩情之重，而自己未能尽孝，不禁悲从中来、怆然泪下。

我是家中第七个孩子，1932年"一·二八"淞沪抗日战争时出生于逃难的竹篷木船里。在呱呱坠地、哭着来到这苦难人世后，就一直沉浸在母爱的"春晖"之中，直到成人。我属羊，自幼有恋母情结。记得三岁时，母亲已抱不住我了，我还像羔羊一样，跪着叼妈妈的奶头！

我对身边亲近的女人——妈妈、岳母、大姐、妻子是怀着深深的感激的。在我这坎坷的一生中，她们是我的"守护神"；她们曾经或者正在继

汤寿根老伴陈光莉 80 寿诞阖家欢

续呵护着我！没想到，现今又轮到儿媳来呵护我了，每天做上很多好吃的："爸你吃这！""爸你吃那！"（我称她为"家庭高级点心师"）；当我和老伴回城里居住时（我俩平时在京郊居住，儿子、儿媳、孙子每星期五晚上来京郊寓所团聚），她清晨起来，为我俩做好点心、牛奶、浓汤（或米粥），然后去上班！

写到这里，我想起了在电视里听到过的一首诗歌《女人之歌》，由于记不真切，难免有些演绎，这是需要向原作者道歉的：

女人是平凡的 / 是她们用晨炊迎来了每一天的开始 / 是她们用零零碎碎织成了美丽的霓虹 / 女人是不平凡的 / 在人生的坎坷中 / 她给你温暖与安宁 / 在风雨交加的夜晚 / 她为心力交瘁的你打开了家门 / 女人是伟大的 / 如果没有女人 / 世界就少了百分之八十的美 / 失去了百分之一百的真 / 虽然她和你组成了家 / 但却是她们养育了整个人类！

撰写于 2011 年 5 月 14 日

主宰生命的双螺旋 DNA

千百年来，"生命的奥秘"从来就是一个不容人侵犯的神圣领域。西方的基督教认为众生是由上帝创造和主宰的；在中国的神话传说里，人类是女娲氏用黄土造成的。不论东方还是西方的宗教，都认为人是有灵魂的，有灵魂才有生命；只要坚持修炼，肉身死后，灵魂就会升入天国和极乐世界，或成仙成佛，或投胎转生富贵人家。这些无非是对生命现象感到神秘莫测和对生老病死产生恐惧的一种精神寄托，以及劝人为善的一种良好愿望。

■ 人有没有灵魂？灵魂是什么东西呢？

2000 年 6 月 26 日，"人类有史以来第一个基因组全序列（工作草图）已经完成"的消息震动了全世界。由美、日、德、法、英，以及中国的科学家参与的"绘制人类生命蓝图"的计划，正在对上面的问题做出答复。在这些科学家看来，生命也可以用物理学和化学的法则来加以说明。

"人的生命产生了精神，而生命现象却是可以用物质来解释的。"这话有点儿"绕"吧！不要着急，且听我慢慢道来。

人类总有那么一些"叛逆"，他们往往是智慧的先行；他们不安于现状，敢于质疑，勇于创新，并因此促进了人类自身的发展，对于生命奥秘的探索也不例外。

1944 年，著名的物理学家薛定谔 (Erwin Schrödinger) 写了一本名为《生命是什么》的书。他认为生命是能用物理法则来说明的。当时，科学家们最大的希望就是寻找到控制生命的物质，并了解它的机制。德国科学家德尔布吕克 (Max Delbruck) 和美国哥伦比亚大学的细菌学家卢里亚 (Salvador Edward Luria) 对寄生在大肠杆菌里的一种病毒——噬菌体的遗传物质进行了研究。他们发现噬菌体有一种传宗接代的本领。它们通过某种物质的作用，能够复制与亲代完全一样的子噬菌体。他们称这种物质为"基因"。

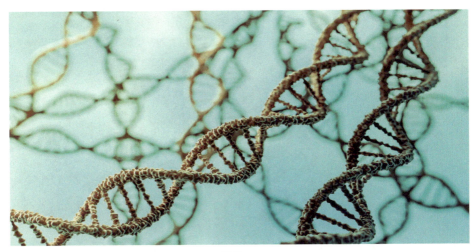

双螺旋 DNA

基因到底是什么东西？不少研究者都认为可能是细胞中众多蛋白质的一种。但是，美国洛克菲勒医学研究所的艾弗里 (Oswald Theodore Avery) 却认为基因与 DNA（脱氧核糖核酸）有关。艾弗里最先发现 DNA 是基因的载体，但他的辉煌成就直到死后才被重视。

1952 年赫尔希 (Alfred Day Hershey) 与蔡斯 (Martha Cowles Chase) 用放

射线标记噬菌体的 DNA，然后把它转入大肠杆菌中，结果在下一代的噬菌体的 DNA 中，发现了预先标记有放射线的亲代 DNA 的片段。至此，终于证明基因是位于 DNA 上的。

1953 年，在英国剑桥大学卡文迪许实验室工作的美国科学家沃森 (James Dewey Watson) 和英国科学家克里克 (Francis Harry Compton Crick) 发现了 DNA 分子为双螺旋结构。他们创立了 DNA 的分子结构模型。沃森当时只有 25 岁，而克里克也只有 37 岁。他们根据对 DNA 的物理、化学性状分析发现：DNA 是一条细长的分子链，若将它展开成平面，那么它就像一个梯子。两边的柱子是由磷酸和包含 5 个碳原子的脱氧核糖，借着磷酸二酯桥，相互交织而成。中间的一个个横档是由 4 种含氮碱基物质：T（胸腺嘧啶）、A（腺嘌呤）、C（胞嘧啶）、G（鸟嘌呤），借着氢键相结合，两两互补而成。

DNA 结构图

就是 DNA 片段主宰着大千世界芸芸众生"生老病死"的命运。

地球上瑰丽多姿的生命世界有 100 多万种动物、30 多万种植物和 10 多万种微生物，无不由基因决定了它们的遗传特性。从外表来看，似乎是同样的一个受精卵，却能够演变成一朵鲜花，或者一只果蝇，或者一头大象。人也是从受精卵开始逐步发育成完整的个体的。俗语说："种瓜得瓜，种豆得豆"，又说"一娘生九等"，指的就是：同一父母所生的兄弟姐妹，既有相似于父母的外貌和性格，那是遗传；又有各不相同的体态和脾气，那是变异。这说的是异性繁殖。如果我们将某个人克隆一下，来个自身繁殖，那就活脱是一个复制品，无不与亲代相似。这么说来基因倒真有点像灵魂呢！它确实能"投胎转生"。不过这是物质，不是精神。

▍为什么说生命现象是可以用物质来解释的？

生命的物质基础是蛋白质、核酸、糖类、脂类、水和无机盐等。这些物质的有机结合，为生命活动提供了生存的必要基础。其中：水和无机盐提供了有机体生存的液态环境；糖类和脂类是生命活动所需的能量；蛋白质则是生物体的主要组成部分，它的基本单位是氨基酸；核酸的基本单位是核苷酸，它分为两大类，一类是 RNA，其化学名称叫核糖核酸，另一类是 DNA，化学名称叫脱氧核糖核酸，由脱氧核糖与 4 种含氮碱基物质 (A、G、C、T) 和磷酸组成。

蛋白质在生物体内担负着各种各样的生理功能，如运输、催化、信号反应等。它是一种含氮的极为复杂的生物大分子，不同的氨基酸按不同的方式连接在一起，就形成不同的化学结构和空间结构，也就决定了其生物功能的不同。每个人体内的蛋白质种类数以千计，然而，决定其遗传性状的并非蛋白质，遗传信息的载体是核酸，包括存在于染色体上的 RNA 与 DNA。科学家发现，遗传信息流是根据一个固定的中心法则在蛋白质、核酸之间流转的。按照这个法则，携带遗传信息的 DNA，经转录过程流向 RNA，再经转译过程流向蛋白质；即：遗传信息一般是通过 DNA 的不同形式传给后代的，而在表现生物性状时，又将 DNA 语言转换成 RNA 的语言，再转换成蛋白质的形式。遗传信息的转录与转译过程的实质就是核苷酸与氨基酸的复杂的合成过程，也就是生命的特征与本质。

你们看，人体像不像一架由有机物质构成的复杂的机器？体内各种部件协调地运行就产生了生命现象。机器一旦老化或损坏到不能修复时，生命也就终止了。哪里有什么灵魂呢？不过你的 DNA 已经"投胎"传给了下一代，由此生生不息。

人类的基因图谱为什么是"绘制生命的蓝图"？

基因图谱就是 A、C、T、G 4 种碱基参与构成的核苷酸的排列组合结构图。它不但影响着人类的生老病死、喜怒哀乐，而且也影响着地球的生态环境与生物进化。例如，在人类的疾病中有 600 多种遗传病是由致病基因引起的。

100 多年前，科学家亨利•格雷(H.Gray)绘制了人体的第一张解剖图，标明了人的骨骼、肌肉、器官、血管、神经等，从而奠定了近代医学的基础；今天，全世界成千上万名科学家又在绘制人类的第二张解剖图，所要标明的是人的 30 亿对核苷酸的序列，以便于分离、辨认所有的基因，用以奠定未来医学的基础。今后两三年内，100% 的人类基因组全序列图将绘制成功；同时，制定一些相关的法律，以避免产生对个人或社会的破坏作用。那么，估计在 10 年内可以用检测基因的方法来预防癌症和糖尿病，以及对血友病进行基因治疗；25 年内，可以研究出针对个人基因组合的治疗方法，包括癌症在内的多种疾病将不再是"不治之症"，包括贫血症在内的许多疾病将能用修复基因缺陷的方法来进行治疗；50 年左右，可以用基因动物的器官来代替人的已衰老或损坏的器官，用带有免疫功能的转基因植物来替代大部分药物治疗疾病。例如吃一个转基因西红柿，你的病就好了。一张个人基因图谱就是你生老病死的"命"。你将知道自己什么时候最容易得什么病，怎样进行预防和治疗，或者干脆植入一个基因芯片来弥补你的基因缺陷，以免得病。那时候，如果愿意，人人都可活上好几百岁，倒真有点"成仙成佛"的味道了。

不是上帝创造和主宰了生命，而是在适宜的生态环境下，蛋白质与核酸相互作用的结果；是氨基酸与核苷酸生物大分子的分离与合成，生物细胞长期多代遗传、变异和进化的结果。冥冥之中没有"天意"，人类自己要掌握自己的命运。

撰写于 2002 年 5 月 26 日

在汶川大地震的废墟上

2008年5月12日14时28分，一场突如其来的灾难，降临美丽的巴蜀大地。顷刻之间，几万幢建筑夷为平地、几万个生命瞬间消失、几十万人的身躯血肉模糊、几百万名灾民颠沛流离……

四川汶川8.0级大地震震动了中国，震动了世界。这是新中国成立以来最大的一次地震，也是中华民族史上的一次大灾难。然而，地塌天不坍，大灾有大爱。在垂首哀恸之后，我们看到了生命的可贵、人情的温暖，还有那腔在苦难中燃烧的热血。

在汶川大地震的废墟上，演绎着人间至情的大爱！

于是，我看到了耀眼的光明。

这光明就是：人民的团结、政府的尽责、士兵的坚强、人心的凝聚、科技的进步、文化的弘扬！

这光明就是：伟大的中华民族的民族精神！

民族精神是一个民族赖以生存和发展的精神支撑。它是一个民族在认识自然、观察社会、反省自身的长期实践中，积淀、承传并熔铸在血液中的精神；是一个民族大多数成员所认同的思想品格、价值取向和道德规范的总和。

灾害来临，我们的国家已经很久没有这样同心同德！我们的百姓已经很久没有这样彼此感动！灾难让我们看到了中华民族未来的强盛与和睦。我能不为之热泪盈眶吗？！

我们的民族经历了1840年鸦片战争以来，列强侵略的苦难和百年耻辱；经历了10年"文化大革命"的洗礼；经历了唐山、汶川大地震；经历了险恶的传染病的侵袭；经历了无数水、旱、风、雪的自然灾害。中华民族不但没有跌倒、屈服，反而愈战愈强！实践与磨难丰富了我们民族精神的内涵。

汶川大地震遗址

我们的民族是大有希望的！

这希望在于：一个与时俱进、坚持改革、执政为民的党。

在巨大的灾害来临之际，胡锦涛总书记立即作出重要指示，要求尽快抢救伤员，保证灾区人民的生命安全，并启动了全国的灾害紧急预案。地震发生后，党中央明确要求：充分发挥各级党组织的领导核心作用，充分发挥基层党组织的战斗堡垒作用，充分发挥领导干部的模范带头作用，充分发挥共产党员的先锋模范作用。

面对大地震灾害，各级党组织和广大共产党员奋不顾身、迅速行动，以坚定的信念、无畏的气概、刚毅的品格、钢铁的纪律，成为抗震救灾的"先锋队"、灾区人民的"主心骨"、受灾群众的"贴心人"。

事实再次证明：党的坚强的领导核心作用是打胜抗震救灾这场硬仗的根本保证。

这希望在于：一个以人为本、情系百姓、为民服务的政府。

国务院总理温家宝在第一时间，不顾频频余震，立即赶赴灾区，在第一线指挥救灾。无数个日日夜夜，他几乎不眠不休地同救援人员一道，奋战在最前沿。温家宝总理在救灾现场，深情的话语仍历历在耳："首要的任务就是救人，只要有一线希望，我们就尽百倍努力，绝不会放松。""孩子，你既然活过来了，就要坚强地活下去。""克服种种困难，把抗震救灾工作进行到底。"……66岁高龄的人民的总理，声音哽咽、泪流满面。

5月16日，在抗震救灾的关键时刻，胡锦涛总书记飞赴四川灾区，还在万米高空时，就即时指挥抗震救灾工作。

胡锦涛总书记和温家宝总理心系灾民，亲临灾区，体现了党中央和国务院对人民生命高度负责的精神。

胡锦涛总书记和温家宝总理的举动，给灾区百姓带来了希望和活下来的勇气，带来了信心和力量，带来了安抚和温暖。他们的行为，感动了中华儿女，感动了世界人民。

这希望更在于：一个同心同德、和衷共济、通力协同的民族。

灾难激发了中华民族空前的大行动、大团结、大复兴。

多少省市的"的哥"们在道路堵塞、运输中断的第一时间，克服重重险阻，自动驶向灾区，免费运送伤员和物资；救援人员以最快的速度奔向灾区，奔向最危险的第一线，与时间赛跑，与自己的生理极限抗争；无畏的战士在强余震来临时，不肯撤离现场，发自肺腑地呼喊："求求你们，让我再去救一个！我还能再救一个！"废墟坍塌后，被迫撤离的消防战士长跪落泪；坚强的基层干部和武警战士，不顾亲人蒙难，一心抢救辖区灾民，终于累昏倒地。

我们听到了一位母亲临死前，给护在怀里活着的孩子留下的遗言："宝贝，记住我爱你。"听到了一位党的地方干部，由于全力救护灾民而顾不上自己的家，跪在妻子被埋的废墟上，悲伤地诉说："老婆啊！对不住你了。"

我们看到了：英勇的老师用自己的身躯死死挡住倒下的水泥板，护佑着身下的学生；看到了：深埋废墟 100 多个小时的幸存者，被连姓名都不曾留下的志愿者，用一双血淋淋的大手托起；看到了：一位受难儿童，当人民子弟兵冒着生命危险从废墟里救出时，躺在担架上举起行敬礼的小手。

我们看到了全体中国人民、海外华人，万众一心，众志成城，奉献爱心，抗震救灾，当灾难发生后的第二天，就纷纷慷慨解囊，支援灾区，举办各种赈灾募捐活动，捐款总额达 500 多亿元。

在我们眼前耸立的，是一座巍峨的高山——这，就是中华民族的脊梁！在地震发生后的这些天里，我们每天都被无数的画面感动着。透过这真实的一幕幕，我们的耳畔响起的是这样的声音——孩子，别哭！母亲挺得住！汶川，别哭！中国难不倒！

5 月 18 日，在四川省什邡市灾情最严重的蓥华镇救援现场，胡锦涛总书记用洪亮的声音喊道："任何困难都难不倒英雄的中国人民！"坚定的话语，道出了一个民族的信心！

在震后的残垣断壁中，在震后的每一寸土地上，到处闪耀着中华民族精神的光芒，到处张扬着中华民族精神的旗帜。

于是，我在汶川大地震废墟的黑暗里，看到了夺目的光辉——我们伟大祖国光辉的未来！

撰写于 2008 年 6 月 26 日

长青草和仨老头

　　"离离原上草，一岁一枯荣；野火烧不尽，春风吹又生。"这是我国唐代诗人白居易所作，脍炙人口的《赋得古原草送别》一诗的前半首。其后半首为"远芳侵古道，晴翠接荒城；又送王孙去，萋萋满别情。"就不一定尽为人知了。此诗写出了野草顽强的生命力，而又以草寓情，贴切自然地表达了朋友之间永恒的情谊。诗句也道出了大自然的普遍规律，即使有着旺盛活力的野草也得"一岁一枯荣"。然而——

　　有一些草，经过科学配伍，悉心培育，它们就能够相辅相成，长青不败；更妙的是，还可以育成草毯，卷起搬走。将它铺在你家的阳光厅里，布置一个生态角；或者干脆植在小院里，种两株松柏，长几丛凤竹，布数块奇石。冬雪初融，草儿从冰凌中露出了尖尖角，越发感到青翠欲滴。像画家在严冬肃杀的背景中，抹上了几笔新绿，让你仍然感到生命的顽强与萌动。

　　有仨老头，他们都干"爬格子"的活，都年届古稀了，都经历过几乎相同的人生坎坷。相同的经历，相同的爱好，相同的命运，加上改不了的"臭老九"

脾性，于是他们一见钟情、相见恨晚，结为知己。这仨老头中，就有我一个，那俩就是广西柳州市科普作家协会的两位名誉理事长：欧同化和顾钧祚。

顾钧祚和汤寿根

"仨老头"自左至右：汤寿根、顾钧祚、欧同化

说来有趣，我家住在北京柳林馆南里，门前有一条小街，叫"柳林馆路"，那俩老头住在柳州，我们都和"柳"有缘；仨老头的友谊就像长青草，而我们的友谊确实是由草引起的，我们也都跟"草"有缘。

那是2002年的事了。中国科普作家协会拟在柳州市筹建科普创作基地。柳州市科学技术协会主席麦亚强请欧老来京接头，带来了柳州的热情亲切的信息。在交谈中，欧老告诉我，柳州有一位专长生物的科普作家叫顾钧祚的，一向勤于笔耕，到了20世纪80年代中期，面对我国科研成果只有不到20%能够转化为现实生产力这一严峻局面，他为之痛心疾首，便下决心去充当一名义务中介人，在某种意义上也可以称为科技经纪人的角色。为此，他风尘仆仆，走南闯北，舌敝唇焦，去做一件又一件牵线搭桥的事情。其间，固然有"瞎子点灯白费蜡"和"只开花不结果"的尴尬遭遇，但也积累下了经验和教训，逐渐明白了一些规律和真相，终于一炮打响，将"金嗓子喉宝"（现改为金嗓子喉片）从上海引进柳州，后来成为驰名中外的品牌企业，创下了令人瞩目的经济效益和社会效益。接着，他又为柳州引进了阳澄湖大闸蟹。欧老深有感触地说，许多科普作家，本身就是科技专家，如果他们在从事科普创作的同时，换一个角度去思维、去行动，主动发挥自己的科技专长，直接投身到经济建设中去，所能起到的作用是不可限量的，回过头来对科普创作也大有益处。顾钧祚退休后就是这样做的，他重新捡起了自己的专业，兴办起科普产业——种植长青草，要我到柳州时一定去看看颇为壮观的草场。将科普办成产业，这是我久已向往的事了。欧老的话给我留下了深刻的印象。会谈后，《科技日报》的青年记者，柳州人尹传红，请我俩吃饭。酒过数巡，已略带醺意的欧老拿起了手机，拨通了远在柳州的顾老电话："老顾，我正和汤老在柳林烤鸭店吃北京烤鸭，喝北京二锅头，非常高兴。这里烤鸭的味道，我觉得比全聚德的还要好。特此报告，让你也分享一下我们的快活。"翌日，欧老就转道去大连参加全国友好城市老年人桥牌邀请比赛了。

遗憾的是，当中国科普作家协会柳州市科普创作基地隆重举行挂牌仪式的日子里，由于种种原因，我始终没能有机会去参观顾钧祚经营的草场，学习他的经验，但却因此有幸结识了顾老。那是一位中等个儿、瘦瘦身材的老者，清癯的脸上刻画着岁月的沧桑，广阔的前额、支棱的头发显示着睿智与执着，而在眼神里依然流露出青春的光华。或许，他在用心血培育的"长青草"里，灌注的正是他的精神与性格。在柳州的几天相处，使我们仨老头多次有机会促膝长谈，彼此更贴近了。

现在，让我来介绍一下顾老以及他所培育的长青草吧！

1937年，顾钧祚出生于江苏苏州；1956年就读于华东师范大学生物系（该系现称生命科学学院），毕业后支援边疆，分配到广西柳州的一所学校讲授生物；1983年调任《柳州科技报》编辑；1997年退休。

所谓"长青草"，顾老为之起名"无土栽培常绿地毯草皮"。早在1986年，顾老就敏锐地看到了"景观草"的发展前景。他意识到，城市现代化的进程，必然会对草坪建设提出迫切要求，而当前带土草皮的生产将会破坏植地土壤的生态。他长期在思索一个问题：能否用无土栽培的方法来生产草皮？

　　广西是生产蔗糖的重地。在糖厂附近堆积成山、散发着浓浓臭味的蔗渣启发了他：若能将许多糖厂尚未综合利用的蔗渣代替泥土作为培养基来生产草皮，既治理了环境卫生，又保护了土壤生态，岂非一举两得。顾老想，国内有用玉米芯和棉花籽等来做培养基的，广西的蔗渣含有丰富的养分，应当也可以作为培养基。但当时尚无任何资料可供参考，一切要靠自己探索。自1986年到1996年，他写就了《无土培养介质生产常绿地毯式草皮的研究》《绿化草坪草种选择及其组合》等8篇论文，做了充分的理论准备。

　　顾老退休后，立即专心致志地开展了相关的实验研究。1997年，他用甘蔗渣作为培养基，洒上精心配制的营养液，种出的花卉开得特别鲜艳持久，培育的瓜果长得格外肥硕丰满。那么，种植草儿的结果会怎样呢？顾老在柳州市郊区租了一间废弃厂房，用作种草的试验室。他在室内和室外分别做种草的试验：地上铺设塑料薄膜，薄膜上放置蔗渣培养基，撒上草种，喷上自制的营养液。草籽很快萌发了芽儿。两个月后，一片绿油油的草坪呈现在眼前。草儿发达的根系与蔗渣盘根错节，织成了一张绿色的地毯。这张草毯可以移植到任何地方，卷起运走就是了。

　　但是，这只是单一品种的草皮，而城市所需要的草皮，不仅要"养眼"，而且要"养脚"。这就是说，不仅要耐看，而且要经踩，因为不同用途的草皮，应该具有不同的功能。这是无土栽培成功后，顾钧祚面临的新问题：草种应该怎样选配？他想，不同的草，其形态和特性也不相同：有的矮些，有的高些；有的耐寒而不耐涝，有的耐热而不耐踩。比如足球场就要挑选经得起践踏的草种；而城市景观则需挑选那些生长速度、柔软度和颜色都差不多的草种。单一品种的草皮肯定不能适应各种用途，只有将几种草取长补短综合起来才能满足城市建设的需要。

　　经过长期试验，顾钧祚的无土栽培常绿地毯草皮在柳州初战成功，引起了中央电视台《金土地》栏目组的注意。1999年12月，《顾钧祚和他的无土栽培草》在中央电视台播出了。专题报道特别强调这个项目保护土地资源和利用工业废渣两大特点。全国反响强烈，信件像雪片似的飞来，在一个月内，顾老接到了上百封信件和电话。许多地方对他的草表示了浓厚的兴趣；不少人千里迢迢赶到柳州"拜师"。

2002年2月，柳州市某厂在几天后就要接待一批日本客人。时值冬季，厂内草坪一片枯黄，环境肃杀。厂领导找上门来，连问几个"怎么办？"顾老不慌不忙地说："不要急，有几个小时就够了！"。当那一卷卷长青草像地毯似的在办公楼前一铺，正像神话一般，刹那间就绽放出一派盎然春意。

有人质疑了，"你的草在南方还不错，到了北方的严冬气候就不一定行了吧！"顾老的倔强劲又上来了："我偏要种给你们瞧瞧！"。

2003年8月，顾钧祚通过北京的朋友，在京郊觅地试种"长青草"。为了验证他的草籽能够在深秋萌芽出苗，他等到10月中旬才播种。他故意选取了存在病虫危害、野草繁衍威胁的自然条件，并且不设任何防寒、防护措施。这无疑是一次"破坏性试验"。因为只有这样，才能真实地反映试验中出现的问题。

我于12月上旬亲往观察。虽然试验坪畦几经霜雪，人踏、狗踩，刚播种又遭鸟雀啄食、大雨冲刷，但草苗除略见疏松外，长势依然喜人。这两垅长青草的绿茵与周围野草的枯黄形成醒目的对照。拨开青苗，我惊喜地发现尚有正在萌发的红棕色芽孢，可见长青草生命力之顽强。

2004年1月中旬，我又前往观察。时值北京冬春交替之际，气候干旱。轿车途经泥径，尘土飞扬。试验坪畦的幼草仍见青绿，并开始分蘖，但因受旱（业余负责养护的朋友，已于年前回老家探亲，未能及时给水），草尖略显焦黄，而用手轻按，依然富有弹性。无疑，长青草成功地经受住了北京严寒、干旱的考验。

且看，顾钧祚对北京试验的小结："本小试的草坪草种在'寒露'的北京田间仍能萌芽出苗，表明幼苗耐寒；但生长缓慢，推迟了分蘖，说明在北京的气候环境下，不论是在坪畦上生产'带土草皮'，还是在无土培养介质上生产'无土地毯草皮'，每年最后一次的播种均应在 8 ~ 9 月，以利草苗迅速生长，早日扎根土中或在无土培养介质中长出发达的根系并进行分蘖。这样在田间越冬后，翌年 2 月后即可起坪出售。"

据《柳州日报》2004 年 6 月 26 日报道，中国科学技术协会与韩国东北亚科技协力集团为了帮助我国中西部地区农民加快脱贫致富步伐的合作项目——爱心阳光行动第 22 期科普讲座在柳州举行。期间，顾钧祚对无土栽培常绿地毯草皮进行了栽种培训。目前，顾老正在广西扩大种植长青草，以期形成生产规模。

这就是"长青草与仁老头"的故事。

当本文快结束时，欧同化寄来了一首诗，从中可见柳州二老相知之深。当然，这还是跟草有关的。

友人顾君退休后去种草，自嘲曰落草，诌打油诗赠之：

相濡酒茶与墨香，几番沪上做文章。

忽闻解甲落草去，形影随君到围场。

我呢？可以想见，自然成了二老的挚友。但我为人愚拙，没有他俩的"才思"和"雄图"，却又不甘心就此老去。聊借韩愈的诗自勉吧！

草树知春不久归，百般红紫斗芳菲；

杨花榆荚无才思，惟解漫天作雪飞。

但愿顾老的长青草欣欣向荣，遍栽大江南北；但愿仁老头的友谊像长青草一样，长年常青、天长地久！

撰写于 2004 年 10 月 4 日

他们没有童年

我有过幸福的童年

风和日丽的春天,我常常钻进绿油油的麦田,躺在秸秆上。在这宁静的、散发着大地芳香的、属于自己的小小空间里,我仰望着湛湛蓝天、悠悠白云,遐想着白云深处是否真有一个玉皇大帝统治的世界。

郁郁葱葱的夏日,我会到小河边钓鳑鲏、捉蜻蜓,拿着自制的鱼叉去逮躲在浮萍里、露出眼睛的蛤蟆(这是个残酷的游戏),剥皮烤着吃,忙得不亦乐乎。

天高气爽的中秋,在习习凉风里,随着祭月香斗袅袅上升的烟雾,父亲对着一轮明月讲起了"嫦娥奔月"的故事,指点着哪儿是天河、北斗、挑担星。我特别等着香斗烧完后,拔起周围的纸旗,插在自己后背上,发疯似的在院子里喊着奔跑着!

瑞雪纷飞的隆冬,最让我盼着的就是过年了。客厅里挂起了家谱,点着蜡烛,供着糕点,向爹娘跪着磕头拜年!当然啦!肯定有好吃的……寸金糖、长生果、蜜枣、年糕。

　　至于学业呢？我始终是个不冒尖、不排尾，中不溜的主，似乎没有给家里添什么麻烦。记得父亲教我的是，在米字格上练毛笔、"起承转合"做文章。

　　如今我年逾古稀，经历了人生的风雨和坎坷，早已失去了童年的天真和憧憬，回忆起儿时的情景，心海里会泛起乡愁的漪涟，也不知那是一分温馨呢？还是几许苍凉！

1936年坐落于嘉定东门小学桥南的新房建成，父亲汤致和全家摄于大晒台。后排右起第三人为汤致和；前排右起第一人为汤寿根。

汤氏住宅

■ 我儿子有过童年

　　那时，我家住在北京三里河，离玉渊潭很近。我经常带着两个儿子拿着气枪去打柳雀和水鸟（这又是个残酷的游戏）。父子仨，我在前，一个跟一个，用同样的姿势走着，让孩子的妈笑弯了腰。我陪着哥儿俩到潭里学游泳。儿子说："妈，你看，爸游得像个笨青蛙。"不知怎的，我如今还游不好。他俩却学得很快，以后就不时摸了不少虾回来，由我把它们做成了美味。

可是，随之而来的 10 年"文革"，由于我是"修正主义的苗子"，让哥儿俩受了不少委屈，留下了抹不去的"创伤"。

他们的学习呢？没让我操过心，由老师们管了。遗憾的是，这老几届的高中生，大学是读不成了，只好以后念"成人教育"，成了他们终生的"痛"。

我孙子没有童年

小孙子入全托时，就开始认方块字、学 ABC 了。周末，我蹬着小三轮，老伴带着小食品，到总工会幼儿园去接孙子时，是我们最快活的日子了。一路上，老伴儿和小孙儿有说不完的话。一天，我突然冒出一句话："炀炀，

孙子汤景炜、汤景炀给汤寿根、陈光莉春节拜年（摄于 2013 年）

天是什么颜色的？"炀炀用稚嫩的嗓音喊着："爷爷，天是灰色的！"唉！当真是灰蒙蒙的。他哪见过湛湛的蓝天呢？

炀炀从幼儿园开始，他妈妈就让他学手风琴，小学里又改吹长号，为了争取当上"特长生"，"中考"可以加分儿。天哪！孩子还没有手风琴大，功课都做不完又缺少"音乐细胞"怎么学得好？这就苦了我儿媳，苦了我，陪着练吧！我儿媳为了炀炀学习不用功，伤心之后，继而责打。当炀炀哭喊"爷爷"时，我的心脏突然会猛烈抽搐起来（我这才体会到犯心脏病是

个什么劲儿）。我立马像一只愤怒的母鸡，较真地和儿媳玩起了"老鹰捉小鸡"的游戏。几次以后，炀炀再也不哭喊了，默默地忍受着，因为他说："我一哭，你们就会吵架。"只是有时忍不住还要给我看看头上鼓起的包。

10 多年来，可怜的炀炀没有过过一个安生的假期！唉！这究竟应该怪谁呢？

我们这一代的孙儿们，在灰蒙蒙的天空下，嘈杂的街道、血腥的游戏、没完没了压得喘不过气来的作业堆里讨生活。他们没有童年！

撰写于 1997 年春

让世界充满爱
——猫·狗·人的故事

　　根据欧洲的民间传说，人世间有一种人是能变形为"狼"的，"即便一个心地纯洁的人，一个不忘在夜间祈祷的人，也难免在乌头草盛开的月圆之夜变身为狼。"变形之后，它会对着月亮长嚎，难以自制地想吃活人或动物生肉。早在史前，世界各地的古代文化中就有关于狼人的种种传说。一位温文儒雅、风度翩翩、堪当良师益友的书生，却在月圆之夜失去自我意识，变身为六亲不认、残忍凶暴、令人不寒而栗的"狼人"。这些传说的原型，或许是来源于现实社会里具有"双重人格"的人吧！

传说中的"狼人"

俗语说"虎毒不食子"。如今，我们不是也能从报端见到一些连禽兽都不如的人吗？"从日本留学归来的儿子，在机场亲手刺杀前来迎接他的母亲"。即使是狼吧，也绝不会下口咬杀养育它的母狼；相反，却多见母狼精心育养了"狼孩"的报道。

我们常听到有"以德治国""以仁治国"的提法，笔者寻思，若能"以爱治天下"，那么我们的地球就不会像今天这样支离破碎、满目疮痍了，就不会生态恶化、战祸四起了。

下面笔者来谈谈最近收集到的两则感人至深的"人畜之爱"的故事。

《膝上黄狸一世情》的作者袁鹰讲了一个关于猫的故事："'夏衍酷爱养猫，那是同他相识的人都知道的。'先后去寓所看望夏公的人，总会同时看到他身边的白猫、花猫或者黄猫。它们依偎在老人怀中、膝前，有时率性躺在床上，静静地陪伴着伏案写作的主人，也许还在同主人倾心低语。

"夏公对猫非常平等，给它们自由，不干涉它们的行动，尤其是在春天。春夜猫们在屋顶上闹个不停，他家的猫自然也参加了，且通夜不归。第二天夏公会轻声对猫说：'你们昨天晚上是开会了吗？开得这么晚。''你们是在屋顶上开舞会吧，这么大声音。'那关心而又含蓄的神情，绝似开明的家长对待儿女们的爱怜。

我家的两只猫"咪咪"与"黄黄"

"三十年前,他养了一只黄猫,取名博博。'文革'乱起,夏公失去自由,被羁囚八年,博博失去老主人,就四处流浪,不愿回到那凄凉破碎的家,家里人没有心思去寻找,也不知那几年它是怎么活过来的。直到 1975 年夏天,夏公从秦城监狱被释放回家,博博不知从何处得到信息,或者是由于某种心灵感应,忽然间悠悠地回来了。它径直走到老主人身边,绕了几圈,叫了几声,像是问安,又像是诉苦,而实在却是告别。然后,悄悄地蜷伏到墙角,第二天就悄悄停止了呼吸。全家人见此情况,伤感莫名,老人更是唏嘘不已。听到这个故事的人,都不禁悚然心悸。从此夏公再不养其他颜色的猫,只养黄猫。

"向夏公告别之日,灵堂内外挂满挽联挽诗,寄托崇敬与哀思。其中有一副是中国保护小动物协会所献,不甚显眼,却别有情致:'庭前翠竹千秋节;膝上黄狸一世情。'

"夏公到了另一世界时,博博一定早就等待在那里,依依膝上,一如既往。"

《行走在汶川大地震中》的作者刘兴诗讲了一个关于狗的故事:"汶川地震发生后,成都军区空军司令部一支搜救队,立刻深入彭州市龙门山银厂沟搜寻。在牡丹坪福音寺附近遇见一个和尚,告诉他们山上有狗叫的声音,可能还有人困在废墟里。战士们顺着狗叫声,吃力地攀登了 1 个多小时,终于发现一个被卡在两块大石头中的老太太。她身体极度虚弱,神志却清醒,基本能说清楚事发经过。

"她的故事使战士震惊,也非常感动。原来,60 岁的她被埋在废墟里,经过了八天八夜,全靠两只陌生的小黄狗送食物送水,才坚持到救援人员来临。

"在杳无一人的山上废墟里,两只不会说话的狗发现了她,不知从哪儿找到一些食物,十分困难地钻进狭窄的空隙中一点儿一点儿喂给她吃。瞧见她渴了,两只狗就伸出舌头,轻轻地舔舔她的脸和嘴唇,依偎在她的

两只小黄狗

身边，帮助她克服死亡的恐惧。

"这位老太太名叫王友琼，地震发生时被泥石流卷走，卡在两块大石头中间，动也不能动一下。山中本来人迹罕至，这时候更加看不见半个人影，呼救也没有人听见，想不到两只小狗在绝境中成为她的伙伴，不仅给她送来食物，还给她精神支持。直到战士们到来，两只小狗也没有离开。仔细计算，她在两只小狗的帮助下，整整坚持了 196 小时，创造了生命的奇迹。"

现在，让我们再来瞧瞧高等多细胞真核生物"万物之灵"的人类。其实，作为"自然的人"，在构成人体的基石——细胞的染色体中是存在着"大爱"的遗传因子的。

在人体内许多已受损害或不再被需要的细胞，为了保持整体的纯洁，都会自尽。人体"卫士"——免疫细胞在成功抵挡危险微生物的进攻而受伤之后，也会毫不犹豫地自杀。

当人体内皮细胞察觉到有病毒入侵自身时，就会激活一连串的信息，告诉免疫系统前来抵抗，并立即"杀身成仁"。它自杀的目的是牺牲自己，不让病毒有机会在内部繁殖（病毒是一种不完善的生命，不能自身增殖，必须劫持细胞，利用细胞的机制、材料、营养来大量繁殖），制造更多病毒，感染、杀伤更多的同胞。病毒则会想方设法阻止细胞送出求救信号，并千方百计阻止细胞自杀，让细胞活到它在宿主内繁殖完成后再死亡。这是细胞与病毒间的拉锯战，而得到求救信息的巨噬细胞则会赶来对付病毒，清除自杀的内皮细胞尸体，并激活修补表皮的机构。适当及时地处理掉濒死细胞，对控制疾病的进展具有十分重要的意义。如果巨噬细胞能在受病毒感染的细胞爆裂（释放出大量病毒）之前就将其吞掉，就能彻底阻止疾病的发生。

近日，在《中国科学报》上看到一则消息称：德国埃尔朗根纽伦堡大学的研究人员发现，人体免疫系统的嗜中性粒细胞会自动在（关节等组织）炎症部位聚集，然后破裂死亡（自杀式攻击）。细胞死亡后会释放 DNA 和蛋白质等物质，形成一张紧密的网，将发炎部位包围起来，不让它扩散，进而引起长期炎症。

然而，作为"社会的人"，人类是一种思想、行为极为复杂的高等生物。在人类的社会里，不乏尔虞我诈、钩心斗角、贪污腐败、弱肉强食的例子，而组成人体 100 万亿个细胞的 DNA 遗传因子里，却有着天然的杀身成仁的大爱。为什么这种崇高的本能竟不能主宰所有"万物之灵"的行为？！而让他们叛变了自己的天性，化身为更为阴险的"狼人"呢？！

高亮之在他的著作《爱的哲学》中，探讨了人类的本质、人的天性，以及爱与真善美的关系。他认为，真、善、美是人类所追求的三个最高理想，而爱也应列入人类的最高理想。但是，爱与真善美相比，有它独特的性质。符合真善美的事物主要存在于客观世界，它们本身并不是人的一种感情。而爱来自人的内心，是一种理智的感情、一种生命的本质、一种生命的力量。这种生命力可以推动人类进行不懈努力，去追求、实现真善美，去创造出世界上原来没有的、美好的事物。

柏拉图说："爱的力量是伟大的、神奇的、无所不包的。"

生态环境要靠爱的力量来维护；和谐社会要靠爱的力量来维持。"爱"是人类一切最高幸福的源泉。

让世界充满着爱！让人间充满着爱！！

撰写于 2011 年 7 月 19 日夜，于平和斋

志谢：在写作本文时曾得到王直华先生的帮助，谨致谢忱。

生死情缘话益菌

■ 偕老同穴

"生为同室亲，死为同穴尘。""庶保贫与素，偕老同欣欣。"这是唐代诗人白居易写给新婚妻子的情诗中的头尾两句。白居易勉慰妻子与自己安贫乐道、举案齐眉、生死与共、白头到老。

然而，世事无常、人生百态，不是也有"夫妻本是同林鸟、大难临头各自飞"这等"鸟事"吗？！

海洋里却有一种富有（白居易）诗意的生物——偕老同穴。

"偕老同穴"是生活在深海中的海绵动物。这种海绵呈瓶状或圆柱形，像个网兜，四周布满进水小孔，没有口和消化腔，过着底栖固着生活，体长通常为 30～60 厘米，有的可达 1 米多。它的名称与一种小虾——"俪虾"的共栖有关。当俪虾还是幼体时，便成双结对地从小孔进入，在那里生活、成长，取食随着海水流入的有机物。俪虾的身体逐渐长大后，就不能再通过那些小孔，于是与"偕老同穴"合为一体，

"白头到老"了。俪虾的"俪"就是恩爱夫妻的意思，俪虾也因此而得名。基于这个动人的结局，日本人民便将在日本海中常见的"偕老同穴"视为吉祥物。在婚礼喜庆时，常把它的干制品作为定情信物，赠送给心上人，以示百年好合，一生厮守，永不分离之意。

这是一个平凡的爱情故事在深海中的演绎，虽然并不浪漫与潇洒，却留下了忠贞与温馨。

日本人在婚礼时将"偕老同穴"戴在胸前表示永恒的爱

同生共死

万物之灵的"人"啊！或许在这"权钱至上""物欲横流"的社会里已经泯灭了天性。"爱情"与"婚姻"似乎已沦为一场"交易"。据2009年统计：北京是全国离婚率最高的城市，达39%；其次为上海，离婚率为38%，留下了许多可怜的"单亲"孩子（百度网站转载瑞文网《中国离婚率调查报告》）。

难怪有那么多养狗的人们。爱狗族说："狗是最忠贞的伴侣。"

然而，您可知道：在您的身体里却有一个比"狗"还"忠贞"的种群。说出来也许会吓您一大跳："细菌"！它和您"同生共死"！

您知道我们的身体里有多少（对人体有益的）益生细菌吗？有上千万

亿个呢！总重量有两斤多！它们和人体相互依存，帮助我们消化食物，并且共同对抗致病细菌，例如沙门氏菌。益生菌种与人体组成了生命的共同体，形成了和谐共处、保持平衡的微生态系统。如果种群失调了，那么您就病了；如果种群灭绝了，那么您就活不成了！

这些有益的细菌主要有：双歧杆菌、乳酸杆菌，还有两位具有双重性格的"中间派"（中性细菌），肠球菌、大肠杆菌（它们在肠道内是互利共生的好菌，倘若走入歧途，譬如跑到肺里，那就是十足的坏蛋）。

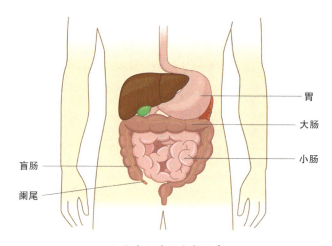

胃
大肠
小肠
盲肠
阑尾

人体消化系统内部器官

肠球菌、乳酸杆菌的种群栖居在小肠里；双歧杆菌、大肠杆菌的种群栖居在大肠里。它们与人体肠道，像俪虾与偕老同穴一样，终生厮守，永不分离。

仁义"双侠"

双歧杆菌与乳酸杆菌就像在我们肠道里行侠仗义的两位兄弟"侠客"。

仁兄"双歧杆菌"是肠道内最有益的菌群，是人体健康的晴雨表。双歧杆菌数量减少，是"不健康"的标志。肠道内细菌种群，随着人年龄的增加而显著变化。婴儿出生，肠道内即出现双歧杆菌，其数量约占肠内细菌总量的 60%；随着年龄增大，双歧杆菌逐渐减少，甚至消失，65 岁以上老人，双歧杆菌数量则减少到仅占肠内细菌总量的 7.9%,而产气荚膜梭菌等腐败细菌大量增加；到了老年，肠道内充满腐败细菌，双歧杆菌几乎消失。腐败细菌在肠道内产生的硫化氨、吲哚、酚类，以及亚硝胺等有毒物质，会加速人体衰老，诱发癌症，引起动脉硬化、肝脏障碍等疾病。

　　双歧杆菌是厌氧菌，要增加它在人体内的数量，可以采取两种方法：一是体内增殖。人们发现，寡糖（或称低聚糖，由葡萄糖和果糖等单糖聚合而成）对双歧杆菌有促进增殖的作用。最实惠的方法就是常常吃些含有较多寡糖的食品，如大豆、山药、地瓜、芋头、莴苣等。二是口服增补。服用特制（脱水或微胶囊技术）的双歧杆菌生态制品能够增加它在人体中的数量。

常食用大豆、山药、地瓜、芋头、莴苣等，可以增加双歧杆菌在人体内的数量

　　双歧杆菌具有以下益生保健效果：一、维护肠道正常细菌菌群平衡，抑制病原菌的生长，防止便秘、下痢和胃肠障碍等；二、分泌的各种酶，能分解有害菌产生的致癌物质，预防癌变；三、在肠道内合成 B 族维生素、氨基酸，并提高机体对钙离子的吸收；四、降低血液中胆固醇水平，防治高血压；五、改善乳制品的乳糖消化不良症，提高消化率；六、增强人体

免疫机能，预防抗生素的副作用，抗衰老，延年益寿。

弟随兄行

义弟"乳酸杆菌"的才干其实不逊于仁兄，而且在大自然里有着庞大的种群。您看，酸奶、酸菜、泡菜……都是它的杰作。乳酸杆菌广泛存在于人体的口腔、泌尿生殖道、胃肠道内。大量试验证实，人体内的多种乳酸杆菌可对免疫系统产生调节作用；肠道内的乳酸杆菌能分解糖类，产生大量乳酸，从而抑制致病菌、腐败菌的繁殖；乳酸杆菌能合成维生素 B，并参与食物的消化作用。

乳酸杆菌发酵食品具有很悠久的历史

儿童口腔中的乳酸杆菌可以防止艾滋病病毒在儿童体内扩散。乳酸杆菌能够通过自己产生的一种蛋白质，紧紧地将自己固定在口腔黏膜和消化道黏膜壁上。这种蛋白质能捕捉艾滋病病毒，并牢固地附在艾滋病病毒的外壳上，抑制了艾滋病病毒的蔓延。

干扰素是病毒侵入细胞后产生的一种糖蛋白。它可以干扰另一种病毒的感染和复制，具有抗病毒、抗肿瘤和免疫调节功能。采用生物工程技术，有望将乳酸杆菌作为产生 α 干扰素的载体，获得的制剂可以治疗细菌性阴道炎和滴虫炎，而且能防治阴道及外阴的病毒感染。还可制作以乳酸杆菌为载体的新一代脱敏用尘螨疫苗，以及研制抗疟原虫、血吸虫、弓形虫等寄生虫疾病的疫苗。

乳酸杆菌发酵食品具有很悠久的历史。当今世界发展的潮流是营养保健食品，即不仅具有一般食品所具有的营养和色、香、味，而且还具有调节人体生理功能的食品。乳酸杆菌发酵食品属于营养保健食品。因此，这将是一次全新的食品工业革命。

变脸枭雄

肠球菌与大肠杆菌是肠道"丛林"中的"变脸枭雄"，桀骜不驯，翻脸不认人。

肠球菌普遍存在于自然界，一般栖居在各种温血和冷血动物的腔肠，也是健康人体的上呼吸道、口腔或肠道的常居菌。

肠球菌属于中性菌。正常情况下，它能在肠道内分解糖生成酸，对人体有益，如果与双歧杆菌、乳酸杆菌"联合作战"，"分兵把守"于肠道上、中、下部位（上部为肠球菌，中部为乳酸杆菌，下部为双歧杆菌），组成不同条件下都能生长、作用快而持久的联合菌群，既可以快速直接抑杀多种肠道有害菌，又可以减少肠源性毒素的产生和吸收，最终激活免疫细胞，提高机体免疫力，实现肠道内菌群平衡，确保肠道世界的长治久安；但随着免疫抑制剂及广谱抗生素的广泛使用，在机体功能紊乱、免疫力低下时，肠球菌侵入人体其他脏器或易位，将成为重要的条件致病菌，可引起人体多种组织脏器的严重感染，感染发生率正在逐年上升。它不仅会引起呼吸道、尿路、皮肤软组织感染，还会引起危及生命的腹腔感染、败血症、心内膜炎和脑膜炎，而且由于其固有的耐药性，临床治疗困难。

肠球菌对外界环境温度适应性强、抵抗力强及耐受性强，甚至可以抵抗多种抗生素，加上其对生长营养要求不高的特点，因此在自然界分布广，

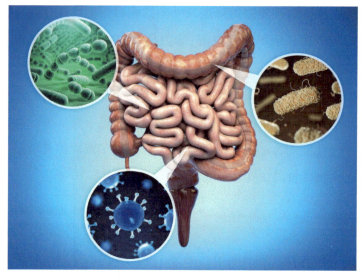

细菌在消化系统的不同部分定居

存活力持久。目前，该菌多作为生活饮用水、管道水等水质卫生的指示菌。

无独有偶

另一位"枭雄"是大肠杆菌。它和肠球菌的行为如出一辙。大肠杆菌是人和动物肠道中的正常栖居菌。婴儿出生后，它随着母乳进入肠道，主要寄生于大肠内，与人终身相伴。它也是一种中性菌，具有"双重性格"。在正常栖居情况下，可以认为是与人体互利共生的：它能发酵多种糖类，产酸、产气；其代谢活动能抑制肠道内分解蛋白质的微生物生长，减少蛋白质分解产物对人体的危害；还能合成维生素 B 和维生素 K，以及分泌对近缘细菌具有杀灭作用的大肠杆菌素，有调节菌群数量的作用。但当大肠杆菌侵入机体其他部位时，可引起肺炎、腹膜炎、胆囊炎、膀胱炎、败血症等。感染可能是致命性的，尤其是对孩子及老人。然而，大肠杆菌对一些抗生素，如链霉素非常敏感，一般情况，抗生素能够有效治疗。

大肠杆菌在肠道中大量繁殖，几乎占粪便干重的 1/3，常随粪便散布在周围环境中。因此，大肠杆菌常作为饮水和食物的卫生指示菌［国家标

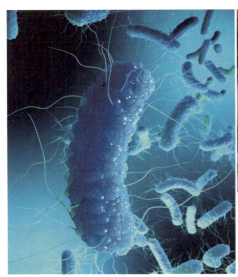

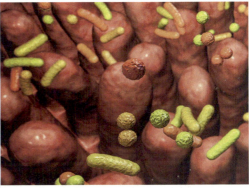

肠道里的大肠杆菌

（大肠杆菌的代谢活动能抑制肠道内分解
蛋白质的微生物生长，减少蛋白质分解产
物对人体的危害，还能合成维生素 B 和 K）

大肠杆菌（周身长有鞭毛，能够运动）

准规定，每升自来水中总大肠菌群（细菌数量）不超过 3 个〕。

　　大肠杆菌是生物学上的重要实验材料。它对于分子遗传学的建立和应用起到了重要作用。例如，人们把人的胰岛素基因送到大肠杆菌细胞里，让胰岛素基因和大肠杆菌的遗传物质相结合。胰岛素基因会指挥大肠杆菌生产出人的胰岛素。并且，随着它的繁殖，胰岛素基因可以遗传。这种人工给予的遗传性状的细菌，称为基因工程菌。

协同进化

　　我们不是纯粹的人。换句话说，"我们不完全是人"。这可不是骂人的话，因为"基本上，人体就是一个移动的细菌聚居地"。现在，有学者建议：将人体肠道内的微生物群落，看作是人体的一个器官，叫作"微生物器官"。如果说人类基因组蕴含着大量信息，那么肠道微生物基因组的信息就是海量的。组成人体的细胞约为 100 万亿个，而人体内的共生菌数量是人体细胞的 10 倍，约 1000 万亿个，共生菌的基因组信息能不影响人类的生长发育吗？最近的研究表明，肥胖病人肠道菌群的基因组成和正常

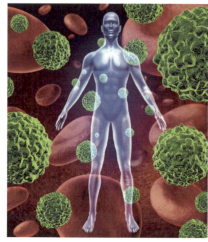
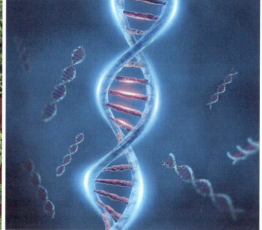

人体就是一个移动的细菌聚居地　　　　　DNA 上基因的结构示意图

人有很大不同。肥胖是肠道微生物的"代谢综合征"。

　　肠道微生物与人类的共生关系是上亿年间彼此选择、协同进化的结果。"比较基因组"的学者调查表明，在不同种类的哺乳动物体内存在着不同的细菌亚种，而这些亚种来自共同的祖先。这就说明，在很早的时候，这些细菌就与哺乳动物形成了共生体系，随后进化出不同的亚种。这是与宿主共同进化的结果。在宿主对肠道细菌进行选择的同时，肠道细菌也在不断地对宿主进行选择。如果这种选择作用对宿主有利的话，就会得到宿主的接纳，从而扩大自己的生存空间。可见，协同进化的结果带来了宿主获益和肠道菌群的多样性，保证了肠道微生态系统处于最佳稳定状态。

和衷共济

　　在漫长的进化过程中，我们肚子里的细菌与人类已经达成了良好的合作协议：宿主一方，为肠道微生物提供稳定的（恒定的温度和接近中性的pH 值）、富有营养的栖息环境，有选择地让某些微生物定居。肠道微生物对于生存环境的要求是很苛刻的。它们绝大多数是厌氧菌，见不得氧气。自然界很少有这样的环境，偏偏肠道的生理特点满足了这个条件。即使有

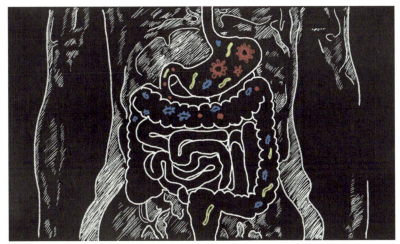

人类与益生菌是和衷共济、偕老同穴的生死伴侣！

少量氧气随食物进入肠道，也会被肠道上部的好氧菌和兼性菌所耗尽。微生物一方，帮助人体消化一些人体所不能消化的纤维素、半纤维素、果胶等植物多糖，供宿主吸收利用；帮助肠道建立起完善的免疫功能，并弥补人类某些天生的生物学缺陷（肠道微生物群落及其基因组赋予人类一些没有必要在人类身上进化出的遗传和代谢功能）。

　　人类身体靠碳水化合物获得的能量中，有 10% ～ 15% 都是依赖肠道细菌的酵解。因此，肠道微生物可以影响，甚至在一定条件下决定宿主的能量吸收。而且，微生物及其代谢物还可以影响宿主黏膜免疫系统的发育、血管的发生、肠道上皮的修复更新及肠道功能的维持等等，特别是能够促进早期肠道的发育成熟，对新生儿尤为重要。

　　因此，人体共生微生物的组成和状态，可以真实地反映人体的健康情况。

　　人类与益生菌是和衷共济、偕老同穴的生死伴侣！

　　正是：滚滚红尘，何处才是彼岸？微微寰宇，此地自有菩提！

撰写于 2011 年 10 月 11 日，于平和斋

忆 "春回神州"

1978 年春天里，有两个日子是我们永远不会忘记的：3 月 18 日，"全国科学大会"在北京人民大会堂开幕；5 月 23 日，"全国科普创作座谈会"在上海浦江饭店举行。这是我国科学技术界和科普创作界的两个划时代的里程碑。我有幸被委任为全国科学大会中央代表团简报组组长、全国科普创作座谈会简报组组长，亲历了两会感人至深的情景。

科学的春天来到了！科普创作的春天来到了！我国的科技工作者和科普工作者终于从 10 年"文化大革命"的浩劫中、从"横扫一切牛鬼蛇神""打倒反动学术权威""知识越多越反动"的苦难中解脱出来了。他们从此可以不再"夹着尾巴做人"，而抬起头来走路了。

在庄严的人民大会堂里，回荡着邓小平发出的铿锵声音："四个现代化，关键是科学技术现代化""怎么看待科学研究这种脑力劳动？科学技术正在成为越来越重要的生产力。那么，从事科学技术工作的人是不是劳动者呢？""他们的绝大多数已经是工人阶级和劳动人民自己的知识分子，因此也可以说，已经是工人阶级自己的一部分。他们与体力劳动者的区别，只是社会分工的不同。"邓小平的讲话无疑是一篇解放知识分子的宣言，是一面呼唤新时代曙光的旗帜。邓小平的话音刚落，在洋溢着春意的会场里，响起一片排山倒海的掌声；多少科学家在身受"四人帮"残酷迫害时，没有流过一滴泪，此时此刻他们再也抑制不住，一任热泪在两颊流淌。正如郭沫若在《科学的春天》里发出的热情呼声："春分刚刚过去，清明即将来临。'日出江花红胜火，春来江水绿如蓝'。这是革命的春天，这是人民的春天，这是科学的春天！让我们张开双臂，热烈地拥抱这个春天吧！"

中国的知识分子是最可爱的人。他们一旦得到解脱，立即又无怨无悔地投身于"四个现代化"的火热建设之中。如今 30 年过去了，但是"全国科学大会"这 6 个字，在经历了严酷岁月的老一辈科学家心目中，永远是科学春天的起点，永远是铭记在心里的幸福时光。

30 年前的春天，为了落实"全国科学大会"的精神，中国科学技术协会主持召开了"全国科普创作座谈会"。在上海浦江之滨，聚集着从"十年浩劫"的苦难中走过来的 285 名科普编创工作者。他们含着热泪，控诉"四人帮"扼杀科普创作的罪行，畅谈着党的期望，人民的需要，誓为祖国的繁荣昌盛而重新拿起笔来。"科普创作的春天"也来临了！像一把金色的种子撒向十亿神州。此后在短短 4 年里，4000 多种科普图书出版了，120 种科普期刊应运而生，60 多种科技小报和报纸科技副刊在人民中争相传阅，22 家广播电台的科普广播节目在祖国大地上回响。我国进入了第二次科普大高潮。忆及当年盛况，迄今难以忘怀。

值得提及的是，我在会上曾为两位代表专门写过两期简报：一位是贵州的彭辛岷，因为他写了一篇《早晨的太阳为什么是黄色的？》科普短文，被诬陷为攻击伟大领袖，遭到了非人的迫害；一位是北京的张开逊，他流着眼泪诉说了在那黑暗的年代里如何坚持研究"传感器"，撰写科普文章的艰辛经历，使我深为感动。

北京代表赵之即席创作的诗词《嘉苑曲》道出了与会者的心声："暴风骤雨新霁，河山明媚如洗。况浦江听取，一片莺声燕语。悄然凝想，鬓尚未霜。细读科普规划，有诗千首，似酒万斛。往日多少激昂慷慨，都化作喜泪盈眶。"

忆往思今：卅年历程，沧桑巨变。祖国的航船已从"以阶级斗争为纲"驶向"以人为本"构建和谐社会。温故知新："科教兴国"已成国策，《中华人民共和国科学技术普及法》公布已有 6 年，《全民科学素质行动规划纲要》颁布实施也有两年了，科普编创工作的条件已远非昔日可比。如今，我们这些参加过"两会"的人，不少已年逾古稀。让我们珍惜今天，为"推动社会主义文化大发展大繁荣"重铸辉煌！

撰写于 2008 年 5 月 22 日

我的"宜居"梦

　　1956 年，我于上海华东化工学院毕业，国家统一分配至北京中国科学院《科学通报》室工作。从此，开始了我迄今 56 年的科普编创生涯。离申前夕，母亲已身患癌症。她忍着病痛，亲自做了我最爱吃的"红烧鲫鱼"，默默地坐在桌子对面，看着我吃饭（这是母亲的习惯）。临行时，她只说了一句话："阿七，等你有了房子就接我出来。"（双亲都住在我大姊家里）可怜啊！等我到单位报到后，才知道只能住"集体宿舍"。而先我 3 年来北京，在国家水电总局工作的爱人，流着眼泪向人事处申请结婚用房也不得要领。最后，总算给了我俩半间原先住建筑工人的工棚，一张床、两个方凳、一个两屉桌。这哪里能接妈妈来住呢？！一年后，母亲怀着"儿子来接"的梦想走了。7 年后，父亲也走了。其时，我俩有了一间半房子（室外的公用厕所、走廊里生炉子做饭），加上两个孩子。岳母帮着我们育养孩子。1988 年，在我工作了 32 年后，虽然已升任科学普及出版社副社长，并主管分房，但我还是"傻乎乎"地恪守入党誓言，从未顾及自己住

房困难（已经祖孙四代了），却面红耳赤地为职工向上级部门争要房子。我还是当老伴的家属，住着她的 76 平方米的小三居。

1992 年，我从科普出版社退休了。中国科普作家协会聘任我为组织工作委员会主任；1999 年又被选为副理事长，主管常务，杂事缠身，甚至比当出版社副社长还忙活。2007 年，我真正退休了。从此，脱离了渗入学术团体的人事、经济等烦恼的"灰色旋涡"，可以潜心研究科普创作理论并付诸实践了。这是我余生最美好的时光，与老伴调侃说："我常常会从梦中笑醒呢！"

但是，我和老伴的卧室简直是一间图书、杂志、报纸的仓库。我就伏在"梳妆台"书堆里的电脑上写作。"梳妆台"底下的空间也堆满了书，腿就必须窝着。我不禁心里寻思，退休多年了，我已经没有责任了，可以为自己想想，不能再这样憋屈了。于是，向单位主管分房的处长（我的老部下）提出了要求（补分配我一间两居室）。他只是客气地、淡淡地说了一句："汤社长，您来要房了，以前是我向您要房的呢！但您现在是老百姓了，等着排队吧！"我说："就排队吧！凭我的资历、级别，总分也是最高的。"他说："党委决定，分房一律不补差。"我说："不对吧！据我了解，去年党委书记补了一个两居室，而社长补了一个四居室。"他寒着脸说："我没有办法，你去找党委吧！"走进党委办公室，书记客气地从皮椅上站起来："汤社长，您来了，请坐请坐！"我说："我找您要房来了！"书记叹了口气："唉！住房困难啊！科协割块给房，不够分啊！"我说："不对吧！您去年……"书记笑眯眯地指着自己的鼻子："那应当我先还是您先？"我被激怒了，站起身来："我比你先到科协、先进出版社、先提局级，你说，应当你先还是我先？！"书记脸红了，懒懒地说："您是老局级了，我们庙小，您问科协去要房吧！"人走茶冷、世态炎凉，后事如何？可以想象。

2010 年，距离妈妈嘱咐之日 54 年后，我真的有房了！这是我儿子汤承锋于 8 年前买下的商品期房——复式结构，170 多平方米，双卫两厅四居室（每平方米 3300 元）。我将爸妈的遗像接来了，供在我书房"平和斋"的玻璃柜里。我领着两个孙子，向祖宗鞠了三个躬，大哭了一场。

我把父母亲接回家了！

为什么称"平和斋"？！因为我一生多坎坷，老来心境必须"平和"，快快活活向前走！因此，我撰写了一副对联，作为"家教"，请来了书法家的墨宝，挂在书房正壁上。上联是"福随心平气和到"（勉励自己）；下联是"寿同平安和睦来"（勉励家庭）。这是竖着念，如果横着念呢？那就是"福寿随同心平、平安、气和、和睦到来"。中堂是朋友雕刻的"（汤）寿（根）"印章，围着"寿"字的是儿子在电脑上绘制的多福图。那么，横批呢？当然就是："横竖是福"！

撰写于 2012 年 5 月 26 日

建筑是一首凝固的乐曲

建筑是一首凝固的乐曲！

当您漫步于江南园林小筑时，耳边似乎响起悠扬、缠绵的丝竹声，让您的心境宁静而平和，淡忘了尘世的喧嚣与烦恼，疲惫的身心得以舒展与休整。

绍兴沈园

上海浦东

　　当您徜徉于上海浦东的高楼大厦中，身旁仿佛回荡着雄浑、壮丽的交响乐，激起了您胸中澎湃的心潮，萌发出要为这方热土建功立业的雄心壮志。

　　当您行走在颐和园后湖，观赏着苏州街"小桥、流水、人家"的江南风情，聆听着编钟、玉磬、琴瑟的黄钟大吕，您似乎回到了有着"千年文化"的华夏神州，引发了您心灵的感应和激荡，是愉悦、是陶醉、是憧憬，或许还夹杂着一丝淡淡的惆怅和眷念！仿佛这是您等待已久的梦境，动情之处，不觉热泪盈眶。

颐和园苏州街

圆明园大水法遗址

　　倘若您游览了紫禁城、古长城，目睹了圆明园大水法的断垣残壁，您听到了什么吗？哦！您听到了响彻云霄的《义勇军进行曲》；您听到了《怒吼吧！黄河》；您听到了腾格尔苍凉、悲壮的歌声："父亲的草原母亲的河"。它带您穿越了中华民族千年沧桑、百年悲情的时空隧道；它让您同仇敌忾、热血沸腾，立下发愤图强、保卫神州的誓言，绝不让炎黄子孙屈辱、凄惨的历史重演！

　　欧美建筑学家密斯·凡·德·罗（Ludwig Mies van der Rohe）说："建筑是表现为空间的时代意志，它是活的、变化的、不断更新的""建筑艺术写出了各个时代的历史。"

我国建筑大师梁思成说："建筑是一本石头的史书，它忠实地反映着一定社会的政治、经济、思想、文化。"

建筑不仅是一首凝固的乐曲，而且是一首凝聚的史诗！

撰写于 1992 年 1 月 26 日

驾车旅游 6000 公里见闻

2012 年 10 月 23 日，我和老伴随儿子驾车旅游，从北京出发，经合肥、景德镇、瑞金到厦门，游览了鼓浪屿、福建土楼……；从厦门启程，经温州、杭州、苏州，到位于昆山的淀山湖梦莱茵（外甥的）别墅休整了 10 来天，以昆山为据点游览了松江、太仓、朱家角、锦溪、崇明东滩、上海外滩等地。然后，经安徽、河南、山东，回到北京。历时近 1 个月，行程 6000 公里。

■ 异国小镇

红色邮亭、街头雕塑、叠彩墙面、有轨电车，鹅卵石街道、哥特式教堂，维多利亚阳台、莎士比亚广场……我是置身于欧洲的某个小镇吗？哦不！这是距离上海市中心不到 40 公里的松江新城核心区域——泰晤士小镇。这里已成为上海市文化产业园区。这里是人们追求时尚、寻梦浪漫的休闲胜地。每天约有百对新人在小镇里拍摄婚纱照片，为小镇创造年收入近 2 亿元人民币！这里举办着莎士比亚国际学术论坛、泰晤士艺术讲坛、欧罗巴艺术之旅、国际新闻摄影赛、天主教主日弥撒、国际品牌服装秀……

这是我们在松江见到的一道新景。将英国的一个小镇搬到中国，让听惯了民歌小调的国人，体验一下异国风情、领略一曲英伦轻音乐，无可厚非！可是……

泰晤士小镇街景

天主教堂

欧式建筑

寻梦苏州

当我们去"上有天堂；下有苏杭"的苏州访古寻幽时却大失所望。"姑苏城外寒山寺，夜半钟声到客船"，唐代张继所作的脍炙人口的《枫桥夜泊》的传世名句，使我心向往之，此次下决心要去览胜聆钟。进入苏州地界，但见高楼林立，竟然不识姑苏在何处？借问路人"寒山寺"，十有八九不知晓。而且悦耳动听的吴语乡音也似乎消失了（我特别爱听苏州的评弹）！好不容易总算在大厦的包围中见到了小小的寺门。感谢政府对老年人的好政策，进寺观光不要钱。入门就看到前面台阶上放着一排钟，以及引人注目地用红漆木架挂着的一个大钟，都叫寒山寺钟，却不知哪个是正宗的，但肯定都不是在除夕之夜敲响的那只钟，因为没有撞钟的木槌。忽然传来了悠扬的钟声，循音觅踪，终于找到了一座小小的钟楼，门口有位严肃的老僧，坐地收费，每位50元，而且对老年人、残疾人一概都不"慈悲"。阿弥陀佛！

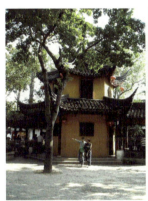

小小的钟楼　　　　　　　　　　寺门对面的影壁

我想想算了吧！4个人花200元看一眼"正宗"的寒山寺钟似不值当。于是，从钟楼背后照了个相（免得被老僧看到），留作纪念。

血脉之根

不仅是苏州，合肥、景德镇、瑞金、厦门都是如此，极目所见都是千篇一律的立方形高楼大厦。身在其中竟不知此地是何地？！因为您看不到地域或民族的特色。满耳听到的是同一首"千城一面"鸣奏曲！

30多年来，我国终于走上了现代文明之路，经济列车连续高歌猛进，GDP跃居全球第二，四通八达的高速公路、铁路，穿梭于现代化城市之间，延伸到边远的山区。国家确实发达了，可是民族的特性淡出了，甚至湮灭了！所以，当我们见到景德镇的千年红塔和历史文化长廊时，简直是狂喜

历史文化长廊近景

景德镇烧瓷制成的历史
文化长廊

景德镇千年红塔

了。我留恋不舍地在廊道上徘徊多时。

著名建筑师陈志华在《我国文物建筑和历史地段保护的先驱》中指出："个人的记忆是不足道的。但是，民族的记忆不能没有实在的见证，民族的感情不能没有实在的依托。这种记忆和感情，同样牵连着民族的命运。对这种见证和依托的需要，就是文物建筑保护的根据。"是啊！文物建筑是我们民族记忆的史碑，是华夏子孙心灵的居所；而乡音是串联起我们民族记忆的音符，是守护我们的血脉之根。

唐代诗人贺知章在天宝三年（公元 744 年）辞官告老回乡（今浙江萧山）时所作的著名诗篇《回乡偶书》，"少小离家老大回，乡音无改鬓毛衰。儿童相见不相识，笑问客从何处来。"道出了他的心境，落叶归根、回归故里，于是安然逝去。我们上海流传的俗语说："老乡见老乡，两眼泪汪汪"，可见乡音之重要。

英国人是很重视传统的。他们有着浓浓的乡村情结。莎士比亚称英国是"另一个伊甸园，半个天堂"。他们在这里寻找安慰、归宿和理想，并不断地完善自己。他们逗留于农家村舍、徜徉于城堡别墅、漫步于草木花卉。行走在英国的街道上，几乎看不见招摇的现代建筑，几百年以前的城堡或教堂多次维修之后，仍然是旧时模样；两旁古老的花园别墅，盛开着鲜花，散发着泥土和植物的清香。看来，这不但是曲"轻音乐"，而且还是首"古典乐"呢！

然而我国呢？据中国文联副主席冯骥才介绍，目前我国230万个村庄中，依旧保存着自然状态的古村落仅存两三千座，而在2005年时尚有5000个，7年来消失了近半！他指出，我国城市的风格和个性已荡然无存，古村落正在以惊人的速度毁灭。

我们把一个英国的小镇原封不动地搬来了，可谓大手笔！却又肆无忌惮地拆毁自己的乡村古镇，让一栋栋呆板的、枯燥的、方方的板楼拔地而起。似乎这才叫"繁荣富裕"。正是"高楼万丈平地起，盘龙卧虎高山顶"，可谓大气魄！

一个民族如果丧失了民族性、淡忘了民族的根基，这个民族离消亡也就不远了。国人要警惕啊！

高楼万丈

"安得广厦千万间，大庇天下寒士俱欢颜。"这是古人对"房奴"的感叹与期望。我们在旅途中看到的广厦（住宅楼）何止千万间，简直是连续的黑压压的钢筋混凝土森林！叹为观止。令人惊奇的是几乎无人居住！再想一想似乎明白了，每平方米起码两三万元的高价，"寒士"如何买得起？为了照顾"房奴"，政府又大兴土木，投入人力、财力、物力建造"经济适用房"和"廉租房"。为什么不将空关着的"亿万间"天价房利用起来，让"房奴"们买得起、住得着？岂不是能够节约巨额的人财物吗？！我是

上海某地住宅区

个书呆子，实在不明白个中奥秘！

据中国家庭金融调查与研究中心主任甘犁说：2013 年全国城镇家庭住房空置率高达 22%，空置住房占用了全国城镇家庭总资产的 11.8%，4.2 万亿银行住房贷款沉淀于空置住房。

坐车途经上海郊区南翔、马陆一带，公路旁鳞次栉比的黑褐色高楼住宅区，遮天蔽日。它们仿佛像一群群"怪兽"、一尊尊"金刚"，龇牙咧嘴、居高临下，傲视着天下寒士。哇！这里奏响的是一首"魔兽世界"进行曲！！

撰写于 2014 年 7 月 21 日

纪念·缅怀·感谢
——中国科普作家协会建会35周年感怀

■ 纪念

36 年前[①]——

1978 年 5 月 23 日，为了落实全国科学大会的精神，深入揭批"四人帮"破坏科普创作的罪行，繁荣科普创作，使科普创作更好地为新时期的总路线服务，中国科学技术协会在上海市科学技术协会的支持下，于 1978 年 5 月 23 日至 6 月 5 日在上海浦江饭店召开了"全国科普创作座谈会"。出席会议的有来自全国各地的科普编创工作者 285 人。于光远、华罗庚、茅以升、高士其、董纯才、王子野、王文达参加了会议，时任中国科学技术协会副主席、党组副书记刘述周亲自主持了会议。

根据会议代表的建议，会上发起筹备中国科学技术普及创作协会（中国科普作家协会前身）。

---

① 作者于 2015 年 1 月撰写此文。

经时任中国科学院科协办公室干部的王麦林和时任中国科普作协副秘书长章道义的推荐,我参加了"上海浦江会议",又任简报组组长。

全国科普创作座谈会在上海的召开,在全国引起了强烈的反应,像一把金色的种子撒向十亿神州。科普创作的春天来临了!忆及当年盛况,每每令我动情,迄今难以忘怀。

35 年前[①]——

1979 年,中国科学技术普及创作协会第一次全国代表大会召开。我再任简报组组长。胡耀邦、邓颖超、姬鹏飞、陆定一等中央领导接见了全体代表。胡耀邦在听取了代表们反映的问题、意见和提出的建议后,作了热情洋溢的讲话。

11 年前[②]——

2003 年金秋十月,天朗气清。在上海"好望角"大饭店——中国科学院上海学术活动中心,聚集着 80 余位来自我国南北各地的知名科普作家、编辑家、翻译家、出版家、理论家、美术家。他们都已经两鬓染霜,而依然精神焕发。他们久别重逢,笑语联珠;回首当年风华,感慨日月蹉跎。这就是"新世纪科普创新研讨会暨纪念全国科普创作座谈会在沪举行 25 周年"会场的情景。

这次会议是由中国科普作家协会主办,上海科学技术出版社、上海科技教育出版社、(上海)少年儿童出版社协办的。感谢 3 家出版社的社长吴智仁、翁经义、周舜培,在人、财、物方面的大力支持,使会议得以成功举办。中国科学技术协会为会议发来了贺信、于光远写了贺词。上海市科学技术协会副主席陈积芳应邀出席了会议并讲话。中国科普作家协会理

---

① ② 作者于 2015 年 1 月撰写此文。

事长张景中，首席顾问章道义，顾问周孟璞、林仁华，副理事长庄似旭、陈芳烈、金涛、饶忠华、汤寿根，秘书长张秀智；上海科普创作协会名誉理事长陈念贻，理事长杨秉辉，秘书长李正兴参加了会议。

在"新世纪科普创新研讨会"上，章道义作了《继往开来、与时俱进》的致辞，张景中作了祝酒词，金涛作了《感谢上海》的发言。会议收到和宣读了一批高质量的论文。这些论文不但总结了25年来科普编创出版事业的经验，而且提出了存在的问题和指出了发展的方向，例如吴智仁、吕芳的《东风劲吹之后——25年来出版的科普图书》，刘泽林、张品纯的《25年来我国科普期刊的回顾与展望》，文有仁的《25年来我国科技新闻事业的回顾》，宋广礼的《与时俱进 开拓创新——我国科普广播25年历程》，尤为华的《中国科教电影电视25年》，彭辛岷的《我国网络科普现状考察及发展战略思考》，赵之的《科学小品的汇报》，王国忠、郑延慧的《少儿科普在开拓创新中前进——全国科普创作座谈会25周年回顾》，刘仁庆的《论工交科普创作——为纪念全国科普创作座谈会25周年而作》，林仁华的《国防科普从面向军队推向社会——全国科普创作座谈会对国防科普创作的引导和推动》《21世纪国防科普创新之路》，周孟璞的《科普创作的里程碑——纪念全国科普创作座谈会召开25周年》，甄朔南的《在科普热的推动下——25年来中国自然科学类博物馆的成就、问题与思考》，章道义的《科普理念与科普实践的互动、发展与创新》，汤寿根的《科学精神与科普创作》等。

25年，在历史的长河中只是一瞬间，对中国科普作家协会的老会员来说，却走过了从中年到老年的阶段。他们与祖国同命运、共甘苦，走上了一条不平凡的，同时又是不平坦的道路。路况的曲折、风云的转折，使有些同志之间产生了某些隔阂。如何对待这些历史问题呢？

代表们在交谈中感悟到："历史的车轮总是要在坎坷与颠簸中前进的。同路人免不了会有所磕撞，一时碰痛了谁，也可以理解，也可以埋怨。但是，我们都不是驾车的人。历史背景的责任是不能让我们之中哪位个人来负责的。"想当初，25年前从"十年浩劫"的苦难中走过来的科普编创工作者，聚集在上海浦江之滨，座谈科普规划，含着热泪，互相庆幸"科普创作春天"的来临，又满怀豪情，要为"振兴中华"而大干一场。赵之即兴创作的《嘉苑曲》道出了上海浦江会议数百代表的心声："暴风骤雨新霁，河山明媚如洗。况浦江听取，一片莺声燕语。悄然凝想，鬓尚未霜。细读科普规划，有诗千首，似酒万觥。往日多少激昂慷慨，都化作喜泪盈眶。"看今朝，《中华人民共和国科学技术普及法》公布一周年之际，我们又聚集在"好望角"，畅谈科普创新。科普编创工作的条件已远非昔日可比。面临如此的大好形势，何不"欲与天公试比高"；对待过去的是是非非，何不"相见一笑泯恩仇"呢？正如金涛在《感谢上海》的讲话中提及的，像上海一样"以博大的胸怀，宽容的雅量"发扬传统，重铸辉煌。

《大众科技报》《科技日报》《科学时报》《中华读书报》《北京晚报》《文汇报》《解放日报》《新民晚报》《上海家庭报》《钱江晚报》、上海人民广播电台、东方网等新闻媒体到会进行了采访。

有记者评论："这些老人是25年前上海浦江会议的中坚力量，是中国科普作家协会建会的功臣。在我国科普创作事业的新长征中，他们留下了不朽的足迹。虽然他们今天还'志在千里'，但是年龄不饶人，终究不能违反自然界的规律。因此，会议特别邀请了一批40岁上下年轻有为的科普编创出版工作者与会。到会的有：管理着11个报刊的中国农机报刊社社长刘泽林，曾经两次获中国科协好新闻一等奖的科技日报社主任记者尹传红，曾任中国建筑工业出版社副总编辑、现任知识产权出版社总编辑的欧剑，以及编创出版过不少得奖图书的上海科教出版社副总编辑潘涛等。我国的科普作家是真的'后继乏人'呢？还是后继有人？答案是肯定的，关键是要善于发现、扶植新人，包括我们的新闻媒体在内。让我们的科普编创事业继往开来、人才辈出！这是与会代表共同的心愿。"

25 年来，我国科普创作事业的航船已经从浦江驶至"好望角"。可以预计，它必将深入智慧的海洋，到达全民科学文化素质极大提高的彼岸。

缅 怀

在纪念中国科普作家协会建会 35 周年之际，我要缅怀 3 位对我成长影响至深的导师——**周培源、温济泽、张景中**。

中国科学技术普及创作协会会刊《科普创作》创刊于 1979 年 8 月（1980 年 10 月，我任专职副主编、编辑部主任），科学普及出版社出版。在试刊号上的前 3 篇文章是：周培源的《迎接科普创作的春天》，钱三强的《为提高中华民族的科学文化水平作出贡献》，郑文光的《谈谈科普创作的繁荣》。

周培源在文中指出了《科普创作》的办刊方针，"《科普创作》的历史使命就是繁荣科普创作，为加速社会主义现代化建设服务。""团结和壮大科普创作队伍，通过经常交流科普创作经验，开展科普作品评介，加强科普创作的理论研究，努力提高科普创作队伍的创作水平和科普作品质量，使科普创作适应现代化建设发展的需要。""质量好的作品必然是思想性、科学性和艺术性结合得最好的作品，它能够起到提高觉悟，增长知识，开阔眼界，启发创造，促进生产的作用。要使我们的科普作品真正起到这种作用，就必须使科学与艺术很好地结合起来。""科学技术工作者要搞好科普创作，就要学文艺，文艺工作者要学科学，把科学与文艺结合起来，两者结成战斗的革命联盟，才能不断提高科普创作质量，更好地为四个现代化服务。"

30 年前，周老就指出了科普创作的方向，直到今天依然没有过时！30 年来，我国的科普编创工作者是身体力行地遵循着这条道路走过来的。在我的书架上长长地排列着从 1979 年到 2007 年的《科普创作》《科普创

周培源先生的亲笔推荐书

作通讯》合订本，就是历史的明证。

1986 年 10 月，我主编了《奋斗·科学家的成才之路》。这本书从组稿到出版，只用了 57 天，那时候算得上是创纪录的速度。内容包括金涛、孟东明等著名作家撰写的 19 位科学家的报告文学。第一次印刷印数为 10000 册。1987 年 7 月，该书获"中国图书奖荣誉奖"。10 年后，这本书被中宣部、共青团中央、国家新闻出版署推荐为"百种爱国主义教育图书"。1996 年 7 月，第二次印刷，印数为 35000 册。

由于《奋斗》的编辑出版，还引起了一件让我终生难忘，并感念知遇之恩的事。《奋斗》的序言是我请周培源先生写的，曾为他拟过草稿。1990 年，当先生听说我的职称还是副编审时，就让他的秘书送来了他的亲笔推荐书。其中写道："我曾请他为我起草过文章，使我感到很满意。""我认为，他完全有水平与能力担任正编审职务，特此真诚推荐。"这封推荐书使我热泪盈眶。

温济泽是中国科普作家协会第一届理事会的副理事长和第二届理事会的理事长。我曾连续两届被聘为副秘书长，以及担任会刊《科普创作》杂志专职副主编，在此期间与温老接触较为密切，也曾为他的报告做过一些文字资料的准备工作。他广博的学识，耐心细致、诲人不倦的工作作风，经常使我敬佩与感动。

温老和周老一样，倡导"自然科学与人文科学的结合"。他在《谈谈创作思想问题》中说："现在有两股潮流：一股是从自然科学奔向社会科学的潮流越来越强大了；一股是近几十年出现的从社会科学奔向自然科学的潮流。这两股潮流正在汇合成一股强大的潮流。现在自然科学工作者和哲学社会科学工作者都十分重视两者的相互结合，正在为促进自然科学工作者和哲学社会科学工作者建立联盟而努力。我们从事科普创作的人，更要迎头赶上，游泳在这个潮流的前头。我们在创作中，要注意自然科学中各有关学科知识相结合，要注意与哲学社会科学知识相结合，还特别要重视同社会各方面的实践知识相结合，只有这样，才能创造出合乎时代潮流的新作品。"

在创作手法上，温老强调"要重视科学与文学相结合"。他说："阅读科普作品，已经成为许多人精神生活的一部分。我们写科普作品，就更应当照鲁迅所说的那样，要去庄而谐，要做到使读者触目会心，不劳思索，就能在不知不觉间得到一些科学知识。因此，用文学的手法来搞科普创作，现在成为一个更值得重视的问题了。""这就要求作者有一定的文学修养。科普作品的对象是广泛的，它的内容是多方面的，它的体裁是多样的，它在科学与文学结合方面也应当有多种形式和多种层次。"他又说："写科普作品，要应用文学的手法和文学的语言。这一点，鲁迅在 80 多年前就提倡了。我国的高士其同志，苏联的伊林，都是把科学与文学结合起来的大师。世界上很多科普名著都是科学与文学结合的产品。我们在社会主义精神文明建设中，更要提倡科学与文学相结合。"

关于创作手法，温老还指出："我们写科普作品，要做到通俗化，很重要的一个方法就是把你所要写的那个知识，同本来与它有联系的一些方面结合起来，使它还原到自然中去，使它还原到社会实际生活中去，使它还原到人们的实际生活中去，使它变成活生生的东西，读者就会容易理解，就会感兴趣了。因此，从事科普创作的人，应当具有丰富的关于自然的、社会实际的（现实的和历史的）以及人们生活实际的种种知识。这些知识越丰富，就越能写出高质量的科普作品来。"而且还要"学会用群众的语言来讲科学，学会用形象化的方法来讲科学，善于用感情来打动和感染读者。"

温老在 28 年前的这些论述，对我们今天的创作实践来说仍不失其指导意义。

20 世纪 80 年代初，社会上掀起了批判"资产阶级自由化"和清除"精神污染"的浪潮。在科普创作界引起了一场关于科幻小说"是是非非"的争论。

1983 年 10 月 18 到 20 日，中国科学技术普及创作协会在北京香山召开了"科幻小说学术讨论会"，邀请了我国当时较有代表性的科幻小说作者和有一定水平的评论者和编辑参加，座谈了科幻创作的方向和当前存在的问题，"以统一思想，增强团结，使科幻小说的创作得到健康发展，更好地为现代化建设服务，为社会主义精神文明建设作出贡献"。

根据温老口述，由我拟稿，又经温老改定的会议纪要中，有 3 段文字是值得我们注意和加以体会的。

其一，"中国科普作家协会是一个学术性群众团体，组织的性质决定了我们的作者和评论工作者，不能也无法将当前在科幻创作和评论方面所产生的问题一概包揽下来。我们只能在职责范围内，对我们的会员和有关报刊的编辑进行力所能及的工作。"

其二，"科幻小说是科学文艺的一个品种。由于它是小说，必然与文学有密切的关联。科普创作的任务是传播科技知识、宣传科学思想和科学精神或方法，为建设社会主义现代化服务、为建设社会主义精神文明作出贡献。上述任务就决定了我们的工作范围。"

其三，"科幻小说的评论是科幻创作发展的产物。它们是相辅相成、互为依存的。由于当前科幻创作中产生的问题，有关这方面的评论相对集中一些，也是必然的。对此，我们应该抱着欢迎的态度。我们不能把它看成是作者与评论者之间的个人矛盾。作者与评论者是亲密的战友。我们应当团结起来，为创造富有中国特色的科幻理论体系，为创造出一批具有民族风格的高质量的科幻作品而共同奋斗！"

温老对科幻创作是怀有深厚的感情的。他所描绘的科幻创作事业所达到的境界，到今天还是令我们深深向往的。

1999年年底，温老病重，已经卧床不起。在中国科普作家协会第四次全国会员代表大会的闭幕式上，我受王麦林名誉理事长的委托，宣读一封温老充满了感情和期望的给会议的函件。我念着、念着，眼前又浮起了温老慈祥的笑容，许多往事涌上心头，以至泪眼模糊、语不成声，只好随手递给身边的谢础副理事长，请他接着读下去。

翌年，温老就谢世了。

张景中是中国科普作家协会第四届理事会理事长。我为副理事长，主持常务工作，曾在先生领导下共事8年。

景中先生是著名的数学家和科普作家。他撰写和主编的青少年数学科普读物有近百种之多，曾获多种奖项，包括科普图书的最高奖——国家科技进步奖二等奖、全国优秀科普作品奖一等奖。

张景中先生科普创作的特点是科研与科普同步进行，而且在创作技巧上有突破。我曾著文《读〈帮你学数学〉有感》探讨过这种技巧：

"张景中先生的《帮你学数学》的创作体裁粗看起来是较为典型的讲述体类型的'趣谈'文体；但仔细读来，作者在巧妙地运用逻辑思维进行创作的同时又生动地运用了形象思维来吸引读者进入角色，调动和启发读者的感情世界和经验世界，使之产生积极的认同，进而将作者的知识融为自己的知识。

"这样一种形象思维和逻辑思维相交接、讲述体与文艺体相结合的创作技巧应当称之为一种什么文体呢？我没有想好。

　　"但是，我可以借用张景中先生在书中有趣地阐述了什么叫'集合论'、通俗地引出了什么是'哥德巴赫问题'，以及总结了集合之间的重要运算'并、交、补'的例子来说明这种文体的性质。这就算我的学习心得吧！

　　"在'科普创作'这个集合里，'讲述体'和'文艺体'是两个子集合，每个子集合里又各有若干元素：讲述体有浅说、趣谈、对话等元素；文艺体有散文、小说、童话等元素。讲述体的创作方法是逻辑思维；文艺体的创作方法是形象思维。那么，张景中先生的创作手法的'飞跃'是在这两个子集合的相交上。这种文体的性质是这两个子集合的'交集'。如果我们有意识地运用和发展这种文体，它一定会形成科普创作领域里的'边缘学科'。"

　　我曾从景中先生的科普作品中感悟到科学确实有感性的"形象美"。怪不得陈景润会迷醉于"数理王国"之中，想来他不但在脑海里看到了数学"逻辑美"的意象，而且也看到了数学的"形象美"。

　　那是10多年前的事了。先生来京开会。我前去汇报工作时，看到他正伏案工作，电脑屏上有一朵美丽的花朵，彩色的花瓣不断地舒展、演变着，仿佛是一个生命体，正展示着她的千姿百态。我简直看呆了！先生说：这里演示的是"数学的动态美"。它所反映的其实是一个很简单的几何图形中一个点的运动变化。随便画一个圆，圆周上任意作3个点A、B、C，把两点A、B连成一条线段，线段上取第四个点D，作线段CD，再在CD上任取一点E。想象A、B、C是3个抬轿子的，E是坐轿子的。3个抬轿子的在圆上用各自不同的速度奔走，那么E的轨迹是什么样子呢？——那就是千姿百态的数学"花朵"。

　　我在大学时代，成绩最差的就是数学，想不到这门枯燥的"纯科学"竟然蕴含着如此丰富的"感情"！如此简单的几何图形居然蕴含如此丰富的美丽图案，这是数学的美！正是"万物皆有爱，科学也多情。"由此，

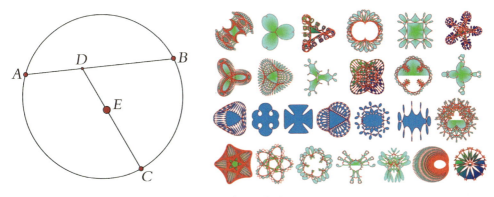

数学的动态美

我萌发了要研究和撰写有关"科学美学"的著作。先生要我直接研究"科普美学"，因为科普之美源于科学之美。经过多年的实践与思考，我撰写了《试论科普美学》。景中先生又给了我鼓励与推荐。

景中先生对我的影响（引导与启发）不仅在学术上，而且还在品德上。先生身上集中了刚正、廉洁、坚毅、平易近人等美德。他曾经领导我们，对渗入学术团体的贪污腐败和不正之风进行了 4 年之久的抵制抗争。

本书为作者积数十年科普创作理论研究与实践的总结。作者将科普创作理论提高到了哲学的层次，获得了科普创作界普遍的好评。

目前，尚未见到有关"科普美学"的系统性的论述，可以认为本书填补了这方面的空白。

（中国科学院院士、著名科普作家）

《科普美学》封面及张景中先生的评语

■ 感 谢

影响我人生转折的 3 位老师。

第一位老师是《科学通报》室主任应幼梅（中科院动物研究所副研究员）。

应幼梅教会了我"怎样做一个科普编辑"。他对我们这些新编辑人员采取了 4 项措施：

1. 指定帮带的老编辑。我是由汪容（竺可桢的女婿）带领的（汪容还兼着原子能研究所"场论"的研究工作）。

2.《科学通报》是为科技工作者办的高级科普刊物，为了和科技专家有共同的语言，他要求每个责任编辑，每月有一星期时间到中科院相关研究所做一点研究工作。

3. 要求责编跟上自己专业的某一学科的前沿，经过学习和实践后，向全室定期做报告。我曾对化学研究所研究员蒋明谦的最新成果"诱导效应指数"，经学习和体验后，做过一次汇报。

4. 作者、编辑和印刷工人是同一战壕里的战友，是出刊工作的上、中、下游，编辑工作必须为印刷工人着想。修改稿件时，字迹必须端正、符号必须清晰。为此，编辑必须每月到中科院通州印刷厂排字车间练习检字、排版。这样，编辑在稿件上下笔时（设计版面时）才会有感性认识，学会尊重排字、改版工人的劳动。

他教导我们，编辑是"为他人作嫁衣裳"的。因此在修改文章时，要尊重作者，要顺着作者的文意、文风，做逻辑上的修改和文字上的修饰。不要把作者的文章变成你的文章。

那时，我们在编辑室有床铺，每星期回家一两次。完成一个任务后，应幼梅就组织我们到北海划船，请我们（他掏钱，当时无公费请客一说）

到同和居、砂锅居、四川饭店吃一顿。至今，我还觉得 20 世纪 50 ~ 60 年代是我活得最痛快（运动除外）、人与人的关系最朴实的时代。回忆起来，倒是我年轻时太调皮、不知珍惜，可能伤过他的心。

感谢应幼梅！由于他的严格要求与引导，使我在《科学通报》室，在他领导的 9 年时间里，打下了较为坚实的基础，以至在以后自己负责学术期刊或科普杂志编辑部工作时，受用不尽。

应幼梅是我的科技（科普）编创工作的启蒙老师。

第二位老师是王麦林。

我和麦林认识于 1978 年"全国科学大会"期间。那时，我在中国科学院力学研究所工作，被借调到大会任中央直属单位代表团简报组组长。大会快结束时，麦林找我谈话，希望我不要再回力学所了，以后去即将复社的科学普及出版社工作，并交给我一个任务，让我策划草拟一个以理工为主要内容的综合性科普杂志《现代化》的办刊宗旨和创刊号选题（另一个以史地生为主要内容的杂志《大自然》）。但因中国科学院作了一个决定：凡所属单位借调到大会工作的，一律回原单位。因而，在初步完成了上述任务后未能如愿。

但是，我一直与王麦林和章道义保持着联系。在他们的推荐与帮助下，参与了 1978 年上海"全国科普创作座谈会"的一些筹备工作，以及主持了会议期间的简报编辑工作。1979 年，中国科学技术普及创作协会成立。王麦林被选为秘书长，后来我又被增聘为副秘书长。这两年是我从学术界到科普界的准备和转折时期。

1980 年 10 月，在道义的努力下，我终于获准调任中国科普作家协会《科普创作》编辑部主任兼专职副主编，直接在时任中国科协普及部副部长、《科普创作》杂志主编的麦林领导下工作。这几年，是很值得我回忆与珍惜的工作阶段。我经常在假日到当时麦林在晾果厂的住处汇报工作和促膝长谈。在工作中，我即使有不妥之处，她也从未正言厉色，总是和蔼地谆谆引导。相反，我倒是为了对一篇稿件的不同看法，和她耍过性子。

这期间，受王麦林的委托并在她的帮助下，我带领一个班子，在北戴河海角的一栋别墅里，用两个星期编纂了《花儿为什么这样红·新长征优秀科普作品评奖活动获奖作品选》。至今，我还保留着这些美好的回忆。这是科普编创事业的又一个意气风发的年代；这是中国科普作家协会的黄金时代。

没有想到，中国科协党组的有关领导于1983年突然决定将我调任科学普及出版社《现代化》杂志编辑部主任兼常务编委。麦林时任出版社社长兼党委书记。我依然在她的直接领导下工作。在她的帮助下，《现代化》编辑部于两年以后成为出版社的一个较为稳定的单位。出版社党委曾两次要我在中层干部会议上介绍经验。我也因此而被评为出版社先进工作者。1986年，麦林离休，我也于1987年离开《现代化》编辑部。

有意思的是，我与麦林的交往自《现代化》起，又到《现代化》止（这是指双方在职工作时的交往），中间转了一个8年历程的圈圈，其间，我一直在麦林的影响和领导下工作。我们是有缘分的。

麦林同志是我踏入科普界的第一位引路人！

第三位老师是章道义。

1978年，全国科学大会顺利召开后，为了贯彻落实大会精神，中国科协正在筹备召开"全国科普创作座谈会"。章道义交给我一项任务：根据大会通过的我国"科学技术发展纲要"，编写一份可以公开的、科普性质的、科技发展的要点，以供全国科普编创工作者参考。我编写完后，道义阅后觉得可用，由此记住了我的名字。

1980年7月，突然接到道义的电话，他要我趁中国科协的发展时期（其时，裴丽生任党组书记、刘述周任副书记），了却我想专职做科普编创工作的心愿。在他的帮助下，获得裴老（是我在中科院院部工作时的老首长）的同意，于同年 10 月自中科院力学所调到中国科普作家协会工作。这是我人生的第二次重大转折。

当时，道义（时任中国科普作家协会副秘书长、中国科协普及部宣传出版处处长）正在筹划编纂《科普创作概论》和《科普编辑概论》，以及与之配套的分学科的 12 本优秀科普作品文集。在他的帮助和领导下，我参与编写了《科普创作概论》第五章"技术性科普读物"和主编

关于推荐《人菌之恋》参评第三届"中国科普作家协会优秀科普作品奖"的函件

汤寿根同志撰写的科普图书《人菌之恋》在创作体裁和文字表达方面很有新意。作者根据移动媒体 3G 技术平台和人们手机屏幕阅读习惯的要求，以"短小、简洁、快捷、鲜明、趣味、实用"为准则，撰写了七十集，每集六七百字，图文互补，阐明一个知识点，连贯各集，便是一册关于人和细菌（包括病毒）之间关系和相互作用的科普图书；适应了当前社会快节奏生活的要求，可以在公共交通、睡前饭后的零星时间进行"碎片阅读"，积少成多，从而获得本门学科的系统知识；文笔流畅、富于美感，并且科学与人文相结合"文理交融"，力图读者在获得科技知识的同时感悟人生。

本书在原稿审评或图书出版后，曾获得多位科技、科普专家的好评，以及读者的普遍赞誉。总体来看，不失为科普创作方面的一种创新。

为此，我推荐《人菌之恋》参评第三届"中国科普作家协会优秀科普作品奖"。

（章道义）
2014-1-11

章道义推荐《人菌之恋》参评的函件

了《工交科普佳作选》。在编写《科普创作概论》第五章时，道义为了帮助我，亲自为我起草了详细的"第五章"编写提纲，实际上只需我根据积累的创作经验，做填充就可以了。这样地扶植新人，让我终生难忘。由于他的引导，我对研究科普创作理论发生了浓厚的兴趣，并将它作为今生的事业，自此以后，我发表了一系列较有分量的论文。

我的科普生涯是作品与理论同步进行的。道义同志对此常常给予鼓励。例如，对适应移动媒体需求的创作理论与实践研究的作品《人菌之恋》的推荐。

如今，我俩都垂垂老矣！但这种朋友之情、师生之谊延续至今。

道义同志是我研究科普编创理论的引路人！

撰写于 2015 年 1 月 26 日

中华精神的象征

万里长城万里长／长城外面是故乡／高粱肥、大豆香／遍地黄金少灾殃／／自从大难平地起／奸淫掳掠苦难当／苦难当，奔他方／骨肉离散父母丧／／没齿难忘仇和恨／日夜只想回家乡／大家拼命保故乡／哪怕敌人逞豪强／／万里长城万里长／长城外面是故乡／四万万同胞心一样／新的长城万里长／／

这首脍炙人口的歌曲是刘雪庵（曲）、潘子农（词）于1937年"七·七"卢沟桥事变后，在上海创作的。

江山如此多娇

其时，19 岁的周小燕在新加坡演唱了《长城谣》。她凄婉、激昂的歌声感动了广大侨胞。他们踊跃捐款、捐物，甚至愤然归国，参加抗日战争。中华儿女以血肉筑成了新的长城！

泱泱中华，万里长城，千年沧桑，百年耻辱。1840 年鸦片战争的隆隆炮声，唤起了千万神州志士，同仇敌忾，前仆后继……"历百度春秋，重重劫难，而建共和国体；经甲子①风云，层层障碍，始奠改革基础""祖国航船已经走出了'百年耻辱'之阴影，正张满风帆，驶向辉煌彼岸；中国人民已经粉碎了'东亚病夫'的枷锁，正意气风发，迈上复兴之路"。一个文明的、和平的、自信的、有尊严的古老民族，将重新崛起在世界的东方！"以史为鉴，可以知兴替"。今天，难道有什么力量能阻挡这样的人民，抚平黑色"工业文明"之累累创伤，走上绿色"生态文明"之康庄坦途？！

正如中华世纪坛碑文所载："回首近代，百年三万六千日，饱尝民族苦难，历尽变革风霜。烽火硝烟，江山激昂。挽狂澜于既倒，撑大厦于断梁。春风又绿神州，华夏再沐朝阳。登坛远望：前有古人，星光灿烂；后有来者，群英堂堂。看乾坤旋转：乾恒动，自强不息之精神；坤包容，厚德载物之气量。继往开来，浩浩荡荡。立民主，兴文明，求统一，图富强。中华文明伟大复兴，定将舒天昭晖，磅礴东方。"

撰写于 2000 年 10 月 1 日

---

① **甲子**：中国传统农历"干支"纪年中，一个循环的第 1 年称"甲子年"。每 60 年一个循环，所以一个甲子又可以代表 60 年。

可可西里的精灵

可可西里是地球上的第三大无人区，也是世界上仅存的古老、原始而又完整的生态环境之一。面积仅次于南极、北极。它位于中国的青海、西藏、新疆之间。海拔在 4500 ～ 5500 米，氧气含量不足海平面的 37%，常年气温零下 4 摄氏度，完全不适合人类生存。通常，人们把可可西里视为生命的禁区。

这里虽然气候恶劣，但却是野生动物的天堂。野牦牛、藏羚羊、野驴、白唇鹿、棕熊等一批野生动物多达 230 多种，其中属国家重点保护的一、二类野生动物就有 20 余种。世界独一无二的藏羚羊是可可西里的骄傲，它们步履矫健，奔跑如飞，被称为"高原精灵"。

藏羚羊为羚羊亚科藏羚属动物，是中国重要珍稀物种之一，国家一级保护动物。1996 年被国际自然保护联盟列为易危物种，2000 年被列为濒危物种。

藏羚羊是一种优势动物，历经数百万年的优化筛选，淘汰了许多弱者，是精选而成的杰出代表。许多动物在海拔 6000 米的高度，不要说跑，就连挪动一

步也要喘息不已，而藏羚羊在这一高度上，能以 60 千米的时速连续奔跑 30 千米，使猛兽望尘莫及。藏羚羊具有特别优良的器官功能，它们耐高寒、抗缺氧、食料要求简单，而且对细菌、病毒、寄生虫等生物性危险因素所表现出的高强抵抗能力也已超出人类对它们的估计。

藏羚羊全身是宝，其纤细柔软的绒纤维被称为软黄金，用藏羚绒制成的沙图什披肩在国际非法贸易中十分走俏。沙图什是波斯语，意为"羊毛之王"，寓意是王者使用的毛织品，又译为"皇帝披肩"。因为该织品极柔软，很容易地能从戒指中穿过，所以又称"戒指披肩"。近年来，沙图什往往成为财富和身份的象征，最高售价可达 4 万美元一条，比相同重量的黄金还贵。于是，疯狂的盗猎就出现在这里，鲜血染红了可可西里这片土地。

这是王宗仁撰写的一个凄美动人的发生在西藏的故事（摘要）……

故事发生的时间距今有好些年了，可是，我每次乘车穿过藏北无人区时总会不由自主地想起这个故事的主人公——那只将母爱浓缩于深深一跪的藏羚羊。

那时候，枪杀、乱逮野生动物是不受法律惩罚的。就是在今天，可可西里的枪声仍然带着罪恶的余音低回在自然保护区巡视卫士们的脚印难以到达的角落。当年举目可见的藏羚羊、野马、野驴、雪鸡、黄羊等，眼下已经成为凤毛麟角了。当时，经常跑藏北的人总能看见一个肩披长发、留着浓密大胡子、脚蹬长筒藏靴的老猎人在青藏公路附近活动。

一天大清早，老猎人从帐篷里出来，突然瞧见对面的草坡上，站立着一只肥肥壮壮的藏羚羊。他举枪瞄准起来，奇怪的是，那只肥壮的藏羚羊没有逃走，只是用乞求的眼神望着他，然后冲着他前行两步，两条前腿扑通一声跪了下来，与此同时只见两行长泪从它眼里流了出来。老猎人的心头一软，扣扳机的手不由得松了一下。他双眼一闭，手指一动，枪声响起，那只藏羚羊便栽倒在地。它倒地后仍是跪卧的姿势，眼角的两行泪迹也清晰地留着。

次日，老猎人怀着忐忑不安的心情对那只藏羚羊开膛扒皮。他的手在颤抖。腹腔在刀刃下打开了，他吃惊得叫出了声，手中的屠刀哐当一声掉在地上……原来在藏羚羊的子宫里，静静卧着一只小羚羊。它已经成型，自然是死了。这时候，老猎人才明白为什么藏羚羊的身体肥肥壮壮，为什么要弯下笨重的身子为自己下跪：它是求猎人给自己的孩子留下一条命呀！

天下所有慈母的跪拜，包括动物在内，都是神圣的。

当天，他没有出猎，在山坡上挖了个坑，将那只藏羚羊连同它没有出世的孩子掩埋了。同时埋掉的还有他的杈子枪……

从此，这个老猎人在藏北草原上消失了，没有人知道他的下落。

撰写于 2001 年 1 月 26 日

蒲公英的情怀

汤寿根科学散文集

写景

三江蛙鸣

我读过郭廓的一首诗——《OK，克隆》：20 世纪的奇迹 / 最为神奇的要数克隆 / 羊的温顺、豹的凶猛 / 鹰的矫健、鸟的啭鸣 / 从此，可以批量生产 / 可以再版印刷发行……/ 科学家的睿智 / 让诗人的想象黯然失色 / 总有一天，还要克隆人 / 但是，千万别让其失去人性 / 还是克隆一颗童心吧！/ 为人类带来新世纪的光明！！

诗人说得好啊！一个光怪陆离、你争我夺、尔虞我诈的社会，它缺少的就是一颗童心。如果人们都怀有一颗纯真的童心，世界就和谐了。或许，这也就是

池塘里的小青蛙

小青蛙

我为什么深爱儿童、喜欢儿歌的潜因。

有一首儿歌——《小青蛙和小姑娘》，我唱了有半个世纪了。我儿子降生，我唱着催眠；我孙子面世，我唱着逗乐；如今，朋友们聚会，这是我的保留节目。但是，我不知道这首歌是从哪里来的，不清楚是谁作的，不明白我是怎么学会的。它仿佛是老天赐予我的！您听：

池塘里的小青蛙，见人就害怕／那厢有个小姑娘，学人做妈妈／小青蛙，别害怕／上来我给你吃西瓜／小姑娘，乖乖啦／我和你两家成一家／小青蛙听了笑哈哈／小姑娘听了破口骂／锣鼓，喇叭／咚咚咚咚，哒哒哒哒／气倒了姑娘／吓跑了青蛙／剩下我和大西瓜。

青蛙，这个可爱的小生灵，在我儿时，在我当爸爸、爷爷时，在我的歌声里，伴随我快一生了。

儿时，我爱听青蛙鸣叫。在我童年的梦中，除了父母的慈爱，那就是大自然湛蓝的天空、明澈的河水、翠绿的水田，还有那遍野清脆的蛙声。我喜欢观察青蛙。在河滩上蹲着的青蛙是褐色带有黑纹的，昂首瞪眼，一副唯我独尊的样子；在池塘里泡着的青蛙是绿色带有黑纹的，通常躲在浮萍中，只露出尖尖的嘴和一对大眼睛。至今，我还能体会到，当它们挣扎

北京玉渊潭一角

着从我手里逃脱时，黏糊糊、滑溜溜的感觉。

我喂养蝌蚪，瞧着它们怎样生长出后腿、前腿，退去尾巴，变成惹人怜爱的小青蛙。

20 世纪 60 年代，我还常常从北京玉渊潭捞回好多蝌蚪，让儿子重复着我儿时的游戏。

曾几何时，青蛙从我们生活中消失了，再也听不到它们敲响的清脆的鼓声，留下的只是在沿街叫卖的小贩箩筐里的"尸体"。

近日，我从网上搜索到有关青蛙的资料，其中有些段落，很符合我的心境。现摘录如下：

"青蛙是水陆两栖类动物。最原始的青蛙，在三叠纪早期开始进化；最早的会跳跃的青蛙，出现在侏罗纪时期。

"青蛙捕食大量田间害虫，是对人类有益的动物。它不单单是害虫的天敌、丰收的卫士，而且它那悦耳的鸣叫，如同大自然永远弹奏不完的美妙音乐，是一首恬静而又和谐的田野之歌。'稻花香里说丰年，听取蛙声一片'，有蛙的叫声，农民就有播种的希望，就有收获的喜悦！

"从前，郊区和乡村都有一片片宽阔的水塘，那里是蛙类生息的乐园。

然而，几乎是一夜之间，蛙儿们的乐园被都市的蔓延所吞噬。一些残存的青蛙，成了真正的井底之蛙。它们虽然有幸生存下来，却不幸失去了田野、失去了禾苗、失去了活动的天地和自由。只有等到夜深人静的时候，它们才敢怯生生地发出几声鸣叫，似乎害怕惊扰了都市瑰丽的梦幻，又似乎在呼唤着已经远去的同伴。一双双贪婪的手把它们捉来，一双双麻木的手又将它们买去。它们还来不及瞧一眼陌生的都市，就成了家家案俎上的肉食。

"两栖类动物中的大多数种类已经在地球上衰落了，而现存的种类也正在迅速地成为濒危动物。物种灭绝的原因涉及诸多方面。其中，最主要的原因是人类的活动和全球工业的急剧发展。人类对自然贪婪地索取，造成了物种的灭绝；而工业污染，特别是化学工业污染，加剧了生态环境的恶化，使湿地大规模地遭到破坏。

"青蛙一般被视为是环境卫生的指示器。青蛙在发育时，其胚胎直接浸泡于水中，容易受到致畸物质的影响。对于人类来说，尽管其胚胎在发育时，受到多种因素的保护，但是导致青蛙畸形的物质，通过激素，也同样会影响到人。这一天的到来，仅仅是时间的问题。因此，我们的结论是：保护生态环境，就是保护人类自己！"

令人惊喜的是，我居然在广西壮族自治区三江市程阳县侗族居住地，听到了蛙儿们演奏的"田园交响曲"，气势之磅礴，不减当年！

2009年4月底，广西柳州市科学技术协会和柳州五菱新事业发展公司，安排我们几位科普作家去该地采风，并参观广西著名建筑家周霖重建的、侗族风格的"程阳风雨桥"[①]。感谢协会主席麦亚强和公司董事长华盛海，亲自全程陪同。

侗寨是一个坐落在群山之中的原生态村庄。村庄里布满了小河、木桥，

---

① 风雨桥是石墩木桥，长廊桥道，桥亭重瓴联阁，雄伟壮丽，以三江县的程阳桥最负盛名，已列为国家重点文物保护单位。

三江程阳风雨桥

以及高低错落的吊脚楼；楼间是一块块水田、池塘、竹林、菜地；不时有一群白鹅凫水而过，一两声鸣叫更显出寨子的宁静安详。

远远就能看见的标志性建筑是高耸天际的菱柱型木塔——鼓楼。鼓楼为木质结构，以榫头穿合，不用铁钉，飞阁重檐，形如宝塔，巍峨壮观。它是族姓或村寨的标志，也是公众集会的议事场所。

我们住宿在寨内石街旁，一座岩石奠基、全木构建的二层小楼里。进得门来，闻到一缕扑鼻的幽香。可是，遍找不见一丁点儿香火，只有在每

侗寨鼓楼

侗族活动

侗寨是一个坐落在群山之中的原生态村庄

个房间的门边，放着一个装有剖开的柚子的小盆，但这绝不是柚子的气味。寻根究底，终于发现：原来是楼房本身散发的杉木的清香。

住房面临田野，推窗观望，不由得惊呼一声："好啊！"但见，远山近水，群峦叠翠，波光潋滟；河流两岸排列着大片稻田；河边耸立着一座座"摩天轮"似的大水车，缓缓地转动着。好一派自然风光！令人心旷神怡。

傍晚，我到侗家品尝民族风味的农家饭：吃过酸鱼、酸肉加糯米饭，饮过主人自酿的老米酒。酒足饭饱后，前往侗寨大祠堂，观看侗族歌舞。那热情的歌声、奔放的舞步、浑厚的芦笙，诉说着侗族人民的爱情与生活。声情并茂、扣人心弦，不觉热泪盈眶。

入夜，回到住处，打开窗户，随着蒙蒙细雨，飘来一片蛙声。嗨！久违了，蛙儿们！想不到你们竟然生活在这里。惊喜与激动的心情过后，随之而来的是异乎寻常的平和与宁静。晚春的夜晚透着凉意。我无意关闭窗户，让柔和的清风，带着深夜的芬芳吹进屋来。我似乎远离了尘世的烦恼，在蛙儿们演奏的天籁之音中，沉沉睡去……

撰写于 2009 年 6 月 18 日

瘦西湖的启示

"江南好，风景旧曾谙。日出江花红胜火，春来江水绿如蓝。能不忆江南？……"这篇《忆江南》是白居易于开成三年（838年）67岁时，抒发对江南忆恋之情的名作。今年中秋佳节期间，我随着儿子、带着孙子，驾车前往江南一带探亲访友，先后到了扬州、镇江、杭州、苏州、上海、济南等地，经历了一番白居易诗词中的情景，总算在年逾古稀之时，有机会过了一把"时尚瘾"。

第一站是扬州。感谢扬州市总工会徐萌副主席、江苏省扬州工人疗养院接待部顾林副主任的热情招待，深有"如归"之感。10多年前来过扬州，如今市容大变，白墙灰瓦、今古交融的建筑鳞次栉比。

我们的住处工人疗养院就位于名胜"瘦西湖"畔。久违的瘦西湖在秋阳下显得更为清丽。谁说江北不如江南好？瘦西湖就不亚于西湖，某些独特景观的容貌尚胜于"西子"。顾林先生为我们解释说，"瘦"并非"清瘦"之谓，而是"清秀"之意。确实如此，例如"五亭桥"构思之奇妙，令人流连忘返。

扬州瘦西湖五亭桥

乘舟渡湖,上得彼岸,不几步,迎面一座小轩,上书"小金山"三个大字,进门见一副楹联:右边写的是"弹指皆空玉局可曾留带去";左边是"如拳不大金山也肯过江来"。但觉字里行间透出苍凉,叩动心扉。顾先生见我专注的神情,于是说了一段民间流传的"苏轼与佛印"的逸事:

"东坡先生与佛印是一对棋友,但常常是佛印输得多。佛印不服,有一次他俩打了个赌,谁输棋谁去当和尚。佛印还是输了,于是他在镇江金山寺剃度出家。几年后,佛印棋艺大进,东坡却当了大官。一天东坡到杭州赴任,路过镇江,特地去看望佛印,两人又下起了棋。

"这次佛印心里有底,就说:'这局棋若你输了,也得当和尚去。'东坡果然输了,于是他将玉带摘下,代替他留在了金山寺。"

接着,顾先生笑着说:"但是镇江人小气,他们把玉带收藏起来了,不让众人观瞻(不知怎的,当我们过江游览金山寺'佛印山房'时,只见一位老僧坐于房中,陈设简单,确实遍寻不见玉带踪影)。"

这是个传说,原是当不得真的,但我这"死心眼儿",总想找点出处。在老友赵之先生的帮助下,又到网上遍地求索,获得了下面的初步结论(也可能是"野史"吧）。

佛印，姓林名佛印，字觉老，江西饶州浮梁县（今江西省景德镇市浮梁县）人，生得方面大耳、眉清目秀、气宇不凡。宋神宗皇帝于大相国寺设斋求雨时相逢，喜他聪明伶俐、面目清秀，随敕令出家，赐法号"了元"，赠号"佛印禅师"，先后在江州（今江西九江）承天寺、庐山开先寺、润州（今江苏镇江）焦山寺出家，苦心修道、精通佛法，被升为润州金山寺住持，是江南著名的一代诗僧。佛印素与苏轼相善，经常论文赋诗、弈棋联对。

扬州瘦西湖小金山

苏轼，字子瞻，一字和仲，自号东坡居士，四川眉山人，曾历知徐州、湖州、润州、杭州。苏轼的玉带是他到杭州赴任时，路过润州，与佛印互斗禅机时输与佛印的。玉带缀有各状米色玉石二十块，精美绝伦。900多年来一直保存在金山寺，作为镇山之宝。当时，佛印曾回赠袈裟一领，并赋诗两首，意在劝他穿上衲衣、离开仕途。但他仍正视现实、追求理想，却为御史李定等诬陷，终于落得"提举玉局观"，郁抑而卒于常州。时李廌为文以吊之曰："道大难名，才高众忌。皇天后土，知平生忠义之心；

名山大川，还千载英灵之气。"有苏轼步佛印原韵的和诗两首为证，其一云："病骨难堪玉带围，钝根仍落箭锋机。欲教乞食歌姬院，故与云山旧衲衣。"看来，他那时身体已经很不好了。

前几天，"红顶商人胡雪岩"的连续剧终于播放完了。看到"大财神"的悲凉结局，不觉动容。苏东坡受挫于朝廷昏庸、官场倾轧；胡雪岩遭难于贪官当道、污吏横行。红顶诗人与红顶商人都是护国爱民的好人，而都无好结果，"世事无道，苍天不公"啊！沉思之中，蓦然发现，该剧尾曲的歌词却是一篇绝好的"醒世恒言"，与"小金山"轩的楹联有异曲同工之妙，特此抄录，愿与读者共勉："人生一瞬，转眼百年。财源茂盛，能聚几多钱。万事亨通，能当几日官。纵有金山银山，也得广结善缘。图个和谐，保个平安。纵能权倾一时，更需至诚至信。但求世人，几句美言。做人难，做事难。唯有舍得容得，难能显达观。进也难，退也难。放下荣华富贵，难得天地宽。"

撰写于 2006 年 11 月 26 日

苏州河水变清了

　　苏州河是吴淞江进入上海市区段的俗称。苏州河属于太湖水系，根据习惯，以北新泾为界，吴淞江上游称为"吴淞江"，而北新泾以东为吴淞江下游，进入上海市区，上海人称之"苏州河"。

　　100多年前，沿河两岸曾经错落地散布着农田、湿地、芦苇、沟汊，"秋风一起，丛苇萧疏，日落时洪澜回紫"。但在都市化的铺展之势面前，它们不得不一步一步地向后退去。在它们腾出来的空间里，参差地立起了英国领事馆、礼查饭店、百老汇大厦、文汇博物院、光陆大戏院、公济医院、邮政局大楼、自来水厂、河滨大楼、自来火房、圣约翰书院（后为圣约翰大学）等各擅胜场的建筑。这些楼群临水而立，时人称之为"连云楼阁"。流经其间的苏州河就此成了一条城市的内河。苏州河两岸内侧是大片居民区，人口高度集中。航船和附近居民习以为常地将垃圾、废物弃于岸边河中，河道上经常可见大量废弃物四处漂浮。更为严重的是，沿岸工厂日夜向河内大量排放废水、废物、废气，致使河水恶性污染日甚一日，终

今日的苏州河

致发黑变臭。吴淞江从太湖南昌来，流至下游上海已成强弩之末，冲刷力极弱，无力将污水排向黄浦江及外洋，日积月累，苏州河终于变成了一条丑陋的"黑河"。污染的苏州河严重影响上海成为现代化国际大都市的形象，严重影响上海的可持续发展。

在21世纪到来的时候，2007年5月，上海通过了《苏州河综合治理方案》。市政府提出两个治理目标：2008年底消除黑臭；2010年鱼虾重现苏州河。大批的工厂被迁走了，曾经用工业和污染换回了财富，如今还是要用财富去换回自然和宁静。

沿河两岸终于新播绿色。如今，苏州河已重现烟雨中的灵秀，夕照下的妩媚；水里鱼游、岸上鸟鸣。在上海历史上，这是沧桑巨变的回天之举。

撰写于2012年5月26日

商海无涯

　　20 世纪 80 年代以降，改革开放大潮席卷中华大地，"下海"经商成为时尚，"万般皆下品，唯有经商高"。人们按捺不住浮躁的心情，生怕"过了这个村，就没有这个店了"，纷纷做生意、搞企业；农民伯伯也开了窍，动脑筋"出创意"，恭喜发财！乡镇企业风起云涌；连我辈科普作家也纷纷改行"下海"，成为 20 世纪 80 年代末，科普进入低潮的原因之一。说来惭愧，我也尝试过，当过科普出版社在深圳成立的"东方科技服务公司"的老总，自己也搞过一个小

深圳

鼓浪屿的商业街

商业街上种类繁多的商品

小的企业"科普出版技术发展中心"。然而,书呆子下海不成器,"臭老九"脾性难合流,总归以失败告终。我原以为这股热潮已退,其实不然,"向钱看"已深入人心。沿途所见,开了眼界。

先说厦门鼓浪屿,这个小岛素以"小巷、民居、琴声、海滩"著称。20世纪中叶,我曾多次来过,常为其独特的景观、幽雅的风韵、优美的琴声所陶醉。如今海滩依归、琴声不再,它已演变为准商业城市,当年的感觉找不到了……

福建著名的民居"土楼"

古朴的土楼里也充满了"商机"

　　再说福建著名的民居"土楼"，久闻大名，这回捞着机会了，非好好观赏一番不可。古朴的土楼里也充满了"商机"，里外三圈的居室，每户底层都经营着卖土特产的茶室，遮挡了它们迷人的风貌……

　　就说江苏著名的乡土古镇"朱家角"和昆山"锦溪"，沿街也开满了店铺，卖什么的都有。古代诗词里"小桥、流水、人家"中的"人家"，要改为"店家"更为贴切……

　　所见所闻令人不禁产生疑问，社会主义市场经济有两大特点：一、国有经济在国民经济中发挥主导作用；二、国家对市场经济进行宏观调控。

昆山锦溪

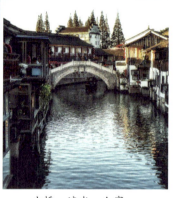
小桥、流水、人家

据报载，以往当市场失控时，国家曾经两次投入两万亿元为国企与央企"救市"。如此看来，国有企业虽然控制了国家的经济命脉，或许不一定为国家"赚钱"！而神州遍地开花的私企，必定是每年给国家交纳利税的，甚至包括我们这些书呆子的稿费里也是抽取了税金的。

　　那么，国家的 GDP 及其增值，究竟是国企的贡献还是私企的贡献？我感到困惑！！！

撰写于 2012 年 10 月 28 日

消失的地平线

　　英国作家詹姆斯·希尔顿 (James Hilton,1900~1954) 于 1933 年出版了一部脍炙人口的小说《消失的地平线》。书中描述了中国西藏一个神秘的"世外桃源"——香格里拉，引起了无数中外读者的憧憬……

　　他写道：

　　这里有神圣的雪山、幽深的峡谷、飞舞的瀑布、遍地的野花，森林环绕着幽静的湖泊，牛羊点缀着青翠的草原，净如明镜的天空，金碧辉煌的庙宇。这里是宗教的圣土、人间的天堂。在这里，太阳和月亮就停泊在你的心中；在这里，真情与安宁会长留在你的胸怀。

　　20 世纪 30 年代初，南亚某国发生暴乱。英国领事馆领事康威、副领事马林逊、美国人巴纳德和传教士布琳克洛小姐乘坐一架小型飞机撤离。飞行途中，由于事故，偏离了原定航线，迫降在中国藏区的群山之中——香格里拉。香格里拉居住着以藏族为主的数千居民，他们有儒、道、佛等教派，但彼此团结友爱、幸福安康。香格里拉有许多神秘、奇妙的事情。最令人惊奇的是，这里的山民都长寿，许多人超过了百岁，却显得很年轻。长期修持藏传密宗瑜伽的最高喇嘛有250多岁，理政香格里拉已有100多年。香格里拉的居民如果离开了山谷，便会失去他们的年轻。

康威迷恋这里的优美恬静，巴纳德舍不下丰富的金矿，布琳克洛小姐则准备传播她所信仰的宗教教义，只有马林逊总想回到英国。康威却因为爱上了一位想回家的清朝皇族小姐洛森的缘故，同意一起离开。当康威再次出现时，是在重庆的教会医院里。康威已丧失记忆，马林逊不知所踪，

香格里拉——梦中的世外桃源

而在香格里拉看上去只有18岁的洛森，成了医生眼中"最老的女人"。她在把康威送进教会医院后，很快死了。康威在坐船回英国途中，肖邦的钢琴演奏曲唤醒了他。这时，他脸上流露出一种难以形容的悲哀。这是一种宇宙的、遥远而非个人的悲哀。当天夜里，他独自一人悄然离去，不知去向！香格里拉也从地平线上消失了！

人间确实有个香格里拉。这就是中国工业化时代最后的净土——大香格里拉地区。

香格里拉居住着幸福安康的多民族

　　今天的香格里拉地区，西至西藏的林芝地区；东到四川的泸定，还包括岷江的上游；北至四川最北部的若尔盖及石渠县最北端，包括了青海果洛州及甘肃最南端一部分；南到云南丽江一线。这个区域的各个地方既有自然上的相似性，又有人文上的共同点。应该说中国存在一个大香格里拉文化圈，范围就是川、滇、藏三省区交界的大三角区。

　　这里，苍穹湛蓝明净、雪山雄伟傲拔、峡谷深幽纵横、草原广袤肥沃、湖水澄明清冽，组成了一幅绮丽的画卷。

　　人们在香格里拉，每时每刻都被造物主的神奇所震撼。在这片神秘美

梅里雪山

丽的净土上，碧塔海、纳帕海、梅里雪山，犹如璀璨的明珠，交相辉映、熠熠闪光。

"碧塔海"藏语的意思是"像牛毛毡一样柔软的海"。这里有全程 4.2 公里的徒步栈道。栈道四周的原始森林遮天蔽日，隔断了山外的"酷热"。人们好像穿越了时空隧道，阵阵清冷迎面袭来。整条栈道几乎都沿着湖水延伸，湖面平静如镜，翠绿山峰倒映水中，湖光山色，融为一体。

伊拉草原纳帕海的景象有如田园牧歌。附近的香格里拉古城有座小山，山顶有一座三层楼高、号称全球最大的转经轮，庄严而华丽。人们一拨又一拨虔诚地加入合力推动转经轮的祈福队伍，煞是壮观。

云南德钦境内的梅里雪山是藏民心中的八大神山之首，平均海拔在 6000 米以上的山峰就有 13 座，称为"太子十三峰"。主峰卡瓦格博峰海拔 6740 米，是一座金字塔形的雪山，被誉为"世界最美之山"。飞来寺位于梅里雪山东面，是观赏梅里雪山的绝佳地点。卡瓦格博峰下，遍布冰川、冰碛，其中明永冰川最为壮观。它从海拔 5500 米的地方下延至海拔 2700 米的森林地带，是世界上少有的低纬度、低海拔季风海洋性现代冰川。

撰写于 2007 年 7 月 26 日

漂流的梦幻方舟

不是科幻——胜似科幻

胜似科幻——缘自科学

缘自科学——梦圆中华

梦圆中华——大同天下

　　漂流的梦幻方舟是一个漂浮在海面上的移动人工岛。岛中央有三个淡水湖泊；五角星每臂高处建有众多高层住宅；五层"梯田"分布着花园、菜园、种植园、树林、公路；靠海处建有环海公路、停车场、码头等。每个人工岛可以居住5万人。他们依靠阳光、风力、海浪、潮汐、地热、可燃冰（海底甲烷水合物）为能源；依靠捕捞海洋生物和自耕农作物为生，过着自给自足的生活！

　　话说2068年，在中国的领土——钓鱼岛上聚居一群华人科学家和工程师。中国的海洋科学家和工程师，为什么聚集在钓鱼岛上？在钓鱼岛上做些什么呢？固然，钓鱼岛是中国的领土，中国人必须进驻！但是，不仅如此（50余年前的"闹剧"早就退出舞台了，因为"死皮赖脸"总斗不过"浩然正气"），这会儿中国人正在做一件造福"国计民生"、惠及"天下众生"的大事！

怎样的大事呢？！您别着急！且听笔者慢慢地细细道来……

2068年，地球的人口已经暴增至140亿。位于食物链顶端的"万物之灵"——人类，已经将地球大陆的资源消耗殆尽，无以为生！中国的科学家和工程师正在向海洋进军：在钓鱼岛海面上建造一艘"漂流的梦幻方舟"；在海面下建设一座"海底城市"！

为什么要搞这些建设呢？这就需要从"世界有没有末日？"说起……

人类赖以生存的地球迟早是要毁灭的！世界的末日有多种成因，有的是自然的规律，有的却是人类自己作的孽。

宇宙会终结吗！？

——暗能量正在加速宇宙膨胀，最终将宇宙撕裂成虚无状态。预计宇宙大撕裂将在未来160亿年发生。

宇宙大撕裂

地球磁场

——宇宙起源的最突出的理论是大爆炸论，起初所有物质仅以奇点形式存在。与大爆炸论相反，由于占有宇宙空间 3/4 的"暗物质"的引力，将导致宇宙膨胀变慢、停滞和收缩，最终重新回到"奇点"。

——地球磁场在过去 200 年中已减弱了 15％。这有可能是地球磁场将要反转、两极颠倒的先兆。一旦反转，地球将遭遇强烈的太阳风，导致地球气候发生剧烈变化，并使地球暴露在更多的太阳辐射之下，给人类带来毁灭性的影响。

——50 亿年后，太阳外层的氢开始燃烧。它的体积将增大 10 亿倍，进而变成"红巨星"。我们赖以生存的地球，最终将被太阳红巨星的炽热高温所吞噬。

——近百年来，地球气候正经历着以全球变暖为主要特征的显著变化。在过去 100 年里，全球地表平均温度上升了 0.74℃，过去 10 年中，北极海冰面积以每年 10 万平方公里的速度减少；最近 10 年是有记录以来最热的 10 年。冰层融化速度比 600 年前加快了 10 倍。北半球积雪面积明显减小，山地冰川和格陵兰冰盖加速融化。海洋升温引起海水热膨胀，20 世纪全球平均海平面上升约 0.17 米。沿海许多低平原，以及若干海岛

北极冰川融化，北极熊面临灭绝

将面临被淹没的危险。全球变暖，导致极端气候事件频发。生态失衡，促使生物变异和消亡。

2014年8月，地质学家、著名科普作家刘兴诗在《直面"新灾变时代"》一文中谈道："已经来临的'新灾变时代'，将会有2500～3000年的漫长阶段。渺小的人类根本无法阻挡，只能低头适应。"

——小行星撞击地球。陨石的撞击使水汽与微尘高扬空中，覆盖了整个地球，挡住了阳光。地球变成了一个黑暗冰冻的星球。数年后，尘埃逐

小行星撞击地球

渐落定，地球又恢复了光明。然而，褐色的地表上满目疮痍、死亡、静寂。

在以往5亿年里，地球上有过另外4次生命大绝灭时期。这类碰撞实际上支配着地球上生物进化的过程。

"世界末日"的降临有多种原因：如果是自然规律，则不以人们意志为转移，一旦来临，"玉石俱焚"。但是，我们不必惊慌，因为有的发生的概率极小，譬如"小行星撞击地球"；有的虽然已经叩响现代人类的大门，但将会有2000多年的漫长阶段，尚有时间让人类后代做好思想和行动上的准备，譬如气候变暖的"新灾变时代"；有的将发生在亿万年以后，

红巨星

譬如太阳渐变为"红巨星"。

然而，人类自己作的孽，则需要"唤醒良知"自己救自己，譬如核冬天、基因战！

——如果人类互相残杀，最终丧心病狂，相互动用"核武器"！那就会导致"核冬天"的来临！目前，世界上有5万多个核弹头，约达200亿吨TNT当量的核武器。一旦发生核战争，只要动用40%核武器，在一场50亿吨当量的核大战中，可将9.6亿吨微尘和2.25亿吨黑烟掀入空中。巨大的能量将大量的烟尘注入大气，有的还进入高达12公里以上的平流层。

大量的烟尘注入大气，导致"核冬天"的来临

核爆炸所产生的烟尘遮蔽了阳光，导致高层大气升温，地表温度下降，产生了与温室效应相反的作用，使地表呈现严寒冬天般的景观。整个地球就会变成暗无天日的灰色世界，地球生态遭到严重破坏，人类生存条件毁于一旦。

"核冬天"的毁灭效应，可能持续几十年之久！

——通过转基因技术生产的针对某一种族基因缺陷的病毒（例如，针对黑头发、黑眼睛、黄种人的基因缺陷，研究制造的致命病毒，对白种人不起作用）的炸弹。将它投入黄种人的领地，此处就可以轻轻松松地被黄

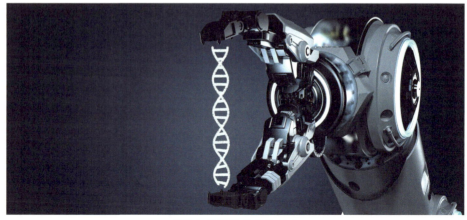

灭绝人性的基因武器研究

头发、绿眼睛的白种人侵占，如入无人之境！

当前，居住在地球上的芸芸众生，吵吵闹闹、打打杀杀、争权夺利、尔虞我诈。归根结底，都是为掠夺资源而你死我活地争斗。人类自称"万物之灵"，实际上同所有动物一样，遵循着"弱肉强食"的丛林法则，无论打扮得如何"道貌岸然"！

"自作孽不可活"，人类这个社会，喧嚣拥挤、物欲横流、权钱交易、钩心斗角、坑蒙拐骗；我们这个世界，资源枯竭、环境恶化、物种灭绝。那个自夸为"未来世界领袖"的大国，为了掠夺弱国资源，戴上一副"救

地球人口爆炸

世主"的假面具，借口"维护人权""帮助推翻独裁者"，使用卑劣的手段来颠覆他国政权，于是五洲动乱、战祸四起、相互残杀。为什么就不能为人类这个种群的千秋万代着想，团结起来、联合起来，同心协力一起来修补这个支离破碎的地球！

如今，人类消费资源的水平也两极分化。14亿中国人的人均消费水平如果与美国人一样奢华，则需要有两个地球来供应。当咱穷国活不下去时，您富国能独善其身吗？！只有"大觉醒"，方得"大自在"。

在众多"世界末日"中，唯有"地球人口爆炸"，人类从现在开始就可以救赎，而这也是最迫切的、最现实的"末日"来临。从种种已有资料看，

再过50年,世界人口将快速攀升至140亿。大陆的资源已经养不活人类了!

美国《国家地理》杂志近年推出了一部科普影视片《巨变之后:人口过剩》,其中报道:"到了那个时候,地球会变成一个'悲惨世界'、一个异常拥挤和颓废的星球:纽约和亚洲的许多城市被洪水淹没;人类需要在全球各地大兴土木、建筑广厦,勉力为140亿人口挡风遮雨、防暑御寒;在纽约、在北京,数十亿人正在等待住房,帐篷城市纷纷涌现;为了喂养140亿人口,人类必须再开垦接近美国国土面积两倍的耕地,50亿人口正在挨饿,尤其是印度,饥民的数量最多;全世界养殖了2亿4千万头乳牛,牛奶产量还远落后于需求;人类和家畜的排泄物使温室气体激增,全球变暖加剧;食物价格急剧上扬,超级通货膨胀像恶性癌变一样占位不下。

"地球人口爆炸后,最为严重的问题是缺乏净水!地球上的水几乎全部是咸水,淡水只占3%,而且大部分锁在两极的冰川和冰冠中。人类只能靠1%的淡水活命。

"140亿人口的生活用水量激增,城市下水道系统不堪重负,暴雨降临,满街污水溢流,渗入河流、家居,污染净水水源;霍乱、痢疾暴发,老鼠横行于市,脑膜炎、肾衰竭流行,医院人满为患。全球各大城市严格实施水量配给制;严格禁止浇灌草坪,大批农田放弃水耕高产作物;工业

海水淡化工厂遍岸林立

燃煤发电排放的烟雾遮天蔽日

也遭遇危机，由于生产一吨钢需要用 30 多万公升的水，缺水使钢厂停产，也令消耗大量钢材的建筑工地停工，更加激化了人们的住房危机；沿海城市纷纷转向海洋索取淡水，海水淡化工厂遍岸林立；淡化厂运作所需的电力使电力系统承受巨大压力，而核电兴建周期太长，最快的办法是燃煤。中国有 75% 的电力供应来自燃煤，排放的烟雾遮天蔽日；在洛杉矶，来自亚洲的烟雾与 500 多万辆汽车的尾气化合，形成浓浓的毒霾；在伦敦，毒霾持续好几星期，成千上万人死于非命；因为面临缺水问题，农民为了增加耐旱作物的产量，肥料和杀虫剂的用量屡创新高，严重污染了地下水和地表水，导致鱼类灭绝，小溪与池塘的水像酱汤一样并散发着恶臭；各个使用地下水维生的城市汲干了地下水层，随着地面下沉，建筑物纷纷倒塌，居民开始出走；于是暴发了史无前例的移民大潮，世界各地边境挤满了绝望、挨饿的'水难民'，水！是他们生命的最大需求。"

中国的情况更为不妙！

中国作为世界工厂，每天向世界输送天文数量的产品。这些产品全面消耗着中国的各种资源，许多资源是不可再生的，比如矿物能源。几十年后，至多几百年，中国将耗尽需要地球经过 4 亿年才积累起来的化石燃料性资源！一旦资源全面枯竭，中国将可能很快跌为赤贫。

中国这个世界最大的制造基地，不仅要全面消耗自身的各种各样的资源以供应全世界，包括基本原材料、辅助材料、包装材料、木材、水、电、油、气等几乎是全方位的资源，尤其是那些不可再生的资源，而且还会不断透支环境和生态。中国过去走的是一条资源高耗、能源高损、废弃物高排放、高污染、先污染后治理的路子。

这不是科学幻想，而是现实的、科学的"噩梦"！

霍金曾经预言，地球将于200年内毁灭。几年前，他在香港的一次演讲中提道："人类得以延续，将取决于在宇宙中找到'新家'的能力，因为目前毁灭地球的危机正在不断积累。……如果人类能在未来100年避免自相残杀，就可以发展出无须地球供应的太空定居点。"

霍金想争取一百年天下太平，让人类有时间制造"太空方舟"，有机会发现"宜居星球"，到外太空去殖民。但是，"太空方舟"能运走多少人类呢？！就算每艘飞船能装一万人，别忘了：现在有140亿人等着呢！当"世界末日"来临时，人们能"温良恭俭让"吗？！

毁灭地球的危机正在不断积累

有什么办法救赎人类呢？！

回归海洋！

海洋表面积有 3.61 亿平方公里，约占地球表面积 71%；海洋的体积为 13.7 亿立方公里，比海平面以上的陆地体积要大 10 多倍。海洋是生命的摇篮，是地球原始生物的发源地；海洋是资源的仓储，是地球资源、能源的聚宝盆。至今人类探测的深海海底尚不到 10%。大洋深处，尚待开发！

大海孕育了生命，让生命再回归大海吧！

蕴藏于海底的海洋油、气资源，是世界海洋产业经济中最重要的部分，其产值约占世界海洋开发产值的 70%。据科学勘察和推算，海底石油约占世界可开采石油储量的 45%。从海水中还可提取铀和重水。铀在海水中的储量达 45 亿吨左右，相当于陆地总贮量的 4500 倍，可供全世界使用 1 万年。

一种迄今尚未被开发利用的新型能源"海底天然气水合物"——可燃冰。据估算，其资源量将达到 2 亿亿立方米，大约相当现今全球石油、天

可燃冰结构示意图
8 个水分子包 1 个甲烷分子；甲烷由 1 个碳原子外加 4 个氢原子构成。

燃烧着的可燃冰示意图
甲烷是一种可以在空气中燃烧的气体，释放出热能。

然气和煤炭能源储量总和的两倍。它将成为 21 世纪可供人们享用的新型洁净能源。

　　海洋能，是一种无穷无尽的可再生能源，其再生过程十分迅速、短暂，通常包括潮汐能、波浪能、海流能、温差能和盐差能 5 种。海洋能不必像石油、天然气、煤、铀等，需要一个物理或化学的二次转换过程来产生功能。因而也没有伴随着这一过程而来的能量损耗和废物排放。所以，这是一种洁净的能源，既不会污染大气，也不会带来温室效应。

潮汐能发电工作原理示意图

　　例如：海水的波浪运动可产生十分巨大的能量。据估算，世界海洋中的波浪能达 700 亿千瓦，占全部海洋能量的 94%，是各种海洋能中的"首户"。英国科学家发明了一种像巨大蟒蛇一样的海中发电装置，称之为"海蟒"，又可称为"海蛇"。它是一种波浪发电设备。它不会产生任何污染和噪声，也没有油污渗漏危险，不会对海洋生态带来任何威胁。这种装置长约 200 米，直径 7 米，由橡胶制成。"海蟒"的工作原理十分简单，将海蟒安装在距离海岸 1 ～ 3 公里远，水下 40 ～ 90 米的地方，并固定在海床上。海水将会充满"海蟒"的橡胶管。每当波浪经过时，弹性极强的橡胶管就会上下摆动，橡胶管内就会产生一股脉冲水流，推动尾部的水力涡轮发电机产生电流，然后通过海底电缆传输出去。每条"海蟒"能产生

1000 千瓦的电能，可以满足 2000 个家庭日常用电需要。

在蓝色的梦幻方舟里如何生活？

说实话，有了取之不尽的干净的能源，什么都好办！先给您讲一个故事——天上掉下馅儿饼来！

地球经历了 46 亿年的演化，形成了绿色植物——食物的生产者；动物——自然界的消费者；细菌和真菌——自然界的分解者，三级生态系统。植物将阳光作为能源，通过光合作用，利用大气中的二氧化碳和水汽制造出了碳水化合物"粮食"，而豆科植物还可依靠共生的根瘤菌将大气和土壤中的氮转化为植物蛋白；食草动物靠消费植物为生，将植物转化为动物蛋白和脂肪；食肉动物靠消费食草动物为生，而人类是杂食动物，既吃植物又吃动物。细菌和真菌呢？它们分解动、植物的尸体和动物的排泄物，将动、植物还原为碳、水、氮和微量元素。这是一个生态系统的大循环，物质并没消失，又回归于大气和土壤。关键是地球上一切资源都来源于太阳能和大气！我们何不直接向阳光、大气要粮食呢？！

不要忘了，人类还掌握着一种神奇的点金术——催化术！

"化学"有点像玩魔术。用空气和水做原料，可以变出农用化肥（硝酸铵）来；在米饭里加上酒曲，可以变出酒来。要玩这种"魔术"少不了一样东西——催化剂。生产化学肥料，要用"铂"做催化剂；酿造酒，要用"酶"做催化剂。我们衣食住行的必需品，如合成纤维、化学肥料、农用药物、日常用品、高强材料、汽油燃料等，在生产过程中都要用上催化剂。催化剂和催化技术对人民生活的影响，实在是太大了。

"催化剂"是一种能促使参与物质产生化学反应，大大促进反应速度，而本身的质量和化学性质在反应前后都没有变化的物质。

霍金预言：地球将在 200 年内毁灭。如果我们的生化学者能在 200 年内发明一种生物化学催化剂（例如，人造叶绿素或酶）并付诸实践，能够

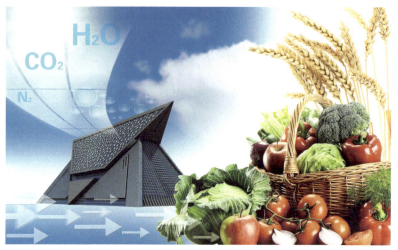

向阳光和大气要粮食

把大气中的二氧化碳（CO_2）、水汽（H_2O）、氮气（N_2）当原料，利用阳光作能源，通过催化作用，制造出人造粮食和肉类（再加上些微量元素）。到那时，真的会从"天上掉下馅儿饼"来呢？！

笔者的这个设想，曾征求过中国科学院化学研究所所长胡亚东先生的意见。胡所长说："老汤，您这个设想在理论上是完全能够实现的！"笔者虽是学化学工程出身，但已是一个年逾耄耋的老头了，只能寄望于年轻人了！

还有什么东西可以吃呢？

种植亩产万斤的粮食

钱学森先生的预言绝对可以实现！您想，只要有了能源，什么都可以做！无非是光照（人工小太阳）、通风（鼓风机）、四季如春（恒温恒湿大型玻璃棚）、无病虫害（建造同外界隔绝的小环境）吧！

养殖昆虫，享用昆虫大餐！

昆虫能将植物饲料 100% 转化为动物蛋白，比养牛羊猪（蛋白质转化量仅为 20% ～ 30%）合算多了，味道也蛮好的。据美国《新科学家》杂

亩产万斤　　　　　　　　　　　　昆虫大餐

志报道称：近日，美国首家饲养蟋蟀以供食用的农场，落户俄亥俄州扬斯敦……饲养蟋蟀所需的水，远比牛、羊要少得多，而且温室气体的释放量，仅为普通家畜排放量的1%。

食用细菌

例如乳酸杆菌、双歧杆菌、枯草芽孢杆菌、乙酸细菌等都是有益微生物，是可以吃的。真菌也是如此，如根霉、毛霉、酵母、曲霉等食品酿造

细菌当家

用真菌都是可以吃的。利用细菌制造的食品有奶酪、泡菜、酱油、醋、酒、酸奶等。我们完全可以在"漂流的方舟"上建立"食用菌种养殖场",将各种食用菌整合、烘焙,制成鲜美的动物蛋白"人造肉"。

这是真正的"漂流的诺亚方舟"!

在漂流方舟上有了上面的这些资源、能源设施和设备,在海洋里的生活就齐全了!

是的,我们不必发愁"世界末日"降临!重要的是加紧做好一切适用工程技术的准备!

来吧!朋友们!让我们一起展开畅想的翅膀,飞往未来世纪的"蓝色梦幻世界"——伟大的、造福人类的"科学梦"!

撰写于 2017 年 6 月 18 日

植 物
——地球生命的支撑

地球上的生命起源于海洋中原始藻类植物和原始单细胞动物。藻类逐渐演变为陆地上众多的高等植物。地球曾经一度是植物的王国。但当人类出现之后，植物的种类与数量逐渐稀少。虽然，现今全球仍然分布着近 50 万种植物，但据国际自然保护联盟物种监测中心统计：全球 10% 的植物已濒临灭绝，5 万到 6 万种植物受到不同程度的威胁。中国近 3 万种高等植物中，至少有 3000 多种受到威胁或濒临灭绝。现有的野生植物约有 6000 种处于濒危或灭绝的境地。

地球曾经一度是植物的王国

藻类植物

具有叶绿素、能进行光合作用产生能量的自养型简单
植物，一般生长在水体中。所有藻类都缺乏真的根、茎、
叶和其他可在高等植物上发现的组织构造，实际上就是一
个简单的叶。藻类与细菌和原生动物的不同之处，是藻类
产生能量的方式为光合自营性。它们的有性生殖器官一般
都为单细胞，有的可以是多细胞，但缺少一层包围的营养
细胞，所有细胞都直接参与生殖作用。

植物的光合作用

植物物种的急剧消亡带来的严重后果，就是地球上其他生物的多样性
变化。一种植物的消失会导致另外 10 ～ 30 种生物的危机。我们可以想象：
地球上要是没有了植物，紧跟着的就是（食草和食肉）动物的消亡，那么
处于食物链顶端的人类就到了灭亡的时刻了！或许人类消亡的速度更甚于
动物，因为人类依赖于植物的程度更高于动物（人类的"衣食住行"都需
要消费植物）。那时，我们蓝色的地球将变成一个死寂的星球。

进入 20 世纪后，人类最大的进步莫过于开始了反思自己对地球的伤
害，冷静地来总结野生植物大批灭绝的原因：一、人类对大自然的入侵，
破坏了野生植物的生存环境。例如：城镇扩建、开山垦地、围湖造田等，
分割了野生植物的种群，切断了基因的交流；土壤和水源的污染，导致了

生态的灾难（典型例子是野生莼菜和中华水韭的消亡）；二、全球变暖，部分野生植物适应不了新环境而被淘汰；三、物种本身的繁殖机制出现了问题；四、人类对某些植物的驯化也导致了一些不可挽回的生态破坏，例如：橡胶林的大面积开发，毁坏了雨林的生物多样性；而且，凡是有橡胶树的地方，树林下几乎寸草不长。

如何挽救命悬一线的地球？人类的希望在哪里？

中国濒危植物的诺亚方舟

在云南昆明北郊，风景秀丽的黑龙潭元宝山上，坐落着一个占地83.95亩的"中国西南野生生物种质资源库"。2009年11月底，中国有了自己的植物"诺亚方舟"。它是世界第三（位于挪威诺亚方舟种子库和英国皇家植物园邱园之后）、亚洲第一的大规模种质资源库，包括种子库、植物离体种质库、DNA库、微生物种子库、动物种质库、信息中心和植物种质资源圃。

云南省有高等植物16000多种，约占全国的50%；脊椎动物1704种，约占全国的55%；昆虫100500种，约占全国的67%。因此，在云南建立种质资源库的重要意义不言而喻。过去，我国通过建立自然保护区，就地保护生物多样性；现在，有了种质资源库，就可以做到迁地保护生物多样性。该库以西南地区野生生物种质资源保护为重点，兼顾周边地区，重点收集濒危物种、特有物种，以及具有重要经济价值和科学价值的物种，为我国野生生物种质资源的保护、研究，以及合理开发提供技术支持和决策依据。

种质资源库自2005年启动，到2012年已收集保存了野生生物种质资源1.9万种19万份、种子1万种10万份。库区建有国际标准的680立方米的冷库、570立方米的干燥间和6个培养间等设施。在这样的环境中，不仅不用担心种子发霉或者遭受病虫害，而且种子还能在几十年、甚至几

小小的种子里储存着对地球几亿年的记忆

百年的时间里，仍不丧失原有的遗传性能和发芽能力。野外收集来的植物种子，为了保持它们的活力，首先需要在温度为 15 摄氏度、相对湿度 15% 的干燥间里进行干燥，然后装入密封容器内，送进零下 20 摄氏度的冷库。

在冷库排列整齐的铁架上，栉比鳞次的密封瓶里安静地沉睡着五色斑斓的种子。这些众多的小小的种子内部萌动着生命的交响，记录着地球几亿年的信息。它们在等待时机。当那一天降临时，它们会把这一份份凝重的记忆交到我们子孙的手中，让他们领悟到大自然的瑰丽和恩泽！

撰写于 2013 年 6 月 25 日

海上长虹
——浙江嘉绍跨海大桥

一桥飞架；天堑通途。在绍兴上虞沥海镇附近的钱塘江入海口，有六座白色巨塔跃出海面、高耸苍穹。远远望去，只见从塔尖上，垂下丝丝银线，仿佛六座晶莹剔透的银色金字塔。巨塔拉起长桥，横跨海空、气势磅礴。这就是"浙江嘉绍跨海大桥"。

嘉绍跨海大桥是继杭州湾跨海大桥之后第二座跨杭州湾大桥，是世界上最长最宽的多塔斜拉桥。嘉绍跨海大桥于 2008 年 12 月动工，2013 年 6 月通车，总投资约 139 亿元。

嘉绍跨江工程北起嘉兴海宁，南接绍兴上虞，总长 69.391 公里。由三部分组成：北岸嘉兴地界有 42.948 公里的高速连接线，连接沪杭和乍嘉苏高速公路交叉口处；南岸绍兴地界有 16.306 公里高速连接线，与杭甬和上三高速公路交汇；中间跨江部分就是嘉绍大桥，长 10.137 公里。大桥连通浙南、福建、广东、江苏、上海等地，是浙江的陆路交通枢纽所在，使绍兴到上海的车程由 3 小时缩短为 1.5 小时。

据浙江省交通厅厅长郭剑彪介绍："杭州湾跨海

大桥的主要路网服务区域是宁波、舟山。嘉绍跨江通道吸引的是金华、台州、丽水、温州乃至福建的车流北上。""这是我省实现跨越式发展的基础性、战略性工程,对完善国道、省道网络具有重大意义;同时将大大缩短杭州湾两岸的时空距离,充分发挥上海龙头辐射作用,推进环杭州湾产业带建设,增强区域竞争力,将进一步促进长三角经济一体化和产业结构调整升级,加速迈进杭州湾时代。"

嘉绍大桥与36公里长的杭州湾跨海大桥相比,跨江距离要短得多,大桥桥长只有10公里左右,仅为杭州湾跨海大桥长度的1/3。但是桥面更为宽敞,桥面宽40.5米、双向8车道,大桥设计速度为100公里/小时。大桥主航道桥部分全长2680米,主通航孔满足通航3000吨级集装箱船的需要。大桥采用典型的斜拉桥设计,主桥由连续的6塔5跨斜拉桥组成,每跨428米,即有5个主通航道。悬索的桥塔,采用钱江三桥一样的独柱设计,只不过钱江三桥是两面悬索,而嘉绍跨江大桥是双向(有两个单向行驶的桥面)四面悬索,造型更宏伟。据了解,这种造型的桥,在国内还是首创。

为什么大桥设计成5个主通航道?由于大桥位置刚好处在钱塘江尖山河段(江海交汇地方),水文、地质条件极其特殊,由于江道宽浅、潮强流急(大潮的最高潮差达到了9米,最大流速达到了每秒7.5米以上,比山洪暴发还厉害)、含沙量大等原因,使得河床冲淤变化剧烈。每次大潮来袭,江底的泥沙急剧翻涌、偏移,河道深槽也跟着在不断地朝南北两岸迁移。主槽频繁摆动的幅度在1~3.3公里范围内。因为流沙偏移、主航道相对不确定,为防止主槽摆动对通航产生影响,只有多设计几个主通航道,才能适应河床主槽的摆幅。

大桥建设集中展示了世界建桥史高新技术

根据钱塘江的现实条件,大桥创下了很多个"世界纪录"与"中国纪录"。

——主桥长度 2680 米、总宽幅 55.6 米（含桥栏等部分），是世界上主桥连续长度最长、桥面最宽的多塔斜拉桥。水中区单桩直径 3.8 米，为世界上直径最大的单桩。为把水中区引桥的 2878 节预制钢箱梁拼装得平整美观，施工单位将轴线及平面控制点偏位控制在 2 毫米以内，标高控制在 1 毫米以内。这样的精度和极其严密的施工组织，在中国桥梁工程建设上堪称罕见。

——嘉绍大桥的主桥采用的是六塔独柱双幅四索面钢箱梁斜拉结构。与国内外其他一些著名的桥梁相比，嘉绍大桥的四面悬索、双向八车道设计，是我国桥梁建设者对世界斜拉桥纪录发起的新挑战。

——克服温差对桥梁变形的影响，主桥跨中位置设置刚性铰。由于大桥主梁连续长度长，为解决因热胀冷缩而产生的不利影响，大桥建设者创造性地提出和采用了在主桥跨中位置设置释放主梁纵向变形的刚性铰装置。这种设置是世界首创，为解决超长连续桥梁主梁的伸缩问题开拓了新的方向。

——第一次大规模采用超大直径单桩独柱结构。为了不影响举世闻名的钱塘江涌潮景观，国家水利部门要求本工程结构的阻水率控制在 5% 以下，远低于国内其他桥梁，要求极高。为最大限度减少结构的阻水面积，大桥水中区引桥基础取消承台，大规模采用了单桩独柱结构形式，钻孔桩的直径达 3.8 米、深达 100 米至 110 米，单桩混凝土方量在 1300 立方米以上，施工难度极大。

一般的大桥单桩直径为 2.5 米，需 3 ~ 4 个组合形成群桩，才能承载桥面的重力；采用大直径的单桩，既解决了承重力的问题，也最大限度减少了阻水面积。由于该河段河床为粉质沙土，极易冲刷，河床变化剧烈，实测最大流速达 6.65 米 / 秒以上（杭州湾跨海大桥最大水流速不超过 5 米 / 秒），几乎每天都会涨退潮，大型工程船舶无法在此固定作业，无法采用传统承台施工，而采用单桩独柱的形式架桥，既降低了施工风险，又节省工程投资 2 亿元以上。

为保证这些长度达 110 多米的桥柱质量，浇筑时采用了温度控制、连续浇筑等一整套施工体系。经检测，150 根桩的所有技术指标完全达标。

据报道，在直径 3.8 米的桩中浇注混凝土，达到河床下 110 米深处，需要事先进行工艺性试桩。因为是灌注柱，则需先沉放便于施工的"钢护筒"。考虑到潮大流急，对钢护筒也进行了沉放试验。尽管 45 米长的钢护筒自重达十几吨，但在强潮的冲击下，出现了明显的偏差，其中一侧河床，也被冲刷出一个 20 多米深的大坑。为攻克这个技术难题，仅试桩就花了半年时间。

——实时监控安全，大桥遍布探头。在施工的过程中，就特别重视大桥的维护。起吊钢箱梁时，都是一根塔柱两侧钢箱梁同时起吊，以使塔柱两边的受力保持平衡，不会带来隐形伤害，就连拉吊索，也是两边同时拉，同时完工。另外，还有专门针对桥梁的一些安全监控措施，如在桥面下预留了维护检测通道，维保人员可以通过这个通道，随时检测桥梁状况。在整座大桥各个地方都安装了检测仪器及摄像头，即时将大桥的状况数据发送到监控中心，如有异常，会立刻发出警报。

水文、地质条件催生了大桥施工创新

众所周知，杭州湾是呈喇叭形的。东边是茫茫东海，江面越来越宽，水流自然也相对平缓；向西，江面则越来越窄。钱江潮那动人心魄的"一线潮""回头潮"，就是这"喇叭型"在起作用。相比而言，论跨江长度，嘉绍大桥比杭州湾大桥要短许多；论水情、江情，却明显要比后者更湍急、更复杂；论施工难度，甚至超过了杭州湾大桥。由此，产生了以下四大技术难题：

——主墩承台施工。为了不影响钱江大潮，6 个主墩承台必须深埋于河底泥面以下 6 米，每一个承台厚 6 米、直径 40 米左右。由于承台下需要浇注 30 根或 32 根直径 2.5 米的桩，单桩长度超过 100 米，就必须采用双壁钢围堰施工。单个钢围堰内壁直径达 39.05 米、高 24.5 米、重约 800 吨，一次性沉放时水平误差不能超过 5 厘米，垂直误差不能超过 5%。为达到这个精度，每次沉放时，50 多个工人在大型机械的协助下，连续作业 20 多个小时，克服强涌潮冲击，不分昼夜。经检测，所有钢围堰都达到了这样的精度。国内目前尚未有在如此复杂水文条件下，沉放如此大规模钢围堰的施工先例。

——大体积混凝土质量控制。嘉绍大桥采用低桩承台结构，这就对承台混凝土施工质量及耐久性提出了较高的要求。6 个混凝土主塔虽仅 170 多米高，但体大壁厚，施工质量要求极高。嘉绍大桥钢箱梁铺设在 X 型的混凝土托架上，托架体量大，受力复杂，绝不能出现质量缺陷。

在质量控制方面，大桥工程坚持一流大桥必须由一流企业建设的理念，在设计、制作、施工、监理、监控等各个环节，通过公开招投标，最后选择了数十家资质优、实力强、信誉高的知名企业参与工程建设。对于使用量极大的钢材、水泥等关键原材料，则采取了集中采购的方式。除了源头控制，更重视日常的现场监管。对于每一个关键性工艺，一律采取先试验、后实战的方式。比如 3.8 米桩的施工。由于单根的混凝土量就达到了破纪录的 1300 立方米，且必须在 12 小时内连续浇注完成，施工要求极高。由于是"单桩"，质量绝不能有丝毫的偏差，为此，指挥部提出了"每一根都必须当第一根来做"的口号，并成为施工方、监理方头上的一个"紧箍咒"。最后检测，这 150 根桩都为 I 类桩。

——节段预制拼装预应力砼（钢筋混凝土）箱梁施工。北岸水中区引桥 70 米跨预应力混凝土连续刚构共 13 联 66 孔，双幅布置；预制梁段共计 2878 节。全部在预制梁场内采用短线法预制、架桥机悬拼法施工。在单桩独柱桥墩上大规模采用连续刚构，利用架桥机进行短线法预制节段拼装，这在国内外还是首次。如何把 2878 节预制箱梁拼得平整、精确、美观，要求极高。这项工程的精度控制就如"绣花"一样，在桥梁工程建设上堪称罕见。

——主桥钢箱梁吊装。大桥主桥全长 2680 米，钢箱梁总量达 8 万吨，共 374 个箱梁节段。箱梁节段体积、重量较大，单个重量在 200 吨至 260 吨之间，无法通过栈桥进行运输，而只能通过船舶运输到吊装位置进行安装。但由于作业区域水浅流急、潮流汹涌，船舶的定位、吊装难度极大。同时，钱塘江还有另一个特殊性——"潮汛期"。潮汛期间，危险系数太大，无法进行施工。而且，钱塘江每天都会"涨潮"与"退潮"，运送钢箱梁的船只，只能选择平潮时进来。平潮的时间最多不超过 1 小时，否则遇上退潮，船就有搁浅的危险。显然，这是至为宝贵的"黄金 1 小时"。在这 1 小时内，运梁船必须在海事、航管等船只的护航下，准时从码头启航；到位后，必须迅速准确地泊位，然后就是 4 台变幅式架桥机同时挂钩、起吊、提升、下放、调位、拼接……其间的数十道工艺，都是按"分"来设计的。在吊装时，为保持两端平衡，需要 4 条船在江中同时定位、同时起吊，误差不能超过 10 厘米！国内目前尚未有如此大规模的钢箱梁，在如此复杂多变的作业环境下进行施工的先例。

小镇的变化

让我们来体会一下嘉绍跨海大桥给两个小镇带来的变化（摘自《浙江在线》2013 年 6 月 28 日）：

沥海镇，位于绍兴的滨海新区，因为位置太偏，以前镇上的人会自嘲："我们是住在海涂里的。"

随着嘉绍大桥的开通，这个默默无闻的小镇转眼成了块风水宝地——从镇上到上海，驱车只要一个半小时。

嘉兴黄湾镇，三面靠海，曾是嘉兴交通末端区域，被大家戏称为"盲肠"。

2008 年嘉绍大桥开建，贯穿整个黄湾。一夜之间，这片 42 平方公里面积的冷土"火"了——110 多家企业入驻，其中 90% 是外来户。

随着嘉绍大桥的开建，绍兴和嘉兴两地的交通、经济格局，正以肉眼可见的速度发生着巨大的改变。

改变的又何止是这两个城市呢。在可预见的未来，我们的浙北城市群，甚至整个浙江，都将随着大桥的开通，轻快迈出发展的舞步……

交通更便捷，经济更活跃，以及意义更加深远——观念的开放。

夜晚，那大桥灯火辉煌，似乎在预示着即将来临的繁华！

撰写于 2013 年 9 月 14 日

中华大地的一方净土

——内蒙古阿尔山国家森林公园

2015 年 7 月，我随同大儿子汤绳斌驾车穿越内蒙古大草原，直达阿尔山区游览。沿途说不尽的旖旎风光。正如歌儿《草原上升起不落的太阳》所唱："蓝蓝的天上白云飘，白云下面马儿跑，挥动鞭儿响四方，百鸟齐飞翔；要是有人来问我，这是什么地方？我就骄傲地告诉他，这是我的家乡！"

蓝天·白云·马儿

蓝蓝的苍穹，飘浮着朵朵白云；绿绿的草原，散布着群群白羊。这是内蒙古的特色风景！如今不同的是：到处增添了一架架白色的风力发电机和一座座黑

到处增添了一架架白色的风力发电机

绿色的草原上镶嵌着金黄的菜花

色的电缆铁塔；沿途翠绿的草原上，镶嵌一方方金黄的菜花和一箱箱褐色的蜂箱。我家的"雪佛兰"奔跑在四通八达的高速公路上。我不禁感叹：祖国确实发达了！昔日贫困的草原，如今有了能源、交通和副业，何愁不富裕呢？！

一路跋涉，终于到了阿尔山区的"洞天福地"。此地，似在梦幻中"慈航普度"进入了佛境菩提树的浓荫之下，顿觉通体凉爽，一扫山下红尘的污染和燥热！

阿尔山，从地名上看，很多人会认为阿尔山是以"山"来命名的，实际上阿尔山不是山，阿尔山是因"水"而命名的。"阿尔山"是蒙古语，

阿尔山国家森林公园

全称为哈伦·阿尔山。"哈伦"蒙语是"热"的意思。"阿尔山"以蒙语来领会，意为"热的圣水"。

内蒙古阿尔山国家森林公园位于内蒙古大兴安岭西南麓，呼伦贝尔、科尔沁、锡林郭勒和蒙古国四大草原交汇处，内有大兴安岭第一峰——特尔美峰（海拔 1711.8 米）和大兴安岭第一湖——达尔滨湖。它于 2000 年 2 月 22 日经国家林业局正式批准成立，为"国家 AAAA 级旅游景区""全国科普教育基地""国家生态旅游示范区"，总面积 103149 公顷。它仿佛是在浩瀚的绿色海洋里，镶嵌着一颗闪亮的明珠。"阿尔山国家森林公园"——中华大地上的一方净土！

阿尔山森林生态旅游资源数量丰富、类型多样，概括起来主要有森林景观、草原景观、高山湿地、火山遗迹、矿泉温泉、冰雪资源、河流湖泊、历史遗迹与民俗文化等。

森林景观

阿尔山森林生态旅游开发区介于蒙古高原和松嫩平原之间，属于寒温带湿润区、草原向森林的过渡地带，植物和动物资源都十分丰富。原始森

阿尔山原始森林

兴安落叶松林　　　　　　　　　　山花烂漫·鸟语花香

林绵延千里，溢翠滴绿。森林覆盖率达 80%，原生态自然环境良好，物种资源独特而丰富，以木本植物为主体。代表的植被是兴安落叶松与白桦形成的针阔混交林。公园内野生植物资源非常丰富，主要植物有 57 科 269 种。其中有山杏、榛子、文冠果、刺莓果、蕨菜、蘑菇、黄花等食用植物；有地榆、黄芪、白芍、桔梗、手掌参等药用植物；有杜鹃、蜡梅、石竹、野山菊等观赏植物。海拔在 1200 米以上的山脊或各种坡度的山坡上部，有偃松分布，具有典型的寒温带特征。海拔在 1000 ～ 1200 米的地带，适宜各类树种生长。海拔在 1000 米以下为森林草原带。典型的森林景观有：樟子松林、兴安落叶松林、白桦林，沿河谷湿地分布的红毛柳林，以及在石塘林裸露岩石上生长的偃松（爬地松）等，景观极为奇特。

　　这里还生活着驼鹿、马鹿、狍子、水獭等兽类 58 种，隶属 6 目 14 科 37 属，以及松鸡、榛鸡、啄木鸟等鸟类 240 种，隶属 17 目 48 科 127 属。景区内松柏苍苍，流水潺潺，芳草青青，山花烂漫。奇松怪石遍布脚下；鸟语花香充满空中。

草原景观

　　旅游景区本来就是锡林郭勒草原、呼伦贝尔草原、蒙古草原和科尔沁草原四大草原交汇处，而景区内山地丘陵的阳坡地带，还大量分布着林间

阿尔山林区草甸

草地，为草甸草原，草原与森林相间分布，构成独特的林区草甸景观，极富观赏价值。这里的空气中负氧离子含量非常高，外国游客赞誉"空气都可以罐装出口"，是非常理想的避暑、休闲、度假、疗养的地方。

高山湿地

景区平均海拔在 1000 米以上，大部分河谷低洼地带，连片分布着大面积的湿地，为常年积水和季节性积水的湿草甸，构成了本区域最具特色的高山湿地景观，也是这里原生态环境最突出的特色。

火山遗迹

阿尔山地区典型的火山遗迹：火山口湖（天池）、堰塞湖和各种类型的熔岩地貌。火山口湖为火山口中积水形成的湖，主要有阿尔山天池、驼峰岭天池、双沟山天池、基尔果山天池、兴安天池、布旗外站天池、卧牛天池等；还有不具备围堰仅在地平面下成池的玛珥湖，如地池。堰塞湖为火山熔岩流淌凝结堵塞河流而形成的湖泊，阿尔山地区的火山堰塞湖有 9 个：杜鹃湖、鹿鸣湖、仙鹤湖、乌苏浪子湖、松叶湖、石兔湖、松鼠湖、蝶飞湖、金莲湖。其中的 7 个湖泊集中串连分布在哈拉哈河沿线，称为"七大连池"。

阿尔山地区的熔岩地貌很多，主要有火山锥、火山碎屑席、熔岩流、

阿尔山天池

熔岩隧道（熔岩洞）、喷气锥（叠瓦堡）、岩山火山口。其中最为壮观的是面积约 200 平方公里的石塘林，有翻花石、熔岩垅、熔岩绳、熔岩碟、熔岩丘、喷气锥、熔岩陷谷、地下暗河等罕见的景观，堪称火山博物馆。

矿泉温泉

温泉资源是阿尔山发展森林生态旅游最为突出的优势资源，经中国科学院、中国地质大学联合进行的火山科学考察认定的 4 处矿（温）泉群：阿尔山温泉、金江沟温泉、银江沟温泉和五里泉矿泉，共有 76 眼矿（温）泉，仅海神阿尔山圣泉疗养院内就有 48 眼冷热相间的混合型矿（温）泉，水温在 0～48℃范围内，是世界第二大功能型矿（温）泉群。

阿尔山温泉会馆

阿尔山的积雪

冰雪资源

阿尔山森林生态旅游景区属于寒温带大陆性季风气候,冬季漫长寒冷。冬季平均起日为9月21日,平均止日为5月5日,长达7个多月计227天,积雪覆盖天数152.2天,最长达180天。年均积雪日数在160天以上,局部地区在200天以上,是全国积雪日数最高的地方。这里地处大兴安岭腹地,受山谷地形的影响,冬季风力较小,是开展室外滑雪旅游天然资源条件最佳的地方。

河流湖泊

阿尔山森林生态旅游景区内河流湖泊发育丰富,主要有哈拉哈河、洮

阿尔山区逶迤的河流

尔河、柴河、绰尔河,大大小小的堰塞湖在旅游区内形成碧水环绕于森林、草地之间的独特景观。

历史遗迹与民俗文化

在第二次世界大战期间,阿尔山地区被日军占领,遗留下众多第二次世界大战遗迹,主要有阿尔山火车站、大和旅馆、兴安岭军事工程、飞机堡、南兴安隧道。阿尔山—柴河地区是蒙古族和东北少数民族的生产、生活地域,民族风情十分浓郁。这里还是国家重点的森林工业基地,形成了独特的林区风俗。

阿尔山车站

资源特色

阿尔山森林生态旅游资源主要有四种特色:

绿色

阿尔山位于大兴安岭西南麓,地处呼伦贝尔草原、锡林郭勒草原、科尔沁草原和蒙古国草原四大草原交汇处。森林覆盖率超过 80%,绿色植被覆盖率达 95%。

绿色植被覆盖率达 95%　　　　　冰雪与森林的完美结合

银色

辖区分布四大矿泉群，经初步查明的矿泉就有 100 眼之多，是世界最大的功能型矿泉之一，已经被确定为中国优质矿泉水源地；同时，阿尔山雪期长、雪质好、雪量大，冰雪与城市、冰雪与温泉、冰雪与森林的完美结合为开展冰雪运动和冰雪旅游提供了得天独厚的资源，是国家自由式滑雪训练基地。

褐色

辖区共有 50 余个火山锥，7 个高位火山口湖（天池），数 10 个火山堰塞湖和 4 座活火山。其中火山熔岩台地形成的 200 余平方公里的石塘林为亚洲第一、世界第二火山景观；熔岩丘群更是全国首次发现的火山熔岩

熔岩构成的山峰　　　　　　　阿尔山区的金秋

地质构造，另外还有国内罕见的熔岩龟背构造等特殊的地质构成。

红色

阿尔山区进入金秋季节就演变为具有金属辉光的红色。

现在来谈谈阿尔山国家森林公园里的主要景区——

公园内分布有石塘林、三潭峡、天池、杜鹃湖、玫瑰峰、不冻河、大峡谷、摩天岭等景区。

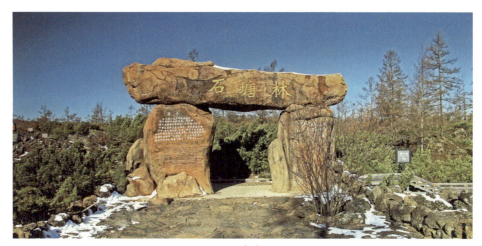

石塘林

石塘林

石塘林位于天池林场东，距阿尔山市温泉街 84 公里，是大兴安岭奇景之一。它为第四纪火山喷发的地质遗迹，是亚洲最大的死火山玄武岩地貌，地质构造、土壤、植被生物均保持原始状态，生物多样复杂，再现了从低等植物到高等植物的演替全过程，具有较高的科研和保护价值。

石塘林长 20 公里、宽 10 公里，是由火山喷发后岩浆流淌凝成。经过千年风化和流水冲刷，形成了石塘林独具特色的自然地貌，犹如波涛汹涌的熔岩海洋，有翻花石、熔岩垅、熔岩绳、熔岩碟、熔岩洞、熔岩丘、喷气锥、熔岩陷谷、地下暗河等神奇景观。

　　一堆堆假山般的火山岩，千奇百怪，有的像指天利剑直立向上，有的像英勇武士持戟征战，有的像威武雄师闪电狂奔，有的又像年迈老人饱经风霜……更令人难以想象的是，在基本上无土可言的石塘林里，高大茂密的兴安落叶松挺拔俊秀，枝繁叶茂，粗壮的盘根紧紧抱住火山岩，在熔岩缝隙间深深扎下去；高山柏以其低矮的身躯遍地延伸，显示出顽强的生命力；四季常青的偃松像朵朵盛开的雪莲；金星梅、银星梅一片金黄，一片银白，真是一步一景，处处一派生机盎然。石塘林是国内少见的奇特景观，被列入中国生物多样性保护行动计划优先项目。

三潭峡

　　三潭峡位于距阿尔山市温泉街 77 公里处的阿尔山林业局天池林场境内，由映松潭、映壁潭、龙凤潭三个深潭组成。峡谷长约 2 公里，由河流切割而成。湍急的哈拉哈河从河谷穿过，珠飞玉溅，火山熔岩布满河床，水深处波平如镜，难见其底，水浅处人可踏石涉水而过。峡谷南壁陡峭险峻，北壁由巨大火山岩堆积而成。古人咏赞三潭峡：神奇灵秀三潭峡，清泉汩汩绕山崖；喷珠溅玉何处去，魂系遥遥东海家。游客漫步景区，如入仙境！

三潭峡

天池

天 池

天池位于阿尔山东北 74 公里天池岭上，海拔 1332.3 米，有 484 级台阶。如果从天空俯视天池，天池像一滴水滴。按海拔高度，阿尔山天池在天山天池、长白山天池之后，居全国第三。椭圆形的天池像一块晶莹的碧玉，镶嵌在雄伟瑰丽、林木苍翠的高山之巅，东西长 450 米，南北宽 300 米，面积为 13.5 公顷。湖水久旱不涸、久雨不溢，水平如镜，倒映苍松翠柏，蓝天白云，景色万千。每到春夏之交，山中水气郁结，云雾氤氲，山头薄雾缭绕，白云时而傍山升腾，时而翻滚而下，郁郁葱葱的松、桦合围池畔，溢绿摇翠，构成了天池独特的自然景观。

天池属于高位火山口湖，由火山喷发后积水而成，登上天池山顶，没有那种"一览众山小"的感觉，相反会感到视野更狭窄了，只能看到 13.5 公顷的湖面和与之对应的那块蓝天。当地林场的人说："天池水深莫测，不敢让游人划船戏水。我们曾经勘测过，把测量绳的一端系上重物放在湖里，放下去 300 多米仍没有探到湖底。我们也曾向湖里撒过鱼苗，却没有长出鱼来，后来又把活蹦乱跳的鲫鱼投到湖里，这些鱼很快都不见了，既没看到鱼跃，也没有死鱼浮到湖面。"天池有许多神奇的地方：神奇之一是久旱不涸，久雨不溢，甚至水位多年不升不降；神奇之二，天池水没有河流注入，也没有河道泄出，一泓池水却洁净无比；神奇之三，距天池几里的姊妹湖丰产鲜鱼而天池却没有；神奇之四，深不可测，有人风趣地说天池与地心相通。

杜鹃湖

杜鹃湖位于阿尔山林场以东 2 公里，距离阿尔山温泉街 92 公里，湖面海拔 1224 米，面积 128 公顷。因湖畔开满杜鹃花而得名。湖面呈月牙形。它是火山喷发期由于熔岩壅塞河谷、切断河流形成的堰塞湖，东南为进水口，西南为出水口，上游连着松叶湖，下游又衔着哈拉哈河，平均水深 2.5 米，最深处达 5 米多。杜鹃湖为流动活水湖，湖水与森林、山地相辉映，湖光山色美不胜收。

玫瑰峰

玫瑰峰位于阿尔山市温泉街以北约 25 公里处，属于典型的花岗岩石林地貌，由十几座花岗岩石峰组成，错落有致、险峰挺拔的雄奇景观。石峰大部分呈红褐色，巍峨壮观。从山下仰望玫瑰峰，巨大的石块形态各异，气象万千。远景有一种气势磅礴的雄壮之美，有的形如武士，有的状若伟人。玫瑰峰下建有玫瑰庄园，一座座红顶木屋错落有致地分布在绿树丛中，是人们体验林区风情、感受自然景观的最佳休闲场所。

不冻河

不冻河位于阿尔山天池南的哈拉哈河上游河段，不冻河全长 20 公里。进入严冬季节时，在零下 40 摄氏度以下的气温，这河段也不会结冰，水中长着青青的水草，河面上云蒸霞蔚，河岸边雾凇晶莹，玉树琼花，堪称一绝，其景色令人震撼，是内蒙古阿尔山冬季奇景。不冻河现象的产生是由于该河段的地下有大量地热存在的缘故。

大峡谷

柴河源大峡谷位于阿尔山兴安林场东南20公里处的原始森林中，由南到北呈 W 状，长 11 公里，大峡谷底宽为 30 ~ 150 米，谷深 30 ~ 130 米，每公里落差 20 米。大峡谷主体为火山熔岩断裂带，由更新世火山喷发的玄武岩熔岩流，经受千百年的水流侵蚀后而形成。峡谷中怪石嶙峋，飞瀑跌落，云雾蒸腾，奇景众多，两岸的野生植物物种分布较广，河流从峡谷底流过，河面宽窄不均，时而湍急，时而平缓，整体景观绮丽雄壮。火山大峡谷有重要的科考意义和游览探险价值，也是一处理想的避暑胜地。

摩天岭

阿尔山市摩天岭位于兴安林场境内，大黑沟上游，海拔 1711.8 米，相对高度 600 多米，为一马蹄形熔渣火山锥。口垣留有破火口，形如半环，锥壁峻峭，坡度在 40 度以上。山体为森林所覆盖，大致为第四纪上更新世时火山喷发所构成，山麓有熔岩在河谷中阻塞而构成的松叶湖（达尔滨湖），是哈拉哈河的源头。摩天岭四周为茫茫林海和熔岩台地景观。

哈拉哈河发源于阿尔山的摩天岭北部，上游穿越火山熔岩地段，在茂密的林海中曲曲弯弯向西流去；到新巴尔虎左旗的罕达盖南和阿木古郎南成为中蒙界河，流经蒙古国注入贝尔湖，之后转入呼伦湖（达赉湖），河流全长 399 公里，在阿尔山市境内流程 154 公里。哈拉哈河水流清澈，两岸植被完好，风光秀美；河中盛产哲罗鱼、白鱼等。川流不息的哈拉哈河素有"母亲河"之称。很久以前，哈拉哈河流域就曾是北方游牧民族的繁衍生息之地，它孕育了森林草原文化和文明。特别是成吉思汗漠北铁骑从这里崛起，哈拉哈河流域成为蒙古民族的一个重要发祥地之一。

结 语

阿尔山是集旅游观光、科研考察、度假疗养、科普教育、娱乐探险为一体的最具中国北方鲜明特色的原生态旅游胜地。在酷热的盛夏,阿尔山是最令人向往的避暑好去处。这里的雪期从每年的 9 月开始,一直到次年的 5 月份才化净,几乎与南国的夏天一样长。在七八月间的阿尔山,能感受到北国林海的清爽。

撰写于 2015 年 10 月 26 日

驻洋航站
——"辽宁"号航空母舰

■ 航母来了！

1941 年 11 月 25 日，日本海军执行联合舰队司令山本五十六制订了奇袭美国"珍珠港"计划。一支由"赤城"号、"加贺"号、"苍龙"号、"飞龙"号、"翔鹤"号、"瑞鹤"号 6 艘航空母舰，以及 2 艘战列舰、3 艘巡洋舰和 9 艘驱逐舰组成的编队，从千岛群岛启航东进，经过冬季多风、往来船只较少的北航线，采取无线电静默等隐蔽手段，长途跋涉，向美国太平洋舰队的主要基地珍珠港逼近。

1941 年 12 月 7 日凌晨，在 6 艘航空母舰上起飞的 350 余架日本飞机，穿云破雾，扑向珍珠港海军基地，实施了两波攻击，投下大量穿甲炸弹，并向美国的战列舰和巡洋舰发射鱼雷。美军毫无防备。他们在爆炸的巨响中惊醒，仓促应战。整场先发制人的袭击在 90 分钟内结束。美军损失惨重，8 艘战列舰中，4 艘被击沉、1 艘搁浅，其余都受重创；6 艘巡洋舰和 3 艘驱逐舰被击伤；188 架飞机被击毁；数千官兵伤亡。

日本却只损失了 29 架飞机和 55 名飞行员,以及几艘袖珍潜艇。次日,美
国总统罗斯福发表了著名的"国耻"演讲,他随后签署了对日本帝国的正
式宣战声明。

"前事不忘,后事之师"!想当初,战场上"你死我活"的对手;现
如今,美国和日本竟开始了"如胶似漆"的蜜月!后事究竟如何?且让我
辈拭目以待。

航空母舰是一种以舰载机为主要作战武器的大型水面舰艇。舰体通常
拥有巨大的甲板和坐落于一侧的舰岛。航空母舰一般总是一支航空母舰战
斗群的核心舰船,舰队中的其他船只提供保护和供给,而航母则实施空中
掩护和远程打击。发展至今,航空母舰已是现代海军不可或缺的武器,也
是海战最重要的舰艇之一。依靠航空母舰,一个国家可以在远离国土的地
方在不依靠当地机场的情况下,向敌方施加军事压力和进行作战。航空母
舰已成为一个国家综合国力的象征。

航空母舰一般不单独活动,它总是由其他舰只陪同,合称为航空母舰
编队,又称航空母舰战斗群。整个航母编队可以在航空母舰的整体控制下,
对数百公里范围内的敌对目标实施搜索、追踪、锁定和攻击。航母编队可
同时使用多兵种、多舰种、多机种,能开辟独立的海战场,真正做到全天候、
大范围、高强度、长时间的连续战斗,实现中远海域的一体化联合作战。
一般来说,航空母舰虽能投入大量的空中武力,但其本身的防御能力薄弱,
所以需要其他舰艇(包括水面与水下舰艇)提供保护。编队组成一般包括
1 艘旗舰,2 艘防空巡洋舰,4 ~ 6 艘防空反潜驱逐舰,1 ~ 2 艘攻击型
核潜艇。

航母之梦

中国人开始航母梦的时间并不算晚。早在 1928 年底,时任国民党海
军署长的陈绍宽,便在呈文中首次提出要建造航空母舰。这离英国人建成

世界上第一艘具有全通式飞行甲板的"竞技神"号航母，仅仅10年。1930年，海军部提出了一份包含航空母舰1艘、装甲巡洋舰2艘、巡洋舰2艘、驱逐舰28艘、潜水艇24艘，以及其他舰种共106艘的庞大的6年造舰计划。不过当时内战不断，国民政府的财政极度困难，这份空中楼阁式的造舰计划根本就没有执行的可能。

抗日战争爆发后，陈绍宽暂时放下了那些纸面上的规划，开始部署现有舰艇的抗战事宜。当时，中国海军的抗战主要集中在长江中下游，最激烈的战斗发生在江阴。江阴保卫战历时108日，是抗日战争中罕见的陆海空三栖立体作战，也是抗战期间唯一一次海军战役。1937年8月上旬，为阻止日本舰队沿江西上，国民政府用沉船在江阴建立了一道封锁线。日军为打通封锁线，出动"加贺"号等4艘航母，击沉了当时国民党海军第一舰队的几乎所有战舰，轰炸了江阴要塞。长年威震中国海疆的舰队主力全数沉没在江阴。此后，日本航母经常出没于中国沿海，配合陆上作战行动。这是继中日甲午战争以来中国海军最重大的损失！中国人民又一次刻骨铭心的耻辱！

江阴海战中，日军的空中肆虐让陈绍宽进一步看到了航空母舰的作用。1943年11月，陈绍宽代表海军部再次提出海军建设规划。在规划中，他设想将中国沿海划为4个海军区，每个区成立一支海防舰队，拥有5艘航母，全国沿海共需要20艘航母。这个规划令包括蒋介石在内的许多人瞠目结舌。显然，就战时中国的状况来看，上述规划必将再次成为泡影。

抗战胜利后，正当陈绍宽雄心勃勃地准备实现建造航母的计划时，1946年6月，蒋介石发动了对解放区的进攻，大规模的内战全面爆发。国民党海军被卷入内战中，陈绍宽的"强海军梦"随之破灭，"航母梦"也自然烟消云散。

呜呼！陈将军执着于扩军强国积20年，殚精竭虑、孜孜以求，奈何生不逢时，终于付诸东流。倘若将军有灵，目睹今日中国之国防，亦当含笑九泉矣!

光阴荏苒、沧桑巨变，今日中国身为联合国美、俄、中、英、法五大常任理事国之一，唯独自己没有航母。而且，其他4个拥有航母的国家，无一不在竭力保持和加强"航母大国"地位：美国拥有现役航母11艘，占全球航母半数以上；俄罗斯竭力保留1艘满载排水量6.75万吨的大型航母；英国计划建造2艘"伊丽莎白女王"级新一代航母；法国拥有满载排水量达4万余吨的"戴高乐"号中型核动力航母。

此外，一些中小国家也都纷纷购买或自建航母。其中，最值得提及的是我国周边的印度、日本和韩国。印度多年来始终坚定不移地贯彻"三航母战略"：除购买和改装两艘航母外，正着手自建"维克兰特"号航母；日本的"日向"级、DDH21"直升机驱逐舰"和韩国的"独岛"号都具备了"准航母"的功能。

新中国成立后，毛泽东曾高瞻远瞩地提出"必须大搞造船工业，大量造船，建设海上'铁路'，以便今后若干年内，建设一支强大的海上战斗力量"。周恩来心中也有挥之不去的航母情结。1973年10月25日会见外宾时，他感慨地说："我们南沙、西沙被南越占领，没有航空母舰，我们不能让中国的海军再去拼刺刀。我搞了一辈子军事、政治，至今没有看到中国的航母。看不到航空母舰，我是不甘心的啊！"

长期以来，我国海军历届领导对航母的发展也是关注有加。首任海军司令员萧劲光大将曾撰文指出，中国海军需要航空母舰：一个船队在远海活动，没有航空母舰就没有制空权，没有制空权就没有远海作战的胜利和保证。曾担任过海军司令员的军委前副主席刘华清上将也一直心系航母，先后多次强调"海军有了航空母舰，质量就会发生大的变化，作战能力也就有较大提高，有利于提高军威、国威。"

老一代国家和军队领导的殷殷之情，广大民众的热切期盼，如今虽已跨越了半个世纪，航母梦却始终是段"未了情"；"中国航母"四个字依然萦绕在中国人的心中，成为挥之不去、日益高涨的时代强音！

梦想成真

2012 年 7 月 16 日，我国中央电视台首次曝光了中国航母平台进行高速大倾角急转弯的海试画面，显示我军航母平台优秀的海上行驶性能。据悉，该航母平台进行的试验科目为总体部分大回转试验，用于测试主机和航行性能，画面还显示有直升机对航母海试进行多角度跟踪拍摄，场面十分震撼。

多家外媒对中国航母的建造情况进行了报道：2013 年 8 月 2 日，据英国《简氏防务周刊》网站报道，有照片显示中国首艘航母正在建造之中，靠近上海的江南造船集团长兴岛造船厂内的一艘舰船船体很可能是中国首艘本土建造的航母的一部分；2013 年 8 月 5 日，据日本外交官杂志发表该网站助理编辑哈里·卡扎尼斯的文章称，有报道称中国已经开始建造第二艘航母。中国现有的航母辽宁舰是由苏联未完工的废弃航母改建而来。如果以中国军事论坛流传出来的图片为基础的相关报道是正确的，那么中国最新航母将会是其首艘国产航母。这是一个重要的里程碑。不过，文章指出，这艘航母还需要 10 年左右的时间，才能够对亚洲安全环境构成影响。

这究竟是怎么回事？且让笔者慢慢道来。

"辽宁"号航空母舰是如何建造的？它从何而来？请看——

1983 年，"瓦良格"号航母在乌克兰黑海造船厂开建，1991 年 11 月，已完成 68%，却因缺钱而停工；1998 年 4 月，中国澳门一家旅游公司以 2000 万美元价格竞得"瓦良格"号，宣称将改造为赌船；1999 年 7 月，舰上设备被拆除后，仅剩船壳，由拖轮拖带前往中国，却又被土耳其以安全为由，拒绝通过博斯普鲁斯海峡；2001 年，经外交斡旋，土耳其提出 20 项安全条件，索取 10 亿美元保证金及其他利益之后放行；2002 年 3 月 3 日，总行程 1.52 万海里，耗费时间长达 4 年，"瓦良格"号最终抵达中国大连；2005 年 8 月初，"瓦良格"号以中国海军标准的"海军灰"涂装出现在驳船码头，改装工作正式开始；2011 年 8 月 10 日，经过 6 年改装的中国航母平台进行了第一次海试，到 2012 年 8 月 30 日，共进行了十次海试；2012 年 9 月 25 日中国首艘航空母舰"辽宁"号（16 号舰）正式与中国海军交接入列；2013 年 9 月 25 日，辽宁舰迎来交接入列一周年，短短一年的时间，辽宁舰先后完成了舰载机连续起降、驻舰飞行、短距滑跃起飞等试验，以令世界惊讶的速度稳步推进各项试验和训练。

从"瓦良格"航母 2002 年 3 月 3 日正式抵达中国大连，停靠在大连内港西区码头开始，到正式试航，一共经历了 9 年 5 个月又 7 天时间，共计 3447 天。直到 2008 年底，中国国防部开始披露有关航母的相关信息，使得中国第一艘航母成为持续升温的热点话题。于是，就出现了前述中央电视台首次曝光"辽宁"号航母海试镜头后的震波。

现在让我们来看看"辽宁"号航母的性能指标、武器装备和电子设备——

性能指标

主尺寸：舰长 302 米（全长）、281 米（水线）、舰宽 70.5 米、吃水10.5 米；飞行甲板：长 300 米、宽 70 米；机库：长 152 米、宽 26 米、高7 米；排水量：55000 吨（标准）67000 吨（满载）；动力：4 台蒸汽轮机 4 轴 200000 马力；航速：29～31 节；续航力：>7000 海里 /18 节；舰员：1960+626（航空人员）。

武器装备

12 单元 SS-N-19 反舰导弹垂直发射装置（备弹 12 枚）；4 座六联SA-N-9 防空导弹垂直发射装置（备弹 192 枚）；8 座"栗树"弹炮合一近防系统；4 座 AK-630 型 6 管 30 毫米近防炮；2 座 10 管 RBU-12000 反

潜火箭发射器；最大可载 50 架各类飞机，主要有战斗机、反潜直升机、预警直升机等类型。

电子设备

声呐：Zvezda-2 主动搜索 / 攻击（中低频）声呐和 MGK-345 Bronza/Ox Yoke 舰体声呐；雷达：2 座"贸易风"-2M 三面对空搜索雷达、1 座 MR-710"顶盘"三坐标对海 / 空搜索雷达（D/E 波段）、2 座 MR-320M"双支柱"对海雷达（F 波段）、3 座"棕榈叶"导航雷达（I 波段）、1 座"电阻器"（"糕饼筒"）航空引导雷达系统；火控：4 座"十字剑"（K 波段）控制对空导弹、8 座"热闪"火控雷达（J 波段）控制近防系统；电子干扰：2 部 PK-2、10 部 PK-10。

由于"辽宁"号航母上载舰员人数众多，其各种生活配套设施也十分完备，设有餐厅、超市、邮局、洗衣房、健身房、垃圾处理站等，连酒吧都有闹吧和静吧两种，生活相对比较便利。还将根据实际需要，创造良好的工作生活环境，最大限度地保障官兵的生理和心理健康。

舰载机歼 -15

舰载机是航母的主要武器。近年来，歼 -15 一直为大众所关注和热议，对它的前世今生似有必要多费些笔墨。

根据"百度百科"资料："歼 -15（代号飞鲨；英文：J-15）为重型舰载战斗机，是中国从乌克兰取得苏 -33 战斗机原型机中的一架（T-10K-3）为基础研制生产的，为第 4 代战斗机。歼 -15 融合了歼 -11B 的技术，装配鸭翼、折叠式机翼，机尾装有着舰尾钩等舰载机特征，起落架强度高，前轮能够迎合像美国海军舰载战斗机拖曳弹射方式。设计之初就考虑到弹射器起飞的问题，将部署到"辽宁"号航空母舰和未来国产航空母舰上。歼 -15 的发动机为涡扇 -10H，但增加了一个起飞模式，可以短时间内将发动机的最大推力提高到 128 千牛，从而进一步减少飞机的起飞距离。其他性能参数为：乘员 1 人、机长 22.28 米、机高 5.92 米、翼展 15.00 米、翼面积 62.04 平方米、全机空重 17500 千克、最大起飞重量 32500 千克、最大航程 3500 千米、最大速度 2.4 马赫、实用升限 20000 米、挂载点 12 个、中距空对空导弹霹雳 12。"

歼 –15 较苏 –33 的改进主要有：1. 换装国产雷达。由于苏 –33 的雷达仅为 20 世纪 70 ~ 80 年代的科研成果，早已不适用现代战场，且苏 –33 原装的计算机运行速度仅为 17 万次 / 秒。而我国歼 –8 后期型号的计算机都是每秒百万次的；2. 更换座舱。换成先进的带综合特征的联合航电系统的座舱；3. 在材料与工艺技术上，机身由钛合金焊接更换为"整体钛合金大框"，大大提高了强度与寿命。

歼 –15 采取斜板滑跃起飞和滑跑 – 拦阻降落。

斜板滑跃起飞 在航空母舰甲板前端有一个"跃台"帮助飞机起飞，即把甲板的前头部分做成斜坡上翘，舰载机以一定的尚未达到起飞速度的速度滑跑后沿着上翘的斜坡冲出甲板，形成斜抛运动，在刚脱离母舰的一段（几十米）距离内继续在空中加速以达到起飞速度。这种起飞方式不需要复杂的弹射装置，但是飞机起飞时的重量要比蒸汽弹射起飞的飞机重量小，这使得舰载机的载油量、载弹量、航程，以及作战半径等受到一定的制约。采用滑跃起飞舰载机的航空母舰在载机起飞时都必须以 20 节（36 公里 / 小时）以上的速度逆风航行，以加大载机相对速度来帮助舰载机起飞。

滑跑 – 拦阻降落 舰载机在航空母舰上滑跑降落，首先飞机要进入环绕母舰的环型航线，以降低飞行高度和速度。在降落时，飞机的速度要降低到几乎失速的地步，放下起落架、襟翼与空气减速板，将拦阻钩伸出，维持一定的速度和下滑速率，在地勤人员的指挥下降落。在母舰的飞行甲板后部有数条拦阻索，飞行员必须让降落的飞机在着舰的瞬间将拦阻钩挂上其中一条拦阻索。拦阻索是由液压制动的，它在挂住飞机后，可以在两秒钟和 50 米内使飞机停下来。在紧急情况下，比如飞机的挂钩损坏了，无法使用拦阻索停下来，在甲板上可以拉起拦截网来协助飞机迫降。

随着技术的发展，现代战争日益体系化，仅凭单一机种已经很难取得现代战争的胜利，因此各国航母的舰载机也由单一机种发展为多种飞机组成的舰载机联队，舰载机担负的任务也越来越广，包括防空、反舰、对地攻击、侦察、电子战等多种任务。特别是随着舰载固定翼预警机上舰，通过数据链与舰载作战飞机形成联合网络作战系统，让不远万里奔赴对方沿海作战的航母编队，仍将空中信息指挥优势掌握在自己的手里，对于取得空战的胜利乃至取得战争的胜利都至关重要。

我国自行研制的歼 –15S 型双座双发重型舰载歼击机已经于 2012 年 11 月 3 日上午在我国某地成功首飞。该机型是在歼 –15 舰载机基础上生产的新型舰载战斗机。2012 年 11 月 25 日，歼 –15S 战机第一次出现在世人面前。

最新消息

中新网：2013 年 8 月 29 日电，29 日下午，国防部召开例行记者会，国防部新闻事务局副局长、新闻发言人杨宇军上校指出，辽宁舰是中国第一艘航母，但绝对不是唯一的一艘。

当日举行的国防部例行记者会上，有记者问："有媒体报道中国已经开工制造第一艘国产航母，也是我国的第二艘航母，是在大连造船厂，国外多家媒体也报道了中国即将开工建设新一艘航母的消息。请问，继'辽宁舰'之后，中国有无制造国产航母的计划？"

杨宇军表示，辽宁舰是中国第一艘航母，但绝对不是唯一的一艘。他说，中国将根据国防和军队建设的需要，统筹考虑发展航母的建设问题。

正像本文前面所写，多家外媒，多种猜测。笔者绝对相信杨宇军上校所说："辽宁舰是中国第一艘航母，但绝对不是唯一的一艘。"

那么，第二艘国产航母，究竟在上海，还是在大连建造？是第二艘呢？还是有第三艘呢？那就真的"无可奉告"了！咱们等着瞧好吧！

撰写于 2013 年 10 月 23 日

志谢：本文在写作过程中，查阅、引用、整合了百度及相关网站的资料，笔者谨表谢忱。

合湾行

■ 机 场

　　当座机开始徐徐朝台湾岛桃园机场降落时，我不禁凑近舷窗往下望去：海峡像一个温柔的大湖，水波粼粼。岸边似乎泛起了一圈乳白色的泡沫。哦！那一定是波涛拍岸掀起的浪花。陆地上，像小镜子一样反射着阳光的是湖泊；积木似的楼房、皱褶似的山峦；那细长弯曲的带子则是公路了。

　　啊！与大陆阔别了半个世纪的宝岛终于出现在眼前了。我只是在这一刻，心中稍有些不安，不知彼岸的同胞是如何看待自己的兄弟姊妹的？我们会不会遇到些不愉快呢？香港刚刚回归祖国，他们是什么态度，会存有戒心吗？

　　但是，当我拉着行李箱踏上机场大厅的自动通道时，这些微妙的不安就消失了。通道两旁的广告牌是那样的熟识，似曾见过的画面和广告词，而牌上的那些繁体汉字，则是我在中、小学时期就曾经书写的。它们仿佛在亲切地注视着我，默默地告诉我：这是中

国，是炎黄子孙的领地。

空荡荡的检验厅里，书架上放着可以随意拿取的台湾风光介绍。我们一行 14 人，无一例外地都取了一些，留个纪念吧！

一位官员模样的海关人员，操着标准的国语："各位先生、女士，欢迎你们到台湾省来观光。现在你们每人的入境证及护照（通行证）都集中保存在海关'大陆同胞接待处'。但是，请各位放心，出境时都将发回。如果哪位要提前出境，只要打个电话，随时可以领取。"不知怎的，我总觉得这位海关先生有股子书卷气。

来到机场的门厅里，一下子涌上来欢迎的人群。台湾新竹高级中学的谢迺岳先生带领着台湾清华大学的学生们热情地和大家握手问好。我们与谢先生在长岛见过面，老朋友重逢，格外亲切。

学生们突然亮出长幅红布，上书白字"欢迎大陆力学学会莅临访问"。门厅里来往的旅客，好奇、友善地望着我们。我慌乱地打开行李箱，取出摄像机，摄下了这值得纪念的镜头。当然，遗憾的是整个欢迎过程的摄像中，都没有出现我的面孔。

机场门外停着空调中巴。台湾炎热的七月，没有空调简直活不下去。大学生们热情地帮我们搬运行李。开车了，谢先生当了义务导游。他开口第一段话是："各位教授、各位同学，大陆称呼司机叫'师傅'，台湾习惯称'先生'。今天给我们开车的是陈先生。让我们给他一点鼓励，请大家鼓掌。"响起一阵掌声。

说到这位胖胖的、五短身材的司机陈先生，随后我送过一个红木做的带丝穗的钥匙链，上面有着镂空的套在一起的两颗心。我说："陈先生，这两颗心代表大陆与台湾的同胞。你瞧，大的是大陆，小的是台湾。他们套在一起，象征着海峡两岸心连心。"陈先生爽朗地大笑起来："汤先生，你真会说话。我的儿子正在大陆开着一家公司呢！"

中巴把我们送到了台湾清华大学"百龄堂"招待所。对我们这些年过半百的老人来说，倒像是一种祝福呢！

参加完清华大学工学院院长陈正华教授设的欢迎晚宴，回到"百龄堂"已是深夜了。我和同屋的王祎垂教授还没有困意，瞧着电视里播放的"国大代表"吵吵闹闹（没想到，台湾岛竟有80多个电视台），一时间竟忘了身置何地，仿佛还在广州或上海旅店的房间里。蓦地醒悟：哦！这是在台湾了。

台湾街景

街景

行走在新竹马路上，举目环顾：熟悉的马路文化、熟悉的脸容和服饰、熟悉的建筑、熟悉的语言（台湾人都会讲流利的国语，连少数民族也无例外）。如果用"宾至如归"来形容我此刻的心情，再也恰当不过了。也难怪，我们本来是一家人呀！几天来，我总觉得台湾人对大陆同胞，无论是教授、学生、僧侣，都有一种发自内心的亲切感（我们也一样）。

就台湾城市建设的布局与风格来说（台中、台北、新竹），似乎介于上海与深圳之间，但不如上海的气派、深圳的整洁、北京的恢宏。

马路上满街都是小轿车和摩托车，排着长队，没有见到一辆自行车。

台湾的摩托车，清一色都是木兰型的，大小、品牌不同而已，像大陆的自行车一样多，穿梭于大街小巷。与大陆一样，也有义务交通管理员。他们身穿黑橙两色的制服，认真地指挥着车辆。说到台湾省的交通，和北京一样糟，堵得厉害（他们叫"塞车"）。我看，有时还不如骑自行车来得痛快。或许，这正是台湾摩托车多的道理。在集市的小马路上，摩托车擦着你身子就过去了，比轿车灵活多了。

台湾90%的家庭都有小轿车，也像大陆一样，少有车库的。因此，在住宅区街道两旁满是画着线的停车位。一个停车位贵到60万元台币（人民币约合20万元），比买一辆普通的轿车还贵，本来狭小的街道就更窄了。我真为这种情况犯愁，说不定总有一天要回归到自行车去。

道路窄、车辆多，司机开车是很辛苦的。开车时，往往要嚼槟榔。据说槟榔是提神的。陪同我们的谢迺岳先生就为司机下车去买过槟榔。台湾街道的特色之一是槟榔店多，大多是一开间的门面，一位小姐站在柜台橱窗前招徕顾客。她们一律身穿中式旗袍，打扮得漂漂亮亮。据谢先生介绍，"槟榔小姐"是台湾的特产，选得都很苗条、美艳。他几次鼓励我拍摄"槟榔小姐"。可怜我在车上手忙脚乱地老找不到机会对准镜头。我问谢先生，不知"槟榔小姐"是否有什么出处？为什么台湾只有"槟榔小姐"，而没有诸如蛋糕小姐，或者"土鸡"小姐之类。台湾不少饭店门口张贴的菜单广告上常有"土鸡"两个大字。"土鸡"相当于北京的"柴鸡"（放养的鸡）。谢先生说，他也不知道出处，是自然形成的民俗。也许，司机先生嚼了从美丽小姐手里买得的槟榔，更利于提神吧！

说到吃"土鸡"，这是台湾朋友请客吃饭，餐桌上必备的，味道不错。不知放了什么佐料，还是这种鸡本来带有颜色，皮和肉都是浅褐色的。还有一道特色菜也是必有的，就是不锈钢鱼盘盛着的海鱼，盘子下面有一个不锈钢酒精炉，鱼老是用火炖着。

一天晚上，谢先生专门安排我们去参观夜市。夜市里灯火辉煌，人

夜市

流、摩托车流，穿梭不息。各种各样的小摊贩，吃的、穿的、用的，其情景和上海、北京的大同小异。例如，服装摊、皮鞋摊、皮包摊的布置，连式样也都差不多，价钱却要比大陆地摊的贵。不同的有两点：一是水果摊的水果个儿大、色泽鲜艳。有一种不知名的青皮水果，比桃子个儿大、果子上有几条像桃子那样的凹沟。用它制成的软包装果汁，味道好极了。二是所有摊位后面都停放着一辆装货用的进口面包车，看起来挺高级的。我们这里大多还是三轮车或小卡车。

亲 情

不管新竹、台中、台北……普遍建设得和深圳、浦东一样（似不及深圳的整洁和上海的大气，新竹的城市布局较差一些，市容尚不够整洁），但总觉得缺少了些中华民族的那种深沉、博大的历史感。其实，这也不奇怪，因为它们的根都在大陆呀！最突出的例子就是清华大学与故宫博物院了。

台湾清华大学是一座有着现代化设施、现代化建筑的学府。虽然在校园内装饰着民国时期清华园门洞的模型（或许是一种思乡、怀旧、"正统"心理吧），但总觉得给人以"暴发户"的印象，而大陆的清华大学却是古

台湾台北故宫博物院

今交融的历史真实呈现。看到清华园内保留的古朴、素雅的历史建筑，望着巍峨的"同方""紫光"现代大厦，不由得让人沉浸在中华民族浴血奋斗的史实里。台湾故宫博物院更为突出。这是一座仿古的现代化建筑，外观上看不出任何历史的痕迹，博物院的馆藏也需每4个月轮换一次展品。"清明上河图"原件就在台湾。我想观赏时，据说要过几个月才能轮到展示。但是，北京紫禁城宏伟对称的建筑就像一首凝固了的古乐，让您似乎听到了历史的脚步声，让您心里沉甸甸地感受到了历史的分量，让您既自豪又痛心，因为想起了灾难深重的中华民族曾经蒙受过的耻辱，从而激起自强的豪情。正如圆明园断柱残壁的历史见证一样，鞭策着炎黄子孙热爱祖国、振兴中华！在台湾的一代新人不知是否已经淡忘了？

但是，话还得说回来。在台湾到处可以见到浓浓的民族传统，例如人们的谈吐举止、风俗习惯，城市建筑的风格、饭馆的食品、市场的纪念品、商店的招牌、各种博物馆的馆藏，甚至游乐园里智力游戏的设计与名称，随时随地都可以让人感到"血浓于水"的深深的亲情。

例如，在新竹有个"小叮当科学游乐园"。它坐落在松柏岭上，总面积有30公顷，是一座融合科技与美学的新型游乐园。这是一个构思类似于北京玉渊潭"宋庆龄儿童科学乐园（含科学少年宫）"的游乐园，但占地面积要大得多，项目也要多得多。它位于树木苍郁的丘陵地带，环境幽雅宜人。景点有桃花谷、樱花恋、浮水植物区、神农氏百毒园、观景台、野战场地等。各种颜色的风标出没于树梢空隙，多样色彩的巨大的分子结构模型耸立于林间旷地，颇具特色。分布于园内的科普设施与湖光山色融为一体。众多的科学智力游戏的名称中，至少有4种与中华文化有关，如：洛神海（观众可以参与体验的各种水车）、曹冲秤、哪吒风火轮、夸父追日（正午标、日晷）等。在台北的科学教育馆新建了中国古代科学技术展示厅，展品从司南到地动仪，以及古代攻城机械，品种较为齐全。台中的自然科学博物馆中有我国古代建筑结构的展示，特别是耸立于大厅正中央，有两层楼高的古代"水运浑象仪"，气势非凡，其机械传动已全部复原，可以自动运行，显示了中国古代科技、文化的悠远和深厚。

瞧着幼稚园的孩子们，穿着色彩鲜艳的衣服，由老师带领着排队走进自然博物馆大门时，我心中不禁升起一股暖意。这些小朋友与大陆的"祖国的花朵"们有什么两样呢？！我不觉得自己正处于与大陆分离了五十载的台湾。

览 胜

由于时间的关系，我们不可能更多地去游览台湾省的名胜古迹。谢逦岳先生为我们安排了去日月潭。

日月潭位于南投县鱼池乡，潭面积广达900多公顷，北半部形如太阳，南半部状似月亮，故名。潭中水域幽美，环湖多栽槟榔，纤秀的树身随风婆娑起舞，景色迷人。我们住在湖畔的旅馆中，清晨起床，凭栏眺望披着轻纱的近水远山，令人陶醉。沿着日月潭湖边有着许多名胜。我们观光了玄奘寺和文武庙。

尚未进玄奘寺大门，一位僧侣就迎了出来。"你们是从哪里来的？""我们从大陆来""从大陆来的！太好了，太好了，快请进，快请进，请随便照相、摄像。"他热情地招呼着我们，送了两盘讲经的录音带和好些佛学书。回想起大陆的庙宇普遍张贴着"不准照相，违者罚款"的禁告，不知是这位僧侣的特别优惠，还是我们的景点里特别保护古迹？在台湾的所到寺庙都未见"不准照相"字样。

玄奘寺共有两层，玄奘和尚的法相在二楼，垂眉闭目坐在佛台上，布置很简单。我行了注目礼就下楼了。

日月潭

庄重华丽的文武庙给人以深刻的印象。大门口石阶两旁站着两头枣红色的抱球石狮。由于依山建造，进门抬头，但见金碧辉映、楼阁重叠，只觉姹紫嫣红、气象万千。供奉的文圣是孔子，而武圣是关公。

崛 起

祖国的明珠——台湾是怎样发展起来的呢？我向谢逎岳先生请教了这个问题，一直谈到了凌晨两点。谢先生说："我们初来台湾时，这里是个农业省，老百姓很穷。蒋经国执政时，实施了十大改革，包括政体、经济、能源、交通，以及吸引外资等。那时，老百姓家里都有一个小作坊，做着来料加工、来件组装等劳动密集型产业。而地主所有的田地由省政府收购后，直接分配给农民；如果地主的土地刚好在兴建工业区的范围内，则作价入股。这样，就不必经过暴风骤雨式的土地革命，地主和平演变为企业家。慢慢地，大家就开始有点钱了；台湾省也就逐步富起来了，在联合国里给一些小国家贷款资助、投资开发科技园、消化外来科技专利等。"我对谢先生说："明白了，我也更理解邓小平先生改革开放的国策了。"

我衷心地祝福祖国的宝岛繁荣富裕！热切地祈盼着一衣带水的台湾省早日与大陆"和平统一"！这是历史的必然，任何力量都阻挡不住华夏子孙的团聚同进！

撰写于 1998 年 7 月 10 日

蒲公英的情怀

汤寿根科学散文集

哲理

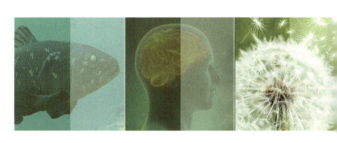

从量子理论的确立而引发的思考

——人真的有灵魂吗？！

　　这个选题在我电脑里存有好几年了，一直没有动笔！所以动念，是由于"量子与量子纠缠"理论的出现，并为实验所证实。那么人死后尸体分解，最终的量子是不灭的！若其量子聚而不散，是否会同亲人纠缠？这似乎就是灵魂了！那么，"鬼"是否存在就说不明道不白了！

　　近日，旧事重提。我查阅了"百度"的有关条目；同时，又对条目中提及的学者，查核了身份与著作，确有其人其文，有的文章甚至发表在国际知名刊物上。真所谓"不可思议"了。既匪夷所思；又无可非议！但是，我相信："灵魂"必定由"量子"组成；而"意识"是由物质组成的！

■ 人为何有"意识"？"意识"又是什么？

　　现在越来越多的科学家认识到，意识是大脑的微观反应，在大脑神经层次上无法真正地了解意识。研究意识，要在微观领域里找，要在量子的层次上进行研究。

量子纠缠是微观粒子意识的反映？

意识对人来说是看不见、摸不着的，无法用时间、空间、物质、能量等概念来测量，不过意识却具有一些人们熟悉的特征。

如果认为意识是物质的一个基本特性，那么微观粒子自然也具有意识，自然也会表现出意识的特点。如果在实验中微观粒子表现出意识的一些特征，那么是否在一个侧面证实了微观粒子具有意识？

实验表明，量子纠缠这种关系一旦发生，就会永久保持下去。微观粒子能够保持这种记忆能力，能够区分、识别和其有"纠缠关系"的特定粒子，能够不受时空限制地"认识"和"记住"这种纠缠关系。那么，微观粒子的这些特征是不是同人的意识十分相似？

量子纠缠中所表现的两个微观粒子意识的反映，能够给量子纠缠一个合理的解释：量子纠缠的存在，是微观粒子具有意识的证据。这给"意识是物质的一个基本特性"提供了一个非常好的证据，其意义非同寻常。

意识是物质的一种高级有序的组织形式。它是指生物由其物理感知系统能够感知的特征总和，以及相关的感知处理活动。意识是大脑的产物，大脑是物质，物质所产生的必然也是物质。

下面我们来谈谈大脑是怎样产生意识的。

学者谢健青系统地阐述了这个问题，称为"谢健青定论"。

谢健青定论

谢健青 1966 年 4 月出生，江苏金坛市人，原理心理学创始人。他一方面发现并确定了丘脑及丘觉的存在，另一方面发现并确定了丘脑的功能同样本的作用，揭开了意识的产生机制，奠定了心理五原理的基础。

人的意识产生于脑部 人的大脑、小脑、丘脑（丘脑由神经元构成，每个丘脑神经元都通过遗传烙上特定痕迹，不同的神经元痕迹不同。神经元是构成丘脑的物质。丘脑的唯一功能就是发放丘觉）、下丘脑、基底核等，将视觉、听觉、触觉、嗅觉、味觉等各种感觉信息，经脑神经元逐级传递分析为样本（样本是表示事物的符号，多数是通过学习建立的。样本分为传入样本、参照样本、传出样本三种。样本的存储、分析、发放是脑最为强悍的功能），由丘脑合成为丘觉（丘觉是脑中显现的事物的意思，是遗传的，决定了感知范畴）并发放至大脑联络区，令大脑产生觉知，即人的意识。

概述

人的脑，包括丘脑、大脑、小脑、下丘脑、基底核等，都是由一种物质——神经元构成的，神经元中有遗传信息。脑所要完成的工作就是整理、组织遗传信息，使之有序化、条理化。

脑的主要功能就是经过神经元一级一级的信息交换传递，获得一个有意义的信息集合。这个过程称为样本分析。神经元一级一级进行信息交换传递的过程称为分析。有意义的信息集合即为样本。样本分析是脑的主要功能，包括大脑、小脑、下丘脑、基底核等这些脑部的主要功能都是进行样本分析的。

丘脑是一个十分特殊的器官。丘脑神经元中的遗传信息，具有觉知特性。丘脑能够将各个遗传信息，合成为一个特殊的信息集合。这个具有特殊性质的信息集合是对事物的觉知，称为丘觉。丘觉的合成、发放活动，样本的分析、产出活动，本质上都是反射活动。

详细机理

丘脑的唯一功能就是合成、发放丘觉。丘脑由神经元构成，每个神经元中都有遗传信息。丘脑的功能就是将神经元的信息合成为丘觉，并发放到大脑联络区，使大脑产生觉知，也就产生了意识。脑包含众多的结构，不是所有的结构都能合成丘觉。合成丘觉只是丘脑的功能，只能由丘脑合成、发放出来，才能产生意识。

丘脑虽然能够合成、发放丘觉产生意识，但丘脑不是意识活动的场所，意识也不存在于丘脑中。大脑联络区是丘觉的活动场所，丘觉能够使大脑产生对事物的觉知，产生对事物的"知道""明白"。丘脑通过联络纤维将丘觉发放到大脑联络区，在大脑联络区产生意识。在临床病例中，丘脑、大脑联络区、联络纤维发生了损伤或病变，产生的症状都是一样的，都将导致意识的缺损或丧失。

大脑联络区中有两个意识活动的场所：一个是大脑额叶联络区；另一个是大脑后部联络区。这两个联络区都能产生意识。正常状态下，两个联络区的意识活动可以同时存在，并以大脑额叶联络区的意识为主导。大脑额叶联络区是各种意识汇集的场合，在清醒状态下一直处于活动状态。如果，大脑额叶联络区不活动，人一定处于睡眠状态。人们通过自己逐步抑制大脑额叶联络区的活动，逐步进入梦乡；如果，大脑额叶联络区突然活动，人也就突然清醒。在大脑额叶联络区休眠时，如果大脑后部联络区单独活动，这时就表现为做梦，也是一种正常的意识活动。

许多较高级的功能都集中在大脑的右半球。左半球是处理言语信息，

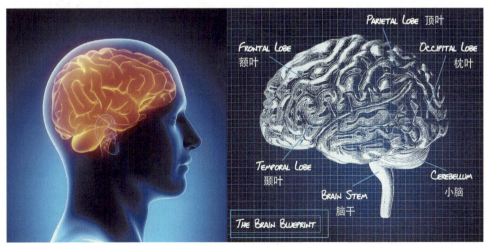

人体大脑结构图

进行抽象逻辑、辐合思维（辐合思维：又称聚合思维、求同思维、同一思维。是一种有方向，有范围，有条理的收敛性思维方式）、分析思维的中枢。右半球是处理表象信息，进行具体形象思维、发散思维（与辐合思维相反，又称辐射思维、放射思维、扩散思维或求异思维。它表现为思维视野广阔，思维呈现出多维发散状）、直觉思维的中枢。

我们用眼睛一次看到的事物有很多，但眼睛不能将看到的各种事物区分开来。视神经将所有看到的事物，全部转化为信息，传递到大脑枕叶；大脑枕叶对这些信号进行分析，将各个事物分离出来，每个事物用一个样

意识的运作

本来表示。大脑、小脑、下丘脑、基底核等的主要功能都是对产出的样本进行分析。不同的脑部，分别产出不同类型的样本。大脑分析产出的样本，与觉察、认识有关；下丘脑产出的样本与情绪有关；小脑、基底核产出的样本与运动指令有关。耳朵也是如此，如同拾音器，能够接收各种音频的信号，但并不能区分一段音频信号中的各个词句；每个词句是由大脑颞叶进行分析、产出，形成样本。通过大量的临床病例发现，如果大脑枕叶发生病变，病人就不能知道看到的是什么，甚至什么都看不到；如果大脑颞叶受到损伤或发生病变，病人就不能理解话语的含义。枕叶、颞叶的不同

功能区受到损伤或发生病变，会导致不同的样本缺失或丧失，从而导致不同的失认、失读、失写、失听等症状。当然，这些功能的缺失，在一定程度上是可以弥补的。

例如，摄像头将摄取的景物（如一棵树）转换成信号，电脑的处理器经过处理，可以将这棵树显示在屏幕上，但电脑并不能知道这是一棵树，也不能产生"树"的意识。眼睛如同摄像头，可以将"树"转换成信息传递到大脑，大脑如同电脑的处理器，可以对视觉信息进行分析，在大脑联络区显示这棵树；但是，还不能产生"树"的意识，对"树"的意识是丘

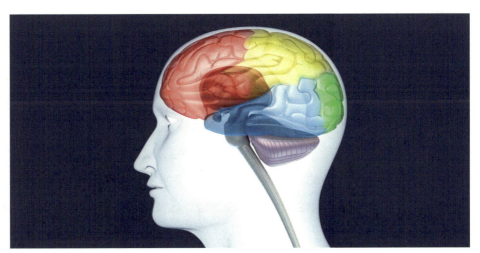

丘脑又称背侧丘脑，位于第三脑室的两侧

脑发放的，是丘脑告诉大脑的。丘脑合成"树"的丘觉并发放到大脑联络区，"告诉"大脑这是一棵树，大脑产生对"树"的觉知，于是我们便产生了对"树"的意识。

丘觉一般不会被随意合成、发放，特别是关于客观事物的丘觉，需要样本激活才能由丘脑合成为觉知。

样本的分析产出是大脑（还有基底核、小脑、下丘脑、杏仁核等）的功能。大脑有着极其强悍的样本分析功能，通过对视、听、触等信息的分析，产出需要的样本到丘脑，激活丘脑的功能，合成一个相应的丘觉，

发放到大脑联络区产生意识。大脑分析产出样本的目的，就是激活丘觉进入意识。如果杂乱无章的信息激活丘觉，只能引起意识的昏乱。样本是具有一定意义的条理化信息。大脑经过舍弃无用信息、填补有用信息、放大主要信息、简化次要信息等多种形式的分析，获得一个有意义的完整信息。这个信息与传入信息相匹配，激活丘觉产生清晰的意识。丘觉是遗传的，样本是后天学得的，二者没有天然联系，却必然要建立联系，这就是联结。联结是神经元的功能。样本与丘觉的联结，导致大脑皮质的各个功能区，分别与丘脑的对应核团形成功能一体。丘觉必须由样本来激活，才能产生意识。

特异功能

大脑分析产出的样本是表示事物的信息，但样本只是表示事物的信息，相当于一些符号，进入意识还必须有丘觉的支持。丘脑、大脑、小脑、下丘脑、基底核的神经元，通过遗传获得的信息是有限的，能够分析产出的样本，以及合成、发放的丘觉都是有限的，因此我们的意识范围也是有限的。例如，我们不能看到暗物质、红外线、紫外线，不能听到超声波、次声波。有少数的人遗传有常人没有的遗传信息，分析产出的样本，以及合成发放的丘觉超出了常人，能够看到常人无法看到的事物，听到常人无法听到的声音。我们将这种能力称为"特异功能"。

北京理工大学教授胡星斗告诉我们："事实上，一定领域范围的特异功能是存在的。在国外叫作超心理学，有很多人对之进行科学研究。有些大学还建有超心理学专业和实验室，如超强记忆力。"

心灵感应究竟有没有？英国生化学家鲁珀特·谢尔德雷克认为，人的思想像电磁场一样也有自己的场域。在这个场域里流动着各种想法、愿望和意见，可以为一些对此敏感的人捕捉到。因此，心灵感应只在相互了解很深的人之间发生。

意识失衡

由于能够进行样本分析、产出的脑部众多，大脑额叶、大脑后部、小脑、下丘脑、基底核等都是分析产出样本的结构。而且，它们都是各自独立分析产出样本的，常常会导致样本活动、丘觉活动失衡，严重者会导致各种精神病症，如痴迷、偏执狂、精神分裂症、强迫症，以及网瘾、毒瘾、赌瘾、烟瘾、酒瘾等。这些精神病症有的看似生理性病症，实质上都是心理活动失衡造成的，是可以通过心理手段治愈的；如果采用手术方法去治疗，是不会有理想的治疗效果的。

人有没有灵魂，还得由"量子与量子纠缠"说起

现在，可以来谈谈"量子与量子纠缠"了！这是组成人类灵魂的基本物质！

1982 年，法国物理学家艾伦·爱斯派克特（Alain Aspect）和他的小组完成了一项实验，证实了微观粒子之间存在着一种叫作"量子纠缠"的关系。在量子力学中，有共同来源的两个微观粒子之间存在着某种纠缠关系，不管它们被分开多远，都一直保持着纠缠，若对一个粒子扰动，另一个粒子（不管相距多远）立即就知道了。量子纠缠已经被世界上许多实验室证实；许多科学家认为，量子纠缠的实验证实是近几十年来科学最重要的发现之一。虽然，人们对其确切的含义，目前还不太清楚；但是，它对哲学界、科学界和宗教界已经产生了深远的影响，对西方科学的主流世界观产生了重大的冲击。

以两个相反方向、同样速率等速运动的电子为例，即使一颗行至太阳边，一颗行至冥王星，如此遥远的距离下，它们仍保有特别的关联性；亦即当其中一颗被操作（例如量子测量）而状态发生变化，另一颗也会即刻发生相应的状态变化。如此现象导致了"鬼魅般的超距作用"(spooky action at a distance) 之猜疑，仿佛两颗电子拥有超光速的秘密通信一般。"鬼魅"(spooky) 一词出自爱因斯坦之口。他曾经发现，这种"鬼魅般的超距作用"(spooky action at a distance) 在众多实验中一再出现，似与狭义相对论中所谓的局域性 (locality) 相违背。因此，他直到过世前，都没有完全接受量子力学是一个真实而完备的理论，一直尝试找到一种更加合理的诠释。

量子纠缠不受四维时空的约束。宇宙在冥冥之中存在着深层次的内在联系。量子的非局域性，表明物体具有整体性。简单地说，量子非局域性是指，属于一个系统中的两个物体（在物理模型中称为"粒子"），如果

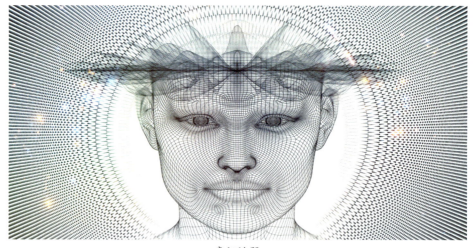

意识谜题

你把它们分开了，有一个粒子甲在这里，另一个粒子乙在非常非常遥远（比如说相距几千、几万光年）的地方。如果你对任何一个粒子扰动（假设粒子甲），那么瞬间粒子乙就能知道，就有相应的反应。这种反应是瞬时的，超越了我们的四维时空，这边一动，那边不管有多遥远，立即就知道了。这说明，看起来互不相干的、相距遥远的粒子甲和乙在冥冥之中存在着联系。这同我们人类的意识作用非常相似！

实证科学在研究意识中遇到的困难是，无法用我们人类熟悉的时间、空间、质量、能量等来测量意识，但是我们每一个头脑清醒的人都知道自

己的意识是存在的。如何来研究无法用常规方法测量而又存在的意识呢？

目前，有些学科在神经和大脑上对意识进行了广泛而深入的研究，虽然对大脑的许多功能有了不少的了解，但是对于意识本身仍然是个谜，仍然无法解释"意识的难题"(the hard problem of consciousness)。"意识的难题"是指体验与感受的问题 (the problem of experience)，例如对颜色、味道、明暗等的感受，对价值观的判断，等等。"意识的难题"近年来重新触发了哲学上长期解决不了的争论，即意识是从物质中突然出现的，还是万物皆有意识（中国古代叫万物皆有灵性）？

自笛卡儿以来的西方主流世界观认为，物质决定意识，意识是在物质中产生的副产品。然而，这种唯物论观点遇到了难以克服的困难与挑战。例如：①许多科学家认识到，要从没有意识的物质中产生意识，这需要奇迹的发生，而唯物论是不承认有超自然现象的，换句话说，这是不可能的；②在长期研究大脑的工作中，神经科学对大脑的功能等方面已经有了很多的认识，但是许多人怀疑唯物论能够解决"意识难题"；③现在有科学研究者从量子测量的角度分析，认为意识不能够被进一步简化，也不是在物质运动中突然出现的，因为如果意识只是物质的副产品，那么这无法解决量子力学中的"测量难题"。

量子力学认为物体在没有被测量之前，都是几率波，测量使得物体的几率波"倒塌"(collapse) 成为观测到的现实。那么问题就出来了：如果意识是从物质中产生的，那么从根本上讲大脑也只是由原子、电子、质子、中子等微观粒子组成的几率波，大脑的几率波如何能够使得被观察物体的几率波"倒塌"呢？对于更大的宇宙的现实来说，这是不是意味着存在宇宙之外的具有意识的观察者？这就是量子力学中的"测量佯谬"。为了解决这个量子测量佯谬，物理学家们提出了许多解决方案，但是从根本上仍然无法绕开意识的问题。诺贝尔物理学奖获得者尤金·保罗·维格纳(Eugene Paul Wigner) 认为，意识是量子测量问题的根源。虽然，物理学认识到意识在量子力学的层面上就存在；但是，量子力学本身无法解决意识的问题。从量子力学创立时起，意识就一直困扰着量子力学。但是，长期以来，物理学家们对这一问题视而不见，试图逃避这个令物理学尴尬的难题。

其实，在现实生活中，有很多类似的远距感应并相互作用的事情让大家感到不可思议。

在孪生兄弟之间，当一个人经历痛苦的时候，另外一个人立即就有感应，甚至会有一模一样的痛苦。有的夫妻或者父子之间，当一方经历极大痛苦时，另一方也能迅速感应到。

其实，对这些奇怪的事情，理论物理学已经从理论和实践上获得了确切的证明和解释。

基于实证科学在研究意识中遇到的难以克服的问题，现在哲学界、神经科学、心理学、物理学等多学科领域里越来越多的人认为，就像时间、空间、质量、能量一样，意识是物质的一个基本属性，是宇宙不可分割的一部分。量子纠缠的存在是微观粒子具有意识的证据，给"意识是物质的一个基本特性"提供了良好的证据。如果认识到意识是物质的一个根本特性，那么就不难理解人们发现的"有感知的水""祈祷治疗""念咒感应""孪生兄弟姐妹感应""夫妻感应""因果轮回"等实证科学无法解释的和灵界有关的现象。

■ "墨子"号上天，京沪干线落地

2016年8月16日，注定是量子通讯历史上有里程碑意义的一天。我国自主研制的世界首颗量子科学实验卫星"墨子"号成功发射，并在2017年6月首次成功实现千公里级的星地双向量子通信，为构建覆盖全球的量子保密通信网络奠定了坚实的科学和技术基础。

2017年9月29日，北京和奥地利首都维也纳进行了首次量子加密视频通话。这不是普通意义上的通话。它是使用量子技术进行电话安全加密

量子卫星传输加密视频过程

的现场演示，标志着量子通信领域的巨大突破，并展示了量子技术对信息传输和保护的潜在影响。

当天下午，世界首条量子保密通信"京沪干线"正式开通。今后可以应用于军事、金融、政务等领域信息的安全传输。金融机构、媒体、大型企业，都可以成为量子通信的用户。

讲到量子通信，就不得不提再次提到它的原理"量子纠缠"。打个通俗易懂的比方。有这样一对心有灵犀的双胞胎，纵使天各一方，弟弟有难，哥哥立马能感应到。量子纠缠讲的就是这样一对双胞胎量子。我们把它们分开，改变其中一个的状态，另一个量子的状态也会改变，从而实现信息的传输。"墨子"号就成功地把这对双胞胎拉开了上千公里，从而实现超远距离的量子通信。

"墨子"号项目负责人，中国科学院院士潘建伟率领的团队在国际上首次用实验证明：在所有相对地球以千分之一光速或更低速度运行惯性参照系中，量子"心灵感应"速度至少为光速的一万倍。

量子通信已经从高深的理论逐步渗透到现实生活中的方方面面。目前，工商银行、北京农商银行等多家银行率先试用了量子通信加密技术。作为首批用户之一，工商银行数据中心（北京）网络部总经理任长清曾在接受采访时介绍，现在工商银行试点的部门，就是通过国盾的量子加密技术，将数据从数据中心传输到同城的另一个机房内。未来我们的手机通信，光纤网络都有可能采用量子加密的方式来保证信息安全。

越来越多的人预言和期望，一个新的世界观时代就要来临，科学将会发生重大的变化，科学和宗教的界限很快会消失。现在可以归结到本文的主题——

人真的有灵魂吗？灵魂是由什么组成的？

答案是：

人的肉身死后，尸体腐烂分解而归于天（大气）地（尘土）。组成肉身的分子、原子都分解了！但是，其最终的粒子——量子是不灭的！（几十年前，物理学家发现了微中子。微中子比电子小 20 ~ 800 倍不等。它是一种无形无体的虚无的一种能。它能穿透任何物质。美国科学家观测了 30 多年，发现没有一粒微中子衰变，不衰变就是不死亡。人体全身每个细胞都有微中子，如果将这些微中子连接起来，自然也就构成了一个物质躯体的形象）。

由量子组成的"灵魂"，若为强烈的意识（眷恋、怨恨、心愿）所凝集，则聚而不散、与世长存！而大多数灵魂，则随着雷电、风雨而消散！

笔者相信，您的亲人由量子组成的"灵魂"就在您身旁！他们关怀着您，眷恋着您；同您自身的量子纠缠着，永远保佑着您！！

附 录

2016 年 1 月 17 日，清华大学副校长、清华大学生命科学学院院长、中国科学院院士施一公教授在"未来论坛"年会上发表了题为《生命科学认知的极限》的演讲。

他说——

"物质有三个层面：第一个层面是宏观的，就是我们可以感知到的，直觉可以看到的东西，比如人是一个物质，房子也是一个物质，天安门、故宫都是物质。

"第二个层面是微观的，包括眼睛看不到的东西也叫微观。我们可以借助仪器感知到、测量到，从直觉上认为它存在，比如说原子、分子、蛋白，比如说很远的100亿光年以外的星球。

"第三个层面，就是超微观的物质。对这一类，我们只能用理论推测，用实验验证，但是从来不知道它是什么，包括量子，包括光子。尽管知道粒子可以有自旋和能级、能量，但是我们真的很难通过直觉理解，这就是超微观世界。

"这个世界是超微观世界决定微观世界，微观世界决定宏观世界。

"现在我们发现，我们认知的物质，仅仅是这个宇宙的5%。既然宇宙中还有95%的我们不知道的物质，那灵魂、鬼都可以存在。既然量子能纠缠，那第六感、特异功能也可以存在。同时，谁能保证在这些未知的物质中，有一些物质或生灵，它能通过量子纠缠，完全彻底地影响我们的各个状态？于是，神也可以存在。

"科技发展到今天，我们看到的世界，仅仅是整个世界的5%。这和1000年前人类不知道有空气，不知道有电场、磁场，不认识元素，以为天圆地方相比，我们的未知世界还要多得多，多到难以想象。

"世界如此未知，人类如此愚昧，我们还有什么物事必须难以释怀？了解这些，是为了更加深刻地认知世界。我们既要看懂未来，又得看清自己！"

撰写于2018年12月26日

平和斋里的一副对联

在我的书房"平和斋"的电视背景墙上挂着一副自己撰写的对联。上联：福随心平气和到；下联：寿同平安和睦来。若横着依次往下读，则为"福寿随同心平、平安、气和、和睦到来"！横批"横竖是福"。意为，只要"心平气和、平安和睦"，必然会"福寿双全"！这副对联看似简单，实为总结了我大半辈子的"甜酸苦辣"。

孔子云："修身，齐家，治国，平天下"。那么，上联就是"修身"；下联则为"齐家"。归结为"心

"平和斋"电视背景墙上的对联

平气和、平安和睦"八字真言！余年届米寿，于己于家，尚能体现！

> 吾性愚拙，诚信为本；
>
> 忆昔抚今，诸多坎坷；
>
> 五九学农，真话遭罪；
>
> 干校三载，宰豕耘田；
>
> 脱胎换骨，险及生死；
>
> 余生何去，八字真言；
>
> 仰望昊天，淡看风云；
>
> 身处陋室，心系华夏；
>
> 执子之手，相濡以沫；
>
> 亲慈儿孝，晨炊暮安；
>
> 情重天伦，阖家康宁；
>
> 天佑我家，长传不息！
>
> 反观孔教，五言为证：

"修身求自洽，养性为齐家；治国够不着，何谈平天下。"呵呵！

撰写于 2019 年 3 月 26 日

蒲公英的情怀

在案头的塑料小匣里，躺着一对蒲公英种子。随着我鼻息的轻轻拂动，长长的线毛飘逸着，似乎要飞离"牢笼"，融入窗外无垠的大自然之中。

开春，我一定把它们植在土壤里，让它们生根发芽、开花结果，按照大自然神圣的规律，进入永恒的生命轮回。

那是去年北京 12 月下旬的一天，长长的暖冬好不容易进入了"冬至"，总算有了点"数九"的寒意。我和老伴从玉渊潭散步回来，迎面走来一对孪生小男

蒲公英妈妈和她的孩子们

蒲公英的孩子不怕贫瘠、不畏艰险，
义无反顾地去寻求生命的永恒！

他们的妈妈呢？或许还挺立在萧瑟的秋风里，
凝望着远去的孩子们，遥遥地为他们祝福！

孩，长得、穿得一模一样，手拉着手，在父亲慈爱、关切的眼神下，欢跃着，绽放出灿烂的笑靥。我忍不住频频回头观望。老年人遇见孩子，总会由衷地感生出一种喜悦，尤其是对"双胞胎"。

走进院子，我的目光被路上相伴滚动着的两团白花花的东西吸引住了。哦！那是一对蒲公英的种子。它俩也"手拉着手"，在寒风中欢快地飞舞着、翻腾着。在阳光的沐浴下，长长的绒毛辉映出闪闪圣洁的微芒。我知道，它俩正急急地要去完成一个神圣的使命：寻找一方土壤——哪怕是贫瘠的——去播种生命、迎接春天！它们的妈妈呢？也许她早已枯萎而归于尘土，也许她孱弱的身躯还挺立于北风中，遥遥地凝望着，为她远去的孩子们祝福！

这对蒲公英的小生灵啊！你们原本已经是误了点的。我怜爱地弯腰捡了起来，带回了家。

蒲公英是菊科多年生草本植物。它生长的适应性极强。它不怕寒暑、不畏旱涝、不惧贫瘠。它用柱状肉质的、深深地扎入土壤中的根，波形瘦长的、紧紧地贴在大地上的叶，酿造出洁白的乳汁，哺育着金黄色的舌状小花，生长出银白色的冠毛瘦果。每个球形花序的种子数都在 100 粒以上。

乘着柔和的轻风，蒲公英的孩子们出发了！

随着轻柔的和风，蒲公英的孩子们出发了。它们丝毫不留恋故土，坚强地、无畏地踏上了征途，义无反顾地去完成那神圣的使命——寻求生命的永恒！

不起眼的、渺小的蒲公英，却有着令人瞩目的宏大情怀。

我在感叹造化之工的同时，不禁要祈祷上苍，但愿生活在城市中的我们的孩子们，都有点蒲公英的情怀！

撰写于 2007 年 1 月 9 日

绿色的文明

绿色是大自然生命的本色；绿色代表着安全、和谐、简洁；绿色象征着春天萌动的生意、蓬勃的生机。然而，近百年来，人类赖以生存的地球的绿色，正在被黄色和黑色所蚕食。

人类文明的发展史，是从采集文明过渡到农业文明，再从农业文明发展到工业文明。世界上发达国家的工业文明，距今已有 200 多年的历史。在这些国家里，工厂林立、工农业水平空前提高、经济快速增长，人民改变了生活方式，生活水平也相应大大提高；我国改革开放 30 多年来，经济的快速增长也没有离开工业文明的发展模式。但是，工业文明的发展带来了严峻的后果：资源被无节制地开发和过度消耗；人类生存环境严重恶化；生物多样性遭受破坏，大量物种濒临灭绝或已经灭绝。

"寂静的春天"正在悄悄地进逼！

让我们纪念一位伟大的女性——蕾切尔·卡逊（Rachel Carson，1907 年 5 月 27 日出生在美国宾夕法尼亚州泉溪镇）。这位羸弱的身患癌症的女学者于

20 世纪 60 年代，用生命谱写了不朽的醒世恒言——《寂静的春天》，为人类环境意识的启蒙，点燃了一支明亮的火炬。

她发出了振聋发聩的警告：由于人们滥用化学杀虫剂和除草剂，破坏了大自然的生物链，一个狰狞的幽灵已向我们袭来……大地失去了生命的姹紫嫣红，再也听不到生命的田园交响。愚昧无知的人们啊！正在制造着毁灭自己的灾难——春天的寂静！

50 年过去了，人类并没有停止对大自然贪婪地索取和掠夺、对地球资源的挥霍与浪费。欲壑难填的人类啊！正在导演着地球上第 6 次惨烈的生物大灭绝！

《自然》杂志在 2004 年 1 月声称：多国科学家研究小组对地球上 6 个地区的调查表明，在未来 50 年内，100 万个物种将从我们的星球上消失；世界上 1/4 的陆地生物将会灭绝。

地球的资源十分紧张，若再不改变粗放型发展模式，40 年后人们将面临灭顶之灾。我们如何给子孙交代！！

渐渐地褪去绿色外衣的地球，像一位苍老的身罹沉疴的母亲，忧伤地叹息：万物之灵的人类啊！当灾难降临时，天地之间并没有拯救生命的方舟……

当最后一只老虎，在人工林中徒劳地寻求配偶时；当最后一只未留下后代的雄鹰，从污浊的天空坠向大地；当麋鹿的最后一声哀鸣，在干涸的沼泽上空回荡；人类就到了自己的殇期！

"亡羊补牢，为时未晚。"当前，我们正从农业文明，经工业文明，向生态文明迈进。生态文明是遵循人类、自然、社会和谐发展这一客观规律而取得的物质与精神成果的总和，是以人与自然、人与社会和谐共生、良性循环、持续繁荣、全面发展为宗旨的文化伦理形态；没有生态文明，一切文明就没有了发展的前提。我们必须提倡在满足人类的基本生存和发展需要的基础上，进行适度的、绿色的、可持续的消费；提倡衣食住行节能减排的绿色生活。

为了子孙万代的福祉，为了中华民族未来的希望，让我们赶紧行动起来！

偿还生态欠债！建设生态文明！实行绿色 GDP！

撰写于 2016 年 6 月 8 日

春天里的忧患

　　"一年之计在于春"，2007 年的春天已经过去一大半了。每年春季举行的全国两会也已隆重而热烈地落下帷幕。人们都在企盼着在这新的一年里，人民的生活会有多大改善；关心着我们的周围会有多少改变。在知识界，时兴的问候语是："您那增加的 ×××元（或 ××××元工资）落实了没有？补了多少钱？"离退休干部们，有的开心地计算着："是啊！我们老两口的工资加起来，每月就有七千来块了，够花了，可以高高兴兴地安度晚年了！"有的诚恳地劝导着："您哪！想开点，不要再去操心那些烦心事，应当陪你老伴去散散心，劳累了一辈子，也该过过舒心悠闲的生活了。"在人们周围洋溢着祥和、和谐的气氛。

　　在春风沐浴、饮水思源之际，一组令人不安的数字映入脑海：国家发改委不久前的报告显示，改革开放 20 多年来，反映我国居民收入分配状况的基尼系数，从 0.29 左右扩大到现在的 0.48，已超过 0.4 的国际警戒线；而世界银行的统计也宣称，全世界还没有一个国家在这么短的时间内，收入差距变化如此之大。

出自国家统计局的一项调查显示，占中国人口10%的最富有的人群掌握着国家45%的财富，而占中国人口10%的最贫穷人口只拥有1.4%的财富。世界银行发布的分析更进一步指出，中国家庭中最贫困的10%人口（约1.3亿人），2003年的平均收入比2001年降低了2.5%，每天收入不足1美元，即处于绝对贫困状态（据《中国青年报》2006年12月26日2版）。

我国GDP按8%逐年增长，这是一个举世瞩目的成就。但是值得重视的是：据测算，2003年（估计这几年来也不会有大的改变）我国空气和生态破坏造成的损失占当年GDP的15%。我国消耗了世界钢铁总产量的30%、水泥总产量的40%、煤炭总产量的31%，而GDP仅占世界的4%，单位GDP的能耗是美国的2.4倍，欧洲的4.9倍，日本的8.7倍。专家预计，到2020年，如果我国也像美国当时那样实现工业化，那么三个地球的资源也不够用！（《循环经济：减少污染的生产和消费方式》，摘自《科技日报电子版》）

上面的数字向我们敲响了警钟，记得林业大师梁希早在几十年前就有一句名言叫作"林钟长鸣"。如果我们仍置若罔闻、盲目乐观，将何以向子孙后代交代！

办法呢？其实是现成的，也是党和国家曾经多次提到并见之于文件的，简而言之，就是"优化结构、提高效益、节能降耗、污染减排、严惩腐败、乐善好施"，切实地、全面地落实科学发展观、加快构建社会主义和谐社会，问题在于必须加大力度，绝不心慈手软！据解放日报载：中国社会科学院去年①在全国范围内组织的"社会和谐稳定问题抽样调查"数据显示，在"经济地位"（富裕或贫困度）方面，认为自己属于"上层"的只占0.5%，属于"中上层"的占5.4%，属于"中层"的占39.6%，属于"中下层"的占29.1%，属于"下层"的占24.5%。这表明，城乡居民社会经济地位自

---

① 此文作于2007年，故文中的"去年"指的是2006年。

我认同普遍偏低。若将中下层与下层百分比相加则为53.6%，国民的"经济地位"呈金字塔结构。这在力学上是稳定的，而在社会经济学上是不稳定的。温家宝总理在第十届全国人大五次会议记者招待会上也谈道："在中国城乡，生活困难群体占有相当大的比重，特别是农民。"在西方发达国家，上层和下层人口均占小的比重，而中产阶层占相当大的比重，社会经济呈橄榄形结构。这在力学上是不稳定的，而在社会经济学上却是稳定的。温总理还动情地谈道："我的脑子里充满了忧患。'名为治平无事，而其实有不测之忧'。中国经济存在着不稳定、不平衡、不协调、不可持续的结构性问题。""所谓不平衡，就是城乡之间、地区之间、经济与社会发展之间不平衡。""所谓不可持续，就是我们还没能很好地解决节能降耗问题和生态环境保护问题。这些都是摆在我们面前需要解决的紧迫问题，而且是需要长期努力才能解决的问题。"

邓小平同志多年前就发出警告："社会主义的目的就是要全国人民共同富裕，不是两极分化。如果我们的政策导致两极分化，我们就失败了"。"朱门酒肉臭，路有冻死骨"的社会是不可能和谐的。

任重而道远！我们切不可盲目乐观啊！

连日来，北京地区由于降温、阴天、刮风，玉渊潭的樱花推迟了花期，今天终于盛放了。风和日丽、雀鸣（喜鹊与麻雀）花香；"水色清涟日色黄，樱花淡白柳花香"，春天确实来临了。但是，我也明白：由于内蒙古草原的日益退化，北京扬沙的天气日益频繁，沙尘暴又将肆虐了。老天爷似乎也在一年一度地提醒人们，不要淡忘了"春天里的忧患"！

撰写于 2007 年 4 月 28 日

仰望星空
——从天道悟人道

温家宝曾经深情地吟咏："我仰望星空，它是那样寥廓而深邃；那无穷的真理，让我苦苦地求索、追随。我仰望星空，它是那样庄严而圣洁；那凛然的正义，让我充满热爱、感到敬畏。"

康德说："这个世界唯有两样东西能让我们的心灵感到深深的震撼，一是我们头顶上灿烂的星空，一是我们内心崇高的道德法则！"

寥廓、灿烂的星空，为什么让我们感到敬畏与震撼？在它的深邃之处隐藏着真理吗？星空的庄严与圣洁与人类的道德与正义有没有关联？这些问题都涉及一个终极真谛——人类从何处来？！

最近，上海交通大学物理系教授严燕来告诉我们：人从宇宙大爆炸中来！她说："诚然，宇宙、自然对人类而言，永远是一本高深莫测的'天书'。80多年来，随着宇宙学的发展，终于能够逐渐解读宇宙起源这本'天书'！""宇宙这本天书究竟要告诉人类什么？若妄自断言，则敢说就是要人类'从天道悟人道'，要人类幡然醒悟，乃至迷途知返！"

　　道德意识源自何方？这个古代哲学家早已提出的命题，认知科学家通过对人类大脑和婴儿的多次科学测试，给出了一个最新的惊人答案：人类之所以是一种具有道德意识的动物，是由人体生物学机制决定的！是进化赋予人类的宝贵遗产。道德先于文化、先于思想，甚至先于人类。道德是先天的，在最原始的生命——某些细菌中，例如黄色粘球菌就有为了其他细菌的利益而自我牺牲的行为。可见，现今社会上出现的那些丧尽天良的人渣，是社会这个大染缸对人性的异化，是一种病变。人类确实需要"幡然醒悟，乃至迷途知返"，否则终有一天会从地球上彻底消失！

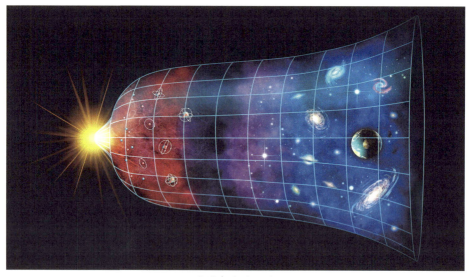

追踪宇宙的足迹

　　137亿年前，宇宙起源于一次大爆炸，从一个不可想象的超高能量的奇点出发，迅速暴涨。暴涨结束时，随着巨大的热能释放（热大爆炸），伴生着能量向质量的转化，生成了最初的粒子，例如夸克；约至爆炸后百万分之一秒，宇宙充斥着电子、正电子、μ介子、质子、中子、中微子等，构成极其炽热高压的"宇宙汤"；爆炸后最初3分钟，中子和质子结合成氘核和氦核，形成宇宙间最早的原子核；38万年后，原子形成、宇宙放晴；大爆炸后4亿～5亿年，宇宙物质在万有引力作用下逐渐演化为恒星、星系。在热大爆炸早期，每种粒子都有自己的反粒子，质量相同而电荷相反，正反物质相遇就会湮灭。但是，由于"弱相互作用下宇称不守恒"，正物质比反物质多出百亿分之一这么点儿"自发对称破缺"，才有了今天的宇宙天地和芸芸众生。组成人体的基本单位是细胞，细胞通过DNA等信息，成就了生命。生命的物质基础不就是原子吗？若无宇宙大爆炸，若无这么点"自发对称破缺"，何来万物之灵的人类呢？！

人类出现在银河星系中太阳系的地球上，完全是偶然的。地球离太阳不远又不近，远了就太冷，近了就太热，都不适合人类生存；地球的质量

46亿年前的地球是一团炽热的熔岩

不大又不小，大了引力太强；小了留不住大气，又不宜于人类生息。46亿年前，地球是一团炽热的熔岩。逐渐冷却后，原始大气中的水蒸气凝固为液态水，并在地表积聚成海洋，原始陆地开始形成。早期地球大气的主要组成是二氧化碳、氮气与大量水蒸气，以及硫化氢、氨气与甲烷，构成了最初生命进化的原材料。它们自发形成了大量碳氢化合物，并被雨水带入海洋，经阳光、宇宙线、闪电的驱动，首先合成氨基酸、脂肪酸等小分子有机化合物；进一步结合成蛋白质、核酸等大分子有机物质。约在35亿

年前，地球上产生了能够不断进行自我更新的多分子体系（几种简单的类似细菌的细胞），由此产生了原始生命。约 30 亿年前，能够进行光合作用的放氧生物——蓝藻出现了，使地球形成了含氧大气层。在高空出现的臭氧层，吸收了太阳的紫外辐射，改变了整个生态环境，为喜氧生物提供了生活环境。约 20 亿年前，出现了最早的真核生物——绿藻。随着真核生物的出现，动、植物开始分化和发展，形成了绿色植物——食物的生产者；细菌和真菌——自然界的分解者；动物——自然界的消费者，三级生态系统。

您瞧：人类出现在地球上的概率是非常小的。生命每进化一步的最大成功率仅有 10%，而在数十亿年内诞生极为罕见的智能生命的可能性为 0.01%。

我们没有理由不珍惜生命、不珍惜作为人的价值与尊严。但愿人类不要辜负了上苍的刻意眷顾，从天道悟人道，做一个坐得正、站得直的大写的"人"。

撰写于 2011 年 9 月 16 日

生命永恒

　　唐代诗人李白在《春夜宴桃李园序》中说："夫天地者，万物之逆旅；光阴者，百代之过客。而浮生若梦，为欢几何？古人秉烛夜游，良有以也。"无非是叹人生苦短，人们只是生命旅途中来去匆匆的过客。老子说："生者寄也，死者归也"。

　　是啊！人生不过百岁（算长寿的了），而细菌（如大肠杆菌）呢？每18～20分钟就算是一代了（真叫短命）。正如宋代欧阳修所说"生死，天地之常理，畏者不可以苟免，贪者不可以苟得也。"这是宏现的生死观。

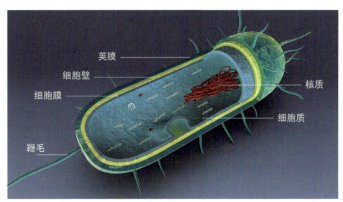

细菌结构示意图

生态学认为：生物体是由不同层次构成的，每个层次都有其自身的独特的结构和功能，生死的本质也不同；生态学对生物体的分类是物种的个体、种群、群落及生态系。对个体而言，有生必有死，死亡是生命发生、发展的必然规律；而对种群而言，并无生死之别，生命是永恒的，除非像恐龙那样种群灭绝。

细菌属于原核生物。原核生物是由一些没有细胞核的细胞组成的低等生物。一般没有细胞核膜，但依然有遗传物质。大肠杆菌不到 20 分钟就分裂一代，1 变 2、2 变 4、4 变 8；若是八叠球菌，那就 1 变 8、8 变 64、64 变 512。在这个分裂过程中只见生、不见死，始终保持着生命信息载体的转运和扩增（复制），不断增殖，以至于无穷。其他生物体，也都有各自的生死周期。生是永恒的，死是暂时的；死是生的开始，生是死的继续。

人类是一种高等多细胞真核生物。真核生物是所有单细胞（如真菌、霉菌和酵母）或多细胞的、具有细胞核的生物的总称。由于具有细胞核，因此细胞分裂过程与没有细胞核的原核生物大不相同。对人类的个体而言，生命是暂时的，但是您的 DNA 上的生命信息——基因，已经遗传给了子代，因此对您的家族来说，生命是永恒的。

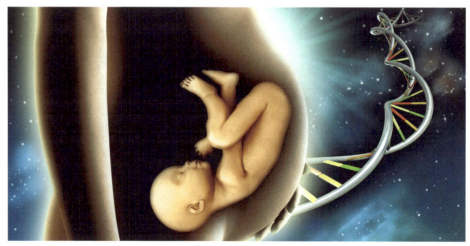

DNA 双螺旋与胎儿

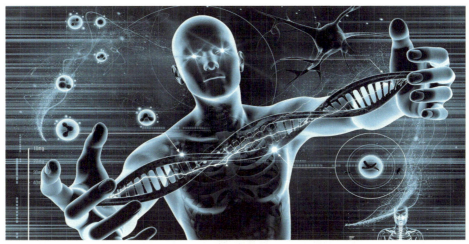

呼唤生命的真谛!

曹操有一首诗说:"神龟虽寿,犹有竟时;腾蛇乘雾,终为土灰。"对于任何生物个体而言,确实是有生必有死;但是,生命作为一种自然现象,却是生生不息的。

我国大连医科大学康白教授认为:生命是物质运动的一种表现,其特征是能够自我复制和代代相传。生命有 4 个属性:

1. 生命信息。信息是密码,不是物质,是物质基本粒子或作用量子"波粒互补"高速运动所形成的密码。所谓"波粒互补"可以这样来理解:物质世界的光可以表现为光子,也可表现为光波。这是一个有代表性的"粒相与波相"的关系。大肠杆菌内 DNA 的双螺旋运动,每分钟可达数万转。

2. 信息载体。信息如果没有载体就没有表现的形式。这个载体就是DNA。

3. 生命载体。这是信息载体扩增和传递的动态实体,是遗传信息的驿站。

4. 生命本体。个体生命只是生命本体长河中的一个质点。生命本体存在于生命信息、信息载体及生命载体的全部运动的过程中。

生命的连续性是生命信息连续性的表现。生命信息的动态发展,表现出个体生命的间断性和种群生命的连续性。

这是科学的生命观；又是人文的生死观。你我只是永恒的人类生命长河中瞬间的载体。在这短暂的一生中，为了祖国的昌盛、子孙的繁荣，我们应该做些什么呢？留点什么呢？方才不枉人间走一遭！

正是"临生无须哭，谢世莫要愁。生死无尽日，原始又反终。"

撰写于 2011 年 12 月 15 日

南柯一梦

读了霍金教授最近在香港的演讲："人类得以延续将取决于在宇宙中找到'新家'的能力，因为目前毁灭地球的危机正在不断积累。……如果人类能在未来 100 年避免自相残杀，就可以发展出无须地球供应的太空定居点。"不禁浮想联翩、感慨万千！

居住在我们这颗蔚蓝星球上的芸芸众生，整日里熙熙攘攘、吵吵闹闹、打打杀杀；干着那争权夺利、钩心斗角、尔虞我诈的营生。如若果真有外星智慧生物，他们从茫茫太空中观察地球，人类的这些行为，不就像几群蚂蚁在做殊死的窝里斗吗？！

由此，联想起霸权主义者那副"只准州官放火，不许百姓点灯"的嘴脸，不由得令人忍俊不禁：你再狠，无非是个"南柯太守"罢了！

不是笔者看破红尘想出家了，而是感叹身为"万物之灵"的人类啊！为什么不能从"南柯一梦"中猛醒过来？为什么不能为子孙万代想一想？为什么不能联合起来、同心协力来修补这个支离破碎的地球？！现在动手，也许还为时不晚。

若令霍金有"唤醒人类良知"的本领，想来不会出此寻找"太空定居点"的下策。科学技术即将发展到这种地步，人类可以有能力解决所有的问题。人口可以控制，人可以成为"超人"；资源枯竭，我们去开采月球、去俘获小行星；能源枯竭，我们到太空中去收集阳光，转变为电能后，用强力微波束送回来；海洋能变为能源，天上（大气）会掉下馅饼！有钱出钱，有力出力；有智慧出智慧，有技术出技术，何愁完不成"补地"的大事。这不是科幻，凡是人脑能够想象的事物，通过技术就一定能够变为现实。历史已经证明了这一点。

如果建设"和谐型社会和环境良好型社会"成为人类的共识，并且人人身体力行，这就是古人梦寐以求的"天人合一""大同社会"了，则地球幸甚！人类幸甚！

衷心地祈望着，这不是白日做梦、痴人说梦。

撰写于 2005 年 10 月 5 日

科学技术的人文内涵

提要：本文试图阐明科学、技术与人文的关系与作用。科学是"求真"，"科学用逻辑和概念等抽象形式反映世界，揭示事物发展的客观规律，探求客观真理"；技术是"务实"，"根据生产实践经验和自然科学原理而发展成的各种工艺操作方法和技能（还可包括相应的生产工具和设备，以及工艺过程）"。人文是指人类社会的各种文化现象，其核心是求索人类生存的意义与价值。自然科学追求的是穷尽"自然的真理"；人文科学追求的是穷尽"人生的真谛"，两者都是人类社会发展所亟需的。科学本身就是一种人文理想。科学活动是人的一种理性活动。科学的理性包含着批判、怀疑、创新的精神；理性发展水平标志着人类自身和社会的发展水平和成熟程度。人类社会谋求持续协调、全面发展需要科技为动力，人文作导向。科学为人文提供依据，人文为科学确定目标。

科普的社会责任是："解读自然的奥秘；

探究人生之真谛"。

引 言

19世纪德国浪漫主义诗人哈利·海涅(Heinrich Heine),讲过一个风趣的故事:"英国有一位机械工程师,发明了一个机器人。这个机器人各方面都同真人一样,可就是没有灵魂。于是,这个机器人一天到晚跟随在工程师后面,不断地嘟囔着'给我一个灵魂,给我一个灵魂!'但是,工程师就是没有办法给它一个灵魂。"笔者寻思,人文学者或许能给它一个"灵魂"。如果,我们将机器人比作人类五官和四肢的延伸,那么它所缺少的是"人文的精神价值"。换句话说:科学技术的发展需要人文精神的融合与引导。这是否就是海涅想要说明的呢?

自然科学追求的是穷尽"自然的真理";人文科学追求的是穷尽"人生的真谛",对于兼具自然属性与社会属性的人来说,更重要的是"心灵"的塑造与追求。

人文:说白了就是"做人的道理"

人文是指人类社会的各种文化现象。这些文化现象的核心是求索人类生存的意义与价值。人文科学一般包括文学、艺术、历史、哲学、经济、政治、法律、伦理、语言、宗教等。例如:

文学是人类对自身生活经历的艺术表达,是衡量人类文明的一个标准。它可以培育健全、美好的人性,可以丰富和发展人的精神本质力量、提升人的精神境界。文学通过形象化的创造,让人的生命力从种种实际的限制中解放出来,超越现实,在精神上不断接近恩格斯所说的:"成为自己本身的主人——自由的人"。

艺术是艺术家用创新的手法去唤醒人性的真善美,用音乐、舞蹈、形象、语言、声光电告诉人们怎样区别真与假、美与丑、善与恶。它给人们以高尚的思想精神境界，促进人的全面发展。

历史是人和社会的兴衰史，"以史为镜可以知兴替"。史学给人们以具体的借鉴，促使人们继承优良的传统，激发历史使命感。

哲学是人类智慧的最高结晶，是时代精神的精华，是人们对整个世界（自然界、社会、思维）根本观点的体系，是自然知识和社会知识的概括和总结。哲学作为追求真、善、美、圣的学问，引导人们在求真、向善、臻美、达圣的过程中实现精神的升华。真，是人们在认识领域内衡量是与非、真与假的尺度；善，是人们在道德领域内识别好与坏的尺度；美，是人们在审美领域内区别美与丑的尺度；圣，是人们在精神领域内判断圣与俗的尺度。

这样看来，人文科学所要阐明的道理就是"做人的学问"。

科学与人文是相通的

科学与人文，在人类古代文化发展初期是融为一体的。例如：古希腊时代的亚里士多德，他是一位科学家，同时也是一位哲学家和文艺理论家；我国春秋时代儒家的创始人孔子，他所编纂的《诗经》不仅是一部文学作品，也包含着许多科学知识。后来，随着经济社会和人类知识的发展，科学与人文才逐渐分开了。现在，由于人类对客观世界认识的深入，科学与人文又将在新的基础上相互渗透、融合。

科学与人文的关系

近百年以前，中国科学社的任鸿隽就撰文提到了科学与人文的关系。他同意梁漱溟的观点，认为人文的内涵包括人类生活的样子（文化）、人类生活的成绩（文明）、人类生活的态度（观念，或者再加上生活的动力与追求）。这是广义的人文内涵了。

他在谈到文化时说："文化有种类和程度的差别"。笔者想，任鸿隽在这里所指的是文化有民族性吧！他说，文化的内涵有三件东西足以表示人类的进步：一是知识（他强调的是科学知识）。二是权力。这权力指的是"我们所能驾驭的力量和那力量所及的远近（大小）"，而这些力量的源泉是知识的组织和知识的应用。有意思的是，他在近百年前对知识和力量的论述，与今日对知识经济社会的一些论述如出一辙，真是一位智者！三是组织。他强调，今后的社会组织有两个特点：平民主义（这是否也可以包含今天我们所强调的以人为本）与国际主义。任鸿隽认为，文化的三个内涵都与科学密切有关：知识的源泉是来自科学的进步，哥白尼的"地动说"动摇了神权，是科学战胜宗教的起点。"蒸汽的应用，电力的制造，生物的演进，疾病的传染"都使人们摆脱了中世纪的愚昧。"科学的贡献，就是把事实来代替理想，把理性来代替迷信"。而"权力都是由知识和应用得来，自然是科学的产物"。关于社会组织，他认为：平民主义的产生是由于机器的发明，引起了工业革命，而物产的增加，使一般人有了产业和势力，自然发生了权利的要求。正如富兰克林的墓志上所写的："他一只手由自然界抢来了电力，一只手由君主抢来了威权"。而国际主义产生的原因之一是交通、通信的进步，空间与时间的距离大为缩短的缘故。

综上所述，他认为科学与人文是相通的。他说："科学的精神是求真理，精神的作用是要引导人类向美善方面行去""科学对人生态度的影响，是事事要求一个合理的（解释）。用理性来发明（发现）自然的奥秘，来领导人生的行为，来规定人类的关系"。这是科学的贡献与价值。

科学本身就是一种人文理想

这种理想集中体现了人类对知识和真理的追求。科学活动作为人的一种理性活动，对于推动人的理性思维和智力发展具有巨大与深刻的作用。科学的理性包含着批判、怀疑、创新的精神；理性发展水平标志着人类自身和社会的发展水平和成熟程度。科学精神与人文精神是内在统一的。

我国古代先哲对科学与人文的关系有着确切的论述,如业界熟知的"格物致知"。"格物致知"为中国古代认识论的重要命题之一。语出《礼记·大学》："欲诚其意者,先致其知,致知在格物。"它是儒家的一个十分重要的哲学概念。

历代学者的观点虽稍有歧义,但基本上是一致的。如唐朝的李翱:万物所来感受,内心明知昭然不惑。北宋的司马光:抵御外物诱惑,而后知晓德行至道;程颐:穷究事物道理,致使自心知通天理。南宋的朱熹:穷究事物道理,致使知性通达至极。明朝的王阳明:端正事业物境,达致自心良知本体;憨山德清:感通外境万物,致以化为自心真知。清朝的颜元:亲自实践验证,致使知性通达事理。

归纳起来,笔者的理解是:格物就是凡事都要穷其道理、探其究竟;致知就是做一个通达事理的人,为人行事绝不糊涂。"求解自然之奥秘(格物);明白人生的意义(致知)"。求真、崇实,从而达到至善、臻美。从这里也看到了科学精神与人文精神的统一。

科技创新需要人文素养

钱学森晚年曾经认真思考过杰出人才培养的问题。他的观点也由"理工结合"发展为"科学与艺术"的结合。他说:"学理工的,要懂得一点文学艺术,特别是要学会文学艺术的思维方式。科学家要有点艺术修养,能够学会文学家、艺术家那种形象思维,能够大跨度地联想。"在谈到科学与艺术的关系时,他说:"科学的创新往往不是靠科学里面的这点逻辑推理得出来的。科学创新的萌芽在于形象的思维,在于大跨度地联想突然给你的一个启发。产生了灵感,才有创新。有了灵感以后,再按照科学的逻辑思维,去推导和计算,或者设计严密的实验去加以证实。所以科学家既要有逻辑思维,也要有形象思维。逻辑思维是科学领域的规律,很严密。但形象思维是创新的起点。"从他的讲话里,我们看到了"科学创新"与"人文素养"的关系。

科学与人文是一个事物的两个方面

臧克家说："研究大自然，参透它的奥妙，是科学家的任务；描绘大自然，表现大自然，是文学家的事情。"爱因斯坦说得好："如果通过逻辑语言来描述我们对事物的观察和体验，这就是科学；如果用有意识的思维难以理解而通过直觉感受来表达我们的观察与体验，这就是艺术。"科学家与文艺家是天然的同盟军。他们从不同的立场、用不同的方法，各自而又协同地研究和描绘着绚丽多姿、五彩缤纷的大千世界。而科普作家的任务则要融合两家之所长，以科学之美（理性的和形象的）感染受众，让受众不仅获得知识，而且感悟人生。因此，科普作家的社会责任是："解读自然奥秘；探究人生真谛"。

科技发展的人文关怀

科学作为一个文化过程，它具有这样的特点，即科学系统本身具有一种自我延续、自我繁衍的本能，而且科学繁衍的方向往往导源于科学自身运行的惯性，其中包含某种指向不确定的盲目性，如不予以适当的引导和调控，往往呈现与人文理念相背离甚至相冲突的趋势。

科学技术理性发展的价值坐标是关注人自身命运与价值的人文精神和人文关怀。所谓人文关怀是指以人为思考的出发点，肯定人的自身价值和尊严，并以人文学的思想、观念和方法为依据，去思考科学技术发展的合理性，排斥科学对人自身的异化，关注人的全面发展和根本处境。

科学技术不仅同物质财富的生产及其物化有关，而且与人们的精神境界和高层次文化相关。科学技术作为生产力，与人的自身发展是一致的，对于人的解放起着十分重要的作用。人的发展越来越依靠科学技术的工具和手段，又为科学技术的发展指明方向和创造条件。人类社会谋求持续协调、全面发展需要科技为动力，人文作导向。

科学为人文提供依据，人文为科学确定目标。

■ 都是"技术"惹的祸！

近年来，对于科学技术是"双刃剑"的说法频见于报端。笔者寻思：产生"双刃剑"效应的是"技术"，不是科学；说到"双刃剑"时，不要把科学与技术混为一谈（也就是说不要老拿"科学"来陪绑。说真的，笔者还从未见到过"科学是一把双刃剑"的提法，可见彼此心里还是明白的）。"科学"与"技术"是有严格的定义的。科学是"求真"，"科学用逻辑和概念等抽象形式反映世界，揭示事物发展的客观规律，探求客观真理"；技术是"务实"，"根据生产实践经验和自然科学原理而发展成的各种工艺操作方法和技能（还可包括相应的生产工具和设备，以及工艺过程）"。

如果，今天有人用基因技术制造了灭绝人性的"基因武器"（例如"超级出血热菌"转基因武器），我们能怪罪于 1953 年发现并建立了 DNA 双螺旋结构分子模型，从而开创了分子生物学时代的沃森 (James Dewey Watson) 和克里克 (Francis Harry Compton Crick) 吗？"二战"时，美国人在日本广岛投了原子弹，以及前不久日本福岛核电站的核泄漏事故（号称技术立国的日本工程师竟然采用了最为原始的一、二代铀钚混合氧化物快增殖反应堆技术，不知道下的什么烂棋？！），我们总不能把居里夫人也拉出来"陪绑"吧！

我们来看看近百年前梁启超是怎么说的。

1922 年梁启超在《科学》杂志七卷九期上发表的《科学精神与东西文化》（8 月 20 日在南通为科学社年会讲演）这篇文章中提道："中国人对于科学的态度，有根本不对的三点……（其一、其二略[1]）其三，把科

---

[1] 笔者注。

学看得太势利了、太俗了。科学的应用近来愈推愈广。许多人讴歌他的功德，同时许多人痛恨他的流弊。例如一切战争杀人的器具，却是由科学发明出来。又如有了各种机器，便惹起经论上大变动。富者愈富，贫者愈贫。于是欧美有些文字……发为诡激之论，说社会不得安宁，都因为中了科学毒。我们中国那些不懂科学讨厌科学的人听着这些话，正中下怀，以为科学时代已成过去。人家况且要救末流之弊，我们何必再走那条路呢？……须知这流弊完全和科学本身无关。瓦德因为天地间有蒸汽这种原理，自己要去发明他，他不管你大生纱厂要利用他来织绵花。奈瑞因为天地间有引力这种原理，自己要去发明他，并不管你放四十二'生的'（厘米）炮要利用他测量射线。要而言之，科学是为学问而求学问，为真理而求真理。至于怎样的用他，在乎其人。科学本身只是有功无罪。我们撺拾欧美近代少数偏激之谈，来掩饰自己的固陋，简直是自绝于真理罢了。我大胆说一句话：中国人对于科学这三种态度，倘若长此不变，中国人在世界上便永远没有学问独立，中国人不久必要成为现代被淘汰的国民"。

我国学会的老祖宗"中国科学社"学者的话，今天读来，还是发人深省。

■ 塑造我们心灵的是文学艺术

文学艺术追求的目标是真善美

路甬祥于 2001 年 6 月 8 日在《科技日报》上发表的文章《创新是科学与艺术的生命；真善美是科学与艺术的共同追求》中说："文学艺术总是以真善美作为自己的崇高目标。（文学艺术）反映、描述、表达文学艺术家对自然、人生和社会真实的感受和情感；引导、鼓励人们从善、向上，弘扬人类高尚的情操、品格和道德；歌颂和追求人与人、人与自然和睦和谐相处的美好境界。它是人类创造力升华的结晶、人类文明进化的象征。可见，真善美是文学艺术追求的目标。"

　　文学艺术是人类对自然、人生和社会的客观记录与反映，也是文学家、艺术家心灵感受及其感情独特的表达与描述。它不仅需要对客观世界深刻的观察与体验，而且需要独具匠心的概括和表现。文学艺术的美感，不仅使人们能够超脱，而且更能在无形之中影响人们对人生所采取的基本态度，甚至塑造我们的人格，形成人生的价值观念。这是文学艺术的人文内涵。

人文精神是人性真善美和民族性的体现

　　文章开头提到的那个机器人，追着工程师索要的灵魂，笔者认为：它要的是一颗人文精神的心灵，用以作为行动的指南。

　　人文精神是人性真善美和民族性的体现。对人性真善美的追求与弘扬是人类共同的特征与良知。真善美是保证人类文化活动，并不断促进文化活动的价值观念。它能促使人成为真正的人。人文精神除具有普遍的意义外，还有着民族的特色，是一个民族在认识自然、观察社会、反省自身的长期实践过程中逐渐形成的一种精神。它是为民族大多数成员所认同和接受的思想品格、价值取向、道德规范的总和，是一个民族赖以生存和发展的精神支撑。

撰写于 2011 年 7 月 23 日

参考文献：[1] 林坚，黄婷. 科学素养和人文素养的整合 [J]. 科普研究，2011（增刊）:61.

[2] 林坚. 科学技术与人文的分裂与整合 [J]. 科普研究，2011(1):63.

[3] 汤寿根. 人文精神与科普创作 [J]. 科普研究，2006(3):29.

如此 "创意"

　　近年来，创意文化红遍大江南北。各种创意产业园区如雨后春笋，纷纷破土而出。据文化部 2004 年的调查，我国的创意产业每年以 10% 的成长率快速增加。以上海为例，2004 年创意产业集聚区只有不足 10 个，而现在已挂牌的创意产业园区达到 75 家，建筑面积 225 万平方米，入驻来自 30 多个国家和地区的创意产业类企业多达 2500 余家。形形色色的"创意"纷至沓来、琳琅满目。现如今，连老百姓都会动脑筋"出点子"恭喜发财了，这实在是中国社会的一大进步。但是这些林林总总的"点子"到底对我国经济社会的发展起到什么作用，有如云山雾罩，一时难以分辨。

　　去年秋季笔者回乡探亲，在上海嘉定区娄塘镇偶然发现了崇明生产的老白酒。这是笔者童年常喝的佳酿，甘甜可口，有着一股家酿米酒特有的清香。价格还着实公道，每桶 2.5 公斤，只卖 5 元。真是喜出望外，带回住处几杯下肚，微醺之中，沉浸于儿时情景，平添几分乡愁。连喝三天，又带回北京几桶，全家品尝，其乐融融。

没有料到，近日整理旧报纸，偶然看到一篇文章《让"老农民"嫁接创意头脑》。文云："崇明老白酒，一公斤三五元，购者寥寥。日本清酒，一瓶几十元乃至数百元，风靡世界。一样是味道香醇的米酒，境遇、身价截然不同。问题的关键，不在产品本身，而在产品之外。最近，有创意界人士瞄上了崇明老白酒，有意将其打造成'崇明清酒'。"据悉"上海创意产业中心已和崇明有关部门积极接洽，准备为崇明老白酒提供创意设计上的支持。"某创意工作室拟包装推介崇明老白酒，要像打造"石库门"上海老酒一样，让它步入高档宴会厅，"数百元一瓶也平常"。如此"创意"真叫吓人！老白酒将从此和笔者"绝交"矣，呜呼！

笔者认为，创意是智慧的火花，而智慧是人们在对自然和社会的长期实践中沉积形成的结晶，绝不是"一拍脑袋"就来的灵感。

细细想来，创意文化似可分为四类：

第一类是科技创意。这是推动我国经济发展的原动力。以科技为先导创造未来；将"中国制造"变为"中国创造"。它是建设创新型国家的基石。

第二类是人文创意。例如，艺术创意。它源自生活，回归生活；它演绎着创意对生活的理解，让人们在创意的美感和质感中陶冶情操，丰富着人们的精神生活，提升着人们的人文素质。

第三类是文理交融的创意。它将艺术与技术结合起来，"艺术是技术的表现形式；技术是艺术的发展动力""以创意促创新，以丰富人们精神生活的技术产品促进社会和谐"。如"汉王科技"者是。

第四类就不敢恭维了。这是变了味的、用错了地方的创意。如"包装变身，价格翻倍"者是，"银行数钱要收费"者是，"上馆子'买'筷子"者是，在火锅店里安个"姚明专用小便池"以招揽顾客等等。正如黄宏、牛莉在戏剧小品中说的"过去叫损招，现在叫创意"，创意一来，钱包就鼓。

如此坑害消费者的创意，实在要不得！

撰写于 2007 年 7 月 9 日

一门研究裂纹的科学
——断裂力学

　　1943 年 1 月 16 日，美国第一艘 T2 油轮试航后在船坞中突然断成两段；不久，3 月 29 日，另一艘 T2 油轮又在纽约附近的运河中折断，寿命只有 7 个月。此后，国际上又莫名其妙地连锁发生了多起喷气飞机、导弹、核反应堆、高压容器等的爆炸事故。

　　什么原因造成的呢？经过严格的调查，证明这既非遭到敌弹攻击，也不是工程人员设计疏忽造成的责任事故。它们共同的特点，都是在断裂应力远远低于按传统强度理论设计的工作应力时发生的，即产生了低应力脆断现象。

　　人们经过了整整 10 年的实验研究，才证明这种"脆性破坏"是材料中隐藏着的微裂纹在作怪。

　　以往，为了简化材料受力状态的研究，曾假设材料的组织是均匀密实的，不存在任何缺陷。当时，固体力学的全部理论和实验方法，就是建立在这个假设的基础上。对于过去大量使用的一般钢材来说，这是可行的。因为，钢材在静载荷下的塑性变形，会缓和裂纹的扩展，显著减少脆性断裂。但是，随着生产技术的发展，传统强度理论的局限性就尖锐地暴露了。19 世纪末以来，高强度材料被越来越普遍地使用了，而高强度材料对微裂纹是很敏感的；焊接工艺在工程上也日益代替了铆接，而焊接处是最容易产生裂纹的。微裂纹的产生导致了低应力脆断。

20 世纪 50 年代后半期，一门新兴的学科——断裂力学诞生了。它是专门研究材料和构件中裂纹扩展的规律的。它在安全设计、合理选材、改进工艺、提高产品质量、制定科学的检验标准、正确评定结构的可靠性、防止事故发生等方面，有着重要的应用价值，受到航空、造船、交通、化工、机械、电力、军工等部门的普遍重视。

断裂力学的理论与实验告诉人们，传统的强度理论和设计所采用的各项性能指标，并没有反映出材料的实际强度。因为在零件或结构材料中，总是不可避免地存在着缺陷。这些缺陷破坏了材料组织的均匀连续性，并将在工作中逐渐发展为裂纹。裂纹的扩张会引起构件的破坏。因此，材料抵抗破坏的能力，应该用阻止裂纹扩大的能力来衡量，从而提出了"断裂韧性"这个新概念。

断裂韧性代表着材料阻止裂纹扩大的能力。它可以用这样一个公式来表示：

断裂韧性 = 断裂应力 × 裂纹长度的开方

从公式中可以看出，在裂纹大小一定的情况下，断裂韧性的数值越大，则裂纹扩张的断裂应力也越高。不同材料的断裂韧性是不一样的。这个数值是用带有裂纹的试样，在材料试验机上测试得出的。有了上面这个公式，人们就可以定量地计算出构件断裂时的应力。这个应力代表着构件的实际承载能力。反过来，也可以根据工作应力与断裂韧性，来确定构件中允许存在的裂纹大小，以建立相应的安全和质量标准。知道了允许存在的裂纹大小，再根据实验得到的裂纹扩展速率，就可以估算出带裂纹构件的使用寿命。

断裂力学的产生只有 20 来年，但已显示出了强大的生命力。它把固体力学的研究提高到一个新的水平。这种理论上的重大突破，将引起材料研制、高强度结构设计、制造和使用方面的重大变革。

撰写于 1976 年 8 月 16 日

读《帮你学数学》有感

　　在张景中先生的著作《帮你学数学》这本书的简介中有这么一句话："他和马希文教授共同创立的不讲数学理论只讲数学思想，用日常生活中的浅显事例，向青少年学生普及数学的创作手法，是我国数学科普创作的一大飞跃。"当我读了这本书后，觉得这个评价是实事求是的，确实是一个"飞跃"。为什么这样说，我想从科普创作理论方面来探讨一下。

　　科普创作有两类常用的体裁：讲述体与文艺体。讲述体是运用逻辑思维的方法来进行写作的。它通过通俗地讲解、叙述来介绍某种科学知识，大多要求从不同侧面穿插历史、联系生活，力求做到深入浅出、引人入胜。在讲述体作品中又可以分为各有特色的不同表达形式，如浅说、趣谈、史话、对话等。

　　"浅说"是最常用的一种形式。这类知识性读物一般保持了原有的学科体系，但回避了繁复的数学公式和深奥的专用名词和定理，用简明、流畅、生动的语言通俗地介绍某一个自然科学领域，必要时还要配以插图、照片、数据和表格等。

"趣谈"在浅说文体的基础上，从引人入胜的故事、生活中常见的现象以及谚语、成语和诗词等着手引入主题，从而介绍某些科学知识。

文艺体是运用形象思维的方法进行创作的。它以文学艺术的形式来记述或说明某些科技问题。它寓科学技术于文学艺术之中，把叙事、描写、抒情和议论不同程度地结合在一起，运用群众喜闻乐见的各种文艺手段来传播科技知识和科学思想，富有感染力，使科学较易为人们所接受。

文艺体采用了多种文学形式，如散文（包括小品）、诗歌、小说、童话等。

科学童话是以科学知识为主要内容的童话。它要普及一定的科学知识并通过这些科学内容启发儿童智慧。它把科学的内涵和童话的构思巧妙地结合起来，既传播科学并启发智慧，又具有文学童话的意境和诗意。它把文学的形式和科学的内容，通过童话中塑造的形象达到了统一（这是李毓佩先生的创作特点）。

张景中先生的《帮你学数学》的创作体裁粗看起来是较为典型的讲述体类的"趣谈"文体；但仔细读来，作者在巧妙地运用逻辑思维进行创作的同时又生动地运用了形象思维来吸引读者进入角色，调动和启发读者的感情世界和经验世界，使之产生积极的认同，进而将作者的知识融为自己的知识。书中类似典型篇目如：《猴子吃栗子》《在放大镜下》《炸馒头和桶》《你的脸在哪里》等。我们把这些篇目与李毓佩先生所写的科学童话《奇妙的数王国》中的《梦游"零王国"》和《小数点大闹整数王国》作比较，就可以看到两者有明显的共同点。

这样一种形象思维和逻辑思维相交接、讲述体与文艺体相结合的创作技巧应当称之为一种什么文体呢？我没有想好。

但是，我可以借用张景中先生在书中有趣地阐述了什么叫"集合论"、通俗地引出了什么是"哥德巴赫问题"，以及总结了集合之间的重要运算"并、交、补"的例子来说明这种文体的性质。这就算我的学习心得吧！

在"科普创作"这个集合里，"讲述体"和"文艺体"是两个子集合，每个子集合里又各有若干元素：讲述体有浅说、趣谈、对话等元素；文艺体有散文、小说、故事、童话等元素。讲述体的创作方法是逻辑思维；文艺体的创作方法是形象思维。那么，张景中先生的创作手法的"飞跃"是在这两个子集合的相交上。这种文体的性质是这两个子集合的"交集"。如果我们有意识地运用和发展这种文体，它一定会形成科普创作领域里的"边缘学科"。

撰写于 2011 年 3 月 7 日

君子和而不同

　　北宋曾经有两个宰相，一个叫司马光，一个叫王安石。一个是保守派，一个是改革派。司马光打小就很聪明，幼年时同伴不慎掉进水缸，眼看要淹死。司马光人小体弱，无力把他救出来，情急之下，搬块石头将缸砸破，水流了出来，同伴于是得救。"司马光砸缸"成了流传千古的美谈。

　　司马光性情温和，待人宽厚，及至做了宰相，也理循旧法，秉承祖制，主张"无为而治"，言辞有度，

王安石　　　　　　　司马光

服饰得体，乃谦谦君子。

王安石从小书读得很好，"名传里巷"。他老成持重，年纪轻轻就不苟言笑。少年得志，官运亨通，执掌朝廷大权，"严己律属"。除不爱洗澡，穿衣服相当不讲究外，经常头发蓬乱就上朝觐见天子，号令文武。按当时的标准，他基本上算是神经病。然而皇帝很欣赏他，尽管王安石是典型的"脏乱差"，依然"皇恩殊厚"，成为当朝宰相，锐意改革，推行"一条鞭法"，想方设法为大宋收税，充盈国库。

司马光和王安石，性格迥异，又是政敌，两个人你方唱罢我登场，轮流做宰相，相当的不对付。

他们两人的政治主张，相差十万八千里。在庙堂之上，司马光和王安石是死对头，彼此都认为对方的执政方针荒谬至极。彼此都觉得自己比对方高明，比对方正确，比对方更了解国情。所以在争夺权力的过程中，两人丝毫都不客气，用各种手段，向对方痛下杀手。斗争的结果是王安石获胜，司马光从宰相宝座上被赶了下来。

王安石大权在握，皇帝询问他对司马光的看法，王安石大加赞赏，称司马光为"国之栋梁"，对他的人品、能力、文学造诣都给了很高的评价。

正因为如此，虽然司马光失去了皇帝的信任，但是并没有因为大权旁落而陷入悲惨的境地，得以从容地"退江湖之远"，吟诗作赋，锦衣玉食。

风水轮流转。正所谓三十年河东，三十年河西。愤世嫉俗的王安石强力推行改革，不仅触动了皇亲贵胄的利益，也招致地方官的强烈不满，朝野一片骂声，逢朝必有弹劾。"曾参岂是杀人者，谗言三及慈母惊"。皇帝本来十分信任王安石，怎奈三人成虎，天天听到有人说王安石的不是，终于失去了耐心，将他就地免职，重新任命司马光为宰相。

墙倒众人推，破鼓万人捶。王安石既然已经被罢官，很多言官就跳将出来，向皇帝告他的黑状。一时间诉状如雪，充盈丹樨。皇帝听信谗言，要治王安石的罪，征求司马光的意见。

很多人都以为，王安石害司马光丢了官，现在皇帝要治他的罪，正是落井下石的好时机。然而，司马光并不打算做压死骆驼的最后一根稻草。他恳切地告诉皇帝，王安石疾恶如仇、胸怀坦荡、忠心耿耿，有古君子之风。陛下万万不可听信谗言。

皇帝听完司马光对王安石的评价，说了一句话："卿等皆君子也！"

君子和而不同。我和你的关系很好，很敬重你的人品，但是，这不代表我就一定要同意你的政治主张。我反对你执政的理念、方法和手段，并不意味着对你个人道德品质的否定。待人做事有原则、有分寸、有底线，这才是君子。

丘吉尔年轻时有很长一段时间在英国下议院做议员，他有一位叫玛格丽特的长相几乎可以称得上丑陋的女同事，两人的政治主张大相径庭。丘吉尔同意的事，玛格丽特常常反对；同样，玛格丽特提出来的主张，丘吉尔一般都投反对票。两个人动不动就在议院吵得面红耳赤，彼此指责谩骂，到最后不欢而散。

有一天，丘吉尔午餐时喝多了酒，醉醺醺打着饱嗝，摇摇晃晃来到下议院开会，正巧在走廊里碰见玛格丽特。玛格丽特怒气冲冲地对着他吼叫："温斯顿，你又喝醉了！你的样子真让人恶心！"

丘吉尔很刻薄地反击道："是的，你说得没错。我喝醉了确实很恶心。明天我酒醒了就不恶心了。可是你呢？玛格丽特！你天生很丑，昨天很丑，今天很丑，明天同样还会很丑！"

这简直太过分了。玛格丽特没料到丘吉尔居然如此恶毒，当场气得痛哭失声。

平心而论，丘吉尔的做法非常的不绅士，估计是因为酒喝太多的缘故。这件令人不愉快的事在下议院广为流传，大家都认为，玛格丽特对丘吉尔一定恨之入骨。

1939 年，纳粹德国入侵波兰。当时的英国首相是张伯伦，因为他一味对希特勒实行绥靖政策，遭到国民强烈反对，被迫辞去首相职务。国王乔治提名丘吉尔接替张伯伦出任首相一职，但必须获得议会 2/3 以上议员赞同才合法。有人反对丘吉尔任首相，联络一些议员打算投反对票。他们去找玛格丽特，希望她加入反对丘吉尔任首相的阵营。玛格丽特直截了当地拒绝了。她说："我全力支持丘吉尔，在这个危急的时刻，我想不出还有谁比他更适合领导英国，在我见过的人当中，他的勇气智慧以及他的爱国心，无人能出其右。"

这是另一种形式的和而不同。玛格丽特不赞成丘吉尔的政治主张，甚至不认可他的生活方式；然而，她内心深处敬重丘吉尔的才华和爱国情怀。因此，作为政治对手，当打击政敌的机会来临时，她选择了放弃。从这个意义上说，玛格丽特是真正的君子。

乔治·华盛顿是美国独立战争时期的英雄，也是开国元勋，被称为"美利坚之父"。在他率领北美殖民地的民兵打败了英国军队赢得独立之后，他的个人威望达到了顶峰。很多部下都拥戴他，希望他做国王。面对王冠的诱惑，华盛顿没有丝毫犹豫就拒绝了。他说："如果我答应你们的请求成为国王，那么，十三州人民为自由而战所流的血，完全没有价值。"

部下被他的高尚人格所感动，一致推举他担任美利坚合众国总统。

华盛顿的好朋友，大陆宣言起草者之一的托马斯·杰斐逊同意华盛顿担任总统，但是他坚持总统必须有任期，不能无限制、没有期限地掌握国家最高权力。他同时极力鼓吹参众两院的设立，强烈建议三权鼎立，以国会和参众两院来限制总统的权力，约束总统的行为。

杰斐逊说："我们都知道，华盛顿先生是个品德高尚的人。但是，我们并不知道担任总统若干年后，他会变成什么样的人——因为人性有弱点，而且是会变的。我们更无法知道，100 年后的美国人民，选出的总统会是什么家伙？所以我们今天要立法，限制总统的权力，保障美国人民的基本权利在任何时候都不被侵犯。"

乔治·华盛顿　　　　　　托马斯·杰斐逊

　　杰斐逊是华盛顿的亲密战友，在十三州人民反抗英国统治的斗争中，他和华盛顿并肩作战，毫无保留地支持他。他们彼此欣赏并相互尊重。然而，杰斐逊并不因为这种亲密关系而改变自己的政治立场，并不因为华盛顿立下了丰功伟绩而对他顶礼膜拜，并不因为朋友之间的深厚情谊而放弃原则。君子和而不同，和是因为认同人品，不同是为了坚持正义。

　　华盛顿担任美利坚合众国总统期间，作为国会领袖的杰斐逊经常反对总统的施政方针，很多时候，他们会为对方的行为和言论感到愤怒，吵得不欢而散。然而平静之后，彼此又会以信件向对方解释、道歉，并再次重申自己的政治立场。在领导国家前进的道路上，他们并不能称得上是团结，从某种意义上说，他们算是敌人。

　　4年后，华盛顿回到家乡芒特佛农种植园，以一个农场主的身份安度晚年。卸任前，他提名杰斐逊为总统候选人，热情洋溢地称赞杰斐逊的人品和才能，称杰斐逊先生是一位"可以信赖的君子"。

　　华盛顿先生同样是令人尊敬的君子。

　　上帝眷顾美国。美国人民非常的幸运，因为在开国之初，有华盛顿和杰斐逊这样的君子，才造就了今天的繁荣昌盛，可谓万世基业。

　　先哲伏尔泰曾经说过一句话："我完全不同意你的观点，但是我愿意用生命来捍卫你说话的权利。"

这是君子的做人原则。我不同意你的看法，不代表我不尊重你的人品，更不意味着我可以剥夺你的权利。彼此尊重不仅仅体现在相互之间关系密切，更重要的是尊重并允许对方发出不同的声音。唯其如此，思想才会自由，社会才能进步。

希望这世界多一些君子！

撰写于 2014 年 7 月 19 日

活化石腔棘鱼的发现

1938年，这一年对动物学界来说，是个值得纪念的年份。在南非共和国的察鲁穆纳河流的入海口处发现了活生生的腔棘鱼。

腔棘鱼的祖先生活在4亿年之前。一直到1938年，它在南非首次出现以前，人们还只知道它是一种恐龙时代遗留下来的化石。但是，在7千万到6千万年前，化石的历史就突然地结束了。这就是说6千万年前，腔棘鱼突然从地球上消失了，它像恐龙一样灭绝了吗？

腔棘鱼

让人惊讶的是，1938 年南非的一位渔民捕获了一条现代的腔棘鱼。南非生物学家玛乔丽·考特尼－拉蒂默 (Marjorie Courtenay–Latimer) 女士碰巧在鱼市上发现了这条鱼。她将这条鱼的素描寄给了詹姆士·史密斯博士。博士为了对发现者表示敬意，把这种原始的鱼命名为"L atimeria chalumnae"。

其后，1952 年史密斯博士在科莫罗斯群岛发现了第二条腔棘鱼；随后，1972 年英美调查团捕获了两条，将标本先后寄给了世界各地的 80 位研究者；1991 年在莫桑比克海边、1995 年在马达加斯加海边，人们都捕获了这种鱼。

失踪了几千万年的原始鱼，突然又出现了。这实在是个谜！千万年来，腔棘鱼藏身在哪里？生活在 4 亿年前的鱼，在今日的地球生态环境下，居然还能生存！

从中生代就存在至今的腔棘鱼，其体长约为 1.5 米，重量可达 58 千克，是总鳍鱼类中的一种。它长得很丑，满嘴利齿，浑身长满了坚硬的鳞，鱼鳍上具有原始性肉质柄，曾被误认为是脊椎动物 4 只脚的前身。腔棘鱼是卵在雌鱼的胎内孵化，然后成长为幼鱼的卵胎生鱼类。

1987 年，这又是一个值得纪念的日子。汉斯·佛里克博士的研究小组使用潜水艇"GEO"号、"JAGO"号，在印度洋科莫罗斯群岛进行了调查，对腔棘鱼做了生态观察，并首次成功地拍摄了录像带。其后，他们花了 10 年的时间进行研究，终于能一窥一直藏在神秘面纱下的腔棘鱼生态。现在，让我们一起来探究超越了长久时空的、隐居在科莫罗斯群岛海域的腔棘鱼的生活吧！

在印度洋中由熔岩形成的陡

腔棘鱼长得很丑，满嘴利齿

峭的石壁上，水深 250 米以下满满覆盖着砂粒。在 170 米到 230 米深处的古老熔岩流地层有许多裂缝，并到处布满洞窟。腔棘鱼就三五成群地住在这些洞窟里，白天也一直躲在里面。洞窟里还生活着曾经被认为在中生代就已经灭绝了的原始海百合。这里似乎是一个被遗忘了的、时空凝固了的角落。在腔棘鱼身体表面上的白色斑点，和贴附在洞窟壁上成千上万的死牡蛎壳很相似，这或许也是一种欺瞒敌人的保护色吧！

白天，洞窟里的腔棘鱼只是呆呆地任水流漂荡，几乎是静止不动的。它们在尽量减少能量消耗。

从前，人们曾以为腔棘鱼会用胸鳍及腹鳍在海底走来走去。事实上，腔棘鱼绝对不会碰触洞窟的地面。甚至，不管如何拥挤，它们都会极力避免相互碰触彼此的身体，微妙地操作其特有的大片鳍，灵巧地停留在水中。目前，尚不清楚聚居在一起的腔棘鱼是否是社会性群集，以及它们彼此之间是如何沟通的。日落后，腔棘鱼三三两两出洞捕捉食物。它们在水深 160 米到 700 米之间，顺着陡壁游来游去。腔棘鱼的猎物是鳗鱼和鲷鱼。它们用尖锐的牙齿紧紧咬住猎物，一口吞下去。在漆黑的夜里狩猎，它们需要视觉以外的感觉器官作为助力。腔棘鱼头部前端有一个吻部器官，上面有六个开口，能够感知猎物在游动时发出的微弱电信号。

腔棘鱼一般在夜间于深水中巡行觅食，白天又回到洞窟中。看来，现代腔棘鱼就生活在印度洋科莫罗斯群岛这个特殊的环境中，而在马达加斯加海岸、莫桑比克和南非捕获的鱼，是被海流带出去的某些个体。

腔棘鱼为何能残存至今？鱼类学家正在研究这千古之谜。初步的结论是：腔棘鱼生活在水下火山峭壁的岩洞中。这种边缘地区的栖息地食物较少。因为腔棘鱼的代谢速度很缓慢，所以只需要少量食物就能生活。它的代谢速度，在安静时的氧气消耗量为 3.8 毫升/千克/小时，和其他鱼类比较，简直微不足道。例如，鲑鱼为 42.5 毫升/千克/小时；而鲔鱼高达 484 毫升/千克/小时！

　　因此，腔棘鱼对食物供应少的生活环境相当适应。正因为它的这种特有的生理结构，在这个特定的环境中，它的存活机会就远远胜过其他鱼类了。这可能就是腔棘鱼在和新型硬骨鱼竞争时，能够持续获胜的理由吧！

　　腔棘鱼的这种"以静制动""以不变应万变"的处世之道，是否对正处于转轨时期的人们会有某些启示呢！

　　　　　　　　　　　　　　　　　　撰写于 1998 年 12 月 9 日

蒲公英的情怀

汤寿根科学散文集

叙事

科普作家的重任

——悼念钱学森先生

学森先生走了！京城忽降大雪，山河披孝，普天举哀！

他留下了一个遗愿、一个忧虑："为什么现在我们的学校总是培养不出杰出（科技）人才？"近年来，他躺在病榻上，一直在苦苦地思索着。

这也是一个有名的"李约瑟难题"："为什么在公元前1世纪到公元16世纪之间，古代中国人在科学和技术方面的发达程度远远超过同时代的欧洲？

"为什么近代科学没有产生在中国，而是产生在17世纪的西方，特别是文艺复兴之后的欧洲？"这个难题令李约瑟久久不得其解，至今也未有一个完整的答案。

跟随先生26年的学术秘书涂元季回忆：我们的国家怎样才能培养出杰出人才呢？"钱老的基本观点是，我们的学科专业不能分得太细。""新中国成立以来，我们学习苏联，按照苏联的模式，大学学科专业都分得很细""钱老比较欣赏美国的那一套，就是'理工结合'。这源自他在美国学习工作期间的体会。""钱

老反复强调，杰出人才的产生，离不开宽松的学术氛围，办大学要有一种很宽松的学术氛围。""钱老当初在加州理工学院时，学术氛围非常民主，他挑战过一些学术权威。"

涂元季说："钱老晚年认真思考过杰出人才培养的问题。他的观点也由'理工结合'发展为'科学与艺术'的结合。""他经常说，学理工的，要懂得一点文学艺术，特别是要学会文学艺术的思维方式。科学家要有点艺术修养，能够学会文学家、艺术家那种形象思维，能够大跨度地联想。""他在谈到科学与艺术的关系时曾说过，科学的创新往往不是靠科学里面的这点逻辑推理得出来的。科学创新的萌芽在于形象的思维，在于大跨度地联想突然给你的一个启发。产生了灵感，才有创新。有了灵感以后，再按照科学的逻辑思维，去推导和计算，或者设计严密的实验去加以证实。所以科学家既要有逻辑思维，也要有形象思维。逻辑思维是科学领域的规律，很严密。但形象思维是创新的起点。"

涂元季说："理、工、文三者兼收并蓄，这应该就是钱老心目中培养杰出人才的必由之路吧！"

读了涂元季的回忆，不禁使我万分感慨：学森先生不仅是一位科学家而且是一位思想家；让我想起，"科学与文学的结合"恐怕早在30年之前，先生就已经在思考，而且付诸行动了。当时，我在科普出版社工作，收到一封先生的书信，信中赞扬了黎先耀的科学小品集《鱼游春水》，同时要我寄去几十册，拟发给国防科工委的干部们，让科技干部都受到些文学的熏陶。

学森先生一贯重视科学普及工作。我于20世纪70年代，在中国科学院力学研究所、中国力学学会工作期间，他曾多次提到，要我们专为管理干部写些、编些科普图书。他称之为"高级科普"，因为干部的修养，也决定了祖国科技发展的未来。

他于20世纪80年代初，接见章道义和我时谈道：

　　"目前科普工作的形势很好，但还要做好思想准备，人民对科普的要求会像潮水一般涌来。这从农村的科学浪潮已可看出来了。我们现在还远远跟不上。我曾与编农业百科全书的同志讲了，在编这部书的时候，要考虑到读者对象的文化水平，应是初中，甚至高小。否则怎么看得懂呢？农业方面是这样的形势，工业方面呢？现在中央正在抓经济体制改革问题，可以预见，明年、后年就大不一样，工业生产中科学技术的作用一下子就会提出来了，工人也要提高科学技术水平，这又是科普的任务。知识分子问题的解决，我是乐观的。资本家就那么爱知识分子？而是他们要不要活下去的问题。农业方面的要求已经应付不了，工业过两天也要提出要求。这就要有点预见性。你们准备怎么办？各方面的措施都要跟上，如广播、出版，等等。

　　"中国科协有一个科普创作研究所，又有一个科普出版社，要研究一下，怎样把力量组织好。

　　"我曾给《新华文摘》编辑部写过一封信，建议他们能不能把《新华文摘》作为干部人手一册的学习文库。但我把他们各个栏目的文章数了数，科技占得太少，只有5%。科学技术这么重要，这个比例应当调整。你们将来也可促进促进。我每天都听科学广播，听了就可受益嘛！

　　"从建设两个高度文明来看，科普是一个非常重要的方面。十一届三中全会以来，同志们做了很多工作，打开了局面，成绩是主要的。今后的前途是很广阔的。在这么个形势下，出现了一些问题，可以总结经验教训，思考怎样建设社会主义科普工作？这就是我的意思。"

　　当前，科普工作的形势也很好。党和政府三令五申科学普及的重要性。我国的各类媒体，特别是报刊，对此有否质的变化？我们科普创作界，我们的科普作家，为了完成学森先生的遗愿，应该做些什么？这是值得我们为之深深思考的！

　　21世纪是一个终身学习的新世纪。

国际 21 世纪教育委员会向联合国教科文组织提交的报告《学习——内在的财富》中指出："终身教育概念看来是进入 21 世纪的一把钥匙""把终身教育放在社会的中心位置"。学校教育是终身学习的重要部分，而科普作家则要担负起社会教育的重任。

在知识经济时代，人是社会的主体，终身学习将成为人自我完善、自我发展的必然要求，正规教育并非学习的唯一途径；人只有终身受教育才能适应不断进化的社会。终身教育、终身学习是构成知识社会的基础。知识和学习把人们联系在一起，增强了人与人之间的相互依赖，增强了人与社会、人与自然的联系。在这里需要重视的是，由于知识已成为商品，轻易就能学到的现成知识，多半没有价值。因此，形成自身的知识生产能力就至关重要了。时代所需要的人是那种能自己动手获取新知识、新技术的人；是那种能"学会学习"，从现代知识的获取，向求知能力的开发转变的人。

21 世纪的特征是：数字化的世界、知识化的时代、学习化的社会。21 世纪所需要的人才是：文理兼容的、具有知识生产（创新）能力和知识管理（运用）能力的开放型人才。

一个高层次人才的知识能力结构大体包含三个部分：一是专业技能；二是人文技能（人文科学知识，社会交往能力，组织、判断、领导工作能力）；三是观念技能（价值观念、决策能力，能够创造性地提出新的观念来实现工作目标）。

根据 21 世纪的特点和对人才的要求，就决定了科普创作需要更新理念、内容、方法，以适应时代的要求。

在 21 世纪"自然科学、技术科学和人文科学、社会科学交叉融合，将成为强大的潮流"。科学精神、科学思想、科学方法的弘扬和传播，提高人们的综合素质，将日益为人们所关注。随着各学科的边缘化，各学科之间的联系正日益密切，文理不再分科将是发展的必然趋势。文中有理、理中有文将是未来学科的特点。

新世纪的科学普及不仅仅是传播知识，更重要的是传播"智慧"，不但要告诉人们怎样"做事"，而且要告诉人们"做人"的道理。18世纪培根的名言"知识就是力量（Knowledge is power）"，如果"Knowledge"指的是"知识"的话，那至少是片面的。知识不能就等于力量，必然要物化为生产力才能形成力量。而物化为生产力所需要的知识就不仅是科技知识，相对来说更重要的是运用、管理科学技术的知识。这就是"智慧"了。智慧是驾驭科技知识的知识，是将现有知识最大限度地转化为生产力的知识。智慧才是力量的源泉、创新的动源。

"智慧"是科学知识、科学精神、科学思想、科学态度、科学方法的总成，是自然科学、技术科学、人文科学、社会科学的结晶，是学习、生产、运用、管理知识的能力。

"文理结合"将是今后科普创作的特点。

学森先生指出："学理工的，要懂得一点文学艺术，特别是要学会文学艺术的思维方式；科学家要有点艺术修养，能够学会文学家、艺术家那种形象思维，能够大跨度地联想。"

因为文学艺术是人类对自然、人生和社会的客观记录与反映，也是文学家、艺术家心灵感受及其感情独特的表达与描述。它不仅需要对客观世界深刻的观察与体验，而且需要独具匠心的概括和表现。

我们的科普作家要本着这种精神去写与人类息息相关的自然界，用文学艺术的心灵与笔触去释读科学，呼唤人类的良知和理性，关心人类的切身利益，一定会引起受众强烈的感情认同和参与。

学森先生，您放心！我们会沿着您所指出的培育杰出人才的要求去进行科普创作。这是我们庄严的社会责任！

学森先生，您走好！完成您的遗愿，有我们科普创作界的一份力量。我们老了，还有我们的年轻人呢！他们已经成长起来了。

京城连日阴沉。冬天来了，树叶落了。听老伴说，外面又掉雪珠了。天地似乎也在悼念学森先生，万物仿佛在一夜之间变成了黑黄白三色的交错。雪融滴滴泪，风动声声愁，不禁悲从中来，潸然泪下……

撰写于 2009 年 11 月 9 日清晨

冲破藩篱　回归故国

　　"大火无心云外流，望楼几见月当头。太平洋上风涛险，西子湖中景色幽。冲破藩篱归故国，参加规划献宏猷。从兹十二年间事，跨箭相期星际游。"——这是郭沫若在"十二年科学规划"会议上赠给钱学森的一首诗，道出了钱学森"冲破藩篱，回归祖国"的拳拳赤子之心。

■ 出 洋

　　1935 年 8 月的一个傍晚，钱学森与一群庚子赔款奖学金的留学生在上海登上"杰克逊总统"号邮轮。摄于船上的一张照片留下了他们临行前最后的样子——一群胡子刮得干干净净、穿西装打领带、留着小平头的年轻男子，排成整齐的行列，神情庄重严肃。当"杰克逊"号缓缓驶离港口，岸上的亲友逐渐消失在远方。此时此刻，钱学森父母——钱家治、章兰娟目送爱子远赴重洋那悲喜交加的心情不难领会，但钱学森在想什么呢？他终于要去到美国了，一个他的祖辈们从来没有见过的地方，进入一所陌生而著名的学校。

成 就

当年，钱学森来到麻省理工学院航空工程系学习飞机设计与制造。但是，一年后他就离开了。因为，无论是在性格上还是在科学研究的方法论上，钱学森与麻省理工学院都大相径庭。钱学森想要的是一种理论式的教育，而麻省理工学院的航空工程系，则以培养具有实际动手能力、毕业后就能投入生产的工程师为傲。一位科学史评论家这样写道："他们心目中的科学家是像爱迪生那样的，而不是像爱因斯坦那样的。"

1936年10月，钱学森转学到加州理工学院，开始了与先是尊敬的老师、后是亲密的合作者冯·卡门教授的情谊。

第一次见面时，钱学森异常准确地回答了教授的所有提问，他的敏捷思维和智慧，顿时给冯·卡门以深刻的印象。

冯·卡门每周主持一次研究讨论会和一次学术研讨会，给钱学森提供了锻炼创造性思维的良好机会。钱学森后来称，在这里的学习使他"一下子脑子就开了窍"，以前从来没想到的事这里全讲到了，内容都是科学发展最前沿的问题，让人大开眼界。

钱学森本来是航空系的研究生，老师鼓励他学习各种有用的知识。因此，钱学森经常到物理系去听课，了解物理学的前沿，如原子、原子核理论、核技术等；他还到生物系去听摩根讲遗传学，到化学系去听 L·鲍林（诺贝尔化学奖得主）讲结构化学。这些大师对航空系的学生去听课，毫不排斥，后来还成为好朋友。

在加州理工学院，钱学森感受到了这所著名大学的民主学风和创新氛围，他说："在这里，你必须想别人没有想到的东西，说别人没有说过的话。拔尖的人才很多，我想和他们竞赛，才能跑在前面。这里的创新还不能是一般地迈小步，那不行，你很快就会被别人超过。你所想的、做的要比别人高出一大截才行。"

钱学森很快显示出"比别人高出一大截"的能力。

到加州理工学院的第二年，即 1937 年秋，钱学森就和其他同学组成了研究火箭的技术小组，他担当起了理论设计师的角色。而火箭在当时还属于幻想中的东西，大家把小组称为"自杀俱乐部"，因为火箭和火箭燃料的研究，实在充满了危险性和不确定性。然而，正是钱学森完成了美国首个军用远程火箭的设计。

钱学森转学加州理工学院 3 年后获得航空、数学博士学位。钱学森开展了高速飞机的气动力学、固体力学、火箭和导弹的研究，参与了大量工程实践，并和同事一道为美国设计、研制出可以用于作战的第一代导弹，为世界航空工业的建立奠定了可靠的理论基础。

1946 年 5 月 20 日，钱学森向《航空科学杂志》提交了一篇题为《超空气动力学及稀薄气体力学》的论文。这篇发表于当年 12 月的论文或许是钱学森在美国时发表的最著名的论文。钱学森所做的，便是设计出了一整套全新的空气动力学公式，将空气的分子结构和气体粒子之间的平均距离等因素均考虑在内。这样，他就革命性地改变了空气动力学家思考高空高速飞行的方式。这篇论文获得极大关注并被频繁引用。它奠定了钱学森作为美国最伟大的理论空气动力学家的地位。

钱学森声名鹊起，成为和冯·卡门齐名的著名科学家。美国军队邀请他讲授火箭和喷气技术，美国空军以他的《喷气推进》为内部教材。1945 年，钱学森已经成为当时有名望的优秀科学家。

1954 年，一本名为《工程控制论》的学术著作引起了控制领域的轰动。这本书甫一问世，就赢得了国际声誉，吸引了大批数学家和工程技术专家从事控制论的研究，并形成了控制科学在 20 世纪 50 年代和 60 年代的研究高潮。书的作者就是钱学森。

1950 年至 1955 年，钱学森为了分散美国政府的注意力，决定从事远离军事和国防问题的科学研究。作为世界级的导弹和火箭专家，钱学森很自然地把关注目光转移到一门新兴学科——控制论。他 5 年磨一剑，开辟了研究的全新领域，并获得了意料之外又是情理之中的成功。多年后，回忆《工程控制论》的写作与付梓，钱学森说："研究工程控制论只是为了转移美国特务们的注意力，争取获准回归祖国。当时并没有想到建立一门新学科。"

一位美国专栏作家这样评论《工程控制论》："工程师偏重于实践，解决具体问题，不善于上升到理论高度；数学家则擅长理论分析，却不善于从一般到个别去解决实际问题。钱学森则集中两个优势于一身，高超地将两只轮子装到一辆战车上，碾出了工程控制论研究的一条新途径……"

1955 年 8 月，回国前夕，钱学森带着全家来看望恩师冯·卡门，送上了自己的新作《工程控制论》。冯·卡门翻阅后欣慰地说道："你现在学术上已经超过我了！"

■ 嫌 疑

1950 年 6 月 6 日，天色阴沉，下着小雨。两名美国联邦调查局的特工来到钱学森的办公室。两名特工的来意很简单：钱学森是不是，或是有没有加入过共产党？

联邦调查局宣称，20 世纪 30 年代，钱学森在加州理工学院过从甚密的好几个人都是共产党员。在威因鲍姆家中举行的社交聚会，实际上是美国共产党帕萨迪纳支部 122 教授小组的集会。钱学森的名字出现在一份 1938 年的党员名单上，并与一个化名"约翰·德克尔"有关。

钱学森否认所有"指控"。他不承认自己曾经加入过共产党。至于他的名字为什么会出现在共产党的花名册上，钱学森说，他对此毫不知情。他从来没有听说过约翰·德克尔这个名字。此外，钱学森对联邦调查局特工表示，他相信威因鲍姆是忠于美国政府的，并拒绝怀疑他的朋友是共产党员。

但是，美国政府已经对钱学森的忠诚产生了怀疑，吊销了他的保密许可证。就在联邦调查局找钱学森谈话的那一天，加州理工学院校方收到了一封来自驻扎在旧金山的美国陆军第六军总部的信件。信上说，钱学森不再被允许参与机密军事项目。对于钱学森来说，这可不是一件小事。按照计划，他本来要为喷气推进实验室和美国航空喷气发动机公司担任顾问，而且经手加州理工学院的保密国防合同，现在都变得不可能了。

多年以后，他的朋友们记得，在这段时间里，钱学森对"指控"大感不解，而且被深深地伤害了。两个星期后，钱学森发表了一个令人震惊的声明：他将从加州理工学院辞职，返回中国。6月19日，钱学森向联邦调查局递交了一份事先写好的声明文件。他说，在过去的10年里，在美国，他一直是一个受欢迎的客人，而他也生活得很好。他相信，这是一种互惠的关系，因为在"二战"期间，他为美国的科学进步贡献良多。既然现在这种受欢迎的地位已经不复存在，而怀疑的阴影也在他的头上盘旋，那么，最绅士的办法就是离开。

钱学森突然决定离开，也许还有另一个更重要的原因。1949年10月新中国成立后不久，钱学森就收到父亲钱家治的多次来信，催促他尽快回国，因为自己将做一次胃部手术。很显然，他也希望能够与从未谋面的孙子孙女共享天伦之乐。

在保密许可证被撤销前，钱学森和朋友们谈起过这些来信，并深为内疚。"他不知道该怎么做"，他的朋友马丁·萨默菲尔德回忆道："看上去，他深为忠孝不能两全而苦恼。我认为，他想要留在美国，他想入籍成为美国公民。但是，他必须找到安慰父亲的办法。"

撤销保密许可证这件事改变了钱学森的看法。他对美国的忠诚开始动摇，并且怀疑专注于工作是否令他忽略了身为人子的责任。或许，现在正是一个返回中国的良机。

钱学森的第二个孩子、女儿钱永真出生后不久，他就开始公开地为离开做准备。他写信给美国国务院，甚至亲自造访华盛顿，以获取官方的离境许可。他试着预订返回中国的船票，但却被告知，预订无法被确认。1950 年 7 月初，在加州理工学院其他一些中国学者的建议下，钱学森写信给国际商业联合会，由这个组织出面帮助钱学森订好了飞往中国的加拿大航班。钱学森计划从温哥华离境，乘飞机直抵香港。

加州理工学院开始出面干预了。他们可不想失去这位最年轻的学术新星。校方李·杜布里奇向海军情报部门打探钱学森案情的进展。传回来的消息表明，整个事情不过是捕风捉影罢了。在给冯·卡门的信件中，杜布里奇都反复强调，钱学森是一位被错误地"指控"为共产党员的伟大科学家，如果让钱学森回到中国，美国政府将面临双重损失。"让一个全美最优秀的火箭和喷气推进专家无法在自己选择的领域从事工作，通过这种方法迫使他回到中国，让他的天赋为共产党政权所用，这实在是荒谬。"杜布里奇写道。海军部副部长金博尔甚至给司法部打电话警告他们，钱学森知道得太多，绝对不能被允许离境。金博尔相信，中国政府急需钱学森的技术专长，希望钱学森返回中国。

7 月底，钱学森雇用搬家公司，将他的家当都装在板条箱里，用船运回中国。这些东西预计在他乘飞机动身一天后搭载"威尔逊总统"号从洛杉矶前往中国。送货地址是在香港，最终它们将被转运到钱学森的父亲位于上海的家中。

1950 年 8 月 23 日钱学森接到联邦调查局特工递给他的美国政府签署的禁止钱学森离境的法令，行李也同时被扣押、检查。可以想象，钱学森当时是多么的愤怒。

■ 逮 捕

1950 年 9 月 7 日，移民局派出两名特工，在钱学森家中逮捕了他。当移民局官员来到钱学森家中时，钱夫人手里抱着女儿钱永真，为来访者打开门，钱学森的儿子钱永刚"躲在墙角瑟瑟发抖"。然后，钱学森就走了出来。一名特工几年后回忆道,钱学森脸上的表情仿佛在说:"好吧,一切终于结束了。"

移民局特工簇拥着钱学森坐进一辆早已等候在侧的汽车,对他加以搜查,然后一直向南,朝着洛杉矶开去。汽车越过一座桥,来到圣佩德罗郊外。特米诺岛便位于东部的港口中。这个狭长的小岛原名"响尾蛇岛"。1950年,这个岛上已经有了一座联邦监狱,一座灯塔,几栋政府的办公楼,以及政府雇员的宿舍。大多数在这里关押的外国人都是偷越边境的墨西哥移民劳工,他们通常被关在里面摆满架子床的大房间里。

钱学森没有被关在那些拥挤的房间里。他的容身之处是一个带有独立洗手间的单人房间。通过安装着铁栏杆的窗户,可以看到通往洛杉矶的隧道和圣佩德罗的居民区。

移民局的人对钱学森进行了审讯,收集了尽可能多的个人信息。他们还问及钱学森与共产党的关系。钱学森重申,他从来都没有加入过共产党。这之后,两名特工以隐瞒党员身份、于1947年(钱学森回国探亲后)非法入境的罪名,对钱学森提出指控。

在被迫害期间,面对检察官的指责,钱学森毅然作答:"我是中国人,当然忠于中国人民。所以,我忠心于对中国人民有好处的政府,敌视对中国人民有害的任何政府。"

钱学森的家人几乎每天都来探视他。当他们来的时候,钱学森总是面带微笑,从牢房的窗户向他们挥手致意。

几年后,钱学森对他被关押的那段日子有过一次戏剧性的描述。他对一名记者说:"15天里,我一直被严密看押,不能和任何人说话。每天晚上,狱警每隔15分钟就打开一次电灯,让我得不到任何休息。这种折磨让我在这么短的时间里便瘦了30磅。"

加州理工学院校方为了营救钱学森,与地方总检察官办公室的官员一起召开了一次会议。两天后,钱学森被交保释放,保释费高达15000美元。

他在加州理工学院的同事不得不求助于钱学森的一位富翁朋友，才把这笔钱凑齐。后来，在接受报纸记者采访时，钱学森以玩笑的口吻谈及此事："相对于普通绑架案 1000 ~ 2000 美元的标准赎金，我真的挺替自己骄傲的。"钱学森虽经同事保释，但继续受到移民局的限制和联邦调查局特务的监视，被滞留 5 年之久。

美国航空喷气发动机公司当时的副总裁威廉·齐舍是少数亲眼目睹了钱学森内心受伤之重的人之一。一天傍晚，他来到钱学森家中小坐，简短地跟钱学森说明保密许可证被吊销的情况。齐舍一向把钱学森当成该公司最有价值的科学顾问之一，但此时此刻，他却不得不告诉钱学森，他已经不能够再在本公司工作了。齐舍回忆道，看起来，钱学森正挣扎于父亲、祖国和师友几种力量的撕扯中。他很希望能回到父亲身边尽孝，但他也想要履行自己对冯·卡门所作过的承诺，终生追随其左右。最后，祖国对于钱学森依然有很大的吸引力。对于钱学森来说，被儒家文化所浸淫的中华文明，是永远不会被苏联的影响而磨灭的。钱学森说："中国永远是中国人的中国。"

钱学森在美国受到迫害和诬陷的消息很快传回国内，中国震惊了。国内科技界纷纷通过各种途径声援钱学森；党中央对钱学森在美国的处境也极为关注；新中国政府公开发表声明，谴责美国政府在违背本人意愿的情况下监禁钱学森。

回过头来看，钱学森会成为冷战歇斯底里症的受害对象，一点也不令人吃惊。对于一个同情共产主义的人，一个中国人，或是一个科学家而言，20 世纪 50 年代都是一个十分危险的时期。如果将这三类人群看作三个互有交集的圆圈，则钱学森至少占了其中两项。甚至，按照美国移民局的说法，他是三个圈子的交集。

如果说钱学森此前还曾经对恢复名誉、继续在美国工作抱有幻想的话，到 1954 年时，在年复一年地与移民局的斗争中，钱学森的希望早已破灭。

钱家随时备着三个打点齐整的行李箱，等待离去那一日的到来。

1955 年 6 月里的一天，钱学森及家人才在极短的一段时间里躲过了联邦调查局的跟踪，躲进一家咖啡店中。在那里，钱学森在一张从香烟盒上撕下来的硬纸板上匆匆写了一张便条，表达了自己期望在中国共产党的帮助下返回祖国的愿望。他将这块硬纸板塞进寄给当时身在比利时的蒋英的姐姐的信中，请求她将这张纸条转交给一位身在中国的钱家世交——陈叔通。走出咖啡馆时，钱学森快速地将这封信投入邮筒。

谈 判

1955 年 8 月 1 日，日内瓦万国宫的总统办公室中正举行着著名的"王炳南—约翰逊会谈"，中美双方就释放朝鲜战争中的战俘问题展开了一系列高层谈判。

这是一场意志的较量。表面看起来，双方都彬彬有礼。两位大使都遵循着严格的谈判礼仪。一方先宣读一份事先准备好的声明，每读一段都会加以翻译。随后双方开始轮流提出反驳，针锋相对，互不相让，以至于翻译竭尽全力才能跟得上辩论的速度。在王炳南和约翰逊发言或考虑接下来的行动时，他们的助手紧张地记着笔记，小声交流意见，随时将提供建议的纸条传给大使本人。

在第一轮会议中，约翰逊将一份列有 41 名滞留在中国的美国公民名单交给了王炳南，要求立即对这些人加以释放。作为回应，王炳南要求美国交出所有在美华人的名字和地址，并建议由印度驻美使馆对他们提供保护。约翰逊对此加以拒绝。

1955 年 8 月 8 日，出乎所有人意料，王炳南在发言中提到了钱学森——这是在整个谈判过程中提到的第一个或许也是唯一一个有名有姓的具体对象。王炳南表示，中国政府收到了一封钱学森寄来的表明他渴望返回中国的信。王炳南宣称，这封信充分表明，在美国还有许多中国科学家渴望返回祖国，但却无计可施。

事实上，美国政府早已在决定钱学森的去留问题上花费了相当多的时间。1955年6月，国防部长向总统艾森豪威尔提交了一份备忘录，内容便是关于如何解决想要归国的留美中国科学家问题的。国防部认定：在"二战"后前往美国留学的5000多名中国留学生中，只有110多人所拥有的技术知识可能危害美国国家安全。备忘录指出，在这110人中，除两名中国科学家之外，其余已经全都被允许返回中国大陆。国防部仍对这两名科学家心存疑虑，因为他们所从事的工作均与高度保密的国防计划有关。这两位科学家，一位是参与胜利女神导弹项目研究的戴维·王（David Wang），另一位就是钱学森。

美国国防部对放钱学森走这件事心存疑虑。然而，国防部官员们也承认："他（钱学森）当时掌握的军事机密，很可能已经被后续研究所超越，或者已经为苏联人所知。"

最后，是否放钱学森走的最终决定权交到了艾森豪威尔手上。1955年6月12日，从美国国务卿杜勒斯的秘书米尔德里德·奥斯伯森起草的一份政府备忘录中可以看出，总统的想法是"把他们全送回去算了"。第二天，1955年6月13日，艾森豪威尔决定放钱学森和戴维·王离开。8月3日，国防部收回了所有的反对意见，美国政府开始为遣送钱学森归国作了各项准备。在一封日期显示为1955年8月4日的信中，美国移民局通知钱学森，他可以自由离开。

当约翰逊坐在谈判桌旁时，对于所有这一切，他都已了然于胸。

在1955年8~9月举行的无数次会谈后，美国和中国达成正式协议，各自遣返对方公民。

几年后，周恩来评价王炳南—约翰逊会谈的结果说："中美大使级会议……要回来一个钱学森，单就这一件事情来说，会谈也是值得的，会谈也是有价值的。"

回 归

1955 年 9 月 17 日，钱学森和他的家人手持三等舱船票，站在洛杉矶港口，等待登上"克利夫兰总统"号邮轮。码头上挤满了记者，钱学森说道："我不打算回来。我没理由再回来。我准备尽我最大的努力，来帮助中国人民建设一个能令他们活得快乐而有尊严的国家。我的归国之旅被这个国家（美国）所刻意阻挠。我建议你们去问问美国国务院，这到底是为了什么。对于你们的政府和我自己，我无愧无怍。我对美国人民并无怨恨。我的动机只是寻求和平与幸福。"

登上轮船时，钱学森和他的家人摆好姿势让媒体拍照。照片里的钱学森身着西装领带，微微卷曲的头发向后梳着，脸上带着淡淡的微笑。蒋英站在他的右边，一身深色小礼服，胸前装饰着一束绢花。前排是钱学森的两个孩子：7 岁的钱永刚留着小平头，正咧嘴大笑，他穿着条纹衬衫和短裤，打着领结，外面罩着一件白色夹克衫。他旁边的是 4 岁的钱永真，留着童花头，穿一件白色小洋装，怀里抱着洋娃娃。他们看上去焕然一新，非常健康，而且十分美国化。如果忽略掉那些中国人的面部特征，几乎可以说这是一个 20 世纪 50 年代的标准美国家庭的样子。

许多人都对钱学森被遣返一事勃然大怒。"我宁愿把钱学森枪毙了，也不愿让他离开美国！"金博尔在 1950 年左右对他的多位朋友如此说过，"他知道太多有价值的信息了。不管在哪里，他都值 5 个师！"多年之后，当被问起这件事时，金博尔说道："这是美国做过的最愚蠢的事情了。与其说钱学森是个共产党员，还不如说我是共产党员，我们竟把他给逼走了。"

从 9 月底到 10 月第一周，钱学森一家一直待在船上。这样做主要是因为，如果他下了船，美国政府便不会对他的安全负责。

为了打破船上生活的单调乏味，钱学森一家同其他一些中国乘客交上了朋友。10 月 1 日，这群人在船上庆祝了中华人民共和国成立 6 周年。钱学森在庆祝活动中演奏长笛，蒋英和钱永刚、钱永真则演唱中国民歌。在钱学森的倡导下，这些人成立了一个名为"克利夫兰总统号联合会"的小型俱乐部。

10月8日清晨，"克利夫兰总统"号驶近香港。钱学森将脸紧紧贴近舷窗，逐渐认出了礁石和海岸线的轮廓。后来，钱学森写道："我急切地向外张望，在美国居住了20年后，我终于回家了。"钱学森和所有中国乘客都登上小艇，直接驶到九龙火车站。在那里，一大群记者早已等候在场。他们费了一番力气才挤进由一队警察把守的大房间。警察们成功地将记者挡在门外两小时，但最终，他们还是不得不屈从于媒体的需求。

据钱学森日后的回忆，当时，一下子便涌进了一大群记者。每个中国科学家都立时被4到5名记者包围起来，劈头而来的问题诸如："你是否会从事原子弹、火箭制造？""你是不是用来交换美军飞行员的？""你恨美国吗？"

有一名中国记者用英语向钱学森提了一个问题。

钱学森（微笑着）："我认为每个中国人都应该说中国话。"

记者："我只会说粤语和英语。"

钱学森："我认为普通话在中国用得很普遍，而你是一个中国人，你应该学说普通话。"（众笑）

"同样的问题，同样的心态，就像我离开洛杉矶港时遇到的记者们一样！"钱学森写道，"我对这些人无话可说。当这些猎奇者们最终失望而归时，我们终于能够如愿上路。"

火车将钱学森和他的家人送到深圳，在那儿，有人看到了五星红旗。"是的，是我们的国旗！"钱学森回忆道，"在正午的阳光下，那么鲜艳夺目！我们全都立时肃然无声，许多人眼中含泪。现在，我们身在我们的祖国，我们骄傲的家乡——一片有着4000年绵延不绝的文化的土地。"

这时候，他们听到了大喇叭里传出的声音。"欢迎同胞！全国人民欢迎你们！第一个五年计划已经进入第三年。我们需要你们！让我们携起手来，为更美好、更富足的生活而奋斗！"对钱学森的官方欢迎自此开始。中国科学院的代表们和其他官方科学协会的人都来到深圳欢迎钱学森。当回忆起那一时刻时，钱学森说："多么大的不同！真是兄弟般的温暖！没有捕风捉影的记者，也没有鬼鬼祟祟的联邦调查局特工！我们呼吸着纯洁、清新、健康的空气！"

让我们将科普界的老前辈、力学家、原宁波大学校长，朱兆祥教授的回忆作为本文的结束：

"1955年秋天，钱学森先生突破美国政府的封锁回国。我受陈毅副总理的派遣，代表中国科学院去深圳迎接。那时我不认识钱先生，出发前我找到中国科学院的赵忠尧和郑哲敏先生，又到上海拜访钱先生的父亲——钱均夫老先生，了解钱先生一家的有关情况。钱老先生还给了我钱先生夫妇和子女永刚、永真的一张合照，以便辨认。当我到广州时，陈毅同志已有电报来关照省府。地方上很支持，派了一位副处长陪同我前往深圳协同工作。

"1955年10月8日，深圳罗湖桥头动人心魄的一幕是很难忘怀的。当时我们已经从中国旅行社探知，钱先生等三十位离美归国人员所乘的"克里富兰总统"号邮船将在九龙靠岸。当时的香港殖民地政府屈从于美国的压力，对钱先生等一行将以所谓"押解过境"的屈辱名义来对待。近中午时分，罗湖桥门打开了，这支光荣的爱国者队伍踏上界桥，面向祖国，步行过来了。正当我们拿着照片紧张地搜索钱先生一家之时，我的手突然被队伍中的一位先行者抓住，使劲地握着。我猛转身，发现对方眼眶里噙着的眼泪突然掉了下来。我意识到，此时此地我这个人，虽然原来谁也不认识我，也不知道我是来干什么的，现在却被看作伟大祖国的代表了。我也极为感动。就这样，一个挨着一个，每个人都带着激动的泪痕跨入国门。我终于接到钱学森先生一家了！永刚和永真两个天真的孩子，拉着我的手，不停地喊着'Uncle Zhu, Uncle Zhu'，他们也和父母一起沉浸在回到祖国的幸福之中。

"和钱先生一家同时从美国加州理工学院所在地——珀萨定纳出发，一路同行的还有李整武、孙湘教授一家。当我陪着两家人进入深圳车站休息室坐定后，我把中国科学院吴有训副院长和学术秘书钱三强先生的欢迎函面交给他们。钱先生站了起来，再次和我们握手，并走到李教授跟前说：'整武兄，我们真的到了中国了。恭喜，恭喜！'两个人又激动地握手。孙湘教授把怀中的孩儿递给丈夫，从手提包里取出他们随身带来的离美那天出版的《珀萨定纳晨报》给我看，上面印着特大字号的通栏标题：火箭专家钱学森今天返回红色中国！"

撰写于 2013 年 5 月 20 日

参考文献：[1] 张纯如. 蚕丝——钱学森传 [M]. 北京：中信出版社，2011.

[2] 陈磊. 钱学森的百年人生 [N]. 科技日报，2009–11–02（第 1 版）.

[3] 朱兆祥. 钱学森先生在力学所初建的日子里 [J]. 力学进展，2006,36(1):6–7.

泥鸿片羽

——深切怀念中国科普作家协会
第二届理事长温济泽先生

当我提笔写这篇文章时，脑海中频频浮起了温老和蔼的笑容；耳际仿佛又萦绕着温老略带苏北味儿的亲切的语音。我还清晰地记得：1990年，中国科普作家协会第二届理事会换届前夕，温老找我谈的一番话。他在介绍了一些协会的情况后，语重心长地说，希望我今后要多发挥些作用，特别要注意维护协会的团结，要在团结工作上多花些精力。

温老离开我们15年了，但他的言传身教，他的道德风范永远铭刻在我心里。自从我2000年回到中国科普作家协会工作后，我没有忘记温老的嘱咐。我尽力这样做了。这是我可以告慰于温老的。

我与温老认识于1978年5月在上海召开的"全国科普创作座谈会"。那时，我担任会议简报组组长工作；温老时任中国社会科学院科研组织局负责人，以资深科普名家的身份应邀参加了会议。次年，中国科普作家协会成立，温老是第一届理事会的副理事长和第二届理事会的理事长；我曾连续两届被聘为副秘书长，以及担任会刊《科普创作》杂志专职副主编。

在此期间与温老接触较为密切，也曾为他的报告做过一些文字资料的准备工作。他广博的学识，以及耐心细致、诲人不倦的工作作风，经常使我敬佩与感动。

温老在他的文集《征鸿片羽集》的自序中说："我这只征鸿，遭受多年的风吹雨打，电击雷轰，只剩下稀疏的片片羽毛，因此名为《征鸿片羽集》。"我反其意用之，作为本文的题目。题意是温老的著作像鸿雁身上丰满的羽毛，本文涉及的仅是片羽而已。

下面，我根据章道义主编的《中国科普名家名作·温济泽篇》中的材料，简略地介绍一下温老生平历任的职务和发表的著作。

温济泽同志，1914 年出生于江苏淮阴。中华人民共和国成立以前，历任复旦大学共青团支部书记、陕北公学教员、中共中央宣传部干事、延安中央研究院哲学研究员、中共中央机关报《解放日报》副刊主编、延安新华广播电台编辑部主任；中华人民共和国成立后，历任中央广播事业局副局长、中国社会科学院研究生院院长、中国科普作家协会副理事长、理事长、名誉会长等职。半个多世纪以来，在《解放日报》《人民日报》《中国青年》《科普创作》等多种报刊上和广播中发表过百余篇科学小品、科普文章和论述，出版过《人类征服自然的武器》《征鸿片羽集》《温济泽科普文选》等著作。

温老对科普创作事业的贡献，正如董纯才同志在为《温济泽科普文选》所作的序言中提到的："他在这些文章和讲话中，对当前科普创作的方向、对象、性质、任务、作用、内容、形式、方法等一系列重要问题，作了比较全面、系统和深入的论述。这些论述，不仅体现了他对马克思主义的理论修养和对党的方针政策的深刻理解，而且包含着几十年来他从事科普工作和创作的可贵的切身经验。这对我国科普创作理论的建立和发展是有贡献的，对当前和今后的科普创作也是有指导意义的。"

今天，当我重读温老这些 30 来年前的有关论著时，仍然感到浓厚的时代气息。

关于科普创作理论

科普创作在社会主义精神文明建设中的地位

温老于 1986 年在《科普创作在社会主义精神文明建设中的地位、作用和任务》一文中谈道："社会主义精神文明建设，包括思想道德建设和教育文化建设两个方面。《决议》（指《中共中央关于社会主义精神文明建设指导方针的决议》）在'普及和提高教育科学文化'一节中讲到了各项事业，头一项是'教育'，第二项是'科学'，并且指出教育和科学是'整个社会主义现代化建设的战略重点。如果得不到应有的发展，不但精神文明建设上不去，经济建设也将没有后劲。'科普创作的内容是科学，科普创作的功能是教育。虽然我们所宣传的科学是普及的科学；虽然我们的教育是一种社会教育，但是科普创作毕竟是和科学、教育分不开的。教育和科学在我们现代化建设中占有重要的战略地位，这也就决定了我们科普创作工作在整个建设中的重要地位。"

社会需要什么样的教育呢？温老在同年发表的《谈谈创作思想问题》中说："在普及方式上，要从灌输式转变为启发式。我们应当把对象，包括儿童和少年在内，都看成是愿意动脑筋、能够动脑筋，但还不大善于动脑筋的人。我们的任务是要引导他们、帮助他们独立地去思考，启发他们、激励他们举一反三和触类旁通地去探索。今天是知识激增的时代，知识在日新月异地激增和发展着，光靠传授是不行的，一定要善于诱导读者自己主动去学习、探求和前进。"

我想，我们今天没有必要在"科学普及"和"科学传播"的名词含义上去做那些无益的、脱离中国国情的"文字游戏"。科学普及也好，科学传播也好，关键是要在真才实学上见功夫，拿出科普作品的样板来，用实践来说明问题，实践才能出真知。读了温老的这段文字是否会对我们有些帮助呢？

科学与文学，以及与人文科学、社会科学的结合

1986 年 5 月，温老在《几点希望》中谈道："科学，今天已经进入了大综合和一体化的时代。马克思在《1844 年经济学哲学手稿》中就预言过：'自然科学往后将包括人的科学，正像关于人的科学包括自然科学一样：这将是一门科学。' 140 多年来，马克思的预言已经成为现实。在新技术革命的推动下，自然科学和社会科学、人文科学一体化的潮流愈来愈强大了。我们从事科学文艺创作的人，一定要顺应这个潮流。"

同年，在《谈谈创作思想问题》中说："现在有两股潮流：一股是从自然科学奔向社会科学的潮流越来越强大了；一股是近几十年出现的从社会科学奔向自然科学的潮流。这两股潮流正在汇合成一股强大的潮流。现在自然科学工作者和哲学社会科学工作者都十分重视两者的相互结合，正在为促进自然科学工作者和哲学社会科学工作者建立联盟而努力。我们从事科普创作的人，更要迎头赶上，游泳在这个潮流的前头。我们在创作中，要注意自然科学中各有关学科知识相结合，要注意与哲学社会科学知识相结合，还特别要重视同社会各方面的实践知识相结合，只有这样，才能创造出合乎时代潮流的新作品。"

在创作手法上，温老强调"要重视科学与文学相结合"。他说："阅读科普作品，已经成为许多人精神生活的一部分。我们写科普作品，就更应当照鲁迅所说的那样，要去庄而谐，要做到使读者触目会心，不劳思索，就能在不知不觉间得到一些科学知识。因此，用文学的手法来搞科普创作，现在成为一个更值得重视的问题了。""这就要求作者有一定的文学修养。科普作品的对象是广泛的，它的内容是多方面的，它的体裁是多样的，它在科学与文学结合方面也应当有多种形式和多种层次。"他又说："写科普作品，要应用文学的手法和文学的语言。这一点，鲁迅在 80 多年前就

提倡了。我国的高士其同志，苏联的伊林，都是把科学与文学结合起来的大师。世界上很多科普名著都是科学与文学结合的产品。我们在社会主义精神文明建设中，更要提倡科学与文学相结合。"

关于创作手法，温老还指出："我们写科普作品，要做到通俗化，很重要的一个方法就是把你所要写的那个知识，同本来与它有联系的一些方面结合起来，使它还原到自然中去，使它还原到社会实际生活中去，使它还原到人们的实际生活中去，使它变成活生生的东西，读者就会容易理解，就会感兴趣了。因此，从事科普创作的人，应当具有丰富的关于自然的、社会实际的（现实的和历史的），以及人们生活实际的种种知识。这些知识越丰富，就越能写出高质量的科普作品来。"而且还要"学会用群众的语言来讲科学，学会用形象化的方法来讲科学，善于用感情来打动和感染读者。"

近年来，特别是中国科学技术协会在 2000 年 7 月份召开的"全国科普创作研讨会"以来，科学与文学相结合，自然科学与社会科学、人文科学相结合，日益受到科普创作界与文学创作界的高度重视，有关的创作理论也日益深化，但温老在 28 年前的这些论述，对我们今天的创作实践来说仍不失其指导意义。

关于弘扬科学精神

温老早在 1950 年，于《我们爱科学》这篇文章中提道："我们还应该提倡以科学的态度来对待我们遇到的问题，我们的日常工作，乃至我们的日常生活。什么是科学的态度呢？毛泽东同志说得好，科学是老老实实的学问。科学态度也就是老老实实的态度，实事求是的态度。有了这种老老实实的态度，就有可能有创造性。斯大林说过，科学所以叫科学，因为它不承认偶像，不怕推翻过时的东西，却能很仔细地倾听实践经验的呼声。在实践过程中，有了新的经验，就能有勇气打破旧传统、旧标准和旧原理，而建立新传统、新标准和新原理。我们用这样的精神来工作，就能使工作不断地向前发展。"

温老在这里说的"这种精神",显然指的是"科学精神"。

他在 1979 年为《智慧的花朵》写的序言中讲到,高质量的科普作品首先要增强思想性。"科普作品是传播科学知识的,但是不能单纯地介绍科学知识。""科普作品要能够鼓舞读者不畏艰险、敢于攻克科学难关和攀登科学高峰的勇气,要能够激励他们向四个现代化胜利进军的壮志豪情。"

1986 年,温老在《科普创作在社会主义精神文明建设中的地位、作用和任务》中,谈到了科普创作的六条基本任务,其中有一条就是"宣传科学思想和科学精神"。他说:"科普作品不仅传播科学知识,还应当宣传科学思想、科学方法、科学道德、科学精神等等。这就是我们常说的要有思想性。说到宣传科学思想,过去我们往往是把它同破除封建迷信、破除愚昧落后的风俗习惯等联系在一起的。这方面工作我们还要继续做。但这只是低层次的一项工作。我们还应当作较高层次的宣传科学思想的工作。""我国的知识分子,我国的科学家和科技工作者,有个光荣的传统,这个传统就是他们热爱祖国、热爱科学、为祖国献身、为科学献身的精神,以及在科学研究中求实、创新、不畏艰苦困难、勇于攀登高峰的精神。我们应当宣传这种精神,把这种精神发扬光大。"

1987 年,温老在《关于创作方法的几点思考》的讲话中说:"现在我们的科普作品,大致分为两大类:一类是传授科技知识的;另一类不光是传授科技知识,还能启迪人们的思想,就是讲些科学思想、科学方法、科学态度、科学道德、科学精神等等。前者,是要提高人们的科学素质;后者,不仅这样,它还要提高人们的思想素质。现在前一类的作品比较多,后一类作品比较少,我们应当大力提倡,促进它的发展。"

上面摘录的温老的言论,基本已经把弘扬科学精神的重要性,以及什么是科学精神说透了。近年来,有人撰文认为,20 世纪 80 年代,科普创作界犯了一个错误,就是强调科学技术的普及,而忽视科学精神的弘扬。

而他却在那时就注意到了并多次提出"弘扬科学精神"的重要性。读了温老有关科学精神的论述，不知这位同志有何感想？！

关于科幻的是是非非

20世纪80年代，科普创作界发生了一场科幻小说是是非非的争议。我无意也无须去评论谁是谁非。历史的坐标已经改变，各自可以扪心自问。今天，我们应当向前看，彼此去"比贡献"，而不是回过头，大家来"算老账"。我只是想，根据自己掌握的第一手材料，来说明当时身为中国科普作家协会理事长的温老，在这场"是非"中所持的立场、态度和思想，而他的立场与态度是代表了理事会的。

当时的历史背景是，中央召开了"思想政治工作座谈会"，凡是经历过这个时代的人，对当时的社会氛围，都是很清楚的。

在这种情况下，温老在1983年10月的讲话中说："科学幻想小说能够启发人们，特别是青少年热爱科学，鼓励他们去进行科学探索、攀登科学高峰，帮助他们树立科学理想和科学态度，因此对促进物质文明的建设，以及创造社会主义精神文明方面是有积极意义的。但是，它在科普创作的地位，只能是一个辅助的方面，是一个侧面，而不是主要的方面。"

对于当时科幻创作的总体评价，温老说："1978年以后，我国的科幻创作有了较大的发展。据不完全统计，1979年发表的中短篇作品约100篇，1980年达300篇，1981年超过500篇。不少科幻小说受到读者的瞩目与欢迎，有些作品还获得了优秀作品奖。作者人数也从原来的10余人扩大到100余人。""大多数的作品是好的和比较好的，但也出现了少数思想倾向不健康和极少数政治上有严重错误的作品。"

评论、提倡、奖励

对于这些少数不健康作品应该怎么办，温老认为："必须加强评论工作，以评论好的作品、进行正面引导为主，同时对一些不好的或毛病较大的作品，正确地开展批评与自我批评。在开展批评时，要特别注意批评的科学性，要入情入理、实事求是，以进一步促进社会主义安定团结，解放思想，繁荣科普创作为根本目的。批评与自我批评是事物发展过程中矛盾的对立统一。事物发展的过程本身就是批评与自我批评的过程。这是一种辩证运动。科幻创作与评论是互为依存的，只有通过正确的评论，才能使科幻创作达到真正的繁荣。"

温老又认为："对于好的和比较好的科幻小说，应当加以提倡和鼓励。中国科学技术协会及所属科普创作协会对这类作品的创作和出版要给予支持和必要的帮助。科普创作研究所要组织力量对这类科幻小说进行系统的研究，从理论上给予指导；科普创作协会要组织有关的学术讨论会和经验交流会，开展评论和推荐、奖励优秀作品，逐步建立一支精悍的、又红又专的科幻创作队伍和评论队伍。"

中国科普作家协会的立场

1983 年 10 月 18 到 20 日，中国科普创作协会在北京香山召开了"科幻小说学术讨论会"，邀请了我国当时较有代表性的科幻小说作者，以及有一定水平的评论者和编辑参加，座谈了科幻创作的方向和当前存在的问题，"以统一思想，增强团结，使科幻小说的创作得到健康发展，更好地为现代化建设服务，为社会主义精神文明建设作出贡献。"

在这次会议的纪要中，有三段文字是值得我们注意和加以体会的。

其一，"中国科普作家协会是一个学术性群众团体，组织的性质决定了我们的作者和评论工作者，不能也无法将当前在科幻创作和评论方面所产生的问题一概包揽下来。我们只能在职责范围内，对我们的会员和有关报刊的编辑进行力所能及的工作。"

其二，"科幻小说是科学文艺的一个品种。由于它是小说，必然与文学有密切的关联。科普创作的任务是传播科技知识、宣传科学思想和科学精神或方法，为建设社会主义现代化服务、为建设社会主义精神文明作出贡献。上述任务就决定了我们的工作范围。"

其三，"科幻小说的评论是科幻创作发展的产物。它们是相辅相成、互为依存的。由于当前科幻创作中产生的问题，有关这方面的评论相对集中一些，也是必然的。对此，我们应该抱着欢迎的态度。我们不能把它看成是作者与评论者之间的个人矛盾。作者与评论者是亲密的战友。我们应当团结起来，为创造富有中国特色的科幻理论体系，为创造出一批具有民族风格的高质量的科幻作品而共同奋斗！"

温老对科幻创作是怀有深厚的感情的。他所描绘的科幻创作事业所达到的境界，到今天还是令我们深深向往的。

就在香山会议结束时，我的一位在新闻出版行政管理部门工作的朋友，和我一起走出会场，她对我说："看来，依靠你们内部的力量来解决科幻问题是不行了。那么我们就只能发文了。"

我想，关于我们内部的那些"是是非非"的争议，到此也应该结束了。还是温老的那句值得我们深思的话：团结起来！为创造出富有中国特色的科幻理论体系，为创作出一批具有民族风格的高质量的科幻作品而共同努力吧！

1999年年底，温老病重，已经卧床不起。在中国科普作家协会第四次全国会员代表大会的闭幕式上，我受王麦林名誉理事长的委托，宣读一封温老充满了感情和期望的给会议的函件。我念着、念着，眼前又浮起了温老慈祥的笑容，许多往事涌上心头，以至泪眼模糊、语不成声，只好随手递给身边的谢础副理事长，请他接着读下去。

翌年，温老就谢世了。

撰写于 2014 年 5 月 23 日

我国科普界的
一位和蔼可亲的大姊
——贺科普事业家、翻译家、编辑家
王麦林 80 寿辰

　　她是我国科普界的一位和蔼可亲的大姊。她是一位发现和扶植了不少科普编创者，却忘记了自己的人；她是一位在许多科普书刊图文中倾注了大量心血，却没有留下姓名的人；她是一位讷于华丽的语言，却默默地实干的人。

　　在青少年时代，她就参加了抗日和革命的队伍，奋斗于科学文化宣传教育战线；新中国成立前后，她从事科技译著，为培训祖国长空的雄鹰，翻译了大量急需的教材；在我国第一次科普高潮中，她主持《知识就是力量》杂志的编辑工作，坚持"洋为中用"的方针，为我国科普创作提供了借鉴，影响了整整一代科普作者；在"科学的春天"里，她参与发起并策划和组织了于上海召开的"全国科普创作座谈会"，以及"中国科普创作协会"的筹建，迎来了我国第二次科普高潮；她创办了《科普创作》杂志，选编了优秀科普作品、交流了科普创作经验、开展了科普创作评论，引导科普作者坚持正确的创作方向，促进了科普创作的繁荣。

她领导创办了我国首次科普美术展览会、首次科普漫画和科普书刊插图展览，策划组织了首次全国优秀科普作品评奖活动……

她就是中国科普作家协会第四届理事会名誉理事长王麦林。如今，她在人生的征途上已度过了整整 80 个春秋，让我们衷心地祝福她，平安吉祥、健康长寿！

■ 奉 献

1958 年，麦林到《知识就是力量》杂志工作时，该刊正面临困难局面。为了办好刊物，她通过认真学习、虚心听取意见和广泛深入地调查研究，提出了以青年为主要读者对象，以介绍世界各国新兴科学技术为主要内容，密切联系我国实际，洋为中用，为我国社会主义建设服务；形式要生动活泼，体裁要新颖多样，为青年喜闻乐见的办刊方针，从而使《知识就是力量》重新获得了生命力。这个办刊方针既克服了不顾本国国情、为知识而知识的倾向，又纠正了不顾本刊特点、硬行配合政治任务而刊登政治性文章的偏向。由于《知识就是力量》介绍的多是国外的重大科技成就，如人类第一次进入宇宙、世界上第一个激光器、第一个试管婴儿等，又推出了一些读者欢迎的专栏，如"发明创造的故事""课本之外""有益的建议""在休息的时间里"等，并开办了新兴科技讲座；在原文处理上，采用了全译、节译、编译和改写等方法，力求通俗易懂、生动活泼、引人入胜，因而很受读者喜爱，3 年时间印数就增长了 3 倍。这是《知识就是力量》的黄金时期。

1963 年麦林任科学普及出版社副总编辑。她和另一位资深科普作家、编辑家，副总编辑贾祖璋一起策划出版了大型图书《知识丛书》的自然科学部分，并修订和策划出版了《机械工人速成看图》和《机械工人速成制图》等，为出版社创造了可观的社会效益和经济效益。在麦林分管出版社农村科普读物编辑工作时，她深入农村，通过调查研究，肯定了挂图和画册是农村科普的好形式。她主持编辑出版了《农村植物保护》《畜牧兽医》系列挂图，以及亲自组编出版了《胜利百号甘薯复壮技术》《棉花芽苗移栽技术》挂图等。这在当时都是属于开拓性的工作。她还恢复出版了《学科学》杂志。1982 年到 1986 年，麦林任科普出版社社长兼党委书记。在此期间，她领导组编了《全面质量管理》《机工教材》《BASIC 语言》3 部大印量图书。这些都是科普出版社赖以生存的看家图书，《BASIC 语言》的累计印数达 1000 多万册，成为科普图书发行史上的奇迹。这是科普社第二个兴旺发达的时期。

"文化大革命"中，麦林受到了莫须有的对待。"文革"前后，由于受极左路线的驱使，以及一些推波助澜者的诬陷，科普出版社的一些业务骨干，有的被放逐边疆、有的被开除公职、有的被投入监狱。拨乱反正一开始，麦林就主动提请组织为他们落实政策、平反昭雪。他们乃得以调回科普工作岗位，有的还担任了领导工作，成为很有影响的科普编辑家、翻译家和美术家。

1978 年，麦林调任中国科学技术协会普及部副部长。中国科协为了贯彻落实全国科学大会精神，深入揭批"四人帮"破坏科普创作的罪行，重建科普创作队伍，繁荣科普创作，使科普创作更好地为新时期的总任务服务，在中国科协副主席裴丽生、刘述周的领导下，她参与发起并具体组织召开了"全国科普创作座谈会"，以及筹备建立中国科普创作协会的工作。这次座谈会扫除了影响科普创作的政治思想障碍，使科普编创工作者打消了顾虑、解放了思想，迎来了科普创作的春天。

1979 年，中国科普创作协会正式成立。麦林当选为秘书长，主持协会的日常工作。她创办了《科普创作》杂志，主编该刊 5 年之久。在此期间，特别要提到的是，她利用编辑部这个平台和编创人员较为集中的优势，运用评奖和评论两手来引导科普创作的方向，促进科普创作的繁荣。她认为："繁荣科普创作和做好任何工作一样，需要鼓励，也需要批评。鼓励和批评都是推动工作前进的动力，二者相辅相成，不可偏废。施肥浇水与剪枝除草并举，科普创作园地才能万紫千红，群芳吐艳。"

在茅以升、高士其、温济泽的领导下，王麦林和章道义策划组织了首次"全国优秀科普作品评奖活动"；《科普创作》编辑部除做好日常工作外，还举行了科普创作思想、科普创作评论、科普曲艺创作等座谈会，并且举办了科普曲艺演出会。

在麦林的领导和帮助下，编辑部主持编辑了"新长征优秀科普评奖活动获奖作品选"——《花儿为什么这样红》；为了引导科学文艺创作面向祖国四个现代化建设，在她的倡议和委托下，编辑部主持开展了"现实题材科学文艺征文活动"，征集了包括科学散文、小品、报告文学、考察记、游记、传记、故事、童话、小说、相声、曲艺、戏剧、诗歌等各种体裁的文章近 2000 篇，并编辑出版了《现实题材科学文艺征文获奖作品集》（冶金工业出版社）。

麦林一贯倡导"科普文艺"。离休之后，她从理论上系统总结了科普文艺的内涵和功能，以及思考了具体的实践措施，专门撰写了《科教兴国需要发展科普文艺创作》一文，刊登于《科普创作通讯》第 102 期上。文中提道："科普文艺的主要任务或者功能，不仅在于普及某一学科或某一科学技术项目的具体知识，更重要的是使人们在科普文艺作品中潜移默化地获得科学营养。好的科普文艺作品能唤起读者对科学的热爱；启发人们思考问题，研究问题；帮助人们树立科学的宇宙观、世界观，掌握和形成正确的科学的思想和方法，培养共产主义的道德情操。"

她认为，目前我国急需科普文艺，也有条件发展科普文艺："我国千百万科技人员中肯定不乏兼备智力和艺术型的人才。我们要善于发现并给以帮助。""在成千上万的文艺大军中，也定能找到不少适合创作科学题材的作家和艺术家。"而且，"现在科学，甚至高新技术已成为我们工作、学习和生活中不可缺少的部分，如果文学艺术为生活服务，其作品就不能不过问科学。科教兴国、经济建设要靠科学技术，而今是科学技术的时代。科学时代的文学，应当是用科学武装起来的文学。文学艺术为经济建设服务，为科教兴国服务，若远离科学，那样的文学是不健全的。……我以为创作科学文艺作品，也应当是当前文学作品的主旋律。"

她在文中建议，"中国科普作家协会应当把发展科普文艺创作当作重要的工作来抓""中国科协要积极创造条件，尽快在中国科普作家协会建立一支精干的专业科普（文艺）创作队伍。"以及"考虑在一些大学里开设科普文艺创作课"等。

可以这样说，麦林对科学技术与文学艺术的结合是情有独钟的，早在20世纪70年代末，她就得风气之先，大力提倡并付诸实践了。

赤 子

章道义主编的《中国科普名家名作·麦林篇》中有两段对王麦林的评语："1958～1962年在《知识就是力量》杂志工作时，坚持'洋为中用'的方针，大量译介外国优秀科普作品，为我国科普创作提供了借鉴，影响了整整一代科普作者。"不但如此，现今50来岁的不少知识分子，都是读着《知识就是力量》长大的，也影响了整整一代知识青年；"1979年创办以科普作者为主要读者对象的《科普创作》杂志，主编该刊5年，除介绍优秀科普作品、交流科普创作经验外，……并开展了科普创作评论，……引导科普作者坚持正确的创作方向，促进科普创作的繁荣。"至今，在这个办刊方针的指导下，《科普创作》已延续了120期；也可以这样说，在麦林主编《科普创作》的5年里，已影响了整整一代科普编创工作者。

麦林也许没有留下以她署名的丰硕的科普论著，但这几个"影响"和"首次"，试问在我国科普界有几位能够做到呢？麦林是应该感到自豪的！因为，她可以坦然地微笑着面对人生；因为，当她回首往事时，她无愧于我们的党！她无愧于逝去的年华！

自从麦林于 1986 年离休以来，她没有了在岗工作时的责任，但她依然有着对人民、对党、对国家的责任。现在，她可以去感受祖国的大好河山；她终于可以有时间去译、著、编大量的图书了，如《她们登上金星》《大众相对论》《在地球之外》《俄英汉基础词典》《科技新星》《娃娃爱科学》等。

麦林作为一个正派的、"老派"的中国共产党党员，始终会遵循着她的思维准则在行动着！

让我们诚挚地祝愿她，在耄耋之年，将她人生的睿智、想还的情愿化作一片夕阳红！

撰写于 2005 年 9 月 18 日

东亚飞蝗覆灭记
——邱式邦先生的功勋

　　蝗虫带来的灾难，对今天大多数人来说也许已经淡忘了。这种褐色的、会蹦的、被孩子们称做"蚂蚱"的昆虫，如今已成了艺人手工制作的"玩具"。可是，您可知道，这小小的昆虫喜欢集体生活、集体行动，能给人类造成巨大的危害。一群蝗虫，少说也有20亿只，扑到10平方公里的土地上，一天一夜能吃掉4千吨草木的叶子和嫩枝。这些植物可供4万头大象或10万头骆驼生活一天。如果它们吃掉的是庄稼，就够100万人一天的粮食了！不仅如此，经蝗虫咬过

蝗虫

蝗群飞来，遮天蔽日

的庄稼，如果人吃了还容易得病。

翻开我国的历史，远在公元前707年，就有了蝗虫为害的文字记载。从那时以来的2600多年间，重大的蝗灾就有800多起，差不多每3～5年就发生一次，直到中华人民共和国成立以前，从来没有根治过，老百姓真是吃尽了苦头。古人曾记载过唐代的一次蝗灾。史料中是这样写的：唐贞元年夏天发生蝗灾，东起海边，西过河陇，蝗群飞来，遮住了太阳，十天不间断，所到地方，将草木的叶子、家畜的毛都啃光了，道路上躺满了饿死的老百姓，真是悲惨极了！

蝗灾，这个为害数千年，国际性的灾害，在中华人民共和国诞生后短短几年内，却得到了根本的治理。这是一个奇迹！创造这个奇迹的是一位科学家，我国著名的昆虫学家——邱式邦。

1952年酷热的夏天，邱式邦带着助手李光博来到渤海湾重点蝗区——山东惠民地区，实地观察蝗虫的活动规律和生长环境，了解历年治蝗情况。这里，蝗虫的孳生地多为渺无人迹的盐碱荒滩。他们坐着无篷马车边走边工作，所到之处：风卷沙尘飞，张嘴一口泥；饮水咸又苦，淡水贵如油。邱式邦满头满脸全是汗迹泥污；衣服上布满了灰尘汗碱。

突然，天空中传来一阵呼啸声，蝗群自天而降。霎那间遮天蔽日，昏天黑地！蝗群倾泻在田野上，扑向禾苗草木，狂啃乱咬，唰唰之声如风雨

交加。顷刻间，一望无际的绿色植物荡然无存，仅留下残杆断茎在风中
摇曳。

蝗群又飞迁到广袤的盐碱荒滩上。荒滩的低洼处正停着邱式邦的马
车，凶恶的牛虻，夹杂着在蝗虫中，围着拉车的白马乱叮。白马不停地扭
头、甩尾、弹蹄，可是哪里斗得过群虻，终于浑身浴血，变成了红马！

邱式邦和他的助手也遭到了牛虻的袭击。邱式邦手拿捕虫网，被汗水
浸湿的白衬衫上渗出了殷红的血迹。他一边拍打、驱赶着牛虻，一边集中
精神，搜索荒草中的蝗虫。他时而东扑西逐，挥网捕虫；时而扒开草丛，
仔细察看这片蝗虫孳生地的特征，记录在笔记本上。

日复一日，邱式邦一行沿着蝗虫活动的踪迹辗转到了黄河入海口处。
他发现在浩渺的河口上分布着大小孤岛的淡影。他提出上岛去调查。当地
干部担心他们会发生意外，再三劝阻。邱式邦一心想要取得充分的资料，
还是乘船上了岛。这个芦苇丛生的荒岛竟是蝗虫的世界。他一头钻进芦苇
丛便选点观测。一面默记着自己跨出的步数，丈量土地面积；一面盯着被
惊飞的蝗虫计数，推算着蝗虫的密度。同时，还搜集蝗虫喜欢吃的植物。
在岛上，他得到了治蝗所必需的实测数据。

车辘辘在惠民、垦利、沾化、利津、无棣等县滚动了近一个月。以往
治蝗不能根治的原因终于找到了。主要是没有全面、准确地掌握蝗情，抓

芦苇丛生的荒岛竟是蝗虫的世界

三龄蝗蝻

不住有利的时机。飞蝗的大本营主要在湖滨、海滩、孤岛地带，多为荒原。人们治蝗往往忽略了这些地方，只在村庄、农田附近扑杀。这边治，那边来，防不胜防。邱式邦得到了结论，应该把蝗虫消灭在孵化孳生地。而且，三龄以前的幼虫最好消灭。它们发生面积小，密度大，活动能力差，抗药性弱，因而药杀、扑打都最为经济。如果抓不住这个有利时机，过早或过迟就事倍功半，浪费人力、物力和财力，不能根治蝗害！

　　找到了症结，很快就有了治理的办法。邱式邦提出，必须抓住预测预报蝗情这个关键环节，事先掌握哪些地方有蝗情，面积有多大、孵化到了哪个阶段。看准三龄前的幼蝻（蝗虫的幼虫叫"蝻"）期。在这一时机喷药、撒毒饵、扑杀，就能收到事半功倍的效果。但是，要做到这一步，先要有一套群众容易掌握的蝗情侦查技术。

　　为了尽早摸索出一套简便而切实可行的侦蝗技术，他们首先要做的工作是识别各种蝗虫和它们各龄期幼蝻、卵块的形态特征。这要做远途普查、采集分类、人工饲养、掘地寻卵的研究。邱式邦决心跟蝗虫"泡"上，穷追不放！

　　人们形容蝗虫是"海陆空"三位一体。蝗蝻在陆地上行进，一蹦二尺远；下水，一次能游两小时跨江越湖；长翅膀后，结队远飞，日夜兼程，从苏北洪泽湖能飞到江南溧水。蝗虫活动能力这样强，邱式邦却凭两条腿跟着跑。他背着水壶和干粮，不避风雨寒暑，从早到晚踩着苇茬、茅丛和马鞭草，紧盯蝗虫不放，研究蝗虫起落、取食、产卵等习性。他在野外累得浑身散了架，回到住处还得同助手及时将捉来的一笼笼蝗虫制成标本，有时连饭也顾不上吃。

正当他们紧张工作的关键时刻，大雨昼夜下个不停。附近的徒骇河突然暴涨决口，洪水吞没了田野、村庄。他们的住处由于地势较高，成了洪水中的孤岛。这样好几天，因为无法出去吃饭，就让人隔水往窗户里投进一些馒头充饥。就是在这样的环境中，邱式邦和李光博还在坚持实验和观察滨湖蝗区秋蝗活动的规律。

为了查明埋在土层中的蝗卵的情况，他们从烈日烤裂的盐碱地皮到白霜铺满的荒野，不断挥锹挖坑，铲土筛卵，计算虫卵的密度。他们手上磨出的血泡破了，染红了锹把。有的地区，10 亩大的地上就挖了十几个均匀分布的四尺见方的土坑。他们用双手的老茧换来了蝗卵分布规律的重大成果。

邱式邦眼窝塌陷，眼球上布满了红丝，终于如期研究出了以查卵、查蝻、

喷药灭虫

查残余成虫（简称"三查"）为中心的蝗情侦查技术，绘制了蝗区常见的各类蝗虫的识别图，拟定了有关蝗情的测定、统计法和测报地图绘制法。

有了"三查"技术，蝗情就容易被看清认准了，就可以抓住时机，有效地消灭蝗蝻。于是，邱式邦提出将"三查"技术交给群众，在蝗区建立长期侦查测报队伍，逐级建立有固定人员的组织，构成完整的情报网。

蝗情侦查技术和测报组织大显神威，很快就根治了蝗群的"飞来横祸"。东亚飞蝗遭到了毁灭性打击，数千年中华蝗患史宣告基本结束。从此，我国水、旱、蝗三大自然灾害少了一害！

撰写于 2016 年 5 月 26 日

大 雁 情

——谢希德和曹天钦先生的生死恋

▋ 桂湖情缘

"雁飞曾不度衡阳，锦字何由寄永昌？三春花柳
妾薄命，六诏风烟君断肠。曰归曰归愁岁暮，其雨其
雨怨朝阳。相闻空有刀环约，何日金鸡下夜郎"；

"青山隐隐遮，行人去也，羊肠鸟道几回折？雁
声不到，马蹄又怯，恼人正是寒冬节。长空孤鸟灭，
平芜远树接，倚楼人冷阑干热"。

这两首凄婉动人的诗词是明代才女黄峨所作。她
的丈夫杨升庵（名慎），官至翰林修撰，因刚直不阿
获罪嘉靖皇帝，被廷杖两次并发配云南永昌卫（今云
南保山），一去37年，至72岁时老死边疆。杨升庵
被充军云南后，黄峨为他主持家政、孝敬公婆、哺育
子侄，从此两人未曾见面。黄峨日日盼望夫君遇赦归
来，写下了许多令人肠断的诗句。这一等就是30多年，
盼来的却是杨升庵去世的消息。她满目凄凉，不顾年
老体衰，徒步奔往云南，安葬丈夫。想到当时黄峨的
悲苦情景，催人泪下！后人为了纪念他俩，在四川成

都桂湖建有"升庵祠"和"黄峨馆"。

上述两首词里都提到了"雁"。古诗词中写有鸿雁的很多，如："雁尽书难寄，愁多梦不成"（〔唐〕沈如筠），"雁过也，正伤心，却是旧时相识"（〔宋〕李清照），"困倚危楼，过尽飞鸿字字愁"（〔宋〕秦观），"巫峡啼猿数行泪，衡阳归雁几封书"（〔唐〕高适）等，多与爱情和思念有关。古人之所以钟情于鸿雁绝非偶然，那是与雁的动物行为有关。

雁是候鸟。它们每年春分后飞往北方，秋分后飞往南方，南来北往，象征着"信使"。据《汉书·苏武传》载：汉朝苏武出使匈奴，被单于流放到北海牧羊。19年后，汉使来，单于诡言苏武已死。随苏武一起出使匈奴的常惠，想一计，使汉使言于单于：天子射一北来大雁，雁足系一信，上书苏武在北海放羊。单于大为惊奇，遂让苏武回汉。后人把此事称为"雁足传书"或"鸿雁传书"。

雁是情鸟。它们恪守一夫一妻制，配偶一旦伤亡，终生不再娶嫁，是一种忠贞的禽类。

■ 石钟山的雁 [①]

石钟山的村头有一只孤雁在上空盘旋，鸣声凄冷。秋天了，正是大雁迁徙的季节，一排排一列列的雁阵，在高远清澈的天空中，鸣唱着向南方飞去。人们不解的是，为什么这只孤雁长久地不愿离去。

人们在孤雁盘旋的地方发现了一群鹅，接着人们在鹅群中看见了一只受伤的母雁。她的一个翅膀垂着，翅膀的根部在流血。她被猎人的子弹射中，没有能力飞行了，于是落到了地面。她高昂着头，冲着天空中那只盘旋的雄雁哀鸣着。她的目光充满了绝望和恐惧。

天色近晚了，那只孤独的雄雁留下最后一声哀鸣，犹豫着向南飞去。

---

① 原载于"百度百科"（摘要）

大雁南飞

受伤的母雁目送着远去的丈夫，凄凄凉凉地叫了几声，最后垂下了那颗高贵美丽的头。

这群鹅是张家的。张家白白捡了一只大雁，喜出望外，要把她留下来，当成鹅来养，让她下蛋。张家的男人和女人小心仔细地为她受伤的翅膀敷了药，又喂了她几次鱼的内脏。她的伤就好了。张家为了防止她再一次飞起来，剪掉了她翅膀上漂亮而又坚硬的羽毛。当肩伤不再疼痛的时候，她便开始试着飞行了。这个季节并不寒冷。如果能飞走的话，她完全可以找到自己的家族，以及丈夫。她在鹅群中抖着翅膀，做出起飞的动作，刚刚飞出一段距离，便跌落下来。她悲伤地鸣叫着。她不知道此时此刻同伴们在干什么。她的耳畔依稀还回响着丈夫的哀鸣，她的眼里噙满了绝望的泪水。她在一天天地等，一日日地盼，盼望着自己重返天空，随着雁阵飞翔。终于等来了春天。一列列雁阵又一次掠过天空，向北方飞来。

她仰着头，凝望着天空掠过的雁阵，发出兴奋的鸣叫。她终于等来了自己的丈夫。丈夫没有忘记她，当听到她的呼唤时，毅然地飞向她的头顶。丈夫又一次盘旋在空中，倾诉着呼唤着。她试着做飞翔的动作，无论她如何挣扎，最后她都在半空中掉了下来。她彻底绝望了，不再做徒劳的努力。她美丽的双眼里蓄满泪水，悲伤地冲着丈夫哀鸣着。

她试着做飞翔的动作

张家的男人说:"这只大雁说不定会把天上的那只招下来呢。"女人说:"那样的话,真是太好了,咱们不仅能吃到大雁蛋,还能吃大雁肉了。"张家把鹅群和她赶进了自家院子里,空中的那只大雁仍在盘旋着,声音凄厉绝望。不知过了多久,这凄厉哀伤的鸣叫消失了。

第二天一早,当张家的男人和女人推开门时,他们被眼前的景象惊呆了:两只雁头颈相交,死死地缠在一起。他俩用这种方式自杀了,僵直的头仍冲着天空,那是他们的梦想。

雁泪

笔者有一位文友——周竞先生,他生活在陕西大秦岭,写作了很多秦岭动物的故事。年前,他寄来了红旗社出版的著作《动物王国的斗争》,其中有一则故事《雁泪》,谈到了令人感动的雁的行为。

周竞从小就随着父亲在秦岭打猎。一天,他躲在湖畔草丛中用火铳打死了一只母雁。公雁冲向湖畔,想挽救濒死的母雁。小周竞再次开枪,没有命中,但火铳喷出的火焰烧伤了公雁头颈的绒毛。不久,他发现这只落单、受伤的雁,当了雁群的守卫者。小周竞很熟悉这群大雁的生活习性。

某天晚上，他又躲进草丛观察雁群，雁群正在湖里休息，那只受伤的雁站在岸边土墩上，昂头守望着。草丛中悄悄出现了一只狐狸。机警的守望者发出了告急的鸣叫，雁群腾空起飞，盘旋观察着。狡猾的狐狸隐身而退。大雁们未见异状，就下落接着休息了。如此重复了三次，大雁们再也不信守卫者的警告了。当狐狸再度现身时，受伤的孤雁哀鸣着毅然扑向狐狸，用自己的生命换取了同伴的安全。可敬的大雁啊！在你们的 DNA 里倒是保留了"杀身成仁"的遗传因子。

可是，身为万物之灵的"人类"，或许在这"权钱至上""物欲横流"的社会里已经泯灭了天性。"爱情"与"婚姻"似乎已沦为一场"交易"。据 2009 年统计：北京的离婚率为 20.6%；上海的离婚率为 23.9%，留下了许多可怜的"单亲"孩子。

然而，在笔者熟悉的科技界却留下了不少可歌可泣的爱情故事。

■ 曹天钦和谢希德的生死恋

谢希德、曹天钦相识于 1932 年北平燕京大学附中，他俩是班上功课最好的两位。他俩的父亲原先都是燕京大学的教师。是年，谢希德的父母都去了美国。因此，曹天钦对比他小一岁的谢希德像大哥似的常常关照着。少年时代种下的友情，深深埋在他们各自的心底。

抗日战争爆发的时候，谢希德还没有读完高中，由于父亲工作的变化。她随全家先到武汉，后又迁至长沙。1938 年夏天，谢希德在福湘女中以全校第一的好成绩毕业了，并考入了湖南大学物理系。此时，她的股关节开始感到疼痛，经诊断，患了股关节结核。她不得不含泪告别了那所尚未谋面的校园。其时，正在北平读大学一年级的曹天钦，从谢母给自己母亲的信中得知了谢希德的病情。他从心底同情娇小多病的谢希德，决定尽自己所能给予谢希德精神上的支持，帮她早日战胜病魔。于是，曹天钦生平第一次给一个女孩写了一封长信。

　　躺在病榻上，深感痛苦与寂寞的谢希德，接到曹天钦千里之外寄来的信时，惊喜交集。她没想到曹家那个只大自己一点点的童年小友会如此关怀备至，在自己最困难之际送来了诚挚的帮助。曹天钦信中的鼓励，使她增添了与疾病抗争的勇气。

　　时光在书与信的陪伴下穿梭而过，谢希德患病后休学整整4年。4年的两地书，让两个青梅竹马的挚友变成了一对莫逆相交的恋人。爱情的神奇力量在谢希德身上发生了意想不到的变化，这个娇小纤弱的姑娘终于离开病榻站了起来。1942年，在长汀，谢希德如愿以偿地考入厦门大学物理系，圆了她的物理梦。1944年，曹天钦以优异的成绩从燕京大学毕业了，当了英国著名科学家李约瑟在中国进行考察的一名翻译。1946年，曹天钦获得英国文化委员会的奖学金，即将去剑桥大学深造。临行前，他决定去探望分别了10年的谢希德。春光明媚的4月，在福建长汀，一对饱经别离之苦的恋人终于相见了。此时，谢希德刚好从大学毕业，已经成为一个落落大方的知识女性。在父母的同意下，谢希德和曹天钦订了婚。两个年轻人相约，当他们都学有所成时，再建立一个幸福的小家庭，生生世世永不分离。

　　当谢希德挥着手中的丝巾将未婚夫送上飞赴英国的班机时，一对倾心相爱的恋人又开始了长达6年的再次别离。一年以后，谢希德也前往美国留学。时局的变化令人难以预料，就在他们留学期间，中华人民共和国成立了，更加激励了谢希德和曹天钦早日报效祖国的决心。然而，不久，朝鲜战场硝烟弥漫，美国政府下令，在美的中国理工科留学生一律不准回国。曹天钦果断做出决定，让谢希德转道英国，然后两人一起返回祖国。在国际友人的帮助下，刚刚获得博士学位的谢希德带着简单的行装和曹天钦给她的2000多封书信，几经辗转，终于在1952年5月到达伦敦。在异国他乡，这对相恋多年的情人举行了俭朴的婚礼。从此，他们休戚与共，携手迎接命运的一次次挑战。

1952 年 8 月，谢希德和曹天钦踏上了归国的征程，经过近两个月的海上旅途，抵达上海。曹天钦在上海生理生化所工作，谢希德到复旦大学任教。夫妻二人举案齐眉，生活中自有说不尽的情趣。

1956 年 3 月，一个新的生命降生了，儿子的问世，给谢希德和曹天钦的生活增添了新的欢乐。恰在此时，周恩来总理亲自主持制定了新中国12 年科学发展规划，国家急需一批物理学专家会师北大培养高尖技术人才，谢希德被点将调入北京，她和曹天钦又一次面临着长期的两地分居。望着嗷嗷待哺的婴儿和过度操劳的丈夫，谢希德心里有说不出的依恋。然而，祖国的呼唤又牵动着她的心弦。曹天钦理解妻子，他说："你放心去吧，家里交给我，我不会让孩子受委屈的。"望着自小就像兄长般爱护自己的丈夫，谢希德眼眶湿润了，她打点行装，毅然北上。在曹天钦又当爹又当娘的两年多里，谢希德在千里之外的首都，为新中国的微电子学发展呕心沥血。紧张而繁重的工作，终于使她那原本就娇弱的身躯难以承受。一天，谢希德突然昏厥。她被诊断为患了肾结石，心脏的情况也不好。为了做手术，谢希德又回到上海，回到了她所挚爱的丈夫和儿子身旁。

命运似乎要加倍地考验这对恩爱夫妻，正当谢希德身体状况好转、夫妇俩在事业上各有所成的时刻，一场更大的灾难又袭击了这个和美的三口之家。

1966 年初夏，一纸可怕的诊断证明递到了曹天钦手中，谢希德患了乳腺癌。曹天钦忍着泪水把妻子送进手术室的时候，俯身向妻子说了许多的话。此刻，爱的深情、盼的期望、搏的力量，全融于他紧紧地握住妻子纤细小手的宽厚掌心内。"一定要挺住。"他一字一顿地最后嘱咐着，仿佛躺在他面前的还是 20 多年前那个患股关节结核的病弱女孩。

手术成功了，谢希德在曹天钦的爱抚照料下身体逐渐康复。然而，谁也没有料到的"史无前例"的运动正以排山倒海之势从北京袭向上海。由于曹天钦早年给李约瑟当过翻译，由于李约瑟在谢希德和曹天钦执意回归祖国的关键时刻助过一臂之力，这对当年历经千辛万苦才遂报国之志的科学家夫妇，此时却成了特嫌分子。"造反派"冲进曹家，把刚刚做完手术两个月的谢希德和丈夫牵来拉去、三天两头批斗，此后几年，他们吃尽苦头，家无宁日。最让夫妇俩痛惜的是，他们珍藏了几十年的数千封两地书，都在这场"浩劫"中被焚之一炬。

运动升级了，曹天钦和谢希德分别被关进"牛棚"。不是为了理想和选择，不是响应祖国的呼唤，人为的灾祸迫使这对夫妻不得不再次别离了4个春秋。

不知是意志驱退了病魔，还是爱情创造了奇迹，谢希德靠着坚强的意志和与丈夫共度漫漫人生的信念，在与癌细胞的拼搏中又占了上风。

科学的春天到来后的 1980 年，谢希德和曹天钦同时当选为中国科学院学部委员，夫妻俩各尽所能，开展研究、带研究生、进行国际交流……他们很累，但很开心。然而不幸再次降临到这对饱经离难的夫妇头上，由于"浩劫"时期遭受的"坐飞机"、挂牌子、砍脖子等非人待遇，曹天钦的身体受到了极大伤害。1987 年，他在以色列参加国际生物生理大会时突然跌倒在地。曹天钦成了植物人。谢希德满怀悲苦，然而，她挺住了。每天，她从躺在病榻上的丈夫的默默眼神中，汲取了一种生的力量。曹天钦在谢希德的精心呵护下又活了8个年头。1995 年 1 月 8 日，曹天钦走了（享年 74 岁）。但是，对于谢希德来讲，曹天钦的音容与思维，永远与她同在。2000 年 3 月 4 日，谢希德带着对曹天钦的思念也走了（享年 79 岁）。

愿他俩在天国相逢相拥、快乐安详！愿天下有情人都成眷属，相濡以沫、白头偕老！

撰写于 2011 年 2 月 16 日

科学与文学结合的典范

——纪念贾祖璋先生逝世 15 周年

今年①是贾祖璋先生逝世 15 周年。我谨向贾先生致以崇高的敬意与深切的悼念。（贾祖璋先生是著名的科普作家。早在 20 世纪 30 年代，他就已是中国科学小品的开拓者之一，60 多年笔耕不止。他的作品以多姿多彩的文学形式，生动活泼地传播以生物学为主的科学知识，实现科学与文学的联姻。他的科普作品对普及科学知识，激发人们的爱国主义思想，增强民族自尊心、自信心和凝聚力，起到了潜移默化的作用。他以绚丽多彩的自然界为描述对象，把丰富的科学知识，历史知识和文学知识融为一体。用生动的独具风格的科学小品体裁，向读者描绘了奇妙的生物世界中的种种珍闻趣事。其代表作有《花儿为什么这样红》《鸟与文学》《蝉》和《南州六月荔枝丹》等。）

我与贾祖璋先生认识较早，那是在 1978 年于上海浦江饭店举行的"全国科普创作座谈会"上；1979 年中国科普创作协会成立，贾先生是首届理事会的副

---

① 作者写这篇文章的时候是 2003 年，此时正值贾祖璋先生逝世 15 周年之际。

理事长，虽然我在当时是副秘书长，但与贾先生的接触并不多；1981年，我受中国科普创作协会的委托主持编辑了《新长征优秀科普作品奖选集》，那时就以贾祖璋先生的获得一等奖的作品《花儿为什么这样红》作为书名，寓意科普创作的花儿越开越红，因而对贾祖璋先生的作品有所认识；真正认识到贾祖璋先生的科普创作的全貌及其精神还是在去年[①]6月中国科普作家协会和福建省新闻出版局联合召开的"贾祖璋全集出版座谈会"期间。我深深地为贾先生勤奋耕耘的一生及其高尚的道德风范所感动。

贾先生是我国科普创作事业的先驱。他的作品文理交融、富有哲理，蕴含着丰富的科学精神。

当前对科学精神的含义是众说纷纭、智仁互见。我曾把它归纳为"求真、务实、无畏、创新"八个字。求真是勇于探索、追求真理；务实是崇尚事实、实事求是；无畏是不怕权威、不避艰险；创新是继往开来、推陈出新。这四个词组是互为因果的：求真——科学精神的核心；务实——科学精神的基础；无畏——科学精神的前提；创新——科学精神的目的。

在贾先生的作品中，无论是科学小品还是科普短文都讲究科学规律、讲求真实准确，洋溢着求真的精神。

他的作品的特点是，在科学继承的基础上，辅以亲身实践，充满着务实的精神。

贾祖璋先生的主业是编辑。作为一名编辑，我是深有体会的。他在完成本职工作的前提下，在科普创作上能得到这样非凡的成就，是要有坚韧的毅力和艰辛的努力的，只有具有无畏精神的人才能做到。

贾先生科普创作的创新是，用古代文学作品中对自然的观察与描绘来考证和论述生物的生态和行为。他把科学与文学紧密地、有机地结合起来，在文中谈天说地、涉古论今、借物抒情、挥洒自如，到了炉火纯青的地步。

---

① 此文作于2003年，因此文中的"去年"即指2002年。

他的作品既有科学知识又有文学情趣，真正做到了科学性、思想性、艺术性的完美与统一。

在《科普创作概论》中说到"科学小品"时，有这么一段话："在科学小品中，文学是为科学的目的服务的，但是这种服务绝不仅是赋科学内容以文学形式，而且是赋科学以美学的理想。也就是说，在这里不仅是科学内容与文学形式的结合，科学内容也具有文学的意义，符合文学的要求，文学和科学一样，都是我们认识世界的眼睛。科学与文学能够各自从不同的侧面向纵深开拓，发挥着认识同一事物的特殊功能，互相补充。"我想，这段话是对贾祖璋先生作品的最适当的写照和评价。

文学家臧克家说："大自然是雄伟壮丽的、无始无终的，人类与大自然的关系，是亲热而又冷酷、矛盾而又统一的。研究大自然，参透它的奥妙，是科学家的任务；描绘大自然，表现大自然，是文学家的事情。"

科学家和文学家是天然的同盟军。他们从不同的立场和用不同的方法，各自而又协同地研究和描绘着绚丽多姿、五彩缤纷的大千世界。而科普作家则是兼两家之所长，融会运用逻辑思维和形象思维，生动地描绘和传播自然知识和人文精神的专门家。

贾祖璋先生就是这样的大师。他是我们学习的楷模。

撰写于 2003 年 1 月 26 日

建筑大师的悲喜人生
——梁思成与林徽因的故事

中华民族的优秀儿女——建筑大师梁思成曾说过："建筑是一本石头的史书，它忠实地反映着一定社会的政治、经济、思想、文化。"他怀着对祖国母亲深沉的爱，为解读中华古代建筑艺术的奥秘，"曾历经坎坷而终生不渝；虽身陷罹难但至死无悔"，酿成了他可歌可泣的悲喜人生！

梁思成是中国古代建筑历史与理论学科的开拓者和奠基者。

他研究出版了我国第一本以现代科学观点和方法总结中国古代建筑构造做法的读物《清式营造则例》；他编写了我国第一本《中国建筑史》；他撰写了我国第一本英文版《图像中国建筑史》，使中国建筑在国际上闪耀着灿烂的辉光；他创办了我国第一个建筑系；他和爱侣林徽因发现并考察了中国现存的最古老的木构建筑——山西五台山佛光寺……

■ 喜逢佛光寺！

日本人曾断言，中国已不存在唐代以前的木构建

五台山佛光寺大殿模型

筑，要观光唐建木构建筑，只能到日本奈良去。梁思成却始终有一个信念：国内肯定会存在有关的建筑物。《敦煌石窟图录》给了他启示。他发现第61号窟的宋代壁画"五台山图"中绘有大佛光之寺；后来，他在北京清凉山寺找到了有关大佛光寺的记载。1937年6月，梁思成和林徽因刚从西安返京，立即与同事们结伴奔赴五台山，探寻大佛光寺。

佛光寺大殿魁伟整饬，从建筑形制特点判断，超长的屋檐、硕大的斗拱、柱头的卷刹、门窗的形式处处可以证明是唐代建筑。他俩判断这座建筑绝不晚于宋代。宽广的大殿内，在一个大平台上有一尊高大的菩萨坐像，侍者环立，有如仙林，而平台左端，却坐着一位真人大小的便装女人。在仙人群中，她显得渺小与猥琐。和尚们说，这是篡位的武后。为取得确凿的年代证据，林徽因爬到殿顶探视。藻井内黑暗无光，梁檩上盘踞着千百成群的蝙蝠、木材中聚集着上千成万只臭虫，秽气扑鼻、奇痒难耐。素爱整洁的她，在如此恶劣的环境中，终于发现在大殿梁下写有"佛殿主女弟子宁公遇"字样。费了三天时间，读完隐藏在四条梁下的题词全文；然后和殿外台阶前、经幢石柱上刻文对照，证明大殿建于唐大中十一年（公元857年）。这次考察的结果，与以前发现的最古老木结构建筑比较，还要早 127 年。

于是，他们明白了：那位身着便装、谦恭地坐在平台一侧的女人，并非和尚们所说的"武后"，而正是施主宁公遇本人。宁公遇是古代出资建殿的女施主，林徽因是发现她的现代女建筑家。古今两位名垂青史的女性相逢于佛光寺，岂非天意！

佛光寺是我国自己发现的第一座唐代建筑。他们察看、照相、测绘，详尽记录了整个建筑群。梁思成和林徽因沉浸在狂喜之中。此时此刻，或许是他俩一生中最为欢乐、幸福的时光！

▌ 在流亡中成为宗师！

苦难的人生啊！为什么欢乐总是那么短暂？正当他们离开五台山到代县休整时，从太原带过来的报纸上赫然在目的是"日军猛烈进攻我平郊据点"，战争爆发已有一周。七·七事变——1937 年 7 月 7 日，这个刻骨铭心的日子是中国人民的苦难之日、耻辱之日。此后，等待着他俩的日子是：流亡、贫困、疾病……林徽因的肺病一再发作；梁思成的腰背日益佝偻，但他们从未放弃过考察、研究、撰写。梁思成坚信唐诗《闻官军收河南河北》中所说的"剑外忽传收蓟北，初闻涕泪满衣裳。却看妻子愁何在，漫卷诗书喜欲狂。白日放歌须纵酒，青春作伴好还乡。即从巴峡穿巫峡，便下襄阳向洛阳"的日子即将到来。

梁思成带着家人取道天津、长沙，于 1938 年 1 月抵达昆明。在昆明，他们建立了中国营造学社，并在西南地区对中国古建筑进行调查。他们的研究经费，过去主要依靠外国的基金会赞助，抗战后资金来源受到很大影响。梁思成夫妇在贫病交迫的困境下坚持工作，并整理、刊出了学术论文。

1940 年冬，营造学社迁往四川南溪县李庄。这里的气候潮湿，冬季阴冷、夏季酷热。两间竹篾抹泥为墙的陋室，蛇鼠出没于顶棚、臭虫横行于枕席。不久，林徽因结核病复发，病势凶险、卧床不起。李庄无任何医疗条件，梁思成只能兼做护士，打针、喂药。眼见妻子在痛苦中挣扎，他从心底里呼喊着："神啊！假如你真的存在，请把我的生命给她吧！"只要病情有所好转，林徽因就硬撑着读书做笔记，帮助丈夫做撰写《中国建筑史》的准备工作。她睡的小小行军帆布床周围，堆满了中外书籍。

1944 年《中国古代建筑史》终于诞生了。这部著作总结了中国古代建筑发展的历史、规律和特点，并与西方建筑比较，从政治、经济、文化等方面进行了科学的分析，其学术水平达到了空前的高度。然而，梁思成衰老了，林徽因也难以康复了。医生悄悄告诉他，林徽因将不久于人世。国外的朋友力劝他们接受美国一些大学和博物馆的邀请，去美国工作和治病。梁思成复信说："我的祖国在苦难中，我不能离开她；假使我必须死在刺刀或炸弹下，我也要死在祖国的土地上。"他俩是用生命的光与热谱写了祖国的建筑史！

梁思成曾说："如果我从李白、杜甫、岳飞、文天祥这些伟大的民族英雄那里继承了爱国主义思想，而徽因除此以外，比我更多地从拜伦、卢梭等伟大的诗人、哲学家那里学习了反侵略、反压迫的精神。她对祖国的爱，是怀着诗人般的浪漫主义色彩的。"

1946 年 10 月，梁思成受邀到耶鲁大学讲学；其间，又完成《中国雕塑史》的撰写，把中华文化的瑰宝展示在国际学术界面前。梁思成的调查研究、分析、总结，使过去处于混沌状态的中国古代建筑，清洗了蒙尘，显露了它故有的风采。为此，美国东亚问题专家，曾任美国驻中国大使馆文化参赞的费正清，对此给予高度评价。他说："在我们心目中，他是不怕困难、献身于事业的崇高典范"，"对中国文化的理解做出了宝贵的贡献"。英国李约瑟博士在他的《中国科技发展史》中，多处引用梁思成的著作。他称梁思成是研究中国古代建筑的宗师。

梁思成虽然从 1930 年到 1945 年，把主要精力放在了中国建筑史的研究上，但他的视野从没有局限于古建筑的研究。他始终关注我国新建筑的创作及城市规划与自然环境关系这一新学科的进展。这是他与我国其他建筑史学家的不同之处。

辉煌与悲壮！

1948年，国民党动员北京的大学教授去台湾，梁思成坚持留下等待解放。年底，清华园先解放了。梁思成连夜把北京城重要的古建筑标注在地图上，由中央发给准备攻城的解放军。后来，傅作义接受了和平解放的条件，北京城内的古建筑得以保护。

中华人民共和国成立后，梁思成的头上也曾有过不少耀眼的光环……

第一、二、三届全国人民代表大会代表，第三届全国人民代表大会常务委员，北京市人民委员会委员，北京市政协副主席；北京市都市计划委员会副主任，北京市城市建设委员会副主任；中国科学院学部委员（院士的前身），中国科学技术协会全国委员会委员，中国建筑学会副理事长；中国文联全国委员会委员；中国建筑研究所所长、清华大学建筑系主任和建筑研究所所长。

他与林徽因也曾为新中国的建设作出过不少卓越的奉献……

梁思成担任过中央直属修建处（建筑工程部前身）顾问；他主持了人民英雄纪念碑的设计工作；他与林徽因主持了国徽图案的设计工作；他主持设计了在扬州的鉴真和尚纪念堂，这一仿日本奈良唐招提寺的唐代式样建筑，获得了全国优秀建筑设计一等奖；他在清华大学创建了建筑系，培养了一大批全国知名的建筑师，他的不少学生主持了全国著名的建筑设计，如1959年的北京十大建筑工程；他领导的科学研究集体，因为在"中国古代建筑理论和文物建筑保护"这个领域取得突出成就，1987年，被国家科学技术委员会授予国家自然科学奖一等奖。

林徽因在肺部布满空洞、切除一侧肾脏、结核杆菌肾肠转移的身体状况下，以惊人的毅力与助手们一起研究设计出适合景泰蓝生产工艺的造型、图案和配色，拯救了濒于衰亡的民族工业。当苏联著名芭蕾舞演员乌兰诺娃接过林徽因设计的景泰蓝礼品时，高兴地说："这是代表新中国的新礼品，真是美极了！"

林徽因是半卧在床上，伏在一张特制的小桌上，完成这些设计工作的。那时，她一天只吃二两饭、睡眠四五个小时。她是在与生命进行竞赛啊！今天，我们仰望着庄严的国徽、观赏着艳丽的景泰蓝，人们也许不会想到，给她戴上"民族英雄"的桂冠；但是，这位坚强的纤美的女性却同样以生命为代价，唤起了炎黄子孙的民族自豪感！1955 年 4 月，林徽因告别了尘世，享年 51 岁。

在新政权下，由于梁思成身上存在的两个特点，在特定的历史背景中，决定了他将从不断的磨难中走向劫难……直到生命的尽头。他和林徽因一样，没能等到改革开放的新时期。

1. 梁思成的专长是建筑艺术，涉及意识形态，在以阶级斗争为纲、高度集权的年代里，缺乏他生存的空间……

2. 梁思成是一位刚直不阿的科学家。在他身上体现了"天下兴亡，匹夫有责""富贵不能淫，贫贱不能移，威武不能屈"的中国知识分子的优良传统。在"知识越多越反动""打倒反动学术权威"的岁月里，注定了他将遭受的苦难的人生……

新中国成立伊始，毛泽东主席曾对时任全国政协委员、中央人民政府委员的彭真说，他希望从天安门上望去，下面是一片烟囱……梁思成却上书大声疾呼，北京城的建筑规模、文化艺术价值在世界上是独一无二的。北京作为中国的政治文化中心，不能从消费城市转化为生产城市。他总结了欧洲城市建设发展的经验，联合有关人士向中央多次提出保护老北京、另辟新区建设新北京，作为中央人民政府行政区域的方案，这样既能保护古城原貌，又可适应首都的种种需要。他认为保护不是原封不动搁置，而是在不伤原貌的情况下，加以改造。如北京的古城墙可以改造成"10 米或更宽的"空间，变为有花圃和园艺的永久性公园；双层屋顶的门楼和角楼可以建成博物馆、展览厅；护城河及两岸空地可以建成绿色地带，供人们垂钓、划船等娱乐。他认为北京的城墙是民族的珍宝、世界的"项链"。

1948年，梁思成在给解放军的信中第一次讲道：北京是世界上保存最完整、规模最大的古都，是举世无比的，集中表现了中国的传统文化。中国的城市规划，表现了传统的礼制。传统文化中的中轴线讲究左右均衡对称，以故宫为中心，前朝后寝，中轴排列，对称均衡，左祖右社。左边代表祖宗，右边代表社稷。社稷指的是国家。这是《周礼》中就确定的宫殿规划的模式，体现了皇家威严和儒家思想。1951年，他在《新观察》杂志上发表的《北京——都市计划的无比杰作》，更对北京城的建筑艺术价值作了集中描述："北京是在全盘的处理上才完整地表现出伟大中华民族建筑的传统手法和在都市计划方面的智慧和气魄。这整个的体形环境增强了我们对于伟大祖先的景仰，对于祖国的热爱……一条长达8公里、全世界最长也最伟大的南北中轴线穿过了全城，北京独有的壮美秩序就由这条中轴的建立而产生，前后起伏、左右对称的体形或空间的分配都是以这中轴为依据的，气魄之雄伟就在这个南北引伸、一贯到底的规模。"

守住老皇城，留住老北京

但是，这个方案没有被最高领导赏识，并遭到苏联专家的反对。苏联专家认为：北京作为社会主义国家的首都，应当发展成为一个工业大城市，建议政府中心设在天安门广场周围及东西长安街。为了北京的规划，梁思成竟然和彭真争得面红耳赤。他对彭真说："在政治上你比我先进五十年；在建筑上我比你先进五十年。"

于是，梁思成的方案被指责为与苏联专家"分庭抗礼"、与毛主席"一边倒"方针背道而驰。

于是，在全国范围内开展了对"以梁思成为代表的资产阶级唯美主义的复古主义建筑思想"的批判运动，开了以运动方式来处理学术问题的先例。

20 世纪 50 年代，北京城在建设发展中把城墙、牌楼、塔楼、碉楼大部分拆除了，护城河消失了。在北海大桥的扩建中，还计划把团城拆毁。梁思成恼火了，找了周恩来总理，经过总理与梁思成等人的现场勘查，才把团城保留了下来。

事后，梁思成说："现在没有人相信城市规划是一门科学，但是一些发达国家的经验是有据可查的。早晚有一天你们会看到北京的交通、工业污染、人口等会有很大的问题。我至今不认为当初对北京规划的方案是错的。"不幸而言中。不仅如此，正如陈志华在《我国文物建筑和历史地段保护的先驱》中所言"个人的记忆是不足道的。但是，民族的记忆不能没有实在的见证，民族的感情不能没有实在的依托。这种记忆和感情，同样牵连着民族的命运。对这种见证和依托的需要，就是文物建筑保护的根据。"

1955 年，梁思成多年来不懈地为党工作和在他看来是同失误的斗争，把他带到了衰竭的边缘。他心力交瘁，住院时发现染上了肺结核。

1964 年世界各国建筑学者会聚意大利威尼斯，研究城市发展与古城保护问题。提出老城与新城不要混在一起，这就是有名的"威尼斯宪章"。这些原则实际上梁思成在 20 世纪 30 年代就提出来了。有人说梁思成保护古建筑的主张是"向后看"，实际上他是向前看，而且很有预见性。

以后，等待着梁思成的是不断的苦难……在反右扩大化时，他曾受到冲击；在经济困难时期，他也过着艰苦的生活；在"文化大革命"中，他作为反动学术权威被批判、斗争。但这些磨难并没有改变他对祖国的忠诚。他一心盼望台湾回归祖国大家庭，实现海峡两岸的统一。临终的日子里，他曾含泪动情地背诵陆游的诗句："王师北定中原日，家祭无忘告乃翁。"

1966 年，暗无天日、颠倒黑白的"十年文革"浩劫开始了。清华园建筑系馆门口，贴出了醒目的大字报"揪出黑市委藤上的大黑瓜梁思成！""梁思成是彭真的死党，是混进党内的大右派！"。

建筑大师梁思成，佝偻着瘦小、憔悴、病弱的身子，头上戴着和身体等长的高帽，胸前挂着沉重的"反动学术权威"的大黑牌，目光里透露出强烈的屈辱与羞愧，蹒跚着、趔趄着，被"红卫兵"推来搡去，经历了无数次残酷的"批斗"、游街，无数次的"交代罪行""写检查"。

在如此惨无人道的折磨中，梁思成却斩钉截铁、掷地有声：

"我所唯一可奉献给祖国的只有我的知识，所以我毫无保留地将我的全部知识献给中国未来的主人——我的学生。没想到因此我反而成为社会主义建设的罪人。""如果真是社会主义建设的需要，我情愿被批判、被斗争，被'踏上千万只脚'，只要因此我们的国家前进了，我就心甘情愿。到国外去？不！既然祖国都不需要我了，我还有什么生活的愿望？还有什么比这更悲哀的吗？！我情愿死在祖国的土地上，也不到外国去！"

梁思成最伤心的是，他等待着心爱的学生来和他研究讨论，"什么是'无产阶级、社会主义的建筑学'？"。然而，没有一人登门。

当红卫兵勒令梁思成转移到系馆去隔离审查时，他轻轻地仿佛自言自语地对陪伴他共同经历劫难岁月的林洙说："……生当复来归，死当长相思。"林洙强抑着泪水，当着门口虎视眈眈的红卫兵面前，为了鼓励他，念了一首毛泽东诗词："西风烈，长空雁叫霜晨月。霜晨月，马蹄声碎，喇叭声咽。雄关漫道真如铁，而今迈步从头越。从头越，苍山如海，残阳如血。"

在血色迷离的残阳中，梁思成走向了人生的终点！他是带着苦恼走的。因为，虽然他怀着一颗纯真的赤子之心，苦苦求索"无产阶级建筑学"的答案，但是他至死也没有明白，这门社会主义革命的技术科学究竟是什么样的？！他只有无奈地哀叹："如果再让我重头学一遍建筑，也许还会有这样的结论。"

1972 年 1 月 9 日，梁思成离开了这个悲惨世界。享年 71 岁。

撰写于 2012 年 6 月 14 日

微笑人生

——读周嫦教授《微笑面对现实》

前些日子，浙江大学出版社王镨寄来了他最近编辑出版的新书《微笑面对现实》（武汉大学生物系教授、博士生导师周嫦著）。读后，我为周嫦教授在病魔的严峻挑战下，微笑着面对人生的哲理和精神所深深感动。尤其是当读到《遗嘱》一文时，心灵上受到震撼，不禁热泪盈眶、思绪万千（周嫦，1929年生，留苏副博士，武汉大学生命科学院教授，博士生导师，著名植物发育生物学家，为中国科学院杨宏远院士志同道合的终身伴侣，并组成闪光的学术共同体）。

10年前，一个寒风刺骨的冬夜，灾难自天而降，65岁高龄的周嫦突然中风。致命的打击，不仅摧残了她的健康，而且冲决了她的精神堤防。作为一位几十年没有离开过实验室的科学家，科学研究已经成为她生命的一部分。就在发病当天，她还照常活跃在实验室。可是，顷刻之间一切都变了。经过多方治疗，终究还是不能独立行走，右手完全丧失了运动功能，成为终生的残疾老人。

周嫦在大劫之后，经过肉体与精神的炼狱，从极度悲观中挣脱出来，面对残酷的现实，顽强地进行了人生的另一番拼搏——天翻地覆、刻骨铭心的拼搏。终于，她逐渐建立起适应病残晚年的全新精神状态与人生价值观。

正如杨弘远院士在为《微笑面对现实》所作的序言中谈到的："本书是一位老年病患者生活与情感变化的真实记录。作者通过一篇篇发自内心的短文，抒发了她由重病深渊中挣扎出来步入新生活的思想变化——那种恍如从云端落入地狱复又重见光明的体验，只能以'脱胎换骨''破蛹化蝶'来形容。我们读过不少英雄人物与病残斗争的传记故事，但是很少看到普通老年病患者的这类自我叙述，——然而，正是普通病残老人的切身体验，对于其他千千万万普通病残老人更有现实的借鉴意义。"但是，何止是普通的病残老人，对于我们这些与周嫦同时代的健在的普通老人，也一样有着深刻的借鉴和教育的意义。正因为我们与作者是同时代的人，也许就更能理解作者的人生观、价值观，从而引起了强烈的共鸣。

周嫦教授在科研与教育领域里是一位卓有成就的学者；而当她从病魔的黑手中解脱出来，经过思想境界的升华，成为一位大彻大悟的智者，让我们不由自主地肃然起敬！

我想，在当今改革开放的洪流中，全民在物质生活上奔向小康的目的是毋庸置疑一定会实现的。即使它还为一股物欲横流、腐败时行的逆流所歪曲和破坏，我仍然坚信，终究将大浪淘沙，腐败与堕落终将为人民与社会所唾弃！但是，在人文素质上，全民要达到"小康"的目标，相比之下，要艰难得多。或许，这就是我们的党为什么要大力提倡"西柏坡精神""张思德精神"的缘故。

周嫦教授不仅是一位科学家，在大病之后，克服了难以想象的困难，运用她掌握的学识，致力于少儿科普创作，出版了图文并茂的优秀科普读物《冬菊与宝石花——科学家讲故事》[①]，又成为一位科普作家，依然是一个对人民有益的人。"周嫦精神"不是也值得我们科学技术界和科普创作界来提倡吗？！

感谢王锴为我们编辑出版了一本好书。

这是一本激励人们战胜自我、勇于向命运挑战的书。在本书"直面沉疴"这组短文中，作者叙述了自己不甘心在病床与轮椅上度过余生，她顽强地锻炼运用仅存功能的左手，做到了能自己料理饮食起居，进而能用左手写字习画。她不仅练到了能够批改研究生论文、与亲友通信、撰写文章，更让人惊奇的是，竟然用左手画出了一幅幅颇有意境情趣的国画。本书附有16幅彩图。第一幅"花鸟迎春"，枝头上那只翘首引颈、展翅欲飞的小鸟，它向往着的是周嫦的另一个春天呢，还是人民的春天，祖国的春天？最后一幅"落霞晚照"，那西沉的金日、满天的红霞，表达了作者心境，是否是寓意奉献余生、重铸辉煌呢？谁能想到这些画是出于一位从未学过国画的残疾老人的左手。我不能不为之感动！

这是一本鼓舞人们热爱生活、珍惜生命的书。周嫦病后的更大乐趣是观花、种花。她一生爱花，但在过去，花只是她的科学实验对象，而如今则成为她的朋友。花的美丽和高雅给了她莫大的抚慰和享受；花的生机与对逆境的抗争，给了她生活的勇气。在"与花相伴"这一章里，特别是在《冬菊吟》《宝石花——生活中的强者》这两篇代表作中，把她从花中获得的人生哲理和启迪刻画得细腻入微（引自杨弘远序）。她与《音乐作伴》《轮椅走磨山》，游北京、大连、美国，读书、读诗；《珍藏贺年卡》《随缘集邮》，从人文与自然景观中寄托了情思、汲取了力量、开阔了视野。她面对现实，探索自己的晚年道路。

正如杨弘远所说："德靠自修，神靠自养，乐靠自得，趣靠自寻，忧

[①] 《冬菊与宝石花——科学家讲故事》由浙江大学出版社于 2004 年 3 月出版，责任编辑为王锴。

靠自排，怒靠自制，愿与读者在茶余饭后浏览此书时互勉。"

这是一本劝导人们，伴侣、家庭之间相濡以沫、互敬互爱的书。家庭是社会的细胞，每一个家庭建设好了，何愁我中华不能振兴！周嫦教授和杨弘远院士之间的夫妻之情，堪称人间楷模。在本书《情》一文中，我们看到了心力交瘁的院士对夫人的体贴入微；看到了大女儿为母亲自绘的油画；看到了小女儿为妈妈翩翩起舞；听到了外孙儿用幼嫩的嗓音对外婆说："抬起头来"。周嫦还拥有一个由组织、同事、学生、亲友组成的大家庭，他们都真诚地伸出了关爱之手。周嫦是幸福的，因为她有着爱情、亲情、友情、师生情、组织关怀之情。

这是一个虽受到沉疴打击却依然幸福的家庭，一个经历过数十年风霜雨雪仍然屹立的家庭。一个承受多方真诚关怀的家庭必然能顶住命运的挑战，因为这里有情！这情不像小说中描写的那么惊天地、泣鬼神，但却是那种平常、质朴的真情。

莫道世态炎凉，人间自有真情！

还是让我用周嫦自己的话来结束这篇小文吧！"我祝福，老年读者生活宁静、心情愉悦、身体健康！我希望，自己在有生之年还能继续笔耕，写出新的作品。"

我坚信，周嫦教授的目的一定会达到，一定会的！

撰写于 2005 年 5 月 26 日

咫尺天涯皆有缘

——评介甘本祓《生活在电波之中》新版

甘本祓和汤寿根

甘本祓先生30多年前的成名之作《生活在电波之中》^①再版了！说是"再版"，其实不够贴切，因为原书仅有8万6千字，新版增加了《电波的趣闻逸事》，后续部分倒有19万5千字，称之为"新版"较为合适。

---

① 《生活在电波之中》初版由中国少年儿童出版社于1979年11月出版，再版由湖北少年儿童出版社于2011年1月出版。

"新版"似乎发出了一个讯号：侨居美国 20 余年的科普作家甘本祓将重归"故里"——祖国的科普创作界，再度耕耘于神州科苑。

甘本祓是一位专家型科普作家。1937 年出生于四川成都，微波技术专家，高级工程师。1959 年大学无线通信专业毕业后，曾任电子工业部微波通信和卫星通信办公室负责人。后赴美国硅谷工作 20 余年。他热心科普事业，曾先后担任中国电子学会和中国计算机学会的普及委员会副主任。曾参加 1979 年第一届中国科普作家协会代表大会和 1984 年第二届中国科普作家协会代表大会主席团，并任工交科普委员会委员。多年来，他创作的科普图书和散文，总计已超过 1000 万字，广受读者喜爱，并多次获奖。例如：原著《生活在电波之中》获"电子科普优秀作品奖""少年百科丛书优秀读物奖"，《今天的科学》获"少年百科丛书优秀读物奖"；他擅长写作科学散文：如《茫茫宇宙觅知音》获"第二届全国优秀科普作品一等奖"，《谁是电波报春人》获"世界通信年全国通信优秀作品奖"等等。

我和甘本祓结缘于 1980 ~ 1983 年，我在中国科普作家协会会刊《科普创作》杂志社任编辑部主任期间。我曾为他所写的散文《谁是电波报春人》《茫茫宇宙觅知音》，优美的文笔和诗人的情怀所感染。从此，我牢牢记住了"甘本祓"这个名字。一别 20 余年，不知音信，突然，他运用娴熟的"电波"搜索技术，出现在我面前。知音重逢，其乐何如！一杯清茗，促膝长谈，说不尽的话题、叙不完的友情。由此，虽然相隔一个地球，若以"电波"为媒，仍能以夜当昼、并肩抵足，"天涯若比邻"了。

几个月前，收到了他的新版《生活在电波之中》，陆续读完了后续部分的 20 万字，掩卷静思，感慨良多。

在《生活在电波之中》新版中，我看到了他一颗拳拳赤子之心。他身处异邦、心系华夏，"秀才不出门，尽知天下事"，在信息技术发达的今日，已是不争的事实。他关注着祖国改革开放以来，天翻地覆的变化。他热爱祖国的今天，热爱祖国的未来——少年朋友们！请看，他在后记中写道：

"我只是在这里写了关于（我国）通信、广播电视的数据。由它们的拥有量从没有或极少有，从落后于非洲国家，到有或都有，到跃居全球第一。这是一个质的飞跃。从电波应用的这一个侧面，映射了中华民族伟大复兴的步伐。"短短几句话却震动了我！"不识庐山真面目，只缘身在此山中"。或许，我过于看重了开放的艰辛、改革的坎坷，以及工业文明所带来的弊病，从而淡视了神州大地已经呈现的繁荣景象。

在"新版"中，他运用优美的散文诗似的笔触，谈天说地、旁征博引，将电波技术的基本知识、最新发展向少年朋友娓娓道来；仿佛他就坐在您的对面，亲切地、风趣地讲述着种种有关"电波"的饶有兴味的故事。他在《引子》的最后，深情地说："本书以电波的基本知识为经，以电波的趣事奇闻为纬，编织出一幅精彩画卷。奉献给您——祖国的花朵、未来的骨干。"

在"新版"中，他将科学与人文自然地融合在一起。例如，在"让电波传遍全球"这一章中，他讲述了中国人自力更生的"飞天科技史"，包括了实验卫星、遥感卫星、返回式卫星、气象卫星、资源卫星，一直谈到了"皮卫星"——大学研制的微小卫星，以及可以让青少年参加实验活动的"希望一号"小卫星。在解释一些电磁的计量单位时，他穿插介绍了这些单位的来源，例如：安培、伏特、高斯、韦伯、特斯拉等科学家的科研史。后人为了纪念他们的功勋，就用他们的名字作为电磁的单位。

在"新版"中，他叙事、行文疏密有致，该忽略的、粗放的，一两笔就带过了，而细致之处可学习到某些重要的简便的计算方法（地磁要素、卫星轨道），甚至查阅一些数据，如太阳每秒钟辐射了1亿亿吨标准煤，而分给地球的仅22亿分之一，就这么一丁点儿却相当于5百万吨煤，一小时就有180亿吨煤！而人类到目前为止，仍将其中的绝大部分白白浪费了！

纵观全书，他在字里行间透露出对电波、地球、祖国深沉的爱；他将祖国的今天与明天、将电波与亲情紧密地联系起来了！

"我曾经追随先辈的足迹，去探索浩瀚的宇宙，却没有发现哪一个星球最像您；我曾经放开思维的缰绳，去搜寻美好的词句，却不能描述出您那神奇的魅力……我听见您慈祥的声音，向子孙们叮咛：让可见光为你们照明，让紫外线为你们杀菌，让红外线为你们送暖，让无线电为你们传讯……您就是抚育我们人类的慈母，我衷心地感谢您——伟大的地球母亲……"

请允许我唱一首歌《好人一生平安》，作为本文之结束：

有过多少往事，仿佛就在昨天／有过多少朋友，仿佛还在身边／也曾心意沉沉，相逢是苦是甜／如今举杯祝愿，好人一生平安！／谁能与我同醉，相知年年岁岁／咫尺天涯皆有缘，此情温暖人间！

撰写于 2012 年 3 月 15 日

老泪纵横传思念，人生百味涌心田。
咫尺天涯觅知己，深情厚谊在人间。

甘本祓
2017 年 7 月 17 日

科学精神与伪科学

■ 科学精神溯源

　　早在 1894 年的中日甲午战争后，当时许多仁人志士都认为，要挽救中华民族，必须学习西方的现代科学知识，用以扫荡肃清那些旧的、恶的思想。因为一个人对于宇宙的进化、生物的进化没有相当的了解，绝不能有正当的宇宙观、人生观。而我国提倡"弘扬科学精神"并明确提出"科学精神"的概念可以追溯到 1916 年任鸿隽发表的文章《科学精神论》（中国科学社主办的月刊《科学》第 2 卷第 1 期）。他认为，科学精神就是"求真理"，为了求得真理，可以赴汤蹈火、至死不渝。而科学精神有两个要素：一为"崇实"。崇尚事实，凡确立一学说，必须根据事实，归纳各种现象，不可凭空臆造、危言耸听。二为"贵确"。讲求精确，凡事必须寻根究底，不可模棱两可，不着边际，要得到真确的知识，不能没有真确的观察。由此，他认为科学精神是科学发生的源泉。

　　1922 年，梁启超在中国科学社年会上做了题为

《科学精神与东西文化》的讲演。他说："科学精神是什么？我姑从最广义解释，有系统之真知识，叫作科学，可以教人求得有系统之真知识的方法，叫作科学精神。"他认为，科学精神可以分三层意思来说明：第一层是"求真知识"；第二层是"求有系统的真知识"；第三层是"可以教人的真知识"。他认为："凡学问有一个要件，要能传与其人。人类文化所以能成立，全由于一人的知识能传给多数人，一代的知识能传给次代。"

看来，梁启超观点的第一、二层意思是和任鸿隽类似的，都认为科学精神是使科学发生和发展的一种思想基础。第三层意思就有点近似于今天我们所提倡的普及科学知识了。

1941年，竺可桢在《思想与时代》上发表了一篇文章《科学之方法与精神》。他在文中说："近代科学的目标是什么？就是探求真理。科学方法可以随时随地而改换，这科学目标，蕲（祈）求真理也就是科学的精神是永远不改变的。"他认为，据此可以得出科学精神的内涵："一、不盲从，不附和，一以理智为依归。如遇横逆之境遇，则不屈不挠，不畏强御，只问是非，不计利害。二、虚怀若谷，不武断，不蛮横。三、专心一志，实事求是，不作无病之呻吟，严谨整饬，毫不苟且。"

我国的先哲们沉痛地列举了当时中国学术界由于缺乏科学精神而生出的种种病症，如笼统、武断、虚伪、因袭、笃旧、散失等，认为这些病症是使中国学术界思想落后于西方100年的原因。"想救这个病，除提倡科学精神外，没有第二剂良药了。"他们都认为没有科学精神，中华民族是没有希望的。

1950年，温济泽在《中国青年》第35期上的文章《我们应该爱科学》中多次谈到"科学的态度"。他说："什么是科学的态度呢？毛泽东同志说得好，科学是老老实实的学问。科学的态度也就是老老实实的态度，实事求是的态度。有了这种老老实实的态度就可能有创造性。科学所以叫科学，因为它不承认偶像，不怕推翻过时的旧东西，却能很仔细地倾听实践经验的呼声。在实践的过程中，有了新的经验，就能有勇气打破旧传统、旧标准和旧原理，而建立新传统、新标准和新原理。我们用这样的精神来工作，就能使工作不断地向前进展。"温济泽所指的"这样的精神"显然是科学精神。1980年温济泽在《科普创作》第1期上的文章《关于科普创作的几个问题》，以及随后在中国科普创作协会的讲话中多次提到"宣传科学思想和科学精神"。他说："科普作品不能单纯地介绍科学技术知识。当前就是要求能够通过介绍科学知识，鼓舞人们不畏艰险，敢于攻克科学难关和攀登科学的勇气，激发人们向现代化进军的壮志豪情；还要求通过对科学知识的介绍，让人们接受并深刻理解唯物主义和辩证法。""科普作品不仅传播科学知识，还应当宣传科学思想、科学方法、科学道德、科学精神。"他认为我国科技工作者有个光荣的传统："他们有热爱祖国、热爱科学、为祖国献身、为科学献身的精神，以及在科学研究工作中求实、创新、不畏艰难困苦、勇于攀登高峰的精神。我们应当宣传这种精神，把这种精神发扬光大。"而且，他于1984年3月3日在《人民日报》第8版上发表的文章《科普创作和精神文明》中认为"现在科普创作起着两个方面的作用：一方面是有不少科普作品，适应经济建设的需要，介绍具有普遍推广意义的工农业生产知识；另一方面是有更多的科普作品宣传辩证唯物主义和历史唯物主义、爱国主义和共产主义，引导人们特别是青少年钻研科学、探索科学奥秘和攀登科学高峰。"可见在20世纪80年代的科普创作是很关注传播科学思想和弘扬科学精神的。

1979年，周培源在《科普创作》试刊号上的文章《迎接科普创作的春天》中提道："新中国成立以来，广大科学技术工作者，创作和编写了很多科普读物，对宣传辩证唯物主义和历史唯物主义，传播先进的科学技术，普及科学技术知识，以及提高广大干部、工农兵群众和广大青少年的科学文化，促进工农业生产的发展都起到了积极的作用。"他又指出："我们对科普作品的要求不但要数量多，更要质量好。质量好的作品，必然是思想性、科学性和艺术性结合得最好的作品，它能够起到提高觉悟，增长知识，开阔眼界，启发创造，促进生产的作用。"周培源在科普创作中提出了"思想性"以及"思想性、科学性、艺术性"的结合，这在公开刊物上还是第一次。这里提到的思想性显然是指"宣传辩证唯物主义和历史唯物主义"的科学思想。

1980 年，刘述周在《科普创作》第 1 期上的文章《把科技知识普及到社会的各个方面》中，在罗列了"全国科普创作座谈会"召开后 1 年多来我国科普创作事业的大好形势和成就之后提道："普及自然科学，使人们从中吸取辩证唯物主义的营养，用以改造人们的形而上学和唯心主义的意识形态，是科普工作者不可推诿的光荣职责。恩格斯说得好：'在自然科学中，由于他本身的发展，形而上学的观点，已经成为不可能的了。'由此可见，我们每一个科普工作者，都应该牢记我们在实现'四个现代化'中肩负这样一个极其深远、极其艰巨的义务，从而大大提高我们从事科学普及工作的自觉性和积极性。"刘述周在指出科学普及工作要为"四化"服务的同时，强调不要忘了传播科学思想，并把这作为衡量一个科普工作者"自觉性和积极性"的标志。

1982 年，北方 7 省市科学技术协会普及部负责人受中国科学技术协会普及部委托，在天津集会，着重研究、讨论了科学普及在精神文明建设中的地位、作用等问题。会上，黄寿年、韩钟昆、陈兆良等的发言中明确提出："科学普及在精神文明建设中的一个重要使命就是以先进的科学思想，陶冶人们的思想情操，使人们树立新作风、新思想，培养、造成一个良好的社会主义道德风尚和秩序""培养教育人们爱科学、学科学、用科学，按科学规律办事，敢于创造的科学精神。"

1983 年，章道义和陶世龙在《科普创作概论》中提出科普创作"为建设社会主义精神文明服务""应当体现和提倡科学精神"。他们认为，科普作品的思想性"就是要体现辩证唯物主义和历史唯物主义的世界观。""实事求是是科学精神的主要表现""科学精神还表现为严肃的态度、严谨的作风和严密的方法"。他们认为科普创作重要任务之一是"培养（人们）不畏艰险，不惧挫折，一往直前地追求真理和捍卫真理的大无畏勇气。""培养人们的探索精神、求实精神和团结协作、互帮互学的优良作风。""大力提倡勇于探索、敢于创新，又注重实践、讲求实效，一切从实际出发的实事求是的科学精神"。

如果我们引用甄朔南于 1991 年在《科普创作》第 3 期上的文章《科学精神与全民素质》中的一段话，恰好是对以上阐述的一个很好的总结："我们沿着中国科普史的轨迹回顾一下历史，就会清楚地看到：当初我国的科学家特别是从事科普的先驱们绝不是单纯地普及科学知识，重点在于用科学精神提高全民素质。他们中许多人已经看到：科学是反映客观规律的知识体系，它是神学的对立，它不仅是生产力，而且对人民的思维方式、观念、政治、经济、文化、艺术，以及日常生活都产生巨大的影响和冲击。所以中国的科普工作从一开始就与当时社会的需要结合得相当密切，以唤起民众，用科学精神提高全民的素质。"

至此，可以认为，我国的学者通过近 100 年的奔走呼号，宣扬科学精神、阐说科学精神的内涵及其重要性，恰恰是在 20 世纪 80 年代基本上打下了理论的基础，并受到社会的重视。责备科普创作界在 80 年代忽视弘扬"科学精神"，甚至犯了错误的看法，显然是不符合"实事求是"的科学精神的在 90 年代"弘扬科学精神"更受到了党和政府的重视。

▌ 科学精神的内涵

自从江泽民从政治家的高度倡导科学精神，并于 2000 年 4 月 12 日为中国科学技术馆题词"弘扬科学精神，普及科学知识，传播科学思想和科学方法"以后，社会上掀起了一股宣传和探讨"科学精神"的热潮；而"法轮功"邪教灭绝人性的惨重教训，又使人们痛感提高民众科学文化素质、唤起民众科学精神的重要性。

科学精神是人类在对自然反复认识和实践的过程中总结和提升出来的一种理性；它孕育和产生于系统的科学知识之中。梁启超说："知识不但是求知道一件一件事物便了，还要知道这件事物和那件事物的关系。否则零头断片的知识，全没有用处。知道事物和事物互相关系，而因此推彼，得从所已知求出所未知，叫作有系统的知识。"

什么是科学精神？近年来，各媒体发表了不少学者的文章，众说纷纭，智仁互见，大致包括：献身、探索、求实、怀疑、进取、独立、包容、团队、民主等精神。

尹怀勤在 2001 年《科普创作通讯》第 2 期上发表的文章《弘扬科学精神，做好科普工作》中说："科学精神的核心和根基就是我们党的'解放思想，实事求是'的思想路线。解放思想就是勇于创新，不断开拓，反对守旧，理性思考；实事求是就是从研究实际存在的客观情况出发，找出反映事物联系、运动和发展的规律来，从本质上认识和掌握反映客观世界必然趋势的真理。"他认为："前面所说的种种精神都可以从'解放思想，实事求是'的精神中衍生出来。"看来，说到底还是马列主义的一句老话，就是"辩证唯物主义和历史唯物主义的认识论、人生观和世界观"。

为了便于记忆，我把科学精神归纳为八个字："求真、务实、无畏、创新"。求真就是勇于探索、追求真理；务实就是崇尚事实、实事求是；无畏就是不畏权威、不避艰险；创新就是继往开来、推陈出新。这四个词组是互为因果的：求真——科学精神的核心，务实——科学精神的基础，无畏——科学精神的前提，创新——科学精神的目的。

科学精神是人类赖以生存和发展的一种精神。

科学精神的表现

科学精神是科学的本性。周光召于 2000 年 5 月在《青年科学向导》

上发表的文章《科学技术发展对社会精神文明的影响》中提道："科学认为世界是不以人们的主观意志决定的客观存在，要求（人们追求真理）正确认识客观世界的运动规律"；"科学认为世界的发展、变化是无穷无尽的，因此认识的任务也是无穷尽的"，要求人们不断求知；科学要求人们"不盲从潮流，不迷信权威，不把偶然性当作必然性，不把局部看作全体，不轻易相信未在严密的科学方法下经过反复实验证明和严格科学推理的所谓的新发现"；"科学认为具体的真理都是相对真理，都有适用的条件和范围，因而是可以突破的"，要求人们不断创新；"科学又认为，相对真理是不断逼近绝对真理的，绝对真理是由相对真理构成的。新发现的真理必须包含原有真理的内容"，要求人们在继承的基础上进行创新；"科学已成为社会主要实践活动之一，是社会有组织的群体活动"，要求人们具有团队精神和民主作风。

总之，科学是艰巨的、诚实的劳动，它启迪人们的智慧，培养人们的艰苦奋斗精神和求实精神；科学是探索未来、创造未来的，它培养人们宏伟的胸襟、宽阔的眼界、探索的勇气和创新的胆识；科学是同谬误做斗争中发展起来的，它培养人们不畏艰险、不怕挫折、锲而不舍，一往直前地追求真理和捍卫真理的大无畏勇气；科学是人类共同的财富，它同一切投机取巧、唯利是图、自私自利的行径格格不入，它陶冶人们高尚的情操，培养人们的献身精神。

以上这些人类优秀的品德都是从科学的本性中生发出来的，是科学精神的具体表现。这些精神也就是我们科普创作"三性"所强调的"思想性"。

科学精神与伪科学

《中华人民共和国科学技术普及法》总则第八条规定：科普工作应当坚持科学精神，反对和抵制伪科学。任何单位和个人不得以科普为名从事有损社会公共利益的活动。

什么是伪科学？我国青年学者方舟子认为："'伪科学'从定义上来说，就是把不是科学的东西说成是科学。例如神创论本来属于宗教，如果把它当成科学理论，就成了伪科学"，"分辨科学与伪科学的标准有很有多，主要有两条：一、逻辑的标准，即其内容本身必须是自洽的、不自相矛盾的、简洁的（而不是包含了许多不必要的假设和条件，为失败留了退路）、有清楚的应用范畴（而不是万能的），而且是可以被否证、被推翻的。二、实证的标准，即能够用观察或实验加以检验，能够通过科学方法得到确凿的证据，而且验证的结果是可被别人独立地重复出来的。"加拿大哲学家马利奥·邦格将伪科学定义为"任何一个尽管本身不是科学却自称是科学的知识领域"。五花八门的伪科学却有一点是共同的，那就是都存在着主观上的故意。

科学是以唯物主义和科学实验为立论基础，是可以经过实验证实或证伪的，或者可以用数理分析的方法演绎和归纳出来的。科学作为一种方法、一种精神是对付和辨别伪科学的锐利武器。科学精神是人类一切创造发明的源泉，是做人做事、处人处事的根本。有了科学精神，遇事都要问个为什么，决不轻信盲从；有了科学精神，凡事都会讲究真确，决不随波逐流。

撰写于 2009 年 2 月 28 日

文理交融的篇章

在童年的夏夜，我常爱躺在院子里的长凳上，久久仰望着美丽的星空。那闪烁的满天星斗，会使我陷入无穷的遐想。这时，父亲便会娓娓动听地讲起天河两岸牛郎、织女鹊桥相会的神话，又指给我看哪里是扁担星，哪里是北斗的七颗星星；而在中秋的夜晚，随着祭月香斗里袅袅上升的烟雾，在习习的凉风中，父亲又会对着一轮明月，讲起嫦娥奔月的故事，让我寻找月亮里的桂花树与玉兔。如今我已年届古稀了，曾经接受了严格的科学训练和粗浅的文学熏陶，经历了人生的风雨和坎坷，已经失去了童年的憧憬与天真。但是，当忆起儿时的情景，心中不禁会升起一缕淡淡的乡思，也不知那是一分温馨呢？还是几许苍凉。

中国人心中的星空，是有着深深的民族传统和浓浓的人文精神的。而中国知识分子的宇宙观是科学精神与人文精神的结合，是文理交融的。

《宇宙的光荣》就是一册"文理交融"的好书。它既充满着"求真、崇实、无畏、创新"的科学精神，又洋溢着"传统、哲思、文学、艺术"的人文精神，有着诗人般的热情与畅想。

这本书的创作特点是："文理兼容、学识并重；融科学技术于文学艺术之中，基本上做到了文思、哲理、知识三位一体，并以真情与哲思来打动读者。"这正是我们科普创作的方向。

我想引用一位中学生在读到这类科普著作时的感叹："作者本着人文思想去写与人类息息相关的自然界。用他那清新、洗练、优美的文字，用他那文学艺术的心和目光去释读科学，这真是一种非常美妙的感觉。"

诗人臧克家说："大自然是雄伟壮丽的、无边无际的。人类与大自然的关系，是亲热而又冷酷、矛盾而又统一的。研究大自然，参透它的奥妙，是科学家的任务；描绘大自然，表现大自然，是文艺家的事情。"

科学家与文艺家是天然的同盟军。他们从不同的立场、用不同的方法，各自而又协同地研究和描绘着绚丽多姿、五彩缤纷的大千世界。而科普作家则是兼两家之所长，融会运用逻辑思维和形象思维，生动地描绘和传播自然知识和人文精神的专门家。

我们希望多一些这样的科普作家。

当我们捧读《宇宙的光荣》时，不也正像一位智者在和我们娓娓动听地叙述着宇宙的恢宏与壮丽、科学的严肃与冷酷、人类的奋争与牺牲、理想的激情与美好吗？

我们希望多一点这样的著作。

撰写于 2012 年 11 月 10 日

哦！ 蓝天

78 年前，我是一个天真顽皮的孩子，记忆犹新的是：家乡湛蓝的天穹、清新的空气，以及围绕着我家的小河与麦田。春天里，河水潋滟、柳影婆娑、蛙声一片。我常常钻进绿油油的麦田，躺在秸秆上。在这宁静的、散发着大地芳香的、属于自己的小小空间里，我仰望着湛湛蓝天、悠悠白云，遐想着白云深处是否真有一个玉皇大帝统治的世界。

60 年前，我从上海华东化工学院毕业，国家统一分配至北京工作。我携带着行李，前去位于北海岸畔的中国科学院干部局报到。金秋九月，街道两旁宅院古色古香、绿树成荫，青天朗朗、阳光明媚。北海清澄如镜；湖畔烟树迷蒙。从浮华喧嚣、曾称"十里洋场"的上海外滩；到谧静稳重、有着"千年文化"的北京北海，我的心灵仿佛也得到了归属与净化。且不谈此后多变的政治，人祸天灾；单说这不变的"蓝天白云"，尚持续了 20 多年。

24 年前，我已经退休了，每星期六蹬着小三轮，老伴儿带着小食品，去北京全国总工会幼儿园接小孙子回家。这是我俩最快乐的日子了。偶尔一天，突然心动，向坐在老伴怀里的孙子问道："炀炀，你知道天是什么颜色的？"孩子奶声奶气地回答："爷爷，天是灰色的"。唉！真的是灰蒙蒙的！他几曾见过湛湛蓝天呢？不禁心中一阵苍凉。

　　1年前，我国改革开放已有30多年了，经济的快速增长重复了世界发达国家工业文明的发展模式。工业文明的发展带来了严峻的后果：资源被无节制地开发和过度消耗；人类生存环境严重恶化；生物多样性遭受破坏，大量物种濒临灭绝或已经灭绝。

北京发布霾黄色预警，全国15%面积遭遇雾霾

　　2013年1月13日上午9时，北京空气质量监测数据显示，除定陵、八达岭、密云水库外，其余区域的空气质量（PM2.5）指数全部达到极值500，为六级严重污染中的"最高级"。至此，北京已连续3天空气质量六级污染。北京市气象台10时35分发布北京气象史上首个雾霾橙色预警，预计当日白天北京平原地区将出现能见度小于200米的霾，空气污浊。2013年1月31日环保部通报，根据卫星遥感监测，昨日全国灰霾面积达到143万平方公里，比前一天多了13万平方公里，主要分布在北京、天津、河北、河南、山东、江苏、安徽、湖北、湖南等地区。

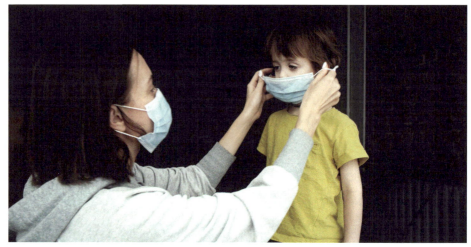

妈妈在出行时为宝宝戴上口罩

北京在历史上从来没有过这么严重的霾，最多就是一年几次沙尘暴。谁也没有想到，今日之首都竟会陷入惨雾之中。灰霾袭来，"北京空气脏得像鬼子放了毒气弹！"市民们出行，纷纷戴上口罩；年轻妈妈们为宝宝的健康焦虑不安。

2014 年 4 月 24 日，北京电视台气象预报"中度污染"。京区已连续三周污染天气，4 月 13 日重度污染、4 月 14 日严重污染，浑浑噩噩、不见天日。灰霾犹如洪水，无孔不入。芸芸众生，无处藏身，不敢呼吸又不敢不呼吸！儿子孝顺，为我和老伴安置了空气清洁器。若值中度污染以上，当天气预报提醒："老人、儿童等易感人群，不要进行户外活动"时，就蜗居于斗室之中，看看电视、写写文章、打打毛线，倒也享尽"清福"。

据环保部 2014 年 3 月 25 日发布：京津冀、长三角、珠三角区域，以及直辖市、省会等 74 个城市，2013 年度全年空气质量达标者仅有海口、舟山和拉萨。其他 71 个城市均存在不同程度空气污染现象。京津冀区域空气污染最为严重：13 个城市中有 11 个排在全国污染最重的前 20 位；其中有 7 个排在前 10 位；部分城市的空气，重度污染以上的天数占全年天数 40% 左右。

且不谈，我国国民经济生产总值已荣居世界第二位，单说这"华夏神州"不知猴年马月方能常拥晴空蓝天？！

霾（灰霾）是悬浮在大气中的大量微小尘粒、烟粒或盐粒（硫酸盐、硝酸盐，或有机碳氢化合物等）的集合体，是使空气浑浊、水平能见度降低到 10 公里以下的一种天气现象。

灰霾天气的元凶是 PM2.5[①]。它在大气环境中存在时间长久、迁移性极强，而且易被人体吸收。

霾对人体的危害：一、影响身体健康。通过呼吸系统渗入血液循环，从而将附着于微尘上的病毒和病菌扩散全身；黏附在人体上下呼吸道和肺叶中，引起鼻炎、支气管炎等病症，长期处于这种环境中，还会诱发肺癌。二、影响心理健康。灰霾天气容易让人产生焦躁情绪，甚至失控。三、影响交通安全。四、影响区域气候，使区域极端气候事件频发。更令人担忧的是，灰霾还会引起城市光化学烟雾污染。光化学烟雾是一种淡蓝色的烟雾，是汽车尾气和工厂废气里的大量氮氧化物和碳氢化合物在阳光作用下，发生光化学反应而形成的一种毒雾。它对人体有强烈刺激作用，严重时会使人出现呼吸困难、视力衰退、手足抽搐等症状。

大气物理学家、中国科学院院士周秀骥说："雾霾天气警示我们，大气污染已到了危险的极限。加强污染源排放的研究和环境治理，已到了刻不容缓的地步。"

唉！确实是"迫在眉睫"，到了刻不容缓的地步。但是，"加强污染源排放的研究和环境治理"谈何容易？！且看："伦敦的毒雾"和"洛杉矶的雾霾"……

---

① PM2.5：大气中直径小于或等于 2.5 微米的颗粒物，也称为可入肺颗粒物。它的直径还不到人的头发丝粗细的 1/20。

伦敦的毒雾

　　1952 年 12 月 5 日至 9 日，英国伦敦发生了一次严重大气污染事件，造成多达 12000 人丧生，从而推动了英国环境保护立法的进程。12 月 5 日开始，逆温层①笼罩伦敦，城市处于高气压中心位置，垂直和水平的空气流动均停止，连续数日寂静无风。当时伦敦冬季多使用燃煤采暖，市区内还分布有许多以煤为主要能源的火力发电站。由于逆温层的作用，煤炭燃

雾霾中的伦敦

烧产生的二氧化碳、一氧化碳、二氧化硫、二氧化氮、粉尘、酸雾等污染物在城市上空蓄积，引发了连续数日的大雾天气。大批航班取消；汽车白天行驶都必须打着大灯；室内音乐会也取消了，因为人们看不见舞台。伦敦城被黑暗的迷雾所笼罩，马路上几乎没有车，人们小心翼翼地沿着人行道摸索前进。大街上的电灯在烟雾中若明若暗，犹如黑暗中的点点星光。

　　当时，伦敦正在举办一场牛展览会，参展的牛只首先对烟雾产生了反

---

① 逆温层：一般情况下，在低层大气中，气温是随高度的增加而降低的。但有时在某些层次可能出现相反的情况，气温随高度的增加而升高，这种现象称为逆温。出现逆温现象的大气层称为逆温层。

应，350 头牛有 52 头严重中毒，14 头奄奄一息，1 头当场死亡。不久伦敦市民也对毒雾产生了反应，许多人出现呼吸困难、眼睛刺痛，胸闷、窒息、哮喘、咳嗽等呼吸道症状；进而，发病率和死亡率急剧增加。据史料记载，在雾散以后的两个月内，又有近 8000 人因为烟雾事件而死于呼吸系统疾病。此后，1956 年、1957 年和 1962 年又连续发生了多达在 12 次严重的烟雾事件，直到 1965 年后，有毒烟雾才从伦敦销声匿迹。此次事件被称为"伦敦烟雾事件"，成为 20 世纪十大环境公害事件之一。

60 年前伦敦是怎样战胜毒雾的？起初，人们对大雾的认识是：环境灾害是工业发展必须接受的副产品。英国人一度还认为"煤火和烟囱已经成为英国的独特制度"，并以此自豪。企业老板以成本上升和利润下降将使政府收入减少为由，抵制政府的环境治理政策。但是，1952 年冬天的这场悲剧，终于使英国人下决心与伦敦雾开战。1956 年，英国政府颁布了世界上第一部现代意义上的空气污染防治法——"清洁空气法案"，大规模改造城市居民的传统炉灶，逐步实现居民生活天然气化；在城市里设立无烟区，区内禁止使用可以产生烟雾的燃料。发电厂和重工业作为排烟大户被强制搬迁到郊区。1974 年出台"空气污染控制法案"，规定工业燃料里的含硫上限等硬性标准。在这些刚性政策面前，空气污染状况明显好转。到 1975 年，伦敦的"雾日"已经减少到了每年只有 15 天，1980 年降到 5 天。伦敦此时已经可以摘掉"雾都"的帽子了。

伦敦战雾并没有到此为止。20 世纪 80 年代以后，汽车走进家庭，数量激增。汽车尾气成为主要污染源。人们发现，汽车排放的污染物会形成"光化学毒雾"。因而，英国从 1993 年 1 月开始，强制所有在国境内出售的新车都必须加装催化器以减少氮氧化物污染的排放。1995 年，英国通过了《环境法》，要求制定一个治理污染的全国战略，设立了必须在 2005 年前实现的战雾目标，要求工业部门、交通管理部门和地方政府同心协力，减少一氧化碳等 8 种常见污染物的排放量，并开放各种空气监测信息，实

今日之伦敦，蓝天白云，空气清新（伦敦塔桥）

行全民监督。鼓励市民选择地铁或公交系统出行；鲍里斯市长本人则坚持每天骑自行车上下班。

英国政府半个世纪的战雾历史证明，污染并非获得财富的必然副产品。严苛的环境政策出台后，英国经济并没有恶化，政府收入也没有减少，环境却越来越好了。雾都变"绿色花园之城"。

洛杉矶的雾霾[①]

1943 年 7 月 26 日清晨，当美国洛杉矶的居民从睡梦中醒来，眼前的景象让他们"瞠目结舌"，以为日本人进行了化学武器袭击：空气中弥漫着浅蓝色的浓雾，走在路上的人们闻到了刺鼻的气味，很多人把汽车停在路旁，擦拭不断流泪的眼睛。政府很快出来辟谣，这不是日本人的毒气，而是大气中生成了某种不明的有毒物质。

这是洛杉矶有史以来第一次遭受到雾霾的攻击。居民们本来以为，这只是偶然的天气现象；谁也没有想到，他们面对的将是一场长达半个世纪

---

① 有关资料摘编自《雾霾之城——洛杉矶雾霾史》，作者：奇普·雅各布，Overlook 出版社，2008 年出版。

雾蒙蒙的天空，空气中弥漫着的刺鼻气味

的雾霾战争。

此后，情况越来越糟，雾霾天数越来越多，居民中开始出现恐慌。洛杉矶市长弗彻·布朗 (Fetcher Bowron) 信誓旦旦地宣称，4 个月内一定永久消除雾霾。政府立即关闭了市内一家化工厂。他们认定，化工厂排出的丁二烯是污染源。但是，雾霾并没有缓解；于是，政府又宣布：全市 30 座垃圾焚烧炉是罪魁祸首，并禁止居民在后院焚烧垃圾。可是，这些措施出台后，雾霾天气并没有减少，反而越来越频繁了。在那些雾霾严重的日子里，学校停课、工厂停工，人们涌向医院接受治疗。医生们普遍怀疑，雾霾是这些疾病的根源。市民怨声载道，政府无能为力。

1950 年，最先站出来的是洛杉矶当地最大的媒体《洛杉矶时报》，他们雇用了一位空气污染专家就雾霾展开调查，专家得出的结论是空气中的大部分污染物来自汽车尾气中没有燃烧完全的汽油，只有一小部分来自工厂的废气以及焚烧炉。这一结论很快遭到了美国最大的汽车制造商福特公司的反驳。公司的工程师宣称：汽车尾气会立刻消散在大气中，不可能制造雾霾。然而，加州理工学院的荷兰籍科学家阿里·哈根斯米特 (Arie Haagen-Smit)，经分析空气成分后证实：雾霾的罪魁祸首实际上是汽车尾气。

汽车尾气中的碳氢化合物和二氧化氮被排放到大气中后，在阳光紫外线的照射下，发生光化学反应，产生含剧毒的光化学烟雾。

当时的情况是，太平洋战争的爆发让洛杉矶及其周边变得空前繁荣，大量工厂和人口的涌入，让这座城市成为全美汽车数量最多的地区。洛杉矶在 20 世纪 40 年代就拥有 250 万辆汽车，每天大约消耗 1100 吨汽油。

哈根斯米特的研究结果公布后，政府并没有采取行动，只是建议居民尽可能地少用汽车出行，以减少尾气排放。

光化学烟雾污染

1955 年 9 月，洛杉矶发生了最严重的光化学烟雾污染事件，两天内因呼吸系统衰竭而死亡的 65 岁以上的老人达 400 多人。这时，政府才开始意识到雾霾的严重性。加州州长奈特 (Goodwin J. Knight) 指派专家巴克曼 (Arnold O.Beckman) 成立了一个治理空气污染的委员会。经过一系列调查后，巴克曼的委员会提出了 6 条建议，其中包括放缓重污染行业的增长、建立高效公共交通系统、逐步淘汰柴油燃料汽车等。在此后的几年，洛杉矶政府开始着手解决污染问题，虽然取得了一些进展，但成效有限。

1970 年 4 月 22 日，2000 万民众在全美各地举行了声势浩大的游行，呼吁保护环境。这一草根行动惊动了国会山，立法机构开始意识到环境保

护的迫切性。后来，这一天被美国政府定为"地球日"。民众的努力促成
了 1970 年《清洁空气法》修正案。这部新的法律在以后的环境保护中发
挥了关键作用。

　　1970 年的《清洁空气法》是一个重要的里程碑。在这之前，美国国
会虽然早在 1967 年就通过了《清洁空气法》，扩展了联邦政府在环保方
面的职能，但因为没有具体的措施，使监管部门在面对全国性的汽车和石
油巨头的阻挠时，往往有心无力。

今日的洛杉矶天际线分明

　　新的《清洁空气法》将大气污染物分为基准空气污染物和有害空气污
染物两类；界定了空气污染物的组成；制定了检测标准和强制措施。国会
还授权政府组建了环保局来负责监督法案的实施。环保监管者依照新的法
律，规定所有汽车上必须装上"催化式排气净化器"，从技术上解决了汽
油燃烧不完全的问题；同时，政府敦促石油公司必须在成品油中减少造成
光化学污染的主要物质——烯烃的含量；环保机构还提倡和开发了采用甲
醇和天然气代替汽油的新技术，尽管甲醇因为价格原因，没有成为汽油的
替代品，但这些措施第一次让石油公司感受到了威胁，促使他们去开发更
加清洁的汽油。

新的《空气清洁法》实施后，又通过长达近 30 年的努力，洛杉矶的空气才开始慢慢转好。根据环保部门的统计：洛杉矶一级污染警报（非常不健康）的天数，从 1977 年的 121 天下降到 1989 的 54 天；而到了 1999 年，这个数字已经降为 0。蓝天白云重新出现在洛杉矶的上空，城区的人们大部分时候都可以清楚地看到 70 公里外的巴迪山，而前来洛杉矶比赛的客队球员也不再需要使用氧气罐来完成比赛。

治理雾霾是一个长期的过程，洛杉矶从 1943 年第一次雾霾的出现到 1970 年《清洁空气法》的出台经历了整整 27 年。在这过程中遇到各种各样的阻力，来自汽车公司，来自石油公司，此外还有政府和立法者的不作为。如果我们回过头去看，您会发现真正推动这项事业的是那些普通的民众。请想象一下，如果没有《洛杉矶时报》、没有哈根斯米特、没有"地球日"上街游行的示威群众，洛杉矶的居民今天肯定还会生活在雾霾当中。

您瞧，"伦敦的毒雾"治理了 50 年；"洛杉矶的雾霾"治理了 56 年！那么，北京怎么样呢？

据 2014 年 3 月 26 日《中国科学报》第 1 版，记者闫洁报道："中国科学院院士秦大河在日前于京举行的中国科学与人文论坛第 150 场报告会上表示，如果政府和个人都把生命健康、生活质量放在首位，在科技、环保技术迅猛发展的今天，中国彻底摆脱雾霾天气或许并不需要像洛杉矶那样花费 56 年的时间，也许 20 年就够了。他还坦言，治霾的阻力主要来自部门利益。"

20 年！反正我和老伴是等不到了。

老天啊！您开开眼吧！千万不要让我的文友"水泡"（笔名）说中了，成为我们子子孙孙的"心中的蓝天"！！

心中的蓝天

难道我们真的只能将"蓝天"珍藏在心中吗？！就像"水泡"撰写的

微科幻《心中的蓝天》吗？！

"活在 23 世纪是痛苦的。23 世纪拥有的只是挣扎求生。这个世界已经被人们完全破坏了：臭氧层、海洋、绿地……。皮肤绝不能暴露在阳光下；水经过无数次的过滤仍然浑浊、散发着消毒剂的怪味，让人恶心；必须用空气净化设备才能正常呼吸。

"当老沙一脸严肃地告诉大家，在英仙座旋臂 γ 3 区发现了一颗类地行星'希望'时，我和羊羊、北星兴奋得拼命跺脚狂呼。我们变卖了家产，做了周密的准备……

天是蓝色的，飘浮着片片白云

"离开地球的前一天，我们都喝得酩酊大醉，跳上桌子举杯大喊：'为永远离开这肮脏的星球干杯！'

"远航开始后，我发现北星会莫名地发呆，似有什么心事。……离'希望'越来越近时，老沙常常自言自语，不知说些什么……快进入'希望'的大气层了，期盼与焦躁充满了我们的胸膛，似乎要爆炸了。

"飞船稳稳地停在'希望'上，透过金属玻璃，我们看到的是群峦叠翠、绿树成荫，一条清澈的小溪在面前流淌。我听到了自己'砰砰'的心跳声。探测器报告：所有指标全部合格！'哇！'羊羊跳到我怀里，老沙瘫倒在地上，眼泪止不住流满了脸颊。

"羊羊迫不及待往外奔去，老沙跌跌撞撞跟在后面。北星突然像明白了什么，一个箭步冲上前去想要阻止他俩。我一把拉住他：'让他俩去吧，这是我们的选择。'北星含着热泪使劲点头。

"天是蓝色的，飘浮着片片白云。我深深地吸了一口气，一股清香沁入肺腑。'真美啊！'突然，从我们鼻子里流出了鲜血。这正是北星所担心的：我们的身体已经习惯了肮脏的环境，再也不能在洁净的天地中生存了！……我们拉着手并排躺在草地里，谁也没说话，只是呼吸着、仰望着蓝天白云……我感到生命在一点点地流逝。但是，永远带不走我们心中的那片蓝天！"

撰写于 2015 年 5 月 8 日

地球愈来愈热
真是温室效应引起的吗?

　　今年的酷暑终于过去了! 但人们对热浪肆虐、汗流浃背的感受, 尚心有余悸!

　　我们的地球怎么了? 近年来, 且不说海啸、地震、火山爆发, 气候变化也明显异常: 飓风、沙尘、冰雪、洪涝、热浪、干旱连续不断。是否正如霍金教授在香港的一次演讲中提到的: "人类得以延续将取决于在宇宙中找到'新家'的能力, 因为目前毁灭地球的危机正在不断积累。……如果人类能在未来 100 年避免自相残杀, 就可以发展出无须地球供应的太空定居

因暴雨引发的洪灾

点。"

今年的酷暑更加深了人们对气候的关注，同时也引发了人们对未来的深刻思考：难道真要在 100 年以后，像电影《阿凡达》中所演的，人类要到外星球去殖民？

由世界气象组织 (WMO) 和联合国环境规划署 (UNEP) 联合建立的政府间气候变化专门委员会 (IPCC)，2007 年公布的评估报告表明：近百年来，地球气候正经历着以全球变暖为主要特征的显著变化，已经并将持续对全球的自然生态系统和经济社会发展产生重要影响。20 世纪后 50 年北半球平均温度可能是近 1300 年中最高的。北半球积雪面积明显减小，山地冰川和格陵兰冰盖加速融化。海洋升温引起海水热膨胀，20 世纪全球平均海平面上升约 0.17 米。全球变暖导致极端气候事件趋多趋强。20 世纪 50 年代以来，全球许多地区热浪频繁发生，强降水事件和局部洪涝频率增大，风暴强度加大。观测结果表明，冰川消融加速；冻土区地面不稳定性增大，山区岩崩增多；近百年来，北极平均温度几乎以两倍于全球平均速率的速度升高，海冰面积明显减小，春季海冰厚度减少 40%。北半球多年冻土层正在融化。北极海冰面积以每年 10 万平方公里的速度减少。近年来，冰

北极海冰融化

层融化的速度加快了 10 倍，创历史之最。如果目前海冰融化的趋势继续下去，世界上 2/3 的北极熊将在 21 世纪中叶消失，也就是说至少 1.5 万头北极熊将要死去。

2014 年 8 月，地质学家、著名科普作家刘兴诗在《直面"新灾变时代"》中谈道：

"我们应当着眼于已经叩响现代人类大门的'新灾变时代'。大约 1 万年前，第四纪最后一次冰期，一般认为有 5 个阶段。根据其气候特征，大致可以合并为 4 个阶段，如下所述：

前北方期～北方期：距今 10200 ～ 7500 年，刚刚脱离冰期不久，以接近冰期气候的凉爽为特点。

大西洋期：距今 7500 ～ 4500 年，全球气候普遍转为温暖潮湿。从艰苦的冰期环境中走出来的原始人群，此时得到最佳生存环境，因而全球新石器时代文明发生井喷现象，原始农业飞速发展。这就是西方《圣经》所称的'黄金时代'，也就是中国传说时期的'神农时代'。

亚北方期：距今 4500 ～ 2500 年，全球气候进入一个灾变期，以持续性干旱和突发性洪水为特点。大致相当于西方的'诺亚方舟洪水'时代，也是神话传说中大英雄赫拉克勒斯完成 12 件难题的'英雄时代'，中国古代传说中的'后羿射日'和'大禹治水'时代。

亚大西洋期：大约 2500 年前至今，全球气候再度进入一个温暖潮湿的'新黄金时代'，相当于西周以来的历史时期，文明有极大发展。

"这 4 个阶段大致以 2500 ～ 3000 年为周期，相互交替发展，形成一种规律性。代表最后一次冰期结束以来，逐渐向一个更加遥远的间冰期发展过渡的总过程。有如冬天结束后，还没有进入真正的夏天以前，过渡的春天还有一个接一个的'倒春寒'似的。请大家密切注意，亚大西洋期发展到现在已经接近了 2500 年，'新黄金时代'气数已尽，所以全球性气候接连不断出现反常现象。包括沙尘暴现象扩大化，北冰洋和中纬度许多高山冰川融化，海面开始上升，许多地方大面积气候反常等，都是一个'新灾变时代'已经逐渐来临的表现。

"从宏观现象而言，有几个方面在未来较长的一个阶段里，似乎是不可逆的。地球两极的大冰盖将会大幅度融化，甚至在许多地方完全消失。包括我国的喜马拉雅山脉、祁连山脉、天山山脉等在内的许多现代高山冰川也会大规模融化，或者在相当广阔的范围内消失。随着全球性冰川融化，海平面必然大幅度上升。包括沿海许多低平原，以及若干海岛将面临被淹没的巨大危险。

"我国西部许多高山冰川萎缩甚至消失，减低了来水量，甚至在一些地方断绝了水源，山前绿洲文明必将受到严重打击，乌鲁木齐、吐鲁番等城市将会面临十分严峻的问题。加以喜马拉雅山脉不可逆的升高，彻底阻断了印度洋海洋气团进入。我国广阔的西北地区将会遭遇前所未有的干旱，'荒漠化'不可阻遏地大幅度发展。美国和中国一样，西部荒漠化发展，东部季风环流紊乱，这是我们必须共同未雨绸缪的特大事情。整个地球上，许多物种将会消失，或者濒临危险，另一些物种则会相应加强。不管怎么说，都是重大的变故。中亚、西亚，以及非洲许多地方，在这样的变化下，

土地荒漠化

许多地方的水源问题将会越来越严重。随之而来的粮食问题也会困扰着未来的人们。

"已经开始来临的'新灾变时代',将会有 2500 ~ 3000 年的漫长阶段。换而言之,也就是大致相当于从我国殷墟时期直到现在的漫长时间。今天我们任何人都不可能望见甬道那边的曙光。这绝非危言耸听。我在这里再一次提醒,'新灾变时代'的魔鬼已经敲响我们的大门,会毫不客气地闯进我们的客厅。渺小的人类根本无法阻挡,只能低头适应。全人类应当抛弃一切不同的观念和愚昧的仇恨,紧急联合起来,用我们的智慧和仅有的力量尽可能规避、减小这个魔鬼的影响。"

当前,人们普遍认为,气候变暖主要是由于工业革命以来人类活动引起的。人类活动主要是指化石燃料燃烧和毁林、土地利用变化等,由此排放的温室气体(主要包括二氧化碳、甲烷和氧化亚氮等)导致大气中温室气体浓度大幅增加,造成温室效应增强,从而引起全球气候变暖(温室效应是指二氧化碳、甲烷等温室气体吸收地表长波辐射,使大气变暖,与"温室"作用相似。若无"温室效应",地球表面平均气温是零下 18℃,而非现在的零上 15℃)。

但是,我们忽略了一个关键问题:

虽然,国际科学界在气候变化的总体认识上已经形成了比较一致的观点:"最近 50 年的气候变暖很可能(90% 以上)是由于人类活动,特别是化石燃料的使用所引起的。"但也有不同的看法,尤其在气候变化成因和影响上的学术争论一直存在,部分学者还持有不同甚至相反的观点。

这就是——

多四季学说:地球在椭圆轨道上围绕太阳公转,形成周期为 1 年的四季更替。在它参与太阳系围绕其近星系的质心公转,乃至围绕银河系及更大星系公转时,由于不同强度的热源距离、辐射角的变化,而形成不同周期、不同程度的四季变化。

在 1954 年至 1957 年，中国学者在西安半坡村遗址的发掘中，发现了距今 5000 多年前生活在那里貉、水獐等动物的骨骼，在甘肃还挖掘出完整的象化石——黄河古象。河南古称豫州，远古时期，这里河流纵横，森林茂密，野象众多，因此，河南又被形象地描述为人牵象之地。这就是象形字"豫"的起源，也是河南简称"豫"的由来。可见今日生活在南方热带森林的象群，昔日曾在黄河流域繁衍，说明 5000 多年前，地球气温是何等的高！公元 1400～1900 年这 500 年间是世界最寒冷的时期，被称为"小冰河期"。20 世纪初，全球开始进入新的 500 年的小春季（每个 2000 年的中四季又包含了一个小四季，每季约 500 年）。如今气温总的趋势在升高，这其中虽然包含了温室效应的影响因素，但起主导决定作用的是地球在天体运行中的位置。

多四季学说，显然与刘兴诗先生的"2500～3000 年为周期的 4 个阶段，相互交替发展，形成一种规律性"的理论，基本吻合！

撰写于 2016 年 9 月 1 日

怎样区别科普资料、科普短文和科学小品？

近年来，我在编辑《科普创作通讯》的过程中，发现不少作者对于科普短文与科学小品的区别似乎存在着一些模糊的看法。因此，不揣冒昧，想谈谈我在编创实践中多年积累的一些体会，以求教于同人。

为了便于说明问题，还是需要提一下"科普作品的三要素——科学性、思想性、艺术性"。这虽然是"老生常谈"了，但我至今还认为20世纪80年代初提出的"三性"是简明、准确的（技术性科普作品由于它的特性尚需注意实用与时效）。作为一篇科技普及作品，"科学性"的含义是：真实、准确、成熟，而"思想性"指的是科学精神、科学思想、科学方法。这些早已成为科普创作界的共识。问题发生在对于"艺术性"含义的看法上。

我曾在20世纪80年代中期《科普作品的三要素——科学性、思想性、艺术性》一文中提到，艺术性指的是写作技巧。艺术性是科普作品与科普资料（包括教科书）的主要区别。科普资料、教科书同样需要有真实、准确的科技内容；同样需要传播科学精神、思想、方法，但它们可以不必讲求写作技巧。

艺术性（写作技巧）包含两个方面："通俗性"和"趣味性"，也就是人们常说的"深入浅出"和"引人入胜"。对于通俗性在业界是没有异议的。有些不同看法（或分类）的是"趣味性"。体现趣味性，可以有两种方法：一、运用逻辑思维，发掘科学技术内涵的趣味性；二、运用形象思维，以文艺（文学与艺术）的手段来融汇表现趣味性，其最高的境界是"文理交融"。

科普创作的体裁主要有：讲述体和文艺体两大类别。科普短文属于讲述体；科学小品属于文艺体。

讲述体通过通俗的讲解、叙述来介绍某种科学知识或应用技术。一般行文平铺直叙，大都要求从不同侧面穿插历史、联系生活，力求做到深入浅出、引人入胜地介绍科学技术知识。

在讲述体作品中又可以分为各有特色的不同表达形式，如浅说、趣谈、史话、对话、自述等。

浅说——这是最常用的形式。这种文体一般保持了原有的学科体系，但回避了繁复的数学公式和深奥的术语、定理，用简明、流畅、生动的语言通俗地介绍科技知识。

趣谈——在浅说（漫话）文体的基础上，以有趣的故事、生活中常见的现象，以及谚语、成语、诗词切入主题。这类文体常常使用一些生活的、历史的、文学的情趣来吸引读者，旁征博引、涉古论今、谈天说地，既给人以知识，又给人以乐趣。

总的来说，讲述体科普短文的写作技巧主要是运用逻辑思维，发掘科学技术本身的趣味性（或可称为"理趣"）。

文艺体是运用文学艺术的形式来记述或说明某些科技内容的一种创作体裁。它寓科学技术于文艺之中，把叙事、描写、抒情和议论不同程度地结合在一起。用群众喜闻乐见的各种文艺手段来宣传科技知识和科学思想，富有感染力，使科学较易为人们所接受。

科学文艺作品可以说能够采用文学的所有体裁，科学小品就是其中之一。

在这里，我想着重谈谈科学小品和科普短文的不同之处。

科学小品是一种以科学为题材的小品文。它区别于浅说文体的科普短文在于运用了文学和哲学的情趣；区别于趣谈文体的科普短文在于运用了哲学的情趣。所以，一篇短篇科普作品，在界定它是否属于科学小品时，主要看它是否富含哲理，从而使读者在领悟知识的同时感悟人生。

科学小品在普及科学知识的同时，可以写景抒情、格物记事。这种古老的文学体裁有如行云流水，原无定形，可以兴之至，各出心裁；海阔天空、舒卷自如，不受时空约束，议论与叙事交融，兼跨形象思维与逻辑思维两个领域。"在这里，不仅仅是科学内容与文学形式的结合，科学的内容也具有文学的意义，符合文学的要求。文学与科学一样，都是我们认识世界的眼睛。由于文学向科学渗透，在同一篇科学小品中，科学与文学能够各自从不同的侧面向纵深开拓，互相补充，发挥着认识同一事物的特殊功能。所以，科学本身固然是科学小品的根本内容，作家对科学、对科学与社会生活之间关系的认识、感想、评价等，也不可避免同时是科学小品的内容。"科学小品不同于科普短文的正在于它接触生活，作家于倾爱吐憎中烛古窥今、见微发隐、小中见大。科学小品的特征是：科学性、思想性、艺术性的紧密结合。运用形象思维与逻辑思维的交错作用，使主观思想感情同客观自然规律互相交融；把引人入胜的诗情画意、耐人寻味的哲理遐思，渗透到饶有趣味的科学知识之中。诗、哲、知三位一体。读者不仅能由此增长知识，而且可以启迪才智、陶冶情操。

当然，由于一篇作品的侧重面有所不同，科学小品和科普短文之间会存在一个模糊的边界层。

撰写于 2006 年 9 月 18 日

志谢：本文有些内容，参考或引用了科学小品作家赵之的思想，谨表谢忱。

参考文献：章道义，陶世龙，郭正谊 主编. 科普创作概论 [M]. 北京：北京大学出版社，1983.

试论科普美学

　　50余年科普编创工作的实践与研究中，我一直在思考什么是科普美？诚以为大自然之美是第一性的；而科技工作者作为审美主体对自然（审美客体）进行美感审视，感受到的"科学美"是理性的、意象的美，是第二性的；科普创作者（审美主体）对审美客体"科学技术"进行审美，通过创造性劳动，将理性的"科学美"运用"逻辑思维"或"形象思维"或"逻辑思维与形象思维相互结合"的创作技巧再整合、演绎为感性的、具象的"科普美"，是第三性美学作品的审美形式。

　　科普创作的最高境界是将"逻辑美"与"形象美"融为一体，运用"文学艺术的心灵与笔触去释读与演绎科学技术"，让受众在获得科学知识的同时，感悟人生。

　　"科普创作"为大众架起一座通向"真善美"的桥梁。构建这座桥梁的"工程学"就是"科普美学"。对我们科普作家来说，就是用文学艺术的心灵与笔触，诠释与演绎科学技术，以科普美学的审美特征，感染受众。简而言之，就是运用感性的文笔，释读理性的科学。

▋科普的社会功能

笔者经过多年来对科普创作理论的学习、研究与实践，认识到："科普的社会功能"可以概括为一副对联和五个词组。

一副对联是"解读自然奥秘；探究人生真理"。自然科学追求的是穷尽"自然的真谛"；人文科学追求的是穷尽"人生的真理"，两者都是人类社会发展所亟需的。科学本身就是一种人文理想。人类社会谋求持续协调、全面发展需要科技为动力，人文作导向。

五个词组是"求真、崇实、启善、臻美、至爱"，以达"天人和谐"。"真善美"是人类追求的最高理想，为什么还要"至爱"呢？因为，爱与真善美相比，有它独特的性质。符合真善美的事物主要存在于客观世界，它们本身并不是人的一种感情。而爱来自人的内心，是一种理智的感情、一种生命的本质、一种生命的力量。这种生命力可以推动人类进行不懈的努力，去追求、实现真善美，去创造出世界上原来没有的、美好的事物。"爱"也应列为人文精神的重要内涵，是人性中应该大力弘扬的重要元素。

柏拉图说："爱的力量是伟大的、神奇的、无所不包的"。世界上一切麻烦的根源，都因为缺少了"爱"。生态环境要靠爱的力量来维护；社会和谐要靠爱的力量来维持；世界和平要靠爱的力量来维和。"爱"是人类的一切最高的幸福源泉。

人类应当用"爱"来统领"真善美"！

▋什么是美、科学美、科普美学？

"美"是一种身心的享受、一种心灵的谐振、一种优秀的品德、一种崇高的追求。

爱美是人类与生俱有的天性。追求美、创造美是人类矢志不渝的理想。梁启超说："美，是人类生活的一要素，或者还是各种要素中之最重要者。倘若在生活的全部内容中把'美'的成分抽去，恐怕便活得不自在，甚至活不成。"

当您欣赏一幅优美的图画、一首典雅的乐曲或扣人心弦的诗歌，甚至一轴龙飞凤舞的书法时，您是否感到，它们引发了您心灵的感应和激荡，是愉悦、是陶醉、是憧憬，或许还夹杂着一丝淡淡的惆怅和眷念！仿佛这是您等待已久的梦境。"大美无言"，动情之处，不觉热泪盈眶。这就是您感到了"美"！

对我辈科普作家来说，想让自己的作品产生社会价值，说白了就是要用"科学之美"去感染读者。

曾经有学者认为，科学研究主要是对自然、社会和人本身的奥秘及其演变规律的发现和认识的过程，侧重于理性的抽象、演绎与归纳，即主要是探求真理，似与"美"无关。但是自古以来，人们在对自然的认识与发现过程中，尤其是科学家在科学实验和理论研究活动中，确实发现了美，感受到愉悦和陶醉。早在公元前6世纪末成立的古希腊毕达哥拉斯学派，就从数学研究中发现了和谐之美；陈景润在我国20世纪60～70年代极其恶劣的环境、极其严酷的生活条件下，仍能迷醉于数论王国之中，因为他感受到了数学之美、数论王国的瑰丽。极其抽象的"纯科学"尚且如此，其他学科可想而知。

"科学美"是理性认知活动及其成果所具有的审美（审视美感）价值形式，是理性的一种纯粹的抽象或净化的形式。

科学美的特点是：

1. 净化和抽象。科学美和艺术美一样也是人造的形式，是第二性的美（自然为第一性、科学为第二性，而科普则是第三性了）。艺术美是一种理想的美，科学美作为真理的形式，则是一种理性的美；艺术美主要呈现为感性形式，或者形象形式，科学美则主要呈现为净化形式，或者抽象形式。科学美是在理性的抽象形式中，包含着感性的丰富内容，呈现为抽象形式之美。

随着各门科学的数学化，数学美已成为人们的共识，愈益显现其璀璨光辉。法国哲学家狄德罗说："所谓美的解答，是指一个困难复杂的问题的简单回答。"爱因斯坦的质量与能量的关系公式："$E = m \cdot c^2$（E 代表能量，m 代表质量，c 代表光速）"，可以说是"净化和抽象"的范式。他只用 3 个字母和 1 个数字就解答了内容极为丰富的科学问题。

2. 规整和简洁。科学家以最规整、最简洁的形式，概括最丰富、最大量的自然现象，去揭示最普遍、最深刻的自然规律。科学公式和理论的规整性、简洁性，就是其深广内涵的最好形式。例如黄金分割律是一种最简洁、最美，也是最有普遍性的比例形式（一条线段一分为二以后，较长部分与全长的比值等于较短部分与较长部分的比值，其比值约为 0.618，即黄金分割值）；爱因斯坦的广义相对论，因其简洁、准确而被人们称为"漂亮的理论""现有物理理论中最美的"；DNA 规整美丽的双螺旋结构，以及和谐地包含其中的 A、T、G、C 共 4 种核苷酸，构成了简洁的旋转形

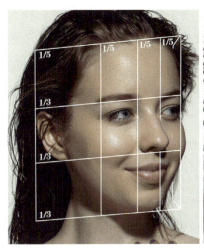

美女的黄金分割

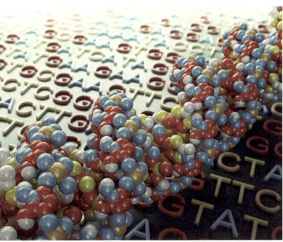

DNA 测序概念

阶梯。就是这一对生命的曲线，却演化为地球上生生不息、千姿百态的芸芸众生。这简直是"大美"了！

3. 对称和有序。自然科学的任务是探索大自然的现象和规律，而这些现象都具有对称、有序等特性。正是这些理性活动及其成果显示的审美（审视美感）形式而使人激动。例如，1869 年俄国科学家门捷列夫首创的"化学元素周期表"。他发现各种元素原子的结构是有规律的，可以列成周期表，并能解释原子和分子是如何构成物质世界的。人们不能不惊叹，五彩缤纷的大千世界竟如此和谐地统一于原子的周期排列。自然界的形成、运行、演化、生长、繁衍、消亡都是有规律的。这就是令人信服的科学美。

美学是研究有关美的规律的学问。30 余年前，何寄梅在《科普创作》杂志（中国科普作家学会会刊）上就曾经发表过有关"科学的美"的文章；1988 年 7 月，袁正光在《科普创作》（1988 年第 4 期）上发表的《关于科学美的思考》中，谈到了科学的 5 种美学形式：隐象美、规律美、实验美、理论美、理性美；汤正华在《科普创作》的同期上，发表的《科普创作的美学情趣》中认为："科学与文学、美学之间，并非一般所认为的那样不相干，科学与文学的结合，将达到一种高层次的美学境界""我们不能把逻辑认识与艺术认识，或者说逻辑思维与形象思维绝对地对立起来，这是统一认识的两个方面……在一些优秀的科普作品里，总是同时具备这两种思维能力，作品所显示的惊人的剖析能力和艺术魅力，使我们感受到人类的高尚情趣与智慧光芒。"她呼吁"时代要求科普创作提高到更高的美学层次"。1990 年 3 月，焦国力在《科普创作》（1990 年第 2 期）上发表了《引进文学手法　建立科普美学》，在阐述了"科普创作走进了低谷期"的原因后，明确提出"科普创作的突破口在哪里？我认为：科普创作的出路在于——引进文学手法，创立科普美学""美学就是艺术的哲学。科普要按照美的规律进行创作……科普创作需要理论指导，这种理论就是科普美学。科普美学是从哲学、心理学、社会学的角度来研究科普的艺术，提高科普的创作能力和读者的审美能力。"他还提出了科普美学的内容和研究的范围:"调动一切可以利用的文学手段""研究如何创造科普作品的艺术意境""要求科普作家有广阔的知识面和丰富的生活阅历""在创作科普作品时,必须考虑如何才能为广大的群众喜闻乐见、通俗易懂""要求科普作家具有良好的审美意识"。

"科普美学"说全了是"科普创作的美学"。在这里,科普创作者是审视美感的主体(审美主体);他的审美对象(审美客体)是"科学"。科普创作者需要发现和研究"科学之美",并将这种美感经过创作(读、视、听)手段和创作技巧,形成不同媒介(影视、广播、移动、图书)、不同体裁(讲述体、文艺体、辞书体等)的科普作品。

科普创作者对审美客体"科学"的分析研究,大致有两个方面:

1. 科学(包括技术)能够使人产生美感的根本原因(共性)是什么?有什么规律可循?

2. 人的美感是怎样产生的? 有什么特征?

以及,需要分析研究,怎样使自己的作品(审美客体),让受众(审美主体)产生兴趣,从而激发阅读、收视、收听的欲望。

笼统来说,以上就是"科普美学"的内涵。

科普美学的审美对象
——审美的主体与客体

具有审美性质的客体是构成审美对象的必要前提,没有审美客体存在,也就不可能有审美对象存在,审美对象是由审美客体转化而成的。客体包括:自然事物和现象、社会事物和现象,以及文学艺术,由于它们具有审美性质,即具有潜在的审美价值属性,而被称为审美客体。无数的自然、社会、艺术审美客体,为审美对象的形成提供了无限可能性,成为审美对象构成的客观基础和来源。

具有科学美的事物（审美客体）作用于科普受众（审美主体），从而在其内心世界中激发起欢快、愉悦等特殊心理感受，我们称之为"科学美感"。科学美感不同于一般审美过程中的美感。它不是仅仅由事物的表现形式（文字、结构、图像、色彩、音响）作用于感官所产生的感受，而是审美主体与客体互相作用的产物。一方面，审美客体作用于人的感官，使欣赏者产生心理和情感的共鸣，引起内心世界和谐的、美的享受；另一方面，主体以其特有的审美判断和审美评介选择客体，在无数对象中仅仅同他所理解的客体建立审美联系。主体的审美活动不是机械的、照镜子式的被动活动，而是探照灯式的能动活动。

"科学"作为审美对象，包含有自然界和社会中，具有科学审美属性的多种多样客体，但只有当审美主体欣赏它们时，才会成为审美对象；当主体还没有形成审美能力（缺乏科学素养）或审美态度（无意览胜）时，它们也不会成为审美对象。

由于上述原因，科普创作者就需要着意在"引人入胜"上下功夫。"胜"就是追求科学真理的乐趣；"入胜"就是进入到科学真理的胜景中去的喜悦。这种胜景是科学技术本身的美所造成的。

我想引用赵之于1983年《科普创作》第4期上发表的文章《趣味的层次》中的一段话："科学对于科学家、科技工作者们来说，那是一种有生命的东西，极其生动，非常有趣，可以令人迷醉……所以，发现量子力学的海登堡在记录他和爱因斯坦的对话时写道：'如果自然给我们显示了一个非常简单和美丽的数学形式，显示了任何人都不曾遇到的形式，那么我不得不相信它是真的，它揭示了自然界的奥秘。'在这些科学大师们看来，真实的、合规律的就必然是美的。因此，我们在科普写作和科普编辑中除要讲求一般的趣味手段之外，更应当着意于把科学本身的趣味（科学美），即把科学的本性挖掘出来，让他们（读者）感受到科学本身就是迷人的，是美的。只有这种趣味，才能叫作'科学趣味'。或者借用一下我国古代诗论中的语言，叫作'理趣'。只有把科学趣味发掘出来，才会收到使读者愿意不避艰险，不怕枯燥，进入科学领域去追求科学本身的效果。"

创作一篇科普作品时，在结构上怎样来体现"科学技术本身的趣味"呢？

读者在阅读科普作品时，总是带着生产或生活中碰到的许多问题——什么？怎么？为什么？这些问题在读者的头脑里不是零乱地出现的，而是有规律地产生的。也就是说，读者有自己的思维活动。想要吸引读者，就一定要抓住读者的思维逻辑，当读者想到什么时，作者正好讲到这个问题，从而使读者产生浓厚的兴趣。科学技术本身是一种严格的逻辑思维。作者不仅不能违背这个逻辑，而且要善于把读者的思想引导到科学的思路上来。一方面要掌握和顺应读者的思维活动规律；另一方面又要往科学的思维上引导。通过顺和引，把两者结合起来。这个过程就可以概括为"引人入胜"4个字。

科学本身的趣味在于追求真理，如果着意挖掘了"科学趣味"，让读者感受到了科学的美，引导读者进入科学真理的胜景，感染和熏陶读者去树立高尚的思想情操，这样的科普作品必然是弘扬了"求真、崇实、无畏、创新"的科学精神的。科普作家在写作技巧上需要构思的是"引人"两个字。这里说的是"引人"而不能"强人"。关键是要找到与读者的"感情世界"和"经验世界"契合的切入点，引起读者的情感认同，进而将作者传播的科技知识融为自己的知识。不同的读者对象，由于科学文化水平、兴趣和年龄的差异，有着不同的感情世界和经验世界。可见，作为科普创作者，必须对自己作品的审美主体——受众要有深入的研究和了解。

科普创作者的审美对象是"科学技术"。他们的任务是运用其特有的审美经验、审美判断与评介，发现科学技术的审美价值属性，运用高超的写作技巧，把科学美呈献于读者。

科学是反映自然、社会、思维等客观规律的分科的知识。科学是"求真"，科学用逻辑和概念等抽象形式反映世界，揭示事物发展的客观规律，探求客观真理；技术是"务实"，根据生产实践经验和自然科学原理而发展成的各种工艺操作方法和技能（还可包括相应的生产工具和设备，以及工艺过程）。

科学技术的审美价值属性可以用下列一段话来概括：

"科学技术是艰巨的、诚实的劳动，它启迪人们的智慧，培养人们的艰苦奋斗精神和务实精神；科学技术是探索未来、创造未来的，它培养人们宏伟的胸襟、宽阔的眼界、探索的勇气和创新的胆识；科学技术是同谬误做斗争中发展起来的，它培养人们不畏艰险、不怕挫折、锲而不舍，一往直前地追求真理和捍卫真理的大无畏勇气；科学技术是人类共同的财富，它同一切投机取巧、唯利是图、自私自利的行径格格不入，它陶冶人们高尚的情操，培养人们的献身精神。"

以上这些人类优秀的品德"科学之美"，都是科学技术的属性，是人类科学精神的具体表现。

"科普美"的内涵与审美形式

"科普美"是审美主体——科普作者通过创造性劳动，将审美客体——科学技术知识，运用"逻辑思维"或"形象思维"或"逻辑思维与形象思维相互结合"的创作技巧，整合、演绎为第三性美学作品的审美形式（第一性为自然美，第二性为科学美）。

在讨论科普美的形式之前，似有必要来重温一下科学和艺术大师们对"科学技术与文学艺术"的关系及融合方面的名言。由于新时代的科普作品是科学技术与文学艺术结合、"文理交融"的产物，有关这个问题的认识与实践，对我们科普作家来说是至关重要的。

我国最早探讨"美"与"真"的是梁启超。他认为："从表面来看，艺术是情感的产物，科学是理性的产物，两个东西很像是互不相容的。但是西方文艺复兴的历史却证明，艺术可以产生科学。……艺术和科学有一共同因素——自然，两者的关键都是'观察自然'。"

李政道认为："科学是人类探究、认识大自然的结晶；艺术是人类描绘、表现大自然的升华。它们的共同基础是人类的创造力；它们的共同目标都是追求真理的普遍性。

"艺术，例如诗歌、绘画、音乐等，用创新的手法去唤起每个人的意识或潜意识中深藏着的、已经存在的情感。情感越珍贵，唤起越强烈，反响越普遍，艺术就越优秀。

"科学，例如化学、物理、生物等，对自然界的现象进行新的准确的抽象，这种抽象通常被称为自然定律。定律的阐述越简单，应用越广泛，科学就越深刻。尽管自然现象不依赖于科学家而存在，它们的抽象是一种人为的成果，这和艺术家的创造是一样的。"

诗人臧克家说："研究大自然，参透它的奥妙，是科学家的任务；描绘大自然，表现大自然，是文学家的事情。"

爱因斯坦说得好："在那不再是个人企求和欲望主宰的地方，在那自由的人们惊奇的目光探索和注视的地方，人们进入了艺术和科学的王国。如果通过逻辑语言来描述我们对事物的观察和体验，这就是科学；如果用有意识的思维难以理解而通过直觉感受来表达我们的观察和体验，这就是艺术。二者共同之处就是摒弃专断、超越自我的献身精神。"

科学家与文艺家是天然的同盟军。他们从不同的立场、用不同的方法，各自而又协同地研究和描绘着绚丽多姿、五彩缤纷的大千世界。而科普作家则应是兼两家之所长，融会贯通地运用逻辑思维和形象思维、生动地描绘和传播自然知识的专门家。

科普作家要学会用两只眼睛看世界：一只眼睛看的是"科学技术"，另一只眼睛看的是"文学艺术"，从而用文学艺术的心灵和笔触来演绎和释读科学技术。

笔者的一位好友科普作家顾钧祚说，马王爷有三只眼，我们应当还有一只眼睛，看的是市场。

科普创作也需像李政道所说的艺术一样，用创新的手法去唤起人们心中的良知、激发读者的情感，使他们进入科学美的境界，去感受科学探究的过程。传播技术也一样，技术所依据的科学原理是已知的，但将科学物化所使用的技术路线却是创新的。普及技术的科普作品应将这种创新思想写出来。

科普创作与艺术创作一样，都是运用艺术的手段（就科普创作而言，就是发掘或表现科学美的创新的技巧），遵循美学的规律，将科学所内涵的美去感染人们，给人以真与善的感悟（包括科学的探索与发明，技术的创新与进步）。

什么是美学的规律？"人类是按照美的规律创造世界的。美的规律就是人类在进行自由的、有意识的、有目的的创造性实践活动时，符合客观物质运动的那些规律。因此美的规律恰恰就是左右物质运动的那些规律。……美学与自然科学在实践基础上是辩证统一的。"[1]

下面，笔者根据多年的编创实践，介绍"科普美"的5种形式，及其创作技巧。

逻辑美

科学重理性，具抽象性；科学研究主要依靠分析、归纳和推理，以逻辑思维的方法为主。科学认识世界的纽带是"逻辑"。

科普作者运用逻辑思维进行创作的主要体裁是"讲述体"。讲述体通过通俗的讲解、叙述，传播某种科学知识或应用技术，力求表达科学技术的"逻辑美"。一般行文平铺直叙，大都要求从不同侧面穿插历史、联系生活，做到深入浅出、引人入胜。

---

[1] 引文源自王天宇的《论科普作品应给人以科学美学思想的感染与熏陶》。

在讲述体作品中，又可以分为各有特色的不同表达形式，如浅说、趣谈、史话、对话、自述等。

浅说——这是最常用的形式。这种文体一般保持了原有的学科体系，但回避了繁复的数学公式和深奥的术语、定理，用简明、流畅、生动的语言通俗地介绍科技知识。

趣谈——在浅说（漫话）文体的基础上，以有趣的故事、生活中常见的现象，以及谚语、成语、诗词切入主题。这类文体常常使用一些生活的、历史的、文学的情趣来吸引读者，旁征博引、涉古论今、谈天说地，既给人以知识，又给人以乐趣。

这是知识性和技术性科普读物的特点与要求。

"讲述体"科普作品如何体现"逻辑美"呢？对于这种体裁的科普作品，可以有两种创作手法。

1. 抓住读者的思维逻辑，以他们的感情世界与经验世界中的科学问题作为切入点，层层剥笋，步步深入，运用严密的逻辑，不断地展示科学思维的美，将读者引进科学真理的胜景。

现以北京大学数学力学系老教授武际可的文章《捞面条的学问——兼谈分离技术》为例来说明。

这篇文章的目的是介绍应用力学原理的两大类分离技术——筛选法与扰动法。首先，作者起了一个好题目"捞面条的学问"。读者第一个反应是："什么？捞面条还有学问吗？这是什么学问？倒要看个明白！"这个题目就吸引读者非要读读下文不可了。当然，好题目还必须有好内容，千万不要形成"虎头、猪肚、蛇尾"，否则，读者就要泄气了。

作者在文章开头先谈了一些笊篱的历史和掌故，以增加一点人文的情趣。接着，他提出一个问题，"捞面条用笊篱，这是常识"，……"然而还有一种只用筷子不用笊篱的捞面方法""用筷子挑面条，开始比较容易，问题是剩下最后几根面条如何捞起"。怎样才能把最后几根面条捞干净？

说实话，这个问题笔者也感兴趣。因为怕浪费粮食，这最后几根面条确实让我伤脑筋。然后，武际可告诉您如何捞的具体方法："先使锅离火，然后用筷子在锅里作圆形搅动，使面汤旋转起来，面条便自然会集中到锅底中心，再用筷子到锅底去捞。如此，重复几次，面条便会一根不剩。不信请君一试便知"（用现在时兴的话来说，这叫作"参与意识"）。读者自然会想，这是什么道理呢？于是，作者要"请君入瓮"了，将读者往科学思维上引导，阐述了流体力学的"二次流"概念。原来锅里的面汤在旋转的同时，沿着锅壁产生了"二次流"。这是一个垂直于锅壁的打圈圈的二次流动，面条在这两种力的作用下，就听话地跑到锅底中心去了。这本来是个枯燥的力学原理，但到这份上读者得耐着性子弄懂它。

按说"捞面条的学问"到此为止了，然而这还只是正题的引子，作者是要引导读者进入更深的科学层次，"让我们将前面介绍的捞面条的两种方法稍加总结，……捞面条的问题是如何根据面条和面汤的物理几何性质将它们分离。……这种将两种或多种混合物的每一种成分分离开来的技术问题，从古以来，一直是科学家和工程师所执着研究的重要问题，一般就称为分离技术……"。作者再从浅显的、日常碰到的生产上的例子说明了"筛选法"与"扰动法"的科学原理，又进而引申到第二次世界大战期间分离铀同位素的美国研究原子弹的"曼哈顿计划"。作者是这样结束这篇文章的："曼哈顿计划不过是以大量的人力物力财力精细地'捞取'铀235这锅'面条'，从而使核技术跨进一个新时代。当今，我们正在和将要更精细地'捞'更难'捞'的'面条'，以使人类科学技术进入更为发达的时代。"原来"捞面条"里面竟有这么大的学问，说不定哪位青年读者看了这篇文章后，有志于毕生去从事"分离技术"的科学事业。这样的结尾就不是"蛇尾"而是"豹尾"了。

2. 同样，从读者的感情世界和经验世界中的科学问题作为切入点，经过设计，有意识地在科普作品的形式和结构中设置相应的环节，在传播科技知识的同时表达了"逻辑美"。

　　例如，发表在《青年科学向导》2000年第5期上笔者的文章《主宰生命的双螺旋》。本文原意是普及基因的科学知识的，但作者没有正面从"基因是什么"开头，而是从"探索生命的奥秘"切入："千百年来，'生命的奥秘'从来就是一个不容人侵犯的神圣领域。西方的基督教认为众生是上帝创造的；中国的神话传说里讲了，人类是女娲氏用黄土造成的。不论东方或西方的宗教都认为人是有灵魂的，有灵魂才有生命；只要坚持修炼，肉身死后，灵魂就会升入天国和极乐世界，或成仙成佛，或投胎转生富贵人家。"接着作者提出一个问题：

　　"人有没有灵魂，灵魂是什么东西？"然后告诉读者："由美、日、德、法、英，以及中国科学家参与的'绘制人类生命的蓝图'的计划，正在对上面的问题作出答复。在这些科学家看来，生命也可以用物理和化学的法则来加以说明。'人的生命产生了精神，而生命现象却是可以用物质来解释的'。""人类总有那么一些'叛逆'，他们往往是智慧的先行；他们不安于现状，敢于质疑，敢于创新，并因此促进了人类自身的发展，对于生命奥秘的探索也不例外。"于是文章谈到了人们发现和研究基因的科学史，解释了DNA的分子结构模型和它的遗传特性。"这么说来DNA上的基因倒真有点像灵魂呢？它确实能'投胎转生'。不过这是物质，不是精神。"

　　为什么说生命现象是可以用物质来解释的？文章接着用物质的运动，蛋白质和核酸的生理功能来解释了生命的特征与本质。"你们看，人体是不是像一架有机物质构成的机器。体内各种部件协调地运动就产生了生命现象。机器一旦老化或损坏到不能修复时，生命也就终止了。哪里有什么灵魂呢？不过你的基因已经'投胎'传给了下一代，由此生生不息。"

　　人类的基因图谱为什么是"绘制生命的蓝图"？作者在展望了人类DNA图谱研究与应用的前景后，得出了结论："不是上帝创造和主宰了生命，而是在适宜的生态环境下，蛋白质与核酸相互作用的结果；是氨基酸与核苷酸生物大分子的分离与合成，生物细胞长期多代遗传、变异的结果。冥冥之中没有天意，人类自己要掌握自己的命运。"

形象美

艺术重感性，具形象性；艺术创作主要依靠联想、想象和灵感，以形象思维为主。艺术认识世界的纽带是"感情"。形象思维是人们依据客观之象，经过主观创意的加工，创造出形象，运用形象进行表述。

科普作者运用形象思维进行科普创作的主要体裁是"文艺体"。文艺体是运用文学艺术的形式来记述或说明某些科技内容的一种创作体裁。它寓科学技术于文艺之中，把叙事、描写、抒情和议论不同程度地结合在一起。用群众喜闻乐见的各种文艺手段来宣传科技知识和科学思想，富有"形象美"，使科学较易为人们所接受。

文艺体科普创作的体裁有：科学散文、小品、诗歌；科学小说、故事、童话；科学报告文学、考察记、游记等。科学文艺作品可以说能够采用文学的所有体裁。

关于这些体裁的特点与作用，可以参考章道义、陶世龙、郭正谊主编的《科普创作概论》（北京大学出版社，1983年9月出版）。本文不再赘述。

本文仅就如何区别文艺体的"科学小品"与讲述体的"科普短文"提供一些意见。

科学小品是一种以科学为题材的小品文。它区别于讲述体浅说文体的科普短文在于运用了文学和哲学的情趣；区别于讲述体趣谈文体的科普短文在于运用了哲学的情趣。所以，一篇短篇科普作品，在界定它是否属于科学小品时，主要看它是否富含哲理。

科学小品在普及科学知识的同时，可以写景抒情、格物记事。这种古老的文学体裁有如行云流水，原无定形，可以兴之至，各出心裁；海阔天空、舒卷自如，不受时空约束，议论与叙事交融，兼跨形象思维与逻辑思维两个领域。作家对科学、对科学与社会生活之间关系的认识、感想、评价等，也不可避免同时是科学小品的内容。科学小品不同于科普短文的正在于它接触生活，作家于倾爱吐憎中烛古窥今、见微发隐、小中见大，把引人入胜的诗情画意、耐人寻味的哲理遐思，渗透到饶有趣味的科学知识之中。诗、哲、知三位一体。读者不仅能由此增长知识，而且可以启迪才智、陶冶情操。

当然，由于一篇作品的侧重面有所不同，科学小品和科普短文之间会存在一个模糊的边界层。

现以中国科学院过程工程研究所研究员、博士生导师罗保林的文章《对称与失衡》为例。这是一篇文艺体科学小品体裁的作品（经删节）。

我们生活在其中的自然界，物种繁多，异彩纷呈。

林木青葱的森林,绿茵铺陈的草原,陡峭高耸、逶迤连绵的高山,五彩斑斓、变幻莫测的大海，以及欢腾跳跃、曲折蜿蜒的涔涔溪流，都有生机蓬勃的生命。

无论是天上翱翔的，森林中奔跑的，树上栖息的，还是江河湖海中遨游的，地底下穿行的各种动物；以及大地母亲滋养的千奇百怪的植物，夜以继日，不断地奏响着生命的交响曲。

斑驳世界，万千变化，虽说光怪陆离，却也物以类聚，循以类似模式；撮其要点，归纳类同，特征也很鲜明。

大自然真的很神奇，看看你的周围，许许多多的植物与动物，尽管千姿百态，却不难发现它们蕴含有一个共同且鲜明的特征，那就是对称。

看看那些争奇斗艳的奇花异葩，青翠欲滴的绿叶，个个姿态万千，却总是相依相偎，你顾我盼，不离左右，似乎都有一位神奇的设计师给它们量身度造了不同的对称规范。

动物也是具有对称性的五官和肢体。无论是水中的鱼类还是天上的飞鸟，更遑论地上跑着的牲畜和野兽了。五官中眼和耳朵左右成对，鼻孔有对称的

植物具有类似的对称性的叶子、花瓣、形态

头部对称　　　　　　　　　　　　　形体对称

两个孔，嘴有上下两片唇；肢体中有对称的左右四肢或鱼鳍或鸟翼。

可以说对称竟然就是"天造地设"，所有活物概莫能外。

人更是具有独一无二的对称美。

对称性于人，不仅是外在的平衡和美，也是健康和生存的需要：左右手脚需要默契地配合，人才能行动自如。如果人只有一只眼睛，人的视野就会变小，对目标或距离的判断就会不精确，对物体形状的认知会发生扭曲。如果一只耳朵失聪，对于声源的定位就会出现差池。

而在自然界的其他方面，特别是物理和化学中，也都广泛地存在着许多对称的概念：生命从最原始的单细胞动物向多细胞动物的演化，就拥有了以"对称性"为特征的复杂性，如二倍体生物都能进行两性繁殖，有雌有雄；带负电的电子与带正电的反电子；场的南极和北极；物质和反物质；化学中的分解和化合反应；遥远的河外星系也存在着正旋和逆旋的旋涡结构，等等。

人们不禁感到疑惑：难道在宇宙中存在着一种奇特的普适性的对称规律？

确确实实，在自然界到处有对称。对称给人以美和秩序，"对称是自然观念"，对称性是最深层次的自然规律。

当你看到光彩夺目的鲜花时，是否知道花瓣对称开放具有几何美和力学美？绝大多数的花卉，为了适应自然环境，都有不同对称类型的对称性体型。比如，向上开放的花朵就常常具有轴对称或旋转对称的性质，因为这样可使受力状态相对于花蕊和花托处于最佳平衡状态，从而使之自重作用下抗弯折的能力是各向同性的。

在我们视觉能及的范围，我们接触了很多的对称，所以我们的主观意识里觉得对称才是和谐，没有对称或者对称破缺了，就会感到失衡了。比如，人有左右手，大家觉得这样看起来才顺，才是和谐的，一旦失去了一条手臂，就变得残缺不对称了，不和谐了，动作也会失衡了！

对称性启发了人类对美的思考和探索，对称性的感受逐渐成为人类的一项美学准则，人们在自然灵感的激发下，充分发挥自己的智慧，在建筑、造型艺术、绘画以及工艺美术的装饰等之中创造了无数精美的对称，留下了许多中、外著名的建筑、艺术珍品。

埃菲尔铁塔

巴黎凯旋门

印度泰姬陵

北京故宫太和殿

台北故宫博物院

对称给人以整齐划一、肃穆与庄严的秩序和力量感，让人感到和谐、稳定与美。

在世界各地，建筑师们用对称构建了无数美丽、魅力无穷的建筑，经久不衰，巴黎的凯旋门、埃菲尔铁塔，印度的泰姬陵，中国的故宫等等，夺人眼目的各样对称建筑美韵悠长，令人陶醉。

写景抒情、格物记事，议论与叙事交融

对称构造了整个世界，对称维系着整个世界，对称整合着整个世界的依存和秩序，对称恰如混乱世界的路标。

对称是客观的规律性存在，与生俱来，无可违逆。所有宇宙力量、数学结构都与对称有直接关系。

对称既简单又明了，实实在在触手可及；然而其来由的神秘及其内涵的深邃，又是遥不可及，无从探究。有人甚至迷惑地发问："对称是上帝的笔迹吗"？

对称的失衡与对称破缺

对称就是平衡。

对称给人以匀称、均衡、连贯、流畅的印象，所以才使人感到一种娴静、稳重和肃穆。

然而，一成不变或是雷同的对称模式，会显得单调、平淡，久而久之也常会使挑剔的人类产生视觉疲劳，让人思维凝固，甚至产生错觉。

失衡与破缺

"对称破缺"意味着原有对称的失衡，旧的对称关系不复存在。说得通俗些，天平两侧重物的质量如果不相等，天平一定会"失衡"倾斜，只有重新调整两侧的重量使之均衡，天平才能重新达到新的平衡。

对称是不确定性的，对称也是不稳定的，因而对称的失衡也就是司空见

惯的。正如小球的单摆运动，运动着的小球总是来回摆动，只有当运动停止，小球才能处于平衡位置。但是，对称的破缺，表明事物将进入一种新的依存和制约，将会出现新的机遇、新的生长、新的平衡，从而一种新的"图景"将出现。它酝酿着新的美学价值，蕴含一种新的秩序和稳定，事物将迈上一段新的发展阶梯。

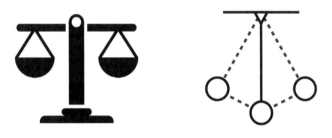

天平与小球的摆动

人们发现，对称并非美的唯一，那些曲折起伏、错落有致的不对称，也显现出更加宏大、更加蜿蜒曲折、峰回路转，因而更加蔚为壮观、气势磅礴，或者更为细腻迷幻、曲径通幽的奇异美。因此，对称的失衡与"破缺"，或将给人带来新的审美，新的遐想。

让我们来看看"破缺"的维纳斯女神雕像吧。

传说1820年，有个叫伊奥尔科斯的农民在希腊爱琴海米洛斯岛（Melos）上的一个山洞里，首先发现了一座倒塌的小庙堂，在庙堂的沙土堆中有一座雕像。他小心翼翼地把雕像挖掘出来，这就是后来的维纳斯女神雕像。这尊表达希腊人理想中美的观念的雕像本应是完美之作，可惜雕像出土时就失掉了双臂（古代希腊雕刻家在雕凿大理石像时，臂腕部分一般采取单独制作，然后装配，故毁坏时，往往接榫处先断裂），留下了美中不足的遗憾。

由于它是在米洛斯岛上发现的，所以又有"米洛斯的维纳斯"之称。

既然人们心目中的维纳斯是美的化身，因此有不少人为女神雕像的断臂扼腕叹息。人们觉得，人没有了手臂，那就是"破缺"，就是"失衡"。

于是有人要拯救维纳斯断臂的缺憾美，复原双臂一时成了艺术家、考古专家、历史学家最神秘也是最感兴趣的课题。维纳斯缺失的双臂究竟是什么样子的呢？这引起了西方美术对女神动作的多样考证，有人提供了各种"拯救"方案：左手持苹果搁在台座上，右手挽住将要滑下的腰布；或双手拿着胜利花环；或左手握着一束头发正待入浴，右手挽住将要滑下的腰布；或与战神在一起，左手搭在他的肩上，右手握住他的手腕……

拯救维纳斯断臂的猜想

无尽的猜测和美丽丰富的想象，让人们以无数梦幻般的"有"来填补现实缺憾的"无"，然而所有设想的双臂，都难以满足不同人们的各种祈望，引起了诸多艺术家、学者的激烈争辩，每一种方案都会遭受其他人的反驳；每一种"拯救"复原后的作品在原作面前都会黯然失色。人们发现，复原双臂后的维纳斯反而破坏了原先的缺憾美！"断臂维纳斯"用她的残缺为人们留下了无尽的想象空间，激发人的美好想象，让人们可以按照每个人独有的审美个性和审美情趣，去想象、去赋予维纳斯各种美丽动人的胳膊，以其现实中的"破缺"赢来想象中无尽的"完美"。让人用心、用意念去欣赏它的"美"，在想象中维纳斯成为"残缺美"的典范！

自然界同样也存在着诸多对称性破缺的例子。比如：弱相互作用力下的宇称不守恒、粒子与反粒子的不对称、手性分子的对称性破缺等等。对称性破缺是一个跨物理学、生物学、社会学与系统论等学科的概念，狭义简单地理解可归结为对称元素的缺失；或者理解为原来具有较高对称性的系统，出现不对称因素，其对称程度自发降低的现象。

对称破缺是事物差异性的方式，任何的对称都一定存在对称破缺。对称性普遍存在于各个尺度下的系统中，有对称性的存在，就必然存在对称性的破缺。假如没有对称性破缺，这个世界将会失去活力，也将是单调、黯淡的，没有物质与反物质的不对称，世界上甚至不会有生物。

大自然正是这样的建筑师。当大自然构造像ＤＮＡ这样的大分子时，总是遵循复制的原则，将分子按照对称的螺旋结构联结在一起，而构成螺旋形结构的空间排列是全同的。但在复制过程中，对精确对称性的细微偏离就会在大分子单位的排列次序上产生新的可能性，从而使得那些更便于复制的样式更快地发展，形成了发育的过程。

显然，对称性的破坏是事物不断发展演化，变得丰富多彩的动因。

富于哲理的结尾

稳定与失衡

对称又与人类生活和人类文化息息相关。或许是受到自然或物理现象的启发，人们在实际生活中大多喜欢对称，觉得对称就有平衡感，有某种秩序美感，看看天安门前的东西华表、牌坊门前左右蹲伏的石狮、大宅院的"门当"与"户对"、你家门前贴的春联，印章中凸起的阳文和凹陷的阴文，对称在人们的生活中俯拾皆是。

而感觉到的对称平衡似乎比看到的平衡更意境深邃，更加玄妙，比如人文中的太极、阴阳，比如"中庸之道"，社会矛盾中对抗的两极。

有了对称才会有平衡，对称遭遇破坏，失衡随之而来，秩序就会紊乱。社会崇尚公平和效率的平衡，社会的不公正，将会打破这种平衡，引发社会

阴文、阳文印章

牌坊

门前蹲伏的石狮　　　　　　门当户对

的危机，造成秩序的破坏。因而，需要法制、法治来保障社会公正，维护不断变化情况下的公平与效率的平衡、稳定与和谐。

人与自然亟须和谐相处，人对自然的索取与回馈也必须相互对称，对资源的过度开发，对环境的日复一日的破坏，必将打破人与自然的平衡，使人与自然关系的"对称"遭遇破缺，这种失衡也终将给人类以惩罚。自然的法则必定会改变这种失衡，重新确立新的对称与稳定，维护人与自然的和谐。

然而，在自然界中真正重要的对称性并不是事物的对称，而是法则的对称。自然法则的对称性，表现在当人们从自身观察自然现象的角度做出某些改变时，自然法则并不改变恒定性。

类似的，我们在生活中做出抉择，打破原有的对称，进入新的稳定态，就是在以不稳定的潜在的自由换取稳定的现实的一种过程，一种经历。

社会的治与乱、稳定与失衡，同样是社会发展前进的根本原因，没有不断的否定，甚至否定之否定，社会就会停滞；没有生产关系的变革，就不可能有生产力和经济的更大发展；对社会结构的失衡、各种诉求的变化不做出及时反应，就会影响到社会的和谐与稳定。

人们的生活又何尝不是如此，守旧、一成不变、没有矛盾就不会有生活的多姿多彩，死水一潭是不会有生命的蓬勃与生动的。因此，生活需要和谐、稳定，但一定不能"抱残守缺"，否定旧的是为了开创新的，对称的失衡是为了生动与多彩！

对称赋予世界以统一的共性，给出了和谐与有序，但对称的失衡或破缺则在造成差异，带来新的特性和活力，使世界更加多样，更加鲜活，更加精彩。现实世界的存在和演化正是对称与对称破缺的完美统一。

近年来，笔者从张景中、吴全德两位院士的科普作品中感悟到科学确实有感性的"形象美"。怪不得陈景润会迷醉于"数理王国"之中，想来他不但在脑海里看到了数学"逻辑美"的意象，而且也看到了数学的"形象美"。

那是 10 年前的事了。数学家张景中院士来京开会。笔者去拜访时，他正伏案工作，电脑屏上有一朵美丽的花朵，彩色的花瓣不断地舒展、演变着，仿佛是一个生命体，正展示着她的千姿百态。笔者简直看呆了！景中先生说：这里演示的是"数学的动态美"。它所反映的其实是一个很简单的几何图形中一个点的运动变化。随便画一个圆，圆周上任意作 3 个点 A、B、C，把两点 A，B 连成一条线段，线段上取第 4 个点 D，作线段 CD，再在 CD 上任取一点 E，想象 A、B、C 是 3 个抬轿子的，E 是坐轿子的。3 个抬轿子的在圆上用各自不同的速度奔走，那么 E 的轨迹是什么样子呢？

任何一位小学生，学习十几分钟，就可以用"超级画板"作出这个几何图形，再用"超级画板"的轨迹功能作出坐轿人运动的轨迹。给 3 个抬轿子的速度的不同设置和 D、

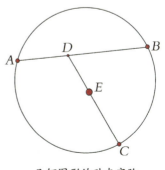

几何图形的动态实验

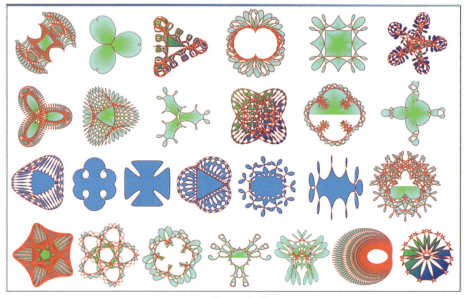

数学的动态美

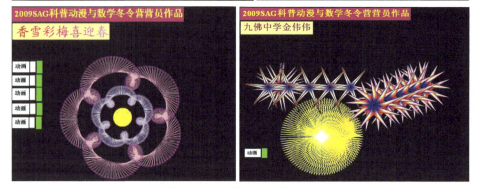

"超级画板"软件应用展示

分形几何学图形

E 两点不同位置，做做数学实验，就会得到成百上千种图案。

笔者在大学时代，成绩最差的就是数学，想不到这门枯燥的"纯科学"竟然蕴含着如此丰富的"感情"！如此简单的几何图形居然蕴含如此丰富的美丽图案，这是数学的美！正是，"万物皆有爱，科学也多情。"

"超级画板"是张景中先生根据上述原理，编制的"科普数理动漫"软件。孩子们作为审美主体，可以充分发挥想象力，运用它去发现、制作出美丽的数理形象。

近日，我查阅到，20 世纪 80 年代产生了一门新的数学分支——分形几何学。这是研究无限复杂的自相似图形和结构的几何学。这是描述大自然的几何学，揭示了世界的本质。它是科学美和艺术美的有机结合、数学与艺术的审美统一。枯燥的数学不再是抽象的哲学，而是具象的感受。

吴全德院士是北京大学研究纳米科学的。他在研究"金属纳米薄膜的成核生长机理"时，发现科学实验能够把科学与艺术融合起来，使它既反映深奥的科学问题，又具有艺术欣赏价值。他用电子显微镜拍摄了银胶粒聚合而成的"野花""鲜果""海马"等许多美丽的形象。由此，他认为"科学美"可以是抽象的，也可以是形象的，可以用视觉欣赏。科学实验会出现各种各样极为复杂的图形，包括许多分形图形。他探讨了"科学实验艺术"形象美形成的机理，撰写了科普图书《科学与艺术的交融·纳米科技

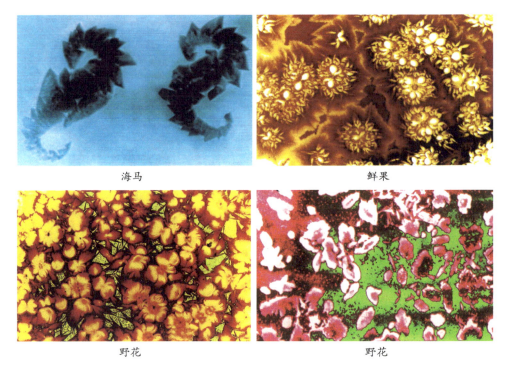

海马　　　　　　　　　　　　鲜果

野花　　　　　　　　　　　　野花

与人类文明》（北京大学出版社，2001 年 7 月出版）。

哲理美

将"逻辑美"与"形象美"融为一体，运用"文学艺术的心灵与笔触去释读与演绎科学技术"，或者简化为"使用感性的文笔；释读理性的科学"就产生了"哲理美"。笔者认为，这是当前需要提倡的创作方向，如文前所言"科普的社会功能可以概括为一副对联和五个词组：一副对联是'解读自然奥秘，探究人生真理'；五个词组是'求真、崇实、启善、臻美、至爱'"。这种作品兼跨形象思维和逻辑思维两个领域。在这里，不仅仅是科学内容与文学形式的结合，科学的内容也具有文学的意义，符合文学的要求。文学与科学一样，都是我们认识世界的眼睛。由于文学向科学渗透，在同一篇文章中，科学与文学能够各自从不同的侧面向纵深开拓，互相补充，发挥着认识同一事物的特殊功能。期望读者在获得科学知识的同时，感悟人生。

笔者曾经尝试创作了一批"科学散文"：《蒲公英的情怀》《故乡的小河》《悠悠寸心草》《让世界充满爱》《大雁情》《仰望星空》《生命永恒》等。

科学知识会过时和更新，但文学的价值却是永存的。

现以《生命永恒》为例，抛砖引玉，求教方家。

唐代诗人李白在《春夜宴桃李园序》中说："夫天地者，万物之逆旅；光阴者，百代之过客。而浮生若梦，为欢几何？古人秉烛夜游，良有以也。"无非是叹人生苦短，人们只是生命旅途中来去匆匆的过客。老子说："生者寄也，死者归也"。

是啊！人生不过百岁（算长寿的了），而细菌（如大肠杆菌）呢？每18～20分钟就算是一代了（真叫短命）。正如宋代欧阳修所说"生死，天地之常理，畏者不可以苟免，贪者不可以苟得也。"这是宏现的生死观。

生态学认为：生物体是由不同层次构成的，每个层次都有其自身的独特的结构和功能，生死的本质也不同；生态学对生物体的分类是物种的个体、种群、群落及生态系。对个体而言，有生必有死，死亡是生命发生、发展的必然规律；而对种群而言，并无生死之别，生命是永恒的，除非像恐龙那样种群灭绝。

细菌属于原核生物。原核生物是由一些没有细胞核的细胞组成的低等生物。一般没有细胞核膜，但依然有遗传物质。大肠杆菌不到20分钟就分裂一代，1变2、2变4、4变8；若是八叠球菌，那就1变8、8变64、64变512。在这个分裂过程中只见生、不见死，始终保持着生命信息载体的转运和扩增（复制），不断增殖，以至于无穷。其他生物体，也都有各自的生死周期。生是永恒的，死是暂时的；死是生的开始，生是死的继续。

人类是一种高等多细胞真核生物。真核生物是所有单细胞（如真菌、霉菌和酵母）或多细胞的、具有细胞核的生物的总称。由于具有细胞核，因此细胞分裂过程与没有细胞核的原核生物大不相同。对人类的个体而言，生命

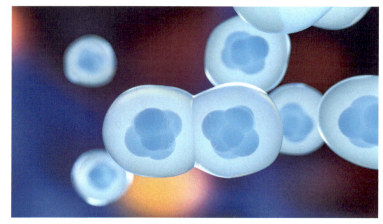

细菌分裂

是暂时的，但是您的 DNA 上的生命信息——基因，已经遗传给了子代，因此对您的家族来说，生命是永恒的。

曹操有一首诗说："神龟虽寿，犹有竟时；腾蛇乘雾，终为土灰"。对于任何生物个体而言，确实是有生必有死；但是，生命作为一种自然现象，却是生生不息的。

我国大连医科大学康白教授认为：生命是物质运动的一种表现，其特征是能够自我复制和代代相传。生命有 4 个属性：

1. 生命信息。信息是密码，不是物质，是物质基本粒子或作用量子"波

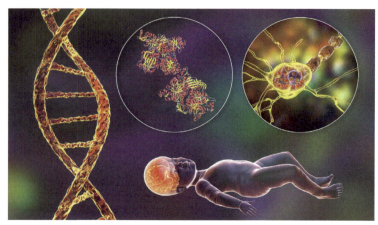

DNA 上的生命信息

粒互补"高速运动所形成的密码。所谓"波粒互补"可以这样来理解：物质世界的光可以表现为光子，也可表现为光波。这是一个有代表性的"粒相与波相"的关系。大肠杆菌内 DNA 的双螺旋运动，每分钟可达数万转。 2. 信息载体。信息如果没有载体就没有表现的形式。这个载体就是 DNA。3. 生命载体。这是信息载体扩增和传递的动态实体，是遗传信息的驿站。4. 生命本体。个体生命只是生命本体长河中的一个质点。生命本体存在于生命信息、信息载体及生命载体的全部运动的过程中。

呼唤生命的真谛！

生命的连续性是生命信息连续性的表现。生命信息的动态发展，表现出个体生命的间断性和种群生命的连续性。

这是科学的生命观；又是人文的生死观。你我只是永恒的人类生命长河中瞬间的载体。在这短暂的一生中，为了祖国的昌盛、子孙的繁荣，我们应该做些什么呢？留点什么呢？方才不枉人间走一遭！

正是，"临生无须哭，谢世莫要愁。生死无尽日，原始又反终。"

语言美

言之无文，行而不远。科普作品还应讲究文采，力求文笔优美，甚至要具有艺术的感染力。作品的文采，主要表现在语言艺术上，在通俗和准确的基础上讲求鲜明生动、简洁流畅，"惟陈言之务去"，以形成自己的文章风格。"风格"就是作家在创作中所体现的艺术特色、创作个性。作家由于生活经历、学识素养、个性特征的不同，在处理材料、驾驭体裁、描绘形象、运用技巧、遣词造句方面体现各自的特色。

科普作品的美感，尤其是科学散文，在很大程度上表现为"语言美"。关于语言美的基本特征，苏轼在《答谢民师书》中作了精辟论述："常行于所当行，常止于不可不止，文理自然，姿态横生"。语言艺术风格多种多样，古朴华丽、刚劲委婉、细腻简洁、幽默谐趣。无论何种风格，在整篇结构紧凑凝炼的基础上，行文自然、语言明快，是我国散文民族传统的精髓。

现以笔者的散文《长青草与仨老头》的片段，忝为佐证：

"离离原上草，一岁一枯荣。野火烧不尽，春风吹又生。"这是我国唐代诗人白居易所作，脍炙人口的《赋得古原草送别》一诗的前半首。其后半首为"远芳侵古道，晴翠接荒城。又送王孙去，萋萋满别情。"就不一定尽为人知了。此诗写出了野草顽强的生命力，而又以草寓情，贴切自然地表达了朋友之间永恒的情谊。诗句也道出了大自然的普遍规律，即使有着旺盛活力的野草也得"一岁一枯荣"。然而——

有一些草，经过科学配伍，悉心培育，它们就能够相辅相成，长青不败；更妙的是，还可以育成草毯，卷起搬走。将它铺在你家的阳光厅里，布置一个生态角；或者干脆植在小院里，种两株松柏，长几丛凤竹，布数块奇石。冬雪初融，草儿从冰凌中露出了尖尖角，越发感到青翠欲滴。像画家在严冬萧瑟的背景中，抹上了几笔新绿，让你仍然感到生命的顽强与萌动。

有仨老头，他们都干"爬格子"的活，都年届古稀了，都经历过几乎相同的人生坎坷，都是毛泽东时代磨炼出来的文化人。相同的经历，相同的爱好，相同的命运，加上改不了的"臭老九"脾性，于是他们一见钟情、相见恨晚，结为知己。这仨老头中，就有我一个；那俩就是广西柳州市科普作家协会的

"仨老头"自左至右：汤寿根、顾钧祚、欧同化

两位名誉理事长：欧同化和顾钧祚。

结构美

结构是作品的骨架，是表现作品的内容，显示作品的主题的重要手段。对于一篇优秀的科普作品来说，必须要有一个完美的结构，即完整、和谐、统一。完整就是要内容充实、脉络清晰、因果分明；和谐就是要主次分明、前后呼应、协调匀称，切忌章节杂乱、旁枝丛生；统一就是要格调一致、起承转合、顺理成章，观点与材料形成一个完美的统一体。读者不仅从文章的内容上，即使在文章的结构上，也能体会到"和谐有序"的美感。结构美其实正是科学的内在美。DNA双螺旋阶梯形结构，若画其与螺旋轴垂直的平面投影（顶视图），则形似一个漂亮的五角星勋章；雪花美丽的对称有序、千变万化的晶体结构，莫不令人惊叹大自然造物之工。结构是科普作家对题材进行全面调度和把知识加以深化的一种艺术审美。

求索（笔名）于《科普创作》杂志1990年第3期上发表的《科普作品的美感》一文中谈道："科普作品的美感，另一重要方面就是文章的结构美。文学作品要求用美的形象来表现社会生活，要求美的内容和美的形

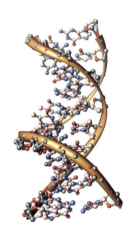

结构美是科学的内在美

式的统一。科普作品毕竟是姓'科'的,以科为主。对于大量的科学信息、科学材料,要进行恰当的编织和组合,在结构上做到疏与密、繁与简的统一。散文素来要求谋篇布局艺术,无论内容繁简,都应该做到主线分明、层次清楚、脉络清晰、腴瘠有致,'疏可走马,密不透风',使整篇文章结构匀称,无论从整体还是局部看,都觉得很美。刘勰说:'义贵圆通,辞忌枝碎,必使心与理合,弥缝莫见其隙'[1]。这些话深刻地阐明了文章结构美的规律,科普作品也应该努力做到"。

现以 1983 年《科普创作》杂志发表的朱毅麟院士的文章《能乘电梯登天吗?》为例。

作者首先从读者熟知的中国古代神话切入:"传说在巍峨的昆仑山顶上有一棵叫'建木'的参天大树,谁要是能沿着这棵大树攀登到顶,谁就能进入天宫,得道成仙"。接着作者提出了一个问题:"今天如果有人建议:从航天站上挂下一条长长的绳梯,直达地面。人们可以沿着这条绳梯攀登上天,也许会被认为是胡思乱想,痴人说梦。其实,这个设想虽属大胆,

---

[1] 出自《文心雕龙·论说》。

科学家们正在从理论上分析实现的可能性，其中包含有许多有趣的力学原理，值得我们探讨。"这个问题会引起读者的感情认同而急于知道下文，然后抓住读者的逻辑思维步步深入。文章从能否在地球赤道上建立一座高塔，人们能否顺着这座高塔直达地球同步卫星开始进行分析，结论是没有这种可能性。因为："塔的形状总要上面小下面大才能站得稳。高度越高，底面积要越大。"如果要造一座这样高的塔，底面积就要相当于整个江苏省那样大。这显然是办不到的。而且，塔底的直径也不能缩小，否则它相对来说就细长得像一根铁丝一样，没法在地面上站起来，而且受不得一点压力。真是"万里高塔难竖起"（文章《能乘电梯登天吗？》中的小标题）。但是，铁丝的特点是不经压，却经拉，一根细细的铁丝却能吊起一辆摩托车。那么，建造一座受拉力的塔，从人造卫星上挂下来，像直升机上的绳梯一样，岂不是可以大大缩小它的直径和体积吗？问题似乎解决了，作者却又进一步提出了新问题：人造卫星之所以不掉下来，是因为它绕地球旋转时所受到的离心力抵消了地球的引力，可现在卫星下面拖了根长长的尾巴坠着它，岂不是要掉下来了吗？怎么办呢？不要紧，如果在卫星的上面再造一座高塔，这座塔在旋转时产生了一个新的离心力，刚好抵消了下面挂着的塔的坠力，不是又平衡了吗？而且，从上塔的塔身各点的离心力来分析，始终是上面的力大于下面的力，也是一座受拉力的塔。这叫"形影相吊成双塔"（文章《能乘电梯登天吗？》中的小标题）。这样做，看起来不错，但让人像爬楼梯一样爬上去，是万万不能的。请不要着急，"未来的天梯当然不会像云梯那样一级一级地让人去爬，而是做成管状通道。人和载人的飞船被装进电梯里，沿管道升降"。飞船在下面管道里上升要花费一定的能量。但"在上升过程中，随着高度的增加，重力越来越小，离心力越来越大"，等到上升到上面的管道后，离心力超过重力，电梯就会加速上升，飞船自动直达出口，飞往其他星球。正像一棵黄豆装进一根长长的玻璃管中，用手使劲一甩，黄豆就顺着管子飞出去了。果真是"攀登太空有捷径"

（文章《能乘电梯登天吗？》中的小标题）。请看，人们利用这些办法，真的可以乘电梯登天了！

注：本文是于 10 年前，在中国科普作家协会第四届理事长张景中先生的鼓励下开始构思的，多年来由于与青年科普作家沙龙合作编创图书，迟迟未能动笔，因此脱稿后曾向景中先生汇报并请审阅。

撰写于 2014 年 2 月 22 日

参考文献：[1] 杨恩寰. 美学引论 [M]. 北京：人民出版社，2005.

[2] 周莉. 身边的美学 [M]. 北京：中国林业出版社，2004.

[3] 章道义，陶世龙，郭正谊. 科普创作概论 [M]. 1 版. 北京：北京大学出版社，1983.

[4] 高亮之. 爱的哲学 [M]. 杭州：浙江大学出版社. 2011.

科普创作向何处去？
——信息技术的发展对科普创作规律的影响

　　21 世纪的特征是："数字化的世界、知识化的时代、学习化的社会"。由此而导致科普创作理念的更新："文理结合、传播智慧；以人为本、受众为主"。互联网的发展与普及，对科普创作规律产生影响，从而引起"三个淡化"：作者与编者的界限淡化了；采、编、创的分工淡化了；单纯科技知识普及（科技知识性作品）的功能将为网络技术的发展和普及所淡化。3G 的含义是："将'移动通信、广播电视、互联网'三网一体化；而 3G 手机的拥有者，除了是信息的接受者、消费者，还可以是信息的生产者和传播者"。于是 3G 技术平台上的科普创作也显现新特点："短小、直接、快捷、新鲜、趣味、实用"。随着 4G、5G 的推进，原创科普作品，以及科普创作的方向应可体现为 4 点：一、科学技术与文学艺术相互渗透，用文学艺术的心灵与笔触来释读和演绎科学技术；二、科普创作的社会功能是："解读自然奥秘，探求人生真理", 让受众在获得科学知识的同时, 感悟人生; 三、以科学之美去感染受众, 从而使其产生探究科学胜境的意愿, 并引导受众进行主动学习; 四、适应当前人们的生活方式和新媒体技术背景下快节奏阅读的要求, 探索科技知识碎片化创作、系统化整合的非线性创作的技巧。

20 世纪末、21 世纪初, 前后 20 余年间, 知识经济与信息技术的飞速发展, 深刻地改变了人们生活、学习和工作的方式; 互联网的发展与普及冲击了传统的科普创作理论, 引起了科普创作理念、内容和手段的更新。我们无法预料社会与技术的革新, 是否将导致传统科普创作规律的终结; 但是, 根据它们的来龙去脉, 可以来分析一下: 科普创作向何处去?

21 世纪的特征

人们生活在 0 与 1 组成的数字化世界里

21 世纪是个什么样的世纪?

这是一个数字化生存的新世纪。

我们已生活在一个以知识和信息为代表的, 由 0 与 1 组成的数字化世界里。"计算不再只和计算机有关,它决定我们的生存"。比特(信息的最小单位)作为"信息的 DNA"正在迅速取代原子(物质)而成为人类生活的基本要素。"后信息时代"已悄悄来临。

后信息时代的根本特征是"真正的个人化"。这里的个人化,不仅仅是指个人选择的丰富化,而且还包含了人与各种环境之间的协调与配合。"人不再被物役,而是物为人所役"。在科技的应用上,人再度回归到个人的自然与独立,不再只是人口统计学中的一个单位。

大众传媒已经演变成个人化的双向交流。信息不再被推给消费者;相反,人们可以把所需要的信息拿过来并参与到创造信息的活动中。媒介不再是信息的通道,而成为人类感官的延伸。信息技术的革命彻底改变了人们的生活与工作。人们已拥有电子化办公、数字化生活、虚拟的世界和社会。

这是一个知识产业化、国民经济知识化的新世纪。

科技知识的生产、分配、消费活动将从依附于农业经济活动和工业经济活动的服务部门中分离出来,发展成为独立的知识经济产业。知识经济是在充分知识化的社会中发展起来的经济,是促进人与自然协调、可持续发展的经济,是以无形资产投入为主的经济,是以知识决策为导向的经济。科技知识是不同于物质形态资源的一种资源。它可以共享,可以耗散(即知识本身所含有的价值被人们完全认识并已在市场上失去了它的存在空间),也可以再生。因此,知识经济的发展依赖于知识的不断创新。而科技知识的创新将依赖于人们思维的解放。值得注意的是,人类思维能力的发挥是和他们的人文素质分不开的。

这是一个终身学习的新世纪。

国际 21 世纪教育委员会向联合国教科文组织提交的报告《学习——内在的财富》中指出:"终身教育概念看来是进入 21 世纪的一把钥匙","把终身教育放在社会的中心位置"。

在知识经济时代，人是社会的主体，终身学习将成为人的自我完善、自我发展的必然要求，正规教育并非是学习的唯一途径；人只有终身受教育才能适应不断进化着的社会。终身教育、终身学习构成知识社会的基础。知识和学习把人们联系在一起，增强了人与人之间的相互依赖，增强了人与社会、人与自然的联系。在这里需要重视的是，由于知识已成为商品，轻易就能学到的现成知识，多半没有价值。因此，形成自身的知识生产能力就至关重要了。时代所需要的人是那种能自己动手获取新知识、新技术的人，是那种能"学会学习"从现代知识的获取向求知能力的开发转变的人。

21 世纪的特征是：数字化的世界、知识化的时代、学习化的社会。21 世纪所需要的人才是：文理兼容的、具有知识生产（创新）能力和知识管理（运用）能力的开放型人才。

21 世纪科普创作的新理念

人们将拥有一个信息化的地球

文理结合、传播智慧

在 21 世纪"自然科学、技术科学和人文科学、社会科学交叉融合，将成为强大的潮流"（周光召）。科学精神、科学思想、科学方法的弘扬和传播，提高人们的综合素质，将日益为人们所关注。随着各学科的边缘化，各学科之间的联系正日益密切，文理不再分科将是发展的必然趋势。文中有理、理中有文将是未来学科的特点。

完整的知识概念要融会"知"和"行"两个方面，凝聚为做人与做事的智慧和能力。新时代的科学普及不仅仅是传播知识，更重要的是传播"智慧"，不但要告诉人们怎样"做事"，而且要告诉人们"做人"的道理。18世纪培根的名言"知识就是力量(Knowledge is power.)"，如果"Knowledge"指的是"科学技术知识"的话，那至少是片面的。科学技术知识不能就等于力量，必然物化为生产力才能形成力量。而物化为生产力所需要的知识就不仅仅是科技知识，相对来说更重要的是运用、管理科学技术的知识。这就是"智慧"了，智慧是驾驭科技知识的知识，是将现有知识最大限度地转化为生产力的知识，智慧才是力量的源泉。

"智慧"是科学知识、科学精神、科学思想、科学态度、科学方法的总成，是自然科学、技术科学、人文科学、社会科学的结晶，是学习、生产、运用、管理知识的能力。

根据新时代对人才的要求，以及建设"创新型国家"的需要，"文理结合"将是今后科普创作的特点。

以人为本、受众为主

知识经济社会是体现人自身价值与尊严的新时代。人不再是科学技术的奴隶，而是科学技术的主人。21世纪将是以人文科学的思想、观念和方法来规范世界与驾驭科学技术发展的新世纪。

科学技术理性发展的价值坐标是关注人自身命运与价值的人文精神和人文关怀。人文精神是人性真善美与民族性的体现；人文关怀是指以人为思考的出发点，肯定人的自身价值和尊严，并以人文科学的思想、观念和方法为依据，去思考科学技术发展的合理性，排斥科学技术对人自身的异化，关注人的全面发展和根本处境。

科学作为一个文化过程，它具有这样的特点，即科学系统本身具有一种自我延续、自我繁衍的本能，而且科学繁衍的方向往往导源于科学自身运行的惯性，其中包含某种指向不确定的盲目性，如不予以适当的引导和调控，往往呈现与人类的人文理念相背离甚至相冲突的趋势。如：基因密码的破译导致基因武器的开发，对自然资源的开发利用研究导致资源短缺和环境恶化等。这都说明了自然科学的发展方向越来越需要人文科学对它的规范与干预。

如果我们的科普作家本着人文精神去写与人类息息相关的自然界，用文学艺术的心灵与笔触去释读科学，呼唤人类的良知和理性，关心人的切身利益，一定会引起受众强烈的感情认同和参与热情。

科普创作要贯彻"受众为主体"的思想。作者不是让受众被动地接受知识，而是启发和引导受众进行主动的学习。

作者与受众的关系是一种人与人之间，生命与生命之间的互动与对话，是一种认知和感情世界之间的互动与对话。不同的读者对象都有不同的感情和经验世界。作者要善于调动和启发读者的感情世界、经验世界，使其产生积极的情感认同和虚拟的亲身领悟，从而与作者所阐述的知识产生联系与契合，进而将作者的知识融为自己的知识。

这样的科普创作将是一种经过深思熟虑后的巧妙的设计。以少儿科普为例，作者在科普作品的形式和结构中考虑设置相应的环节，让读者结合作品进行自学：自己收集信息、自己进行探索、自己发现问题、自己作出评价、自己反复验证，去亲身（虚拟）实践研究的过程。这样的直接经验已融入读者自己的经验世界而终生难忘了。

这种科普作品已不仅仅是知识的载体，而是针对读者学习科学的过程所设计的融知识、技能、方法、人格教育于一体的"综合指南"。

互联网的发展对科普创作规律的影响

互联网的发展引起了科普创作规律的更新

互联网技术的发展和普及，引起了3个"淡化"。

1. 由于因特网上的科普资料是可以共享的（包括图像、影视、声音、文本等），一部科普作品的关键在于创意。未来的科普作家（文学创作部分除外）必然也是创意、策划，以及收集、组织科技信息的编辑家。作者与编者的界限淡化了。

2. 科普作者使用一支笔、一张纸进行创作的时代即将过去。我们需要懂得，甚至掌握数字化创作的手段。这就是"多媒体非线性编辑系统"。

所谓非线性编辑是相对于传统的编辑是线性编辑而言的。例如，以摄影记录作为媒体，录像带本身是线性的，作者或编导只能编完第1个镜头再编第2、第3个镜头；而在非线性编辑系统中，作者所采集的各种镜头，在计算机中贮存的物理位置与线性无关，无所谓先后，可以任意提取，可以先编后面，再编前面。在编创模式上，突破了线性的概念。

作者（编导）可以根据对主题的构思，将采访、收集到的各种镜头、图画、声音、文本、资料，通过"非线性编辑系统"，输入、贮存到计算机硬盘的不同地址中，然后再调出来，根据作者的构思进行编创。完成的作品以磁带、光盘、网络等不同媒体传播出去；也可以通过有关软件，编辑、制作成出版图书的胶片。

在这里，我们可以看到，采、编、创的分工淡化了。

3.高度发达的计算技术和信息技术，已将时空极度"压缩"，时间与空间已不再成为人们交互的障碍。随着"搜索引擎"的不断完善，所有的科技知识在网上都能找到。因此，单纯科技知识普及（科技知识性作品）的功能将为网络技术的发展和普及所淡化。但是，寓科学技术于文学艺术之中，弘扬科学精神，宣传科学思想的作品是难以替代的。科学文艺和文理结合的科普作品的社会功能将会日益显现出来。

数字移动通信时代的变迁与特征

5G移动通信即将兴起

3G 的含义

3G 是指"第三代数字移动通信"。1995 年问世的第一代模拟制式手机（简称 1G）只能进行语音通话；1996 年出现的第二代数字制式手机（简称 2G）则增加了一些数据传输功能，如手机短信等；2009 年出现的第三代（3G）手机与前两代的主要区别是：在数据传输速率上有了极大提升，能够在全球范围内更好地实现无缝漫游，可以随时随地方便地处理图像、音乐、视频流等多种媒体的数据和文件，提供包括网页浏览、电话会议、电子商务等各种信息服务。它真正实现了"移动通信、广播电视、互联网"三网一体。更为重要的是，3G 手机的拥有者，除了是信息的接受者、消费者，还可以是信息的生产者和传播者。它改变了诸如报纸、广播、电视的信息生产方式，改变了报纸、广播、电视等媒体消费者的生活方式：消费者不必再花钱订一份大而全的报纸，为大量自己不需要的信息和广告付费；他不必等待电视台播放某个他所喜欢的节目，不必忍受广告的折磨；他可以根据自己的时间，即时直接地向节目提供方甚至节目制作人点播想要看的节目。

3G 系统提供了前所未有的信息生产、传播与消费的模式。

4G 的含义

随着数据通信与多媒体业务需求的发展，适应移动数据、移动计算及移动多媒体运作需要的第四代移动通信已经兴起。4G 通信技术并没有脱离以前的通信技术，而是以传统通信技术为基础，利用了一些新的通信技术，来不断提高无线通信的网络效率和功能的。如果说 3G 能为人们提供一个高速传输的无线通信环境的话，那么 4G 通信会是一种超高速无线网络，一种不需要电缆的信息超级高速公路，这种新网络可使电话用户以无线及三维空间虚拟实境连线。

4G 通信具有下面的特征：

1. 通信速度快

人们研究 4G 通信的最初目的就是提高蜂窝电话〔蜂窝电话：为了能容纳大量的用户，可以把一个地理区域划分成许多小区。不是采用单个大功率的发射器，而是每一个小区由一个小功率的基站来提供服务。由于这些基站能够影响的范围比较有限，因此同一频谱可以在一个远离一定距离的另一个小区中再次使用。频率的再使用以及越区切换的操作方式合在一起就构成了小区（蜂窝）概念的主体。〕和其他移动装置无线访问互联网的速率，因此 4G 通信给人印象最深刻的特征莫过于它具有更快的无线通信速度。这种速度相当于 2009 年最新手机的传输速度的 1 万倍左右，第三代手机传输速度的 50 倍。有人拿 2G、3G 和 4G 做了一个很形象的对比：2G 好比绿皮车；3G 好比特快车；4G 就好比是动车。移动互联网的网速就像火车一样，一直在提升速度。4G 系统在目前已经可以达到每秒100 兆比特的下载速度，比拨号上网快 2000 倍，上传的速度也能达到每秒20 ～ 50 兆比特，并能够满足几乎所有用户对于无线服务的要求。

根据上面的解释，可以知道在网速方面 4G 与 3G 的区别了。最新的4G 体验报告说，40 多兆的视频，只需几秒钟就可以下载完成。

2. 网络频谱宽

4G 网络在通信带宽上比 3G 网络蜂窝系统的带宽高出许多。估计每个4G 信道会占有 100 兆的频谱，相当于 3G 网络的 20 倍。为此，通信营运商在 3G 通信网络的基础上，进行了大幅度的研究和改造。

3. 技术标准统一

4G 可以在数字用户专线和有线电视调制解调器没有覆盖的地方部署，然后再扩展到整个地区。由于 4G 在全球有着统一的技术标准，可以实现全球无线网络的无缝连接。

4. 通信灵活

从严格意义上说，4G 手机的功能，已不能简单划归到"电话机"的范畴，毕竟语音资料的传输只是 4G 移动电话的功能之一而已，因此 4G 手机应该是一部小型电脑，而且 4G 手机从外观和式样上，会有更惊人的突破，人们可以想象的是，眼镜、手表、化妆盒、旅游鞋，以方便和个性为前提，任何一件能看到的物品都有可能成为 4G 终端，只是人们还不知应该怎么称呼它。

未来的 4G 通信使人们不仅可以随时随地通信，更可以双向下载传递资料、图画、影像，当然更可以和从未谋面的陌生人网上联线对打游戏。也许会有被网上定位系统永远锁定无处遁形的苦恼，但是与它据此提供的地图带来的便利和安全相比，这简直可以忽略不计。

5. 智能性高

第四代移动通信的智能性更高，不仅表现于 4G 通信的终端设备的设计和操作具有智能化，例如对菜单和滚动操作的依赖程度会大大降低，更重要的是 4G 手机可以实现许多难以想象的功能。

例如 4G 手机能根据环境、时间，以及其他设定的因素来适时地提醒手机的主人此时该做什么事，或者不该做什么事；4G 手机可以把电影院票房资料直接下载，这些资料能够把售票情况、座位情况显示得清清楚楚，根据这些信息可以在线购买自己满意的电影票；4G 手机可以被看作是一台手提电视，用来看体育比赛之类的各种现场直播。

6. 兼容性好

第四代移动通信系统具有全球漫游、接口开放、能跟多种网络互联、终端多样化，以及能从第二代、第三代平稳过渡等特点。

7. 提供增值服务

4G 通信并不是从 3G 通信的基础上经过简单的升级而演变过来的，它具有与 3G 根本不同的核心建设技术。利用这种技术人们可以实现例如无线区域环路 (WLL)、数字音讯广播 (DAB) 等方面的无线通信增值服务。

8. 通信质量高

第四代移动通信不仅是为了因应用户数的增加，更重要的是，必须要因应多媒体的传输需求，当然还包括通信品质的要求。总的来说，首先必须可以容纳市场中庞大数量的用户、改善现有通信品质不良，以及达到高速数据传输的要求。

9. 频率效率高

相比第三代移动通信技术来说，第四代移动通信技术在开发研制过程中使用和引入许多功能强大的突破性技术，例如一些光纤通信产品公司为了进一步提高无线互联网的主干带宽宽度，引入了交换层级技术，这种技术能同时涵盖不同类型的通信接口，也就是说第四代主要是运用路由技术（Routing）为主的网络架构。

由于利用了几项不同的技术，所以无线频率的使用比第二代和第三代系统有效得多。

资费争议

"中国移动推出 4G 套餐，40 元包 300 兆流量，按照每秒百兆的速率，这个套餐 3 秒就用完了，3 秒 40 元，一个小时就是 48000 元。如果晚上忘了关闭 4G 连接，一觉醒来，你的房子都快成为移动公司所有了。"这则微博段子，24 小时内便得到近 3 万次转载，1 万次点赞。

网友的调侃与转载，凸显了人们对 4G 资费的担忧。对此，北京移动回应称，用户不用担忧，因为该公司推出 4G 国内（不含港澳台地区）数据流量提醒和流量封顶"双保险服务"：除了发送流量超量提醒，当客户每月流量费用累计到达 500 元时，会执行费用封顶，之后还会启动流量保护措施，关闭当月流量，下月自动开启。即便如此，不少用户依旧对 4G 持观望态度，资费成了首要担忧。

5G 的兴起

移动通信已经开始改变人们的生活，可以想见在不久的未来，人们即将面临爆炸性的移动数据流量的增长、海量的设备连接，以及不断涌现的业务和应用的前景。据预计，2010 年到 2020 年全球移动数据流量增长将超过 2 万倍；全球移动终端数量将超过 100 亿。到 2030 年全球物联网设备连接数将接近 1000 亿，其中我国将超过 200 亿。

4G 通信管道有一天也可能遭遇堵塞。因此，第五代移动通信 5G 系统应运而生。当前全球多个国家和组织都在关注 5G 的开发研究，届时用户可以感受到光纤一般的接入速率和零时延的使用体验。千亿设备的连接能力、超高流量密度、超高连接密度和超高移动性能等多场景的一致服务，真正实现业务及用户感知的智能优化。若仅用带宽来说明，3G 时代是 10 兆带宽，4G 时代是百兆带宽，而 5G 时代是千兆带宽。3G 到 4G 是量的提升，4G 到 5G 是质的变化。专家认为，对多数用户而言，5G 网络将等同于无限带宽。

新媒体时代的科普创作

互联网社交媒体平台

3G、4G 时代的科普传播手段和制作模式，本文不拟展开，读者可以参考沙锦飞的文章《新媒体科普：3G 时代的科普创新》（见本文参考文献 [4]）。笔者所关注的是"新媒体时代的科普创作"。

在新媒体时代科普作品的内容是要通过相应的形式表现出来的。作者所要阐述和描绘的科技内容，必须通过媒体，并按照内容的内在规律，用一定的结构和形式加以组织，使它成为一个完整的统一体，才能很好地表现出来。因此，作品的媒体、结构和体裁就成为构成科普作品形式的三个要素。

让我们来分析一下这三个要素。新媒体时代提供了一个强大的、高速的、即时的传播平台，并联结了移动通信、广播电视、互联网三大网络，确实能够深刻地改变人们的生产和生活方式，前途未可限量。但单就科普创作而言，新媒体不会像互联网那样，划时代地影响到科普创作的规律。新媒体是信息技术发展的继续。在科普作品形式三要素中，"媒体"，并没有根本性的变革；"体裁"，凡是科普创作的所有体裁（讲述体、文艺体、新闻体、辞书体、图说体）都适用于 3G 媒体；然而，局限于手机视屏（即使是大屏幕手机和滚动阅读），以及人们使用手机的习惯，在科普作品的"结构"及内容方面要有所创新。沙锦飞将适应新媒体系统科普创作的基本特征，归结为"短小、直接、快捷、新鲜、趣味、实用"。

2004 年，我国 2G 手机短信小说的开创者——千夫长，发表了他的言情小说《城外》，共 60 个篇章、每篇 70 字（占一个手机视屏）。4200 字的作品，拿了 40 多万元的稿酬（每字 100 元），在文坛掀起了一阵旋风。之后，短信小说的创作者风起云涌。

南京有位青年，将短信小说《作弊英雄》写在前胸后背上，赤膊上阵、招摇过市。

有作家认为："短信小说具有传统小说无法比拟的特性，每个人利用手中的手机，随时随地即可进行小说写作。""文化的传播渠道不是太多而是太少，短信确实为文化开拓了一条全新的通道。"苏童、赵本夫、范小青、毕飞宇、黄蓓佳等作家都把自己的作品授权改编成彩信或短信小说，以 70 个字为章节段落，进入了无数人的手机。听说，于丹也跟进了，利用 2G 平台来弘扬"孔孟之道"。

然而，并不是所有人都对短信文学有好感。评论家张柠认为，所谓短信文学，不过是文学的载体发生了变化，对文学的实质毫无意义："短信文学根本不成立，我不会将它作为文学领域的问题来谈。"作家韩少功对媒体说，短信文学不会取代传统文学，它就像是文学的零食，难以达到传统文学同样的艺术质量（《深圳特区报》王俊）。

看来文学领域的短信小说，与科普领域的短信作品有类似之处。

据报载，2010年12月27日，由新浪微博举办的"微小说"大赛揭晓，超过20万作品角逐10万元大奖，名人参与度之高，远超预料。举办者要求将幽默、恐怖、科幻、爱情、悬疑等元素，浓缩成140字以内的微小说，分享到微博。微小说当然适合于流媒体阅读。虽然，文学界对微小说有不同看法，认为"小说应该有结构、情节、人物、场景等，而微小说的微容量难以发挥。虽然有些作品比较感人，但那不是小说，像是心灵鸡汤、散文小说的片段"，但是，不可否认的是，微小说使文学与现代媒体手段相结合，适应当前时代快节奏生活、碎片阅读的要求，这是文学发展的一个趋势。科普创作界应该密切关注这个趋势，并且迅速行动起来。笔者不禁忆及20世纪中叶，日本科幻作家星新一的"微科幻"。

2010年6月21日，四川省科普作家协会与成都祥信合作兴办的全国第一家《科普手机报·科学探索版》在四川移动开通，每日一期。他们利用的是2G彩信平台，每篇文章可长达600字（不能超过篇幅，否则将无法显示），可以滚动翻页（看来由于难以争取到足够的用户，不久就停业了）。

据上海《解放日报》2011年6月初发布的消息称："i-news上海手机报由解放日报报业集团出品，实现移动、联通和电信三家运营商全覆盖。每日早晚两刊，发送最新天气预报、图文并茂的新闻和实用生活资讯。周一到周五，吃喝玩乐、理财投资、教育休闲等实用资讯。双休日附赠精美的休闲手机杂志《午后》。"他们的广告词为：精（精选报网信息）、简（简化阅读方式）、快（快速递送资讯）、乐（快活互动体验）。每月订阅费为3元。如果上海有100万手机用户订阅，则每月收入为300万元。

3元一个月的支出，谁都订得起，积少成多，这是一个多么诱人的市场啊！

据调研，2014年，我国的手机用户将超过10.75亿（部）。据中国互联网络信息中心2014年1月16日发布数据显示，截至2013年12月，中国网民规模达6.18亿。网民中使用手机上网的人数达到5亿。

科普创作界将为这样一个庞大的读者群体与市场做些什么呢？中国科普作家协会应当迅速占领这个阵地的制高点，凝集会员的智慧与力量，建设平台，形成产业，发展成为移动媒体三大运营商终端的内容提供商。为此，笔者尝试创作了《人菌之恋》（人与细菌的关系与相互作用）70集。每集600多字，独立成集（便于手机屏幕"碎片阅读"），文图互补阐明一个知识点，并力图与人文结合；各集连贯起来，就是一册"人菌关系"系统知识的科普图书。笔者将这种创作方法称之为"碎片写作、系统整合，非线性创作技巧"，以适应当前人们快节奏生活、碎片阅读的需求。现举其中两集为例：

16 玉面罗刹

花非花、菌非菌，玉面罗刹毒心肠。自然界有一种叫作"病毒"的微生物。它们有着如花似玉的外貌，却干着杀人不见血的勾当，活脱像一个女罗刹。艾滋（HIV）、非典（SARS）、禽流感、H1N1，一塌括之，概莫能外。

病毒是一种体积非常微小（直径通常为几十到几百纳米）、结构极其简单、高度寄生性的生命形式。它完全依赖宿主细胞的能量和代谢系统，获取生命活动所需的物质和能量。离开宿主细胞，它只是一个有机大分子，停止活动，成为一个非生命体；遇到宿主细胞后，它会通过吸附、进入、复制、装配、释放子代病毒，而显示典型的生命体特征。所以，病毒是介于生物与非生物之间的一种原始生命体。

其主要特点是：①一般都能通过细菌滤器，因此叫"过滤性病毒"，必须在电子显微镜下才能看到；②没有细胞构造，其主要成分仅为核酸和蛋白

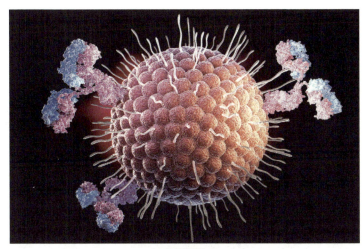

病毒结构

质两种，故又称"分子生物"；③每一种病毒只含一种核酸，不是 DNA 就是 RNA；④只能利用宿主活细胞内，现成的代谢系统来合成自身的核酸和蛋白质成分；⑤以装配核酸和蛋白质等"元件"的方式，进行大量繁殖；⑥在离体条件下，能以无生命的生物大分子状态存在，并长期保持侵染活力；⑦对一般抗生素不敏感，但对干扰素敏感；⑧有些病毒的核酸还能整合到宿主的基因组中，并诱发潜伏性感染。

近年来，病毒学家有一种看法，认为病毒在生命演化中可能比细菌还要原始。

18 鬼魅伎俩

艾滋病的"幽灵"在世界各地游荡，恣意横行，危害人类。人一旦感染上艾滋病病毒后，免疫系统会遭到破坏，引生并发症而丧命。人们会问，艾滋病病毒为啥能轻而易举地摧毁机体的免疫大军呢？

这要从人体淋巴细胞"受骗上当"说起。淋巴细胞是防护人体免受细菌、病毒攻击的重要卫士，是机体抵御疾病感染、肿瘤形成的英勇斗士。艾滋病病毒的可怕之处，在于它是专门破坏淋巴细胞的。艾滋病病毒上有几十个突出的探头，在探头上面布满了糖分子。艾滋病病毒的卑鄙之处，在于它利用"糖衣炮弹""腐蚀"了机体的卫士。面对这位"行贿者"，淋巴细胞看到的是包裹着糖衣的物质，便将"手"伸进了探头内部。艾滋病病毒用"糖衣""贿赂"淋巴细胞的阴谋终于得逞，就此打开了进入淋巴细胞的缺口。紧接着，艾滋病病毒又乘机利用探头，攻击淋巴细胞的接收和识别外来细菌或病毒化

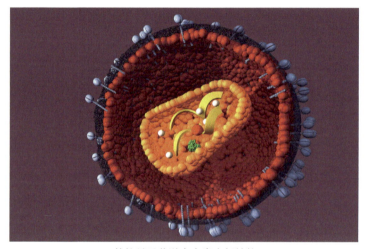

美艳杀手艾滋病病毒内部结构

学信息的受体，使之晕头转向、认不得南北东西。即使此时觉察到来者是危险的敌人，也悔之晚矣。艾滋病病毒已将自己的遗传物质由缺口注入淋巴细胞，并复制出大量新病毒，从而引起连锁反应，造成机体免疫系统的全线崩溃。人体失去了抵御和消灭外来细菌和病毒的能力，也无法清除体内变质的细胞，于是多重感染和癌症接踵而来，终于彻底消亡。

人体免疫系统并非不能消灭艾滋病病毒，关键是被艾滋病病毒的"糖衣炮弹"所"诱惑"。如能痛下决心，研制出可擦亮淋巴细胞"眼睛"的疫苗或药物，促使"人体卫士"廉洁从政，那么，号称"超级癌症"的艾滋病便到了寿终正寝的末日。

笔者认为，移动网与互联网是互为补充的。移动网以简短、便捷、即

时取胜，适应当前人们快节奏的生活；而创新思维的培育，需要系统的多学科知识的积累，甚至文学艺术熏陶，互联网则是不可或缺的有力工具。互联网与移动网将长期共存。

关于原创科普作品的思考

任何已有的科技知识都能从互联网上查到

因特网的发展已经使已有的科技知识成为共享的资源，任何人都可以使用搜索引擎，找到自己所需的科普资料。即使将这些资料，运用"浅说"或"趣谈"的体裁，加工写成的科普短文（不是科学小品），仍不能算是原创。因为就文章主体所谈的科技知识而言，任何人都可在网上查到。但是，大量的科技人员的最新研究成果，尚停留在论文形式。要求他们都来撰写为大众所理解的科普文章是难以做到的。像华罗庚、茅以升这样的科学大师，同时又有深厚文学根底的科普作家，毕竟是少数。现在，更是"凤毛麟角"了。那么，让他们专心致志地搞科研，我们来帮忙。我们要有一支队伍，和科研人员组成一帮一、两结合的对子，请他们当老师，学懂他们研究工作的原理，然后共同来创作。这样的作品才是原创科普作品。

根据笔者的创作经验，于 20 世纪 60 ～ 70 年代在中国科学院政策研究室和力学研究所情报室工作期间，就用这种方法创作了如《神奇的光》《磁悬浮列车》《热管》《一门研究裂纹的学问——断裂力学》《漫谈爆炸》等大量科普短文。

《研究裂纹的学问》是一篇典型的讲述体"浅说体裁"科普短文。它以事件的案例切入主题，简单明了，只要层次清晰、深入浅出就可以了。这篇文章是用我在力学研究所工作时所得到的第一手材料写成的。当时，断裂力学的研究工作在我国刚刚起步，社会上尚无相关的科普知识。

但是，如果以创新的构思，将现有的科普资料进行策划、整合、再创作的科普作品，仍不失为原创。例如从读者的感情世界和经验世界中的科学问题作为切入点，经过设计，有意识地在作品的结构中设置相应的环节，在传播科学知识的同时，弘扬"追求真理、崇尚事实、不畏艰险、开拓创新"的科学精神的作品。笔者曾用这种手法，创作过《主宰生命的双螺旋》等一些文章。

当笔者于20世纪80年代调到中国科普创作协会工作后，因为离开了创作的源头，就很少能出原创作品了。怎么办？ 80 ~ 90年代掀起了研讨科学精神和人文精神的热潮，以及出现了自然科学、社会科学、人文科学互相渗透结合的时代潮流，使我逐渐悟出了一条创作道路：运用文学艺术的笔触来释读科学技术，创作"文理交融"的科普作品。

这种作品兼跨形象思维和逻辑思维两个领域。在这里，不仅仅是科学内容与文学形式的结合，科学的内容也具有文学的意义，符合文学的要求。文学与科学一样，都是我们认识世界的眼睛。由于文学向科学渗透，在同一篇文章中，科学与文学能够各自从不同的侧面向纵深开拓，互相补充，发挥着认识同一事物的特殊功能。这样的作品，也是原创科普作品。

因为，文学艺术是人类对自然、人生和社会的客观记录与反映，也是文学家、艺术家心灵感受及其感情独特的表达与描述。它不仅需要对客观世界深刻的观察与体验，而且需要独具匠心的概括和表现。

　　我们的科普作家要本着这种精神去写与人类息息相关的自然界，用文学艺术的心灵与笔触去释读科学，呼唤人类的良知和理性，关心人类的切身利益，一定会引起受众强烈的感情认同和参与热情。

撰写于 2014 年 8 月 29 日

参考文献：[1] 尼葛洛庞帝. 数字化生存 [M]. 海南：海南出版社，1997.

[2] 朱小蔓. 知识经济时代. 教育观念更新·成人教育改革 [J]. 中国成人教育，1999,(2):8

[3] 翟立原. 对新世纪少儿科普创作的思考 [J]. 科普创作通讯，2001,(3):12

[4] 沙锦飞. 新媒体科普：3G 时代的科普创新 [J]. 科普创作通讯，2010,(2):16

·人物·（《科普研究》2009 年第 1 期）

用文学的笔触来释读科学

——访汤寿根 / 尹传红

汤寿根简介 编审，1932 年出生于上海市，1956 年毕业于华东化工学院。历任:《力学学报》编辑部主任，《科普创作》杂志专职副主编 兼编辑部主任，《现代化》杂志编辑部主任，科学普及出版社副社长、副总编辑，中国科协科技人物研究所常务副所长。曾任：中国科普创作协会副秘书长、中国科普作家协会副理事长，《科普创作通讯》杂志主编，中国科技期刊编辑学会副理事长。

合著有《科普创作概论》（获全国优秀科普作品奖二等奖）《科普创作通论》；独著有科普卡通文学脚本和图书《玻璃》《橡胶》；科学散文和科普短文有《故乡的小河》《蒲公英的情怀》《主宰生命的双螺旋》《活化石腔棘鱼》《悠悠寸草心》（获"节约、环保、文明"全国征文一等奖)等百余篇;科普理论著作有《科普作品三要素及其统一》《21 世纪科普创作新理念》《科学精神与科普创作》《人文精神与科普创作》等十余篇；主编有《现代化信息丛书》《花儿为什么这样红——新长征科普作品征文奖获奖作品选集》《现实题材科学文艺征文选集》《工交科普佳作选》（获全国优秀科普作品奖二等奖）、《奋斗——科学家的成才之路》（获中国图书奖荣誉奖）、《中华人民共和国重大科技成果选集》（主持出版社编辑工作，获中国图书奖二等奖）、《科技强国之路》等。

1987 年，中央宣传部出版局将其生平和业绩收入《编辑家列传》（展望出版社）；1990 年，获中国科普作家协会颁发"科普编辑家"荣誉证书； 1998 年，获中国科技期刊编辑学会颁发"科技编辑家"金牛奖证书；2004 年，获中国科普作家协会颁发"科普编创学科学术带头人"证书；2007 年，获中国科普作家协会颁发"'四大'以来成绩突出的科普作家"证书。

■ 跟"草"有缘

尹传红 汤老，前几天我从报上看到消息说，全国数十家报纸、期刊和网络媒体共同参与的"节约·环保·文明" 科普征文评选结果揭晓，您的大作获得了一等奖，首先向您表示祝贺。

汤寿根 谢谢！这次科普征文活动的意义和规模都很大。它是遵照温家宝总理批示，由国家发改委、中宣部、中国科协领导支持的项目之一。自 2007 年 6 月启动以来，投稿人数超过了 100 万；来稿涵盖了对节能环保的思想认识、经验体会、教训反思、政策建议，以及有关节能、节水、节材、节约土地和矿产资源、保护环境、生态平衡、循环经济、可持续发展等各方面内容。

尹传红 都涉及"建设资源节约型、环境友好型社会"这个大主题，全社会都很关注啊。

汤寿根 我获奖的那篇文章题目是《悠悠寸草心》，发表在 2007 年

10 月 19 日《科学时报·科学与文化周刊》上。我创作的动机是想将人文与科学和谐地融合起来，尝试着用文学的笔触来释读科学。

闻一多先生曾说，唐诗是礼赞生命、礼赞自然的，体现了人心与自然同一美好、同一无限、同一充满着无限美好的希望。有的学者甚至认为，江南诗性文化本身就是中国人文精神的最高代表。中国古代诗词里，有不少是颂扬草的。因此，我想引用古代有关"草"的诗句来融汇全文，颂扬"草的生命力和环保功能"，以及以草寓情，讴歌"人们之间的友谊"。

尹传红　如此道来，白居易那首《赋得古原草送别》再合适不过了。

汤寿根　正是！"离离原上草，一岁一枯荣。野火烧不尽，春风吹又生。远芳侵古道，晴翠接荒城。又送王孙去，萋萋满别情。"我就以这首脍炙人口的名诗切入主题，谈及了广西柳州市顾钧祚的研究工作"无土栽培常绿地毯草"，我称之为"长青草"的科普知识，以及三个科普老头儿之间的友谊。白居易的"诗句道出了大自然的普遍规律，即使有着旺盛活力的野草也得'一岁一枯荣'。然而，有一些草，经过科学配伍，悉心培育，它们就能够相辅相成，长青不败；更妙的是，还可以育成草毯，卷起搬走。将它铺在你家的阳光厅里，布置一个生态角；或者干脆植在小院里，种两株松柏，长几丛凤竹，布数块奇石。冬雪初融，草儿从冰凌中露出了尖尖角，越发感到青翠欲滴。"

尹传红　就像画家在严冬肃杀的背景中，抹上了几笔新绿，让人仍然感到生命的顽强与萌动。

汤寿根　是呀！我接着就用"谁言寸草心，报得三春晖"来隐喻顾老的报国之心，以及"书生老去雄图在，不信江湖有弃才"的雄心壮志。最后，借用韩愈的诗"草树知春不久归，百般红紫斗芳菲"来鼓励三个科普老头儿要抓紧时间，时不待我矣！这仨老头都干"爬格子"的营生，都年届古稀了，都经历过几乎相同的人生坎坷，都是毛泽东时代磨炼出来的文化人。相同的经历，相同的爱好，相同的命运，加上改不了的"臭老九"脾性，使他们一见钟情、相见恨晚，结为知己。这仨老头中，就有我一个；那俩就是广西柳州市科普作家协会的两位名誉理事长：欧同化和顾钧祚。仨老头的友谊就像长青草，而我们的友谊确实是草引起的，我们也都跟"草"有缘。

尹传红 我老早就发现，您的科普老头儿朋友很多，科普小伙子朋友也不少，两头都团结得挺好，难怪这把年纪了还是闲不住，总有事情做。

汤寿根 你说得不错。我这个人属于感情型，所谓"性情中人"。中国科普作家协会的"老会员科普创作沙龙"和"青年会员科普创作沙龙"，都是我提议组建的。中国科普作家协会建会30年了，不少科普老头儿，我们的老会员，由于种种原因，已经淡出了理事会。他们对科普作家协会建立过功勋，一直关心着科普事业，还想为科普作奉献，我们不能忘记他们。

我想，老头儿有经验、有智慧，不少还是学术上的带头人，"传帮"与讲课是他们的长处。如果有可能，可以建立一个永久性的科普宣讲队或科普编创讲师团，与年轻人彼此交流、研讨，大家都会有收获。

尹传红 最近举办的"科普编创研修班"效果就不错，由此还派生出不少好主意来。

汤寿根 前不久，我还与青年科普作家沙龙的朋友们一起编撰了《科技强国之路》一书，并准备接手山东教育出版社要出的10本科普书。有了年轻人，我就觉得有了活力，否则一个糟老头干不成大事，只能关起门来写几篇"酸文章"。

由于拥有这两圈子朋友，我的"夕阳红"生活一直过得较为充实和红火，很开心、很有味的。最近几年里我们分头开展的活动总数都超过20次了。

■ 志向的转折点

尹传红 过去，我们常常尊称董纯才、温济泽、贾祖璋等科普界的老前辈为"老科普"；如今，以年龄、资历和业绩而论，您该也可以担当这样的称号了。我很想知道，您是在什么情况下踏上科普之路的？

汤寿根 我接触科普，最早也许可以追溯到 1948 年我的高中时代。那时上海知识界有一批地下党员，为了躲避特务的追捕，到嘉定县立中学教书。我受堂兄汤寿樑和那些地下党员的影响，对劳动人民怀有朦胧的好感。我在作文时，写了一篇关于佃农的孩子向往过好生活，梦见了现代卫生设备的文章。文中介绍了设备的功能、原理和孩子的喜悦心情，受到班主任老师的表扬。20 世纪 50 年代，我最爱读苏联的科幻小说以及《知识就是力量》杂志。

但是，我献身于科普编创事业的志向，并不是在步入社会时就确立的，而是在工作实践中逐步培养的。1956 年，时值新中国成立后第一次科普高潮期间，我从上海华东化工学院无机物工学系毕业。当时，我的志愿是想当一名化工工程师。但出乎意料的是，国家将我统一分配到北京，在中国科学院的院刊《科学通报》编辑室，当助理编辑。

尹传红 这杂志几年前我偶然翻阅过，感觉是一类很专业的学术期刊。印象中有文章曾提起，它还发过陈景润的什么重要论文呢。

汤寿根 那恐怕是后来将这本杂志交给科学出版社专门发表研究工作简报后的情况了。当时这本杂志的定位是综合性高级科普期刊，读者对象为科技工作者。要说 50 多年前，这"爬格子"的活儿，足足让我苦恼了两年。你想想，它跟我所学的化工专业压根就扯不上什么关系啊，典型的"专业不对口"。

无奈之下，我就把精力"发泄"到了业余学习、制作半导体收音机和高保真扩音机上，有时甚至是通宵达旦地干。我的第一篇所谓的科普作品，就是投向《无线电》杂志的《半导体超外差收音机的制作经验》。那时候，市场上还没有高保真音响，我装的"负反馈阴极输出推挽式"高级扩音机播放的轻音乐，能使小区马路上的行人驻足欣赏。

尹传红 可这活计跟您的化工专业也不搭界啊？纯属"干私活""不

务正业"。

汤寿根 哈哈！搞科普的，长期以来总免不了要戴这两顶"帽子"。不过你真可以想见，那时候我的编辑活儿实在不怎么样。

尹传红 依照过去戏剧上的套路，某个时候一定会出现某个足以改变您现状甚至命运的契机。

汤寿根 对极了！还真是这么回事。做编辑的，少不了要给作者或读者写信。事实上，正是"写信"这活儿，成了我志向的转折点。其实，起初我是瞧不上这种琐碎事情的，不过是应付一下而已。因此，我草拟的信件，每次都让室主任改成了"大花脸"。当时的制度很严，编辑写给作者或读者的信必须经主任阅后签发，然后由编务誊清、盖章、发信。

一天，室主任改完我草拟的信件后，严肃地对我说："汤寿根，你能不能让我少花些时间做修改啊？"这句本来早该教训我的话，大大地刺激了我，我想：一个大学生，难道连封信也写不好吗？于是，我准备了一个笔记本，收集了主编严济慈、主任应幼梅、老编辑苏世生等写的各种类型的信件，加以学习、分析和研究。我发现编辑写信，大致是约稿、退稿、复询、打笔墨官司等几种类型，也大致明白了每种形式的信件应当掌握什么样的分寸，使用什么样的语气。

尹传红 难得您这么认真的了。18年前我到《科技日报》做编辑时，似乎已经没了这样的"老传统"，更别说现在了。回想起来，愧对作者和读者的信任呀。

汤寿根 通信是编辑同作者联系的一个重要纽带，而写信则是编辑的一种基本功，这当中也有技巧、有讲究，我的这个认识是逐渐深化的。比如说退稿吧，如果写不好，就会伤害作者的自尊心。这就要求讲究方式，尽量避免刺激性的语言；要尊重作者的劳动，多用一些商量的口气，热情一些、婉转一些、礼貌一些，切忌公文形式，甲、乙、丙、丁教训一通，像上级对待下级似的。

完全没想到，研究如何写好一封信，竟成了我热爱编辑工作的开始，让我意识到编辑工作也大有学问。从参加工作的第三年开始，我终于定下心来钻研编辑业务了。在实践中，我体会到期刊的功能介于报纸和图书之间，因此作为一名期刊的编者，应当兼具记者的才能。如果用形象的语言来概括的话，就是做到"眼尖、手快、屁股方"。

尹传红 请具体解说一下。

汤寿根 眼尖，指的是有眼力，目光敏锐，善于捕捉选题。这就需要有较高的政策水平，广博的科技知识，一定的社会科学知识和文学艺术修养，成为一名杂家。手快，指的是有活动能力，能够尽快地组织到稿件。这就需要广交朋友，熟悉科技界、社会各界的有识之士，成为一名社会活动家。屁股方，指的是有坐功，善于同板凳结合。不管在什么条件下，都能够静得下来，集中注意力审阅、加工稿件，甚至进行再创作。

我觉得，综合性科普期刊的工作，是最能锻炼人的"工种"。从事这类刊物的编辑工作者，将来无论调到报社或出版社，都能基本上胜任工作。

尹传红 在那些日子里，您参加了编辑业务以外的科普活动吗？

汤寿根 参加过一些。1962 年，我国第一台红宝石激光器诞生。作为负责联系中国科学院技术科学部的责编，我经常到中科院长春光学精密仪器研究所去组稿。经过采访与学习，我为《光明日报》撰写了一篇科普短文《神奇的光——受激光发射》。那时还没有定名为"激光"，它的意思是"工作物质受激发后发射出的光束"。后来，在室主任的鼓励与帮助下，又扩充改写成长篇科普文章《激光的工作原理与应用》。不久以后，我还就这个话题到少年宫去做过科普讲演。可以说，这是我科普创作生涯的真正起点。

▌探索与奋斗

尹传红 《中国科普名家名作》一书中有关您的介绍文字提到，您"60

年代初进行科普创作"，并且选录了您的一篇代表作《研究裂纹的科学——断裂力学》；我还记得看到过您给一部力学科普作品写的推介文章。您是怎么跟力学搭上关系的？

汤寿根 人生啊就是这么奇妙，说来话长。你可能想不到，中科院院部大院的"文化大革命"，是从我这个小人物开始烧起的。在那暗无天日的岁月里，《科学通报》室（其时为中科院政策研究室第三室）的上级领导、政研室主任汪志华自杀，主管政研室的中科院党组成员、秘书长杜润生被批斗、囚禁。我被视为杜润生的小红人、修正主义苗子。造反团在中科院院部大院里，首先张贴出的是批判我的大字报，标题上"汤寿根"3个大字也倒着写了。

当时，我是中科院院部民兵连指导员、基干民兵排排长，正在傻乎乎地保卫伟大领袖发动的"文化大革命"呢！想不到命先革到自己头上来了，而且是院部的第一张"革命大字报"。不久以后，我被发配到湖北潜江五七干校（原为劳改农场）安家落户。在干校里，我被当作反革命分子，没完没了地批判、交代、囚禁，实在无法忍受，差一点走上自尽的不归路。满腔辛酸、一言难尽，不提也罢。

尹传红 是怎样一个契机让您得以重返京城、"回归"科普？

汤寿根 1972年，潜江干校撤销，我这个学化工的"科级旧职员"自然是不能返回院部的。中科院的造反团头头"乱点鸳鸯谱"，把我给打发到了中科院力学研究所情报室，任编辑组组长。我本来就是个不肯闲着的人，现在好不容易恢复了工作，"革命干劲"又来了。经历一番波折，我和同事石光漪先是办了个内部科普刊物《力学科普》（1974年初改为公开刊物《力学杂志》）。那是个"知识越多越反动"的年代，编辑部应科研人员的要求，在力学所领导支持下，顶着压力举行了两次"全国断裂力学学术交流会"。这两次会议推动了断裂力学的研究工作在全国迅速发展，促进了科研与生产的结合。

1977 年，在钱学森、周培源的领导下，以《力学杂志》编辑部编辑人员为骨干力量，恢复了中国力学学会，恢复了《力学学报》，《力学杂志》改刊为《力学与实践》。我受力学学会委托，主持了力学学会办公室和两个刊物编辑部的工作。

尹传红 这个阶段您所做的工作，似乎游移于学术与科普之间。

汤寿根 对的，跨了两界。《科学通报》是介于学术与科普之间的高级科普刊物，感谢编辑室主任应幼梅的严格要求，使我得以在学术与科普两个方面受到了基本的训练。当年，出于能跟科技专家"有共同的语言"的考虑，应幼梅要求《科学通报》的每个责任编辑，每月有一星期时间到中科院相关研究所做一点研究工作；还要求责编跟上自己专业的某一学科的前沿，经过学习和实践后，向全室定期做科普性质的报告。比如，我曾对化学研究所研究员蒋明谦的最新成果"诱导效应指数"进行跟踪、学习和体验，并且做过一次汇报。

经过在《力学学报》几年工作实践，我总结出了一套办学术刊物的规律：学报的功能是学术交流和成果登记；办好学报的方针是"两高"，即高质量、高水平，就是要"阳春白雪"，要让作者感到能在学报上发表文章是一种荣誉。衡量水平的标准有三条：一、在理论上有所创造，或在科学上有所发明、发现；二、在数学处理或实验方法上有所创新；三、应用现有理论或方法解决了工程技术上的重大问题，即在技术上有所突破。

尹传红 看来您入了编辑工作的门道，还真钻研出不少"学问"。以前曾听您谈到过主持《现代化》杂志工作时的一些考虑，那又是另外一种"路数"了？

汤寿根 没错，1984 年我奉调科学普及出版社《现代化》杂志编辑部时，杂志已明确为中国科学技术协会主办，并遵照上级领导的意图，改刊为自然科学与社会科学交叉的供科技管理干部阅读的刊物。我又进入了一个陌生的领域。

经过两年的实践，我提出了对于自然科学与社会科学相互结合的杂志的办刊方针。我的主要观点是：对科技管理干部而言，科学普及杂志的任务，不仅仅是向读者传播（科学技术）知识，更重要的是给读者以驾驭科学技术的智慧。大家都知道"知识就是力量"，但"知识"假如指的是"科技知识"的话，那已经过时了，或者至少是片面的。科技知识不等同于力量，它必然要转化为生产力才能形成力量。

尹传红 转化为生产力所需要的知识就不仅仅是科技知识，相对来说，更重要的是运用、管理科学技术的知识。

汤寿根 这便是"智慧"。在我看来，智慧是驾驭科技知识的知识，是将现有科技知识最大限度地转化为生产力的知识，智慧才是力量的源泉。一句话，"智慧"是科学知识、科学精神、科学思想、科学态度、科学方法的总和，是自然科学、技术科学、社会科学的结晶，是运用和管理科技知识的能力。这也是"书生"和"干部"的质的区分。所以，《现代化》杂志的办刊宗旨就是"给干部以智慧"。

尹传红 很可惜，《现代化》在走过一段辉煌后就没了声息。不过，您主持《现代化》工作时所做的探索，对于我们今天思考如何做好科普工作，还是很有启发和助益的。另外，我觉得您很讲究工作方法，也善于总结办刊规律。

汤寿根 谢谢，你高抬了。我是比较喜欢做"总结"——不只是工作方面的总结。20多年前，科普出版社党委曾要我在全社中层干部会议上介绍《现代化》的领导经验，我总结了对待同事的4句话、16个字，那就是："待之以诚、晓之以理、动之以情、以身作则"。

尹传红 其实，只要肯下功夫探索、动脑筋思考，就能把握好事物发展的规律，做起工作来也就如鱼得水，乃至事半功倍，因为许多行当在某种层面上都是相通的。

汤寿根 再举个例子吧：在担任《中国近现代科学技术专家传略》总

编纂委员会的执行编委时，我起草了《传略》编纂条例。在条例中，我在总结前人经验的基础上，着重提出，在编写文章时要注意"文献性、学术性、思想性、可读性"四性的完美与统一，并根据科技人物的不同经历和成果，提出了三种创作方法：其一，"重点论述法"：一生涉及多种学科、具有多种成果的科学家，撰写时可以不受时间、空间的限制，以小标题分段平行论述；其二，"流水记述法"：基本上一生只研究一个课题，但在该学科史上是不可或缺的环节，可以以时间为序记述；其三，"三段阐述法"：分为生平、成就、风范三段进行撰写。

我在参与编纂《传略》时，感触最深的是：我国有多少科技界的英才，在"反右"和"文化大革命"中被摧残或夭折！我为之伤心、悲痛。这就说明了为什么他们之中的幸存者，在"科学的春天"里欢欣鼓舞、痛哭流涕。不了解这段历史的人是难以理解的。

■ 难忘"科学的春天"

尹传红 您执着于科普编创事业，想来已有半个世纪了。如今回首，您觉得最出成果、最难忘的是哪一段岁月？

汤寿根 在力学研究所工作的9年，是我科普创作较为丰收的9年。因为，我接触科研实践，我有很多科研第一线的朋友。因此，我的科普创作也就有了源头。我采取的方法是与科研人员合作创作。我去向他们求教、学习、了解他们的研究成果，弄懂了以后，由我来进行科普创作，成文后再请他审阅有无科学性错误。说实话，很多时候是偷着干的，但我问心无愧，因为发表后并没有稿费。这不算是"打野鸭子"吧？

尹传红 对于有些喜欢科普创作的科研人员来说，那叫"背黑锅"，并且常常自嘲为"地下工作"。一位很有成就的专家型科普作家告诉我，在"文革"以前，科普创作被视为"雕虫小技"不说，更重要的是要背上"不务正业""白专道路"等黑锅，甚至还会对职称评定产生负面影响。

汤寿根 确实如此。就我这个小人物而言，也感受到了压力，而这种影响至今还存在。我在1979年评定副编审时，根本不敢提写了多少科普文章，其实我已经发表不少了。我当时主要给中央人民广播电台的科教节目投稿，每篇科普稿件控制在3000字左右，按广播速度，时间是一刻钟。他们广播了我的20来篇稿子后，送了我一支圆珠笔留作纪念，笔杆上还刻有文字。那支笔我舍不得用，藏了起来，结果藏丢了，再也找不到了。

那些科普文章，回忆起来有：《定向爆破筑坝》《新型的传热元件——热管》《磁悬浮列车》《生命的科学》《气功之谜》《计算机的软件》《死光——大功率激光器》《粉末冶金》《风洞》等等。现在，就连这些底稿也在两次搬家中给搬丢了。

尹传红 不管怎么说，您在那年头搞科普也只能算是"单干"吧？什么时候跟"组织"联系上的？

汤寿根 我是在"科学的春天"里跟"组织"联系上的，那也是我最难忘的一段岁月，时任中国科协普及部副部长的王麦林老大姐是我踏入科普界的第一位引路人。

1978年3月18日，全国科学大会召开，我被借调到大会担任中央直属单位代表团简报组组长，亲历了邓小平同志在会上发表重要讲话时与会科技工作者泪流满脸的激动场面。大会快结束时，麦林找我谈话，希望我不要再回力学所了，以后去即将复社的科学普及出版社工作，并交给我一个任务，让我策划草拟一个以理工为主要内容的综合性科普杂志《现代化》的办刊宗旨和创刊号选题。但我在初步完成了上述任务后，工作调动却未能如愿。

尹传红 那个时候到处都缺人才啊。我采访章道义前辈时听他谈到，当年筹建中国科普研究所，"挖人"可真是让他大伤脑筋，几乎没有哪个单位是一谈就放人的。

汤寿根 那会儿的确是这样。不过，我一直与王麦林和章道义（时任中国科协普及部宣传出版处处长）保持着联系。在他们的推荐与帮助下，我参加了 1978 年 5 月底在上海举行的全国科普创作座谈会的筹备工作，并主持了会议期间的简报编辑工作。

尹传红　关于全国科普创作座谈会，许多老一辈科普作家都有过深情的回忆，认为是科普创作的春天来临了！您作为简报组组长，有什么值得回忆、难忘的事情？

汤寿根　值得提及的是，我在会上曾为两位代表专门写过两期简报：一位是贵州的彭辛岷，因为他写了一篇《早晨的太阳为什么是黄色的？》科普短文，被诬陷为攻击伟大领袖，遭到了非人的迫害；一位是北京的代表张开逊，他流着眼泪诉说了在那黑暗的年代里，如何坚持研究"传感器"、撰写科普文章的艰辛经历，使我深为感动。

北京代表赵之即席创作的诗词《嘉苑曲》道出了与会者的心声："暴风骤雨新霁，河山明媚如洗。况浦江听取，一片莺声燕舞。悄然凝想，鬓尚未霜。细读科普规划，有诗千首，似酒万觞。往日多少激昂慷慨，都化作喜泪盈眶。"

尹传红　加盟全国科普创作座谈会，等于是为您进入科普界"预热"啊。

汤寿根　的确是这样。1979 年，中国科普创作协会成立，王麦林被选为秘书长，后来我又被增聘为副秘书长。1980 年 10 月，在我的第二位引路人章道义的大力协调下，我终于获准调任中国科普创作协会（1991 年更名为"中国科普作家协会"）《科普创作》专职副主编、编辑部主任。直接在主编王麦林的领导与教诲下工作。她是一位和蔼的老大姐，常常与我促膝长谈、循循善诱，反而是我，有时为了对一篇稿件的不同看法而使过小性子。这是我人生的又一次重大转折——从科学界进入科普界，开始了专职的科普编创生涯。

尹传红　20 世纪 80 年代，创刊于 1979 年 8 月的《科普创作》，在科普界影响很大。至今我仍保留着很多旧杂志，不舍得扔。

汤寿根 是啊，我为自己能够亲身参与其中而深感荣幸。《科普创作》创刊号封面是一位清丽、端庄的少女，手捧象征科学的原子模型，长长的秀发逐渐演变为随着春风拂动的柳枝，红橙黄绿青蓝紫交相辉映的背景上群星灿烂，一群大雁迎风振翅奋飞。这幅宣传画寓意"科学的春天到来了"，我至今难以忘怀。

近日，我重新翻阅这些历史的记录，不禁深深为之感动。这不仅是一个我国科普作家优秀作品的文库，而且是一个闪耀着智慧光芒的思想库！不是因为我曾经参与过这本杂志的编辑工作而自我陶醉，而是由衷地对作者的赞美、对长者的尊敬；赞美他们出众的才华、宽阔的胸襟。

尹传红 几年前我在一位"老科普"家中翻阅过《科普创作》试刊号，注意到前两篇文章是周培源的《迎接科普创作的春天》、钱三强的《为提高中华民族的科学文化水平作出贡献》。周、钱二位是德高望重的著名科学家，他们对科普的关爱令人感怀。

汤寿根 周老当时担任中国科协主席，他在文中指出的科普创作的方向，仍然是我们今天的方向。他是这么说的："质量好的作品必然是思想性、科学性和艺术性结合得最好的作品，它能够起到提高觉悟，增长知识，开阔眼界，启发创造，促进生产的作用。要使我们的科普作品真正起到这种作用，就必须使科学与艺术很好地结合起来"，"科学技术工作者要搞好科普创作，就要学文艺，文艺工作者要学科学，把科学与文艺结合起来，两者结成战斗的革命联盟，才能不断提高科普创作质量，更好地为四个现代化服务"。

尹传红 从科普创作的历史来看，见诸文字的，是周老首次提出了科普创作"思想性、科学性、艺术性"的结合。

汤寿根 30年来，我国的科普编创者是身体力行地遵循着这条道路走过来的。在我的书架上长长地排列着从1979年到2008年的《科普创作》《科普创作通讯》合订本，就是历史的明证。我们这一代人并没有"高高在上""居高临下"不平等地向大众"灌输"科学知识，以至于必须把传统的"科学普及"改变为"科学传播"。

在辨析中明理

尹传红 汤老，我明白您刚才说的那番话的含义和背景。不过，相关内容恐怕得另外找时间讨论才行。据我所知，科普界数十年来一直都不乏争论的话题，有时争辩双方还伤了和气，造成隔膜与对立。有些情况您作为亲历者是比较了解的，现在回过头来看，您觉得是否可以给我们提供一些值得汲取的教训和有益的启示？

汤寿根 如今往回看，"科普创作的春天"实际上并不长久，甚至有人感叹：恐怕再也不会出现那样的"春天"了。这些年里我也听到过很多种说法，其中有一种说法认为，20世纪80年代中期以后出现的科普低潮，主要是由对科幻小说的"批判""打压"乃至"扼杀"引发的。对此我不敢苟同。科幻小说只是科普创作中科学文艺体裁的一个品种。即使我们内部对这个品种的现状和发展有些不同看法、产生一些争议，也绝不可能会影响整个科普创作界，以致引发"科普低潮"。

尹传红 记得，关于科幻小说的争论，最初主要还是集中在创作层面上，如姓"科"还是姓"文"，争辩双方当时谁也说服不了谁。后来，按照其中一方的说法，随着"批判资产阶级自由化""清除精神污染"的展开，情况就变得有些复杂了……

汤寿根 看问题、下结论，自然不能脱离当时的历史背景……。1982年7月22日，时任中国科协副主席的钱学森，就科普工作的有关问题约见章道义和我的时候，曾告诫我们说："在中国的80年代，做科普工作是很复杂的事情。你们对搞科普的思想准备不够，……在整个科协工作中，科普工作是最难搞的。你不研究社会，社会上有什么马上就影响你。工作涉及的人比较少，就比较好办一些，而科普涉及的对象差不多是整个社会。

你不把社会结合起来，不做社会分析是不行的……"

尹传红 钱老的这个谈话一直没有公开过吧？他要表达的意思很明显，科普不是一项简单的业务工作，要从社会现象这个认识上来研究问题。

汤寿根 我想重提一下我在 5 年前写的文章《一次忆旧图新、团结奋进的会议——新世纪科普创新研讨会暨纪念全国科普创作座谈会在沪举行 25 周年》文末的一段话："历史的车轮总是要在坎坷与颠簸中前进的。同路人免不了会有所磕撞，一时碰痛了谁，也可以理解，也可以埋怨。但是，我们都不是驾车的人。历史背景的责任是不能让我们之中哪位个人来负责的。"

即使在当时的历史背景下，中国科普作家协会对科幻创作的态度也是明朗的。1983 年 10 月，温济泽理事长在有关报告中说"科幻小说能够启发人们，特别是青少年热爱科学，鼓励他们去进行科学探索、攀登科学高峰，帮助他们树立科学理想和科学态度，因此对促进物质文明的建设，以及创造社会主义精神文明方面是有积极意义的。"

尹传红 我看到过有关材料，温老这番话应该是代表中国科普作家协会讲的。

汤寿根 而且，温老还指出："中国科普作家协会是一个科技群众团体，组织的性质决定了我们的作者和评论工作者，不能也无法将当前在科幻创作和评论工作方面所产生的问题一概包揽下来。我们只能在职责范围内，对我们的会员和有关报刊的编辑，进行力所能及的工作。"

他还说："我们不能简单地把它看成是作者与评论者的个人矛盾。作者与评论者是亲密的战友。我们应当团结起来，为创造富有中国特色的科幻理论体系，为创作出一批具有民族风格的高质量的科幻作品而共同努力！"

我很尊敬温老，因此在他逝世 4 周年之际，我专门写了一篇文章：《寻觅逝去的记忆——怀念科普前辈温济泽同志》，以整版篇幅发表在 2004 年 3 月 26 日的《科学时报·读书周刊》上。这篇文章深情地回顾了温老不平凡的科普生涯和对中国科普创作事业的重要贡献；同时也根据我掌握的第一手材料，首次披露了当时身为中国科普作协理事长的温老，在这场"争议"中所持的立场、态度和思想。对了，这篇文章还是通过你转给杨虚杰发表的呢。

尹传红　噢，是的。不过您不知道，当时看到这篇稿子我们还真有些顾虑呢，因为担心触痛"伤疤"、引发"事端"，这样的后果可不是我们年轻一辈所能承担的。为此，我专门起草了一个"编者按"，并且特意写出了下面这段话：

我们认为，正如生物的多样性带来了世界的丰富多彩一样，文化的多元化无疑也将拓展出一个更为广阔的认识事物的思维空间。有争议其实不是什么坏事，应该允许不同的"声音"存在——这也是对文化的多元化的理解和尊重。我们非常赞赏汤寿根同志在文章末尾的一个提议：为着科普事业的兴旺，大家都应该团结一致"向前看"……我们也非常乐意搭建一个"百家争鸣"的平台，让各方人士在辨析中明理，在探讨中求进——只要对推进科普事业有所裨益。

汤寿根　你的这个姿态和观点我觉得很好。想当初，从"十年浩劫"的苦难中走过来的科普编创工作者，聚集在上海浦江之滨，座谈科普规划，含着热泪，互相庆幸"科普创作春天"的来临，而又满怀豪情，要为"振兴中华"而大干一场。在今天，《中华人民共和国科学技术普及法》已经颁布数年，科普编创工作的氛围和条件已远非昔日可比，我们更应当团结起来，趁此大好时光，努力钻研，潜心致志地创作出一批高质量的、具有民族特色的科普、科幻作品来。

在探讨中求进

尹传红　一般认为，传统科普时期中国的科普"实干家"居多，他们对于科普事业的贡献不可抹杀，但缺乏理论研究者也是科普总体水平无法提升的重要原因。我注意到，最近十几年里您发表了不少科普理论文章，是您的兴趣又发生了转移吗？

汤寿根 在科普创作上有了一定的实践基础后，也许必然会思考创作的规律。在这方面，我也有一个转折点。这要感谢我研究科普编创理论的引路人章道义。1982 年，道义开始筹划编纂《科普创作概论》和《科普编辑概论》，以及与之配套的分学科的 12 本优秀科普作品文集。在他的帮助和领导下，我参与编写了《科普创作概论》第五章"技术性科普读物"和主编了《工交科普佳作选》。在编写第五章时，道义为了帮助我，亲自起草了详细的编写提纲，实际上只需我根据积累的创作经验，做填充就可以了。他这样扶植新人，让我终生难忘。

由于道义的引导，我对研究科普创作理论发生了浓厚的兴趣，并把它当作主要的业务方向。自此以后，发表了一系列人们评价还算较有分量的论文。比如，20 世纪 80 年代后期，发表了《科普创作的三要素及其统一》一文，对"科学性""思想性""艺术性"三性之间的关系，以及如何才能达到完美与统一，进行了论述。

尹传红 我对您的一篇谈信息技术与科普创作关系的文章印象深刻，感觉您很"前卫"，似乎很早就用电脑写作了吧？

汤寿根 电脑这个工具是人类智慧与能力的延伸，作为一个科普编创工作者，如今谁能离开它？而且，由于它的发展，还影响了科普创作的规律。你留有印象的那篇文章，是我在 1996 年写的《信息技术的发展对科普创作规律的影响》，文章阐述了由于数字化技术的发展与普及，使传统的形象思维的创作规律发生了深刻的变化，使作者对读者的单向传播变为交互与对话，而因特网上的科技信息是共享的，科普创作的关键在于"创意"。

新千年到来之际，我又发表了《21 世纪科普创作新理念》，文中提出了一个结合（科学技术及文学艺术结合）、两个根本（以人为本、以读者为本）、三个淡化（作者与编者、采编创之间的分工，以及单纯传播科学技术知识的科普作品都将被信息技术的发展所淡化）的理念。

尹传红 您的探讨科学精神、人文精神与科普创作的几篇论文，在科普界也较受关注和好评，那是什么缘由触发您写的？

汤寿根 进入 2000 年后，社会上掀起了一股宣传与探讨"科学精神"的热潮。有人责备科普创作界，在 20 世纪 80 年代忽视弘扬"科学精神"，甚至犯了错误。这就迫使我要回顾一下历史，探讨一下"科学精神"的内涵，以及研究一下怎样才算在科普作品中弘扬了"科学精神"的问题。

大概是 2002 年，最早是在《科技日报》上，我发表了《科学精神溯源》，后来又发表了《科学精神与科普创作》。文中阐明了 100 年来先驱者们对科学精神的论述，然后把科学精神归纳为：求真（勇于探索、追求真理——科学精神的核心），务实（崇尚事实、实事求是——科学精神的基础），无畏（不畏权威、不避艰险——科学精神的前提），创新（继往开来、推陈出新——科学精神的目的）8 个字，以及讨论了如何在科普创作中弘扬科学精神的技巧。

2004 年发表了《人文精神与科普创作》，文中论述了什么是"人文学"和"人文精神"，以及探索了如何在科普创作中体现"人文精神"之后，得出结论："科普作品在传播科技知识的同时，能使读者感悟到人的自身价值与尊严，以及'做人的道理'，那就大致做到了科学与人文的结合。"

尹传红 看您满头银发了，仍还激情满怀干科普，我很受感染。您平时主要忙乎什么？

汤寿根 撰写科学散文（或小品），编书，陪着"科普宣讲团"满世界跑。

20 世纪 90 年代初，我离开中国科学院后，由于脱离了创作的源头，就很少能出原创作品了。但在实践中，我逐渐摸索出了一条新路：运用文学艺术的笔触来释读科学技术，创作"文理交融"的科普作品。这种作品兼跨形象思维和逻辑思维两个领域。在这里，不仅仅是科学内容与文学形式的结合，科学的内容也具有文学的意义，符合文学的要求。文学与科学一样，都是我们认识世界的眼睛，发挥着认识同一事物的特殊功能。这样的作品，也是原创科普作品。

根据这种思路，我尝试着创作了《主宰生命的双螺旋》《腔棘鱼的新发现》《中华飞蝗覆灭记》《长青草和仁老头》《悠悠寸草心》《蒲公英的情怀》《微笑人生》《忆"春回神州"》《故乡的小河》等，算起来也有好几十篇了。期望读者在接受科学知识的同时，感悟人生。科学知识会过时和更新，但文学的价值却是永存的。对文学家来说，我这是"班门弄斧"，见笑了！

我想，自己写的那些文章如果逐渐能积累一个集子，以及今后再在"科普美学"的研究上有所收获，那么我这一生也算可以交代了！

志谢：感谢尹传红先生（时任：《大众科技报》总编辑助理兼总编室主任、《科普研究》特邀编辑）于 2009 年 2 月份对我进行了采访（《访汤寿根》发表于中国科普研究所主办的《科普研究》2009 年 2 月 10 日第 1 期）。《访汤寿根》基本上记录了我 50 余年的编创生涯，至今读来尚为之动容！特此附于集后，（《科普美学》业已出版）以志"书生老去科梦在；奋力创新报亲恩"！

蒲公英的情怀

汤寿根科学散文集

后记

　　笔者于 1956 年在中国科学院院刊《科学通报》室做编辑工作时，开始学着撰写科普文章，记得第一篇文章是 1957 年发表在《北京日报》上的《受激光发射》，迄今已有 40 余年，同纪念中国科普作家协会建会 40 周年是个巧合！也正是由于这个启端，让我日后参与了筹建协会的工作。

　　后来，随着网络技术的发展，领悟到科普文章不仅要传播科学知识，而且要弘扬科学精神，让读者在获得科学知识的同时，感悟人生！于是又逐渐发展为撰写科学散文。至今已累积了一百几十篇，而我业已年届米寿！因而，将它们整编为一册文集，留念后世，成为我此生的夙愿！感谢中国科普作家协会的鼎力玉成！感谢中国科学技术出版社同人的帮助与支持！使《汤寿根科学散文集》得以面世。需要说明的是：文集中涉及的情景是当时的历史，今日肯定有长足的进展！

不当之处，谨请鉴谅！并对曾经指导与扶植我的师友们，谨表谢忱！

2019 年 5 月 30 日

　　附录：汤寿根，编审、科普编创学科学术带头人；现任中国科普作家协会终身荣誉理事、组织委员会顾问、科普出版社总编辑顾问。1932 年出生于江苏省嘉定县（现为：上海市嘉定区），1949 年毕业于嘉定县立中学、1956 年毕业于（上海）华东化工学院。历任：中国科学院院刊《科学通报》编辑部编辑，中国科学院力学研究所《力学学报》编辑部主任，中国科普作家协会《科普创作》杂志专职副主编兼编辑部主任，中国科学技术协会《现代化》杂志编辑部主任，科学普及出版社副社长、副总编辑，中国科学技术协会科技人物研究所常务副所长。曾任：中国科普创作协会副秘书长、中国科普作家协会副理事长，《科普创作通讯》杂志主编，中国科技期刊编辑学会副理事长。

　　合著有：《科普创作概论》（获全国优秀科普作品奖二等奖）、《科普创作通论》《生命的奥秘》。

　　独著有：《人菌之恋》《长江万里看沧桑》《玻璃》《橡胶》《漂流的梦幻方舟》《蒲公英的情怀——汤寿根科学散文集》。

　　科学散文和科普短文有：《故乡的小河》《蒲公英的情怀》《主

宰生命的双螺旋》《活化石腔棘鱼》《悠悠寸草心》（获"节约、环保、文明"全国征文一等奖）、《大雁情》《仰望星空》等百余篇。

科普论文有：《科普作品三要素及其统一》《信息技术的发展对科普创作规律的影响》《21世纪科普创作新理念》《科学精神与科普创作》《人文精神与科普创作》（获"菊乐杯"首届世界华人科普创作理论征文特别荣誉奖）、《谈谈科普作品的"原创"》《谈谈科学散文的美学思考》《谈谈科普讲演的美学》《综合性科普杂志的困惑》（获2003年《求是》杂志社"科普大家谈"优秀征文奖）、《科普创作向何处去？》（获上海科普作家协会2010～2011"现代科普创作思想和方法探讨"论文特别奖）、《科学是一种人文理想》（获世界华人科普作家协会短篇科普作品金奖）、《试论科普美学》等20余种。

主编科普图书有：《现代化信息丛书》12种、《新视角科普丛书》10种、《绿色文明——建设资源节约型环境友好型社会科普知识讲座》（获国家三个一百原创图书出版工程奖、中国科普作家协会优秀科普作品奖优秀奖）、《花儿为什么这样红——新长征科普作品征文奖获奖作品选集》《现实题材科学文艺征文选集》《工交科普佳作选》（获全国优秀科普作品奖二等奖）、《奋斗——科学家的成才之路》（获中国图书奖荣誉奖）、《海洋生物大观园》8种（获国家科技部推荐为优秀科普读物）、《科学》小学一年级到初中三年级，共9种、《中华人民共和国重大科技成果选集》（获中国图书奖二等奖）、《科技强国之路》《中国梦·科学梦》（获世界华人科普作家协会图书奖银奖，优秀川版图书奖，中国图书馆协会、韬奋基金会、中国出版集团、中国新华书店五单位联合推荐的 2014 ～ 2015 年全民阅读 50 种重点书目）、《科普美学》《蓝色的梦幻》丛书 4 种等。

1987 年，中共中央宣传部出版局将其生平和业绩收入《编辑家列传》（展望出版社）；1989 年，获中国版协颁发荣誉证书；1990 年，获中国科普作家协会颁发"科普编辑家"荣誉证书；1998 年，获中国科技期刊编辑学会颁发"科技编辑家"金牛奖证书；2004 年，获中国科普作家协会颁发"科普编创学科学术带头人"证书；2007 年，获中国科普作家协会颁发"'四大'以来成绩突出的科普作家"证书；2009 年获中国科普作家协会建会 30 周年卓越贡献"荣誉奖"；2015 年获中国科普作家协会终身荣誉理事。